Das Buch

Die schöne Prinzessin Priscilla hat das Leben im goldenen Käfig, im Palast ihres Vaters, dem Großherzog von Lothen-Kunitz, satt. Sie langweilt sich, sie will nicht heiraten, sie träumt vom einfachen Leben auf dem Lande und der Verwirklichung mildtätiger Ziele. Priscilla nimmt Reißaus, per Fahrrad und Dampfschiff geht es, in Begleitung ihres alten Hauslehrers Fritzing, nach England. Da niemand wissen darf, dass sie eine Prinzessin ist, geben sich Fritzing und Priscilla unter falschen Namen als Onkel und Nichte aus. Natürlich ist so eine Reise beschwerlich und Priscilla, an solcherlei nicht gewöhnt, hofft inständig, dass das ersehnte Cottage den Frieden bringen wird. In dem romantischen Dorf Symford in Somersetshire findet die Prinzessin ihr Traumhäuschen und beauftragt Fritzing mit dem Kauf. Damit ergeben sich die ersten Probleme, denn die Besitzerin, Lady Shuttleworth, denkt nicht daran, einer jungen Dame ein Haus zu verkaufen, das noch nicht einmal ein Badezimmer hat. Als hilfreich erweist sich da die Bekanntschaft mit Sir Augustus, Lady Shuttleworths Sohn, der für Priscilla ein gutes Wort einlegt. Priscilla ist überglücklich. Doch Sir Augustus bestürmt die neue Nachbarin auch mit seiner Liebe und Priscilla, verwirrt von so viel menschlicher Nähe, findet weiterhin keine Ruhe. Zumal Tussie nicht der einzige Bewerber um die Gunst der schönen Prinzessin ist …

Die Autorin

Elizabeth von Arnim wurde als Mary Annette Beauchamp 1866 in Sydney geboren und wuchs in England auf. 1890 heiratete sie den preußischen Adligen Henning August Graf von Arnim-Schlagenthin. Nachdem 1898 ihr erster Roman *Elizabeth und ihr Garten* anonym erschienen war, wurde Elizabeth von Arnim schnell zur Bestsellerautorin. Bei Ausbruch des ersten Weltkrieges ging sie nach England. Dort heiratete sie nach dem Tod ihres ersten Ehemannes Earl Francis Russell, den Bruder von Bertrand Russell. Nur ein Jahr nach der Hochzeit verließ sie ihren zweiten Ehemann und ging in die USA, wo sie 1941 in South Carolina starb. Im Diana Verlag erscheinen auch: *Verzauberter April* (62/173) und *Elizabeth und ihr Garten* (62/178).

Elizabeth von Arnim
Priscilla auf Reisen

Roman

Aus dem Englischen von
Schamma Schahadat

DIANA VERLAG
München Zürich

Diana Taschenbuch Nr. 62/0221

Titel der Originalausgabe
»The Princess Priscilla's Fortnight«
(London 1905)

Taschenbucherstausgabe 04/2002

Der Diana Verlag ist ein Unternehmen der
Heyne Verlagsgruppe, München
Printed in Germany 2002

Umschlagillustration: Melanie Eclare
Umschlaggestaltung: Hauptmann und Kampa
Werbeagentur, CH-Zug
Satz: Schaber Satz- und Datentechnik, Wels
Druck und Bindung: Elsnerdruck, Berlin
Gedruckt auf chlor- und säurefreiem Papier.

ISBN: 3-453-19583-3

http://www.heyne.de

I

Bis zum Alter von einundzwanzig Jahren war Ihre Hoheit, Prinzessin Priscilla von Lothen-Kunitz, eine vielversprechende junge Dame. Nicht nur war ihre Erscheinung poetischer, als man es von einer Prinzessin erwarten konnte, sondern zudem zeichnete sie sich durch ihr anmutiges und liebliches Betragen aus. Sie tat, was man ihr sagte, oder, was noch besser war: Sie tat, was man von ihr erwartete, ohne dass es ihr gesagt werden musste. Ihr Vater war in seiner Jugend und im mittleren Alter von feurigem Temperament gewesen, jetzt hingegen war er ein leicht reizbarer alter Herr, der gutes Essen mochte und auf strengster Etikette bestand. Er war stolz auf Priscilla, sofern er sich an sie erinnerte. Ihre Mutter war eine englische Prinzessin mit lebhaftem Naturell gewesen, das sich für eine Königin nicht ziemte und bis zum Ende ihres Lebens immer wieder bei den unpassendsten Gelegenheiten zutage trat. Sie starb, als Priscilla sechzehn Jahre alt war. Priscillas Schwestern, von denen die eine älter und die andere jünger war als sie selbst, waren sehr viel weniger angenehm anzusehen und sehr viel ungestümer. Aber dennoch heiratete jede von ihnen einen standesgemäßen Prinzen. Was hingegen Priscilla betrifft … nun, was Priscilla betrifft, so will ich berichten, wie schauderhaft sie sich benahm.

Doch zunächst will ich ihr Äußeres beschreiben. Sie war sehr groß für eine Frau, was besonders zu einer

Prinzessin gut passt, soll sie doch in erster Linie die Öffentlichkeit durch ihre Würde beeindrucken. Sie hatte ein langes, spitzes Kinn und einen süßen Mund mit vollen Lippen, der sehr freundlich aussah. Ihre Nase war nicht ganz gerade, und die eine Seite war ein kleines bisschen anders als die andere. Doch gerade diese leichte Unregelmäßigkeit verlieh ihrem Gesicht einen Charme, den ein Antlitz, das wie gemeißelt wirkt, nie ausstrahlen kann. Ihr Teint war von jener Blässe, die an heißen Sommertagen oder an Wintertagen, wenn die Sonne leuchtend auf den Schnee scheint, leicht Sommersprossen bekommt. Sie hatte eine zarte, weiche Haut, die man manchmal in Verbindung mit goldenen Wimpern und Augenbrauen antrifft, und mit einem Haar, das eher rot als golden ist. Priscilla hatte genau solche Wimpern und Augenbrauen und solches Haar, und außerdem hatte sie wunderschöne graublaue Augen. Wenn ein Geburtstag den Hofpoeten zu offiziellen Begeisterungsstürmen zwang, rühmte er ihre Augen als »ruhige Quellen, in deren Tiefe Gedanken schlummern«. Und da alle sicher waren, dass dort keinerlei Gedanken schlummerten, wurden die Verse des Poeten mit jubelndem Beifall begrüßt. In der Tat wäre eine Prinzessin mit solchen Quellen wenig wünschenswert, und in Lothen-Kunitz wäre es fast eine Katastrophe, denn hatte es nicht schon eine von der Sorte gegeben? Denn genau das war es, was mit der verstorbenen Großherzogin nicht in Ordnung gewesen war: Sie pflegte zu denken, und niemand konnte sie davon abhalten, sodass ihr Leben in der Folge eine Last für sie selbst und für jeden anderen bei Hofe wurde. Priscilla hingegen war sehr still. Sie äußerte nie eine Meinung, woraus man schloss, dass sie keine Meinung besaß. Sie kritisierte nicht, sie stritt nicht, sie war folgsam, gehorsam und sanftmütig. Aber dennoch wurden ihre Schwestern, die oft kritisierten und stritten, die selten folgsam und niemals sanftmütig waren, wie ich schon gesagt habe, die Ehefrauen von standesgemäßen Prinzen, während Priscilla … nun, die Leser müssen sich mit Geduld wappnen, um zu erfahren, was aus Priscilla wurde.

Doch zuvor will ich noch ein paar Worte zu dem Ort sagen, wo sie wohnte. Das Großherzogtum von Lothen-Kunitz liegt im südlichen Teil Europas; in einer lächelnden Region mit fruchtbaren Ebenen, waldigen Hügeln und breiten Flüssen. Es ist einer der ersten Orte, wo der Frühling auf dem Weg von Italien nach Norden Halt macht, und der Herbst, der mit einem Sonnenbrand, fruchtbehängt und gesegnet vom Norden herunterkommt, verlangsamt seinen Schritt, wenn er dort ankommt, trödelt gelassen und in seiner Reife, zeigt lange, nachdem die Sachsen und die Preußen ihre Öfen schon zu heizen begonnen und ihre Pelzmäntel hervorgeholt haben, noch ruhige Himmel und windlose Tage. Dort kann man die Feigen von den Bäumen im eigenen Garten essen, und Weinberge glänzen an den Hängen. Die Menschen dort sind katholisch, und kein protestantischer Pfarrer wirft den Schatten seines schwarzen Umhangs auf das Leben. Wenn man die weißen Straßen entlanggeht, kommt man an dem Bild des toten Christus am Straßenrand vorbei, als stumme Erinnerung für diejenigen, bei denen die Schönheit von Barmherzigkeit und Liebe ansonsten in Vergessenheit gerät. Und Kunitz liegt so nah am Herzen aller Dinge, dass man an jedem beliebigen Morgen nach dem Frühstück in den Zug steigen kann und sich am Nachmittag Kaffee trinkend in den kühlen Kolonnaden der Piazza San Marco in Venedig wiederfindet.

Kunitz ist die Hauptstadt des Herzogtums, und der Palast befindet sich auf einem Hügel. Er ist eines jener imposanten Gebäude mit vielen Fenstern und Türmchen und Zinnen, auf die der Tourist von unten hinaufschaut und die er als die Verwirklichung seines Kindheitstraums begreift. Ein Nebenarm des Flusses Loth windet sich um den Fuß des Hügels und trennt die herzogliche Familie von den roten Hausdächern der Stadt auf der anderen Seite des Ufers. Kunitz schmiegt sich an den Hügel und umklammert das Schloss wie eine Halskette aus alten Steinen. Unten vor den Schlossmauern beginnen die herzoglichen Obst- und Küchengärten. Sie ziehen sich bis zum Rande des Wassers und kleiden den Fuß des Hügels in ein Gewand aus Blüten und Früchten. Es gibt keinen schöneren Anblick als das Leuchten dieser grauen Mauern und Türmchen, die sich aus der Blütenwolke erheben. Er bietet sich demjenigen, der auf dem Marktplatz von Kunitz steht und an einem Maimorgen die schmale Straße in Richtung Osten blickt. Wenn der Betrachter zudem ein Träumer ist, so kann er sich leicht vorstellen, dass jeder Tag in einer solchen Umgebung wie ein Diamant sein muss, mit perfekten Strahlen und von vollkommener Schönheit.

Prinzessin Priscilla hingegen wusste es besser. Unglücklicherweise erschien ihr das Leben in den Schlossgemäuern von einer dreisten Gewöhnlichkeit, durchtränkt von Lakaien und Staatsdienern jeder Art und jeden Ranges, von zu viel Essen, zu vielen Kleidern, von Verschwendung, einem fieberhaften Vertrödeln der Zeit, einem grässlichen Mangel an Privatheit, einer unaussprechlichen Langeweile. Für sie bedeutete es ein ständiges Leben nach Vorschriften, die Staatsdiener für das Leben von Prinzessinnen entworfen haben, ein ständiges Verstellen, indem man den Anschein gab, als merke man nicht, dass jeder Dienst nur mit den Lippen erwiesen wurde, ein ständiges Verschließen der Augen vor Heuchelei und himmelschreiendem Egoismus. Lieber Tourist, der Sie voller Illusionen frei dort unten auf dem Marktplatz stehen, stellen Sie sich vor, wie furchtbar es ist, niemals einen Augenblick allein zu sein, von der Minute an, wenn Sie aufstehen, bis zu der, wenn Sie wieder schlafen gehen. Stellen Sie sich vor, welch unglaubliche Geduld man aufbringen muss, um einfach passiv dazustehen und sich unterhalten, amüsieren, umsorgen zu lassen, den ganzen Tag lang, jahrein, jahraus. Falls Sie ein sensibler Mensch sind, so stellen Sie sich doch bitte vor, wie unerträglich es ist, von scharfen und neugierigen Augen beobachtet zu werden, von Augen, die so eifrig sind, dass sie auch die kleinste Veränderung in Ihrem Gesichtsausdruck registrieren, um diese für persönliche Zwecke zu nutzen, sodass ihnen nichts, aber auch absolut gar nichts entgeht. Priscillas Schwestern akzeptierten all diese Dinge als Tatsache, sie störten sich nicht daran, wie aufmerksam man sie beobachtete oder über sie sprach. Sie wollten nie alleine sein, und es gefiel ihnen, wenn ihre Zofen Aufhebens um sie machten. Diese glücklichen Geschöpfe verfügten über eine dicke Haut. Doch Priscilla war eine Träumerin, eine Dichterin, die zwar nie Gedichte schrieb, aber eine Seele besaß, die, wenngleich unartikuliert, so doch voll von jener Sehnsucht und Liebe war, aus der Gedichte entstehen. Wie ihre Schwestern kannte sie keinen anderen Zustand, aber dennoch träumte sie ständig von einem anderen Leben, sehnte sich ständig danach, las ständig darüber. Und obwohl es nur einen Menschen gab, der wusste, dass sie diese Dinge tat, so ist ein Mensch meines Erachtens ausreichend, um den Geist, der auf Rebellion eingestellt ist, zu unterstützen. Dieser Mensch, der alte Hofbibliothekar, Herr und Meister der wunderbaren Bücher und Manuskripte, deren Katalog allein gelehrte Münder in weit entfernten Teilen Europas wässrig werden ließ und gelehrte Lungen in hoffnungslosem Neid erseufzen ließ, war der Grund allen Unheils, das folgte, denn ich sehe nicht, was Priscilla ohne seine Hilfe hätte tun können. Auch er hatte Staatsdiener unter sich, doch unterschieden sie sich deutlich von den anderen: Es waren sanftmütige Jünglinge, fleißig und kurzsichtig, deren Hauptaufgabe – so schien es Priscilla zumindest – darin zu liegen schien, sich mit Verbeugungen aus dem Raum zu bewegen, wann immer sie und ihre Hofdame ihn betraten. Der Name des Bibliothekars war Fritzing, ursprünglich einfach Herr Fritzing, doch allmählich erreichte er in verschiedenen Etappen schließlich die Würde und den Wohlklang von Herrn Geheimarchivrat Fritzing. Der Großherzog hatte sogar vorgeschlagen, ihn zu adeln, nachdem er Priscilla erfolgreich die englische Grammatik beigebracht hatte, doch Fritzing, dessen Geist bei den Griechen weilte, konnte nicht sehen, wozu ein solcher Schritt wünschenswert sein sollte. Priscilla nannte ihn Fritzi, wenn ihre Hofdame döste, manchmal, in der Hitze des Protests oder der Überredung, sogar »mein lieber Fritzi«. Doch später, wenn sie den Raum genauso feierlich verließ, wie sie ihn auch betreten hatte, gefolgt von ihrer wachen Aufseherin, nickte sie ein förmliches, wohlwollendes »Einen schönen Nachmittag, Herr Geheimrat« für die ganze Welt, damit diese dachte, sie hätte die ganze Zeit so mit ihm geredet. Die Gräfin (ihre Hofdame war die Gräfin Irmgard von Disthal, eine füllige, langsame Dame, die die unverheiratete Tochter aus einem Adelshaus und zu dem Zeitpunkt etwa fünfzig Jahre alt war; zum Glück – oder Unglück – von Priscilla war sie eine leidenschaftliche Genießerin von gutem Essen und dem darauffolgenden Schläfchen) nickte ihrerseits so hochherrschaftlich, wie ihr massiver Körper es erlaubte. Ihr Gruß war so kühl, dass er jemandem, der weniger geübt war in den Nuancen höfischen Betragens, geradezu verächtlich erschienen wäre. Doch hatte sie für ihre Zurückhaltung einen guten Grund, denn war sie nicht eine Hochgeborene aus alter Familie mit strahlendem Stammbaum, der so weit zurückreichte, wie man überhaupt schauen konnte? Und war er nicht nur der Sohn eines obskuren westfälischen Bauern, eine Person, die in ihrer Jugend barfuß Schweine gehütet hatte? Es stimmte, Fritzing war gebildet, kultiviert und hatte einen großen Kopf mit viel Verstand darin, während die Gräfin über einen kleinen Kopf, kaum Verstand, keine erwähnenswerte Seele und keine Bildung verfügte. Das stimmt zwar, doch hatte das absolut nichts zu sagen. Die Gräfin war eine Gräfin, während Fritzing ein Niemand war, und die Herablassung, die sie ihm zeigte, war sehr viel großherzoglicher als irgendeine Geste, die Priscilla je hervorbringen konnte oder wollte.

Fritzing, der außerordentlich begabt und von früh an sehr unternehmungslustig war – womit sich der Abgrund zwischen Schweinehüten und Hofbibliothekar erklärt –, hatte zehn Jahre in Paris und zwanzig in England verbracht. Er hatte verschiedene Posten ausgefüllt und war in der Welt des Geistes immer höher geklettert, und während dieses Aufstiegs hatte er gelernt, Englisch genausogut zu sprechen wie die meisten Engländer, wenngleich es ein eher klassisches Englisch war, ähnlich dem Englisch Johnsons. Als er fünfzig war, begann seine Karriere in Kunitz, und da er Kinder sehr mochte, übernahm er den Englischunterricht der drei Prinzessinnen. Jetzt, wo sie seit langem schon alles wussten, was sie hatten lernen wollen, und Priscilla zudem die ganze Grammatik beherrschte, zumindest die, die er ihr beibringen konnte, behauptete er, bei Priscilla eine Begabung zum Zeichnen entdeckt zu haben, obwohl sie keine gerade Linie zeichnen konnte, geschweige denn eine krumme. So konnte sie weiterhin, so oft sie wollte, in die Bibliothek kommen, unter dem Vorwand, eine Zeichenstunde zu nehmen. Die Vorstellung des Großherzogs sah so aus, dass seine Töchter ein bisschen von allem wissen sollten, aber nicht zu viel, sodass er es wütend verboten hätte, wenn Priscilla den Wunsch geäußert hätte, sie wolle mit dem Bibliothekar Shakespeare studieren. Hatte sie nicht zehn Jahre Zeit gehabt, um Shakespeare zu studieren? Sich länger damit zu beschäftigen würde bedeuten, dass sie wissbegierig war, und der Großherzog konnte wissbegierige Frauen nicht ausstehen.

Doch gegen ein bisschen Zeichnen hatte er nichts einzuwenden. Alles nahm seinen Anfang in den Zeichenstunden in jenem Sommer, als Priscilla einundzwanzig war, während die Gräfin so friedlich schlummerte. Es war ein heißer Sommer, doch der riesige Raum war kühl und ruhig. Es war drei Uhr, unmittelbar nach dem Mittagessen. Durch die schmalen offenen Fenster drangen süße Luft und Düfte aus der hellen Außenwelt. Ab und zu verirrte sich eine Biene aus dem unter dem Fenster liegenden Obstgarten in die Bibliothek und summte faul in einer der Ecken herum. Manchmal erhob sich vor den Fenstern hastig ein Taubenschwarm mit leuchtenden Flügeln gen Himmel. Jede Viertelstunde schickte die Kirchturmuhr unten in der Stadt ihr langsames Läuten hoch. Stimmen von Ausflüglern, die auf dem Fluss Boot fuhren, drangen hoch, abgeschwächt zu melodischen Lauten. Unten am Fuß des Hügels leuchteten die roten Dächer der Stadt in der Sonne. Unter ihnen lagen die schweißgebadeten Kornfelder. Jenseits davon Wälder und Dörfer. Jenseits davon eine blaue Welle von Hügeln. Und jenseits davon – die Freiheit, sagte sich Priscilla. Sie saß in ihrem weißen Kleid am Tisch vor einem der hohen Fenster, in ihrem Nacken kräuselten sich die kleinen Locken ihres rotgoldenen Haars. Sie war über das Zeichenbrett gebeugt. Ihre Stimme murmelte ununterbrochen, denn die Zeit war kurz, und sie hatte viel zu sagen. An ihrer Seite saß Fritzing, der zuhörte und ihr antwortete. Weit weg von ihnen, in der kühlsten, schattigsten Ecke des Raums schlummerte die Gräfin. Sie wurde von dem murmelnden Gespräch ebenso eingelullt wie vom Summen der Biene.

»Erfährt Eure Großherzogliche Hoheit viel Kritik und viele Ratschläge für ihr Zeichnen vom Herrn Geheimrat?«, fragte sie eines Tages, als sie im Halbschlaf mithörte, wie angeregt die Unterhaltung verlief.

»Der Herr Geheimrat ist äußerst gewissenhaft«, sagte die Prinzessin in dem herrschaftlichen, Das-geht-Sie-überhaupt-nichts-an-Ton, den sie im Umgang mit der Gräfin am wirksamsten fand. Doch innerlich fügte sie eine Bitte an den lieben Gott hinzu, er möge ihr vergeben, denn sie hatte geflunkert.

In der Tat war es so, dass Fritzing in dieser höchst ereignisreichen Periode seines Lebens am allerwenigsten das war, was sein Arbeitgeber gewissenhaft genannt hätte. Unterstützte er nicht die befremdlichsten, bösesten, wildesten Ideen der Prinzessin? Befremdlich, böse und wild aus der Sicht des Großherzogs, denn Priscilla selbst erschienen sie lieblich und erleuchtend. Fritzing dachte mit Schaudern an den Großherzog, denn dieser verkörperte all das, was Fritzing, ein magerer Gelehrter, am meisten verachtete. Am einfachsten lässt sich der Großherzog beschreiben, indem man einfach sagt, er war in allen Dingen, geistig ebenso wie körperlich, das genaue Gegenteil von Fritzing. Fritzing war ein Mann, der seinen Körper ignorierte und in seinem Geist lebte. Sie wissen, wie knochig solche Menschen sind. Selten haben sie viel Fleisch auf den Rippen, und obwohl sie oft hässlich sind, strahlt ihr Geist aus ihren wundervollen Augen. Ich nenne ihn den alten Fritzing, denn er war sechzig. Mir erschien er alt, Priscilla mit ihren zwanzig Jahren erschien er ein Zeitgenosse der Pyramiden und ähnlicher Altertümer; während er all jenen, die einundsechzig waren, ganz und gar nicht alt erschien. Nur zwei Dinge hielten seine ruhelose Seele im Dienste des Großherzogs, und diese Dinge waren die einzigartige Bibliothek und Priscilla. Ansonsten stieß ihn das Leben in Kunitz nur ab. Er hasste die Etikette, das Getue und die Intrigen im Schloss. Er hasste jede einzelne Zofe und jeden einzelnen Würdenträger. Er hasste die vulgäre Üppigkeit und die unverhältnismäßige Dauer und Menge der Mahlzeiten, wo er doch wusste, dass es unten in der Stadt Menschen gab, die hungerten. Er hasste die Lakaien ganz besonders und blickte sie unter seinen bösen Augenbrauen finster an, wenn er von seinen Wohnräumen in die Bibliothek ging. Und so groß ist die Macht eines unabhängigen und verachtenden Geistes, dass diese Lakaien, die doch Meister der Arroganz und der Unverschämtheit waren und die auch alles über Westfalen und das Schweinehüten wussten, es dennoch nicht ein einziges Mal wagten, unfreundlich zu ihm zu sein.

Priscilla wollte davonlaufen. Soweit ich weiß, gilt Davonlaufen als eine furchtbare Tat, selbst wenn man nur ein Hausmädchen oder irgendjemandes Ehefrau ist. Gälte es nicht als so furchtbar und würde die Gesellschaft es nicht an oberste Stelle der absolut unverzeihlichen Dinge setzen, so gäbe es wohl keine Frau, die nicht zu dem einen oder anderen Zeitpunkt davongelaufen wäre. Sie mag zurückkommen, doch sie wäre sicherlich fortgegangen. Das Ausreißen ist so schlimm angesehen, dass selbst ein einfaches Hausmädchen, das davonläuft, unfehlbar von mehr oder weniger konkreten Verwünschungen verfolgt wird, die jeweils von der Bildung jener abhängen, vor denen sie davongelaufen ist. Und eine Ehefrau, die davonläuft, wird den sozialen Fall nach sich ziehen, da man davon ausgeht, dass sie nicht alleine läuft. Dabei kenne ich mindestens zwei Ehefrauen, die alleine fortgelaufen sind. Sie waren weit davon entfernt, ihrem Leben durch einen weiteren Mann eine zusätzliche Last aufzubürden, und waren eifrig bemüht, dem Mann, den sie schon hatten, so weit wie möglich zu entkommen. Die Gesellschaft, ein zotiges Weib mit niedergeschlagenen Augen und wollüstigen Lippen, konnte sich so etwas nicht vorstellen und warf schnell den dunklen Mantel der Schande über die geduckten Köpfe der Ausreißerinnen. Die eine von ihnen war nicht in der Lage, diese Schmach zu ertragen, und bat ihren Mann um Vergebung. Sie ist ein schwacher Geist, und heute führt sie eine trauriges Leben, erdrückt durch den unendlichen Schrecken, den das freimütige Vergeben eines Mannes nach sich zieht. Die andere mietete sich ein Häuschen und lachte der Gesellschaft ins Gesicht. War sie nicht endlich glücklich, und zwar glücklich auf die richtige Weise? Ich gehe sie manchmal besuchen, und wir essen den Kohl, den sie selbst anbaut. Seltsam, wie die Enttäuschten ihren Frieden im Kohl finden.

Priscilla wollte also davonlaufen. Was schon im Falle eines Hausmädchens und einer Ehefrau furchtbar ist, wurde in ihrem Falle ungeheuerlich. Der Geist, der sich zu einem solchen Schritt entschließt, ohne von Liebe oder Leidenschaft getrieben zu werden, der ruhig den Risiken und Verlusten ins Auge sieht und alles wagt, um sich zu befreien, verdient – das muss man zugeben – zumindest Respekt. Fritzing meinte, er verdiente Bewunderung, dieser himmlischste Geist, der je in einer Frau gelodert hat. Er sagte es nicht. Im Gegenteil, er fürchtete sich und versuchte angestrengt und leidenschaftlich, Priscilla davon abzubringen. Und dennoch wusste er, dass er ihr nie vergeben würde, falls sie zögern sollte; dann würde sie sofort aus den höchsten Gefilden seiner Meinung in deren Abgründe fallen, wo sich die graue Mittelmäßigkeit beider Geschlechter auf ewig in einer undifferenzierten Masse tummelte. Priscilla dachte nicht im Traum daran zu zögern. Sie, die poetischste aller Prinzessinnen, die aus Elfenbein und Bernstein zu bestehen schien, die äußerlich so kühl, ernsthaft und sanft auftrat, brannte innerlich lichterloh. Ich muss hinzufügen, dass es eine sehr reine Flamme war. Nicht von einem jungen Mann wurde sie entfacht, sondern abstrakte Ideale waren es, die sie zum Lodern brachten – Freiheit, die Schönheit des Lebens, Einfachheit und so weiter. Ich muss hinzufügen, dass sich eine solche Flamme nur selten in der Brust eines Weibes findet. Zu dem, was sie war, hatte Fritzing sie gemacht. Zwar waren die Anlagen bei Priscilla außerordentlich gut, und zehn Jahre lang hatte er mit ihnen getan, was er wollte. Angefangen hatte er mit den einfacheren Gedichten von Wordsworth, die er zwar verachtete, doch waren sie immer noch besser, als wenn er ihre Seele mit Longfellow oder Mrs. Hemans beschmutzt hätte. Dieser Unterricht in englischer Literatur, den die Autoritäten für so harmlos halten – was für Priscillas Schwestern auch zutraf –, hatte ihr die Augen für die Größe der Welt und die Kleinheit von Kunitz geöffnet. Nichts anderes hätte diese Wirkung auf sie gehabt. Mit diesem guten Lehrer, der sie voller Eifer führte, so wie sie ihm voller Eifer folgte, wanderte sie die wunderbaren Pfade der Kultur entlang, traf die besten Menschen aller Epochen, kommunizierte mit großen Geistern, hörte, wie sie sprachen, sah, wie sie lebten. Und nicht ein Einziger von ihnen lebte und sprach so, wie man in Kunitz lebte und sprach.

Stellen Sie sich ein Mädchen vor, das zehn Jahre lang, zehn seiner weichsten, biegsamsten Jahre, von einem Fritzing beeinflusst wird. Er lehrt es, die Freiheit zu lieben, die Schönheit und die Ruhe einfacher Dinge zu sehen, jener Dinge, die dem Geist zugehören. Er zeigt ihm, wie niedrig, wie außerordentlich und hoffnungslos vulgär es ist, für den eigenen körperlichen Komfort mehr aufzuwenden, als nötig ist, und er lehrt es, ein Glück zu empfinden, das nur jenen zugänglich ist, die in ihrem Geist, nicht in ihrem Körper nach Freuden suchen. Stellen Sie sich vor, mit welchen Augen ein solches Mädchen, das fast jeden Nachmittag seines Lebens solche Dinge hört, den Palast wahrnehmen muss, die Zeremonien und die öffentlichen Auftritte, all jene Stunden, die es verbringt, als sei es ein gefeiertes Gemälde, auf ewig gezwungen, sich in einer Haltung zu befinden, die als angemessen gilt, und zu lächeln, wenn man es ansieht.

»Keiner«, sagte sie eines Tages zu Fritzing, »der nicht selbst eine Prinzessin war, kann auch nur die geringste Vorstellung davon haben, wie es ist.«

»Hoheit, es wäre korrekter zu sagen ›keine, die‹ anstelle von ›keiner, der‹.«

»Nun, sie können es sich nicht vorstellen«, sagte Priscilla.

»Hoheit, einen Satz im Maskulinum zu bilden, wenn das Subjekt Femininum ist, verletzt alle bekannten Regeln.«

»Aber die Gefühle, Fritzi – was denkt Ihr über die Gefühle?«

»So ist es, Hoheit, auch sie sind eine Verletzung aller Regeln.«

»Ich wüsste gerne, was an diesem Ort hier keine Verletzung aller Regeln ist«, seufzte Priscilla, das Kinn in die Hand gestützt, die Augen auf die ferne Hügellinie gerichtet, hinter der, wie sie sich selbst sagte, die Freiheit lag.

Sie hatte schon lange aufgehört, es nur zu sich selbst zu sagen. Ich glaube, sie war etwa achtzehn, als sie damit begann, es laut zu Fritzing zu sagen. Zuerst, bevor ihm klar wurde, wie sehr sie sich nach Freiheit sehnte, schilderte er ihr in leuchtenden Farben die Freuden, die auf der anderen Seite der Hügel lagen oder auch auf dieser Seite, sofern man allein und keine Prinzessin war. Besonders lange hatte er bei den Wohltaten eines Lebens in England verweilt, Wohltaten, die in der Tat nur für jemanden, der so unbekannt war wie Fritzing, erreichbar waren, für diejenigen, die in Staatskutschen und Sonderzügen reisten, jedoch unerreichbar blieben. Dann roch er allmählich die Gefahr und wurde zurückhaltender, indem er versuchte, sie mit Allgemeinheiten zufrieden zu stellen, zum Beispiel, dass der Mensch seinem eigenen Ich nicht entfliehen kann, und mit unbedeutenden Informationen, zum Beispiel darüber, wie viel Armut und Elend er in Ost-London gesehen hat. Er weigerte sich, über Frankreich zu reden, das Priscilla als ersten Schritt in Richtung England ansah. Er bemerkte lediglich, dass es ein Volk von Rebellen war, das keine Könige mochte. Unwirsch verwies er darauf, dass sie England schon gesehen habe, und er beendete das Gespräch abrupt mit der Frage, wann Hoheit beabsichtige, mit ihrer Zeichnung fortzufahren.

Was Priscilla von England gesehen hatte, waren die Räume vom Buckingham-Palast und von Schloss Windsor, die nun sicher Englands allererlauchteste Räume waren. Den Hin- und Rückweg zu diesen hatte sie in geschlossenen Kutschen und königlichen Zügen hinter sich gebracht, und die englischen Schlösser waren dem von Kunitz so ähnlich, dass sie sich zu ihrem Leidwesen ganz zu Hause gefühlt hatte. Selbst die Anwesenheit der Gräfin Disthal hatte nicht gefehlt. Deshalb schien ihr nicht, dass sie England gesehen hätte, was sie ihm auch sagte. Fritzing bemerkte schroff, dass sie England auf eine Weise gesehen hätte, um die die meisten Engländer sie beneiden würden, was sie ihm so wenig glaubte, dass sie »Unsinn« sagte.

Doch in letzter Zeit hatten ihre Sehnsüchte eine so konkrete Form angenommen, dass er begann, das Wort Hügel zu fürchten und bei dem Namen England zu erschaudern. Er fühlte sich hin und her gerissen, denn er versuchte weiterhin, das zu tun, was andere als seine Pflicht ansahen, und jeder Mensch, der damit aufhören will, wird zwangsläufig hin und her gerissen. Ich fühle mich versucht, an dieser Stelle innezuhalten und den verworrenen Geisteszustand eines solchen Menschen darzustellen, die Wunden und die Schwächen, unter denen er leidet, seinen mühsamen Weg durch das Leben. Doch wir müssen mit Priscilla weitermachen.

Eines Tages, nach vielen Wochen, in denen Priscilla der Sache immer näher kam, um sie herumredete, ohne sie je ganz zu berühren, holte sie tief Atem und sagte ihm, sie habe beschlossen auszureißen. Sie fügte einen Befehl hinzu, dass er ihr helfen müsse. In ihrer großherzoglichsten Art informierte, befahl und verbot sie ihm einfach. Was sie verbot war natürlich das Verraten ihrer Pläne. »Ihr könnt Euch«, sagte sie, »zwischen dem Großherzog und mir entscheiden. Wenn Ihr es ihm sagt, dann seid Ihr für alle Zeiten für mich erledigt.«

Er entschied sich natürlich für Priscilla.

Er litt furchtbare Qualen. Diese letzten Gewissensbisse waren fürchterlich. Dann, nach nächtelangem Auf- und Abgehen, überkam ihn eine plötzliche Ruhe. Schließlich konnte er spüren, was er immer schon gespürt hatte, nämlich dass ein Mann nicht zwei Aufgaben erfüllen kann, dass kein Mann zwei Herren dienen kann, dass die klare Pflicht eines Mannes darin liegt, seine Seele zu beherrschen und das Leben zu führen, das dieser zusagt. Anders und kürzer gesagt: nicht mehr er führte Priscilla, vielmehr führte jetzt sie ihn.

Sie führte ihn nicht nur, sondern sie trieb ihn an. Die Seele, die er so sorgsam behütet und beim Wachsen unterstützt hatte, war jetzt stärker als seine eigene, denn zu ihrer natürlichen Kraft gesellte sich noch der immense Wagemut völliger Unerfahrenheit. Und was kann unerfahrener sein als eine sorgsam behütete junge Prinzessin? Priscillas Unkenntnis der Welt jenseits der Mauern war beklagenswert. Er stöhnte über ihre Pläne – denn sie plante, und er hörte zu –, und dennoch gefielen sie ihm. Sie war eine göttliche Frau, sagte er zu sich selbst, die süßeste und edelste, die die Welt je sehen würde, das wusste er sicher.

Ihre Pläne sahen wie folgt aus:

Erstens, da sie die ersten einundzwanzig Jahre ihres Lebens ganz oben auf der sozialen Leiter verbracht hatte, würde sie jetzt herunterkommen und die nächsten einundzwanzig ganz unten verbringen. (Hier nannte sie ihre Gründe, doch ich werde nicht innehalten, um zu beschreiben, wie Fritzing sich wand, als seine eigenen früheren Belehrungen ihn durch jedes ihrer Worte angrinsten.)

Zweitens, dass der einzige Weg, der sie nach unten brachte, so aussah, aus Kunitz zu fliehen – und genau das würde sie tun.

Drittens, dass der beste und hübscheste Ort, um ganz unten zu leben, England sein würde. (Hier erklärte sie ihre Überzeugung, dass schöne Dinge, die nicht so leicht nach oben gelangen, ganz natürlich am unteren Ende der Leiter wachsen: die Blumen der Selbstopfer und der Liebe, der Enthaltsamkeit, Barmherzigkeit und Frömmigkeit – zarte Dinge, mit Wurzeln, die ihre Nahrung in gemeinem Boden finden. Ganz oben auf der Leiter kann man schließlich keinen Boden finden, oder?, fragte Priscilla. Und sie spürte, dass auch sie Wurzeln besaß, die voller Möglichkeiten waren und nach unten gebracht werden mussten, wo ihre natürliche Nahrung auf sie wartete.)

Viertens, dass sie in England irgendwo auf dem Lande leben würden, auf ganz bescheidene Weise.

Fünftens, dass sie seine Tochter sein würde.

»Tochter?«, rief Fritzing und bog sich auf seinem Stuhl. »Eure Großherzogliche Hoheit vergisst, dass ich Freunde in England habe, von denen jeder Einzelne ganz genau weiß, dass ich niemals eine Frau hatte.«

»Na dann Nichte«, sagte Priscilla.

Er starrte sie schweigend an und versuchte, sie sich als seine Nichte vorzustellen. Er hatte zwei Schwestern, und beide waren genau an dem Punkt stehen geblieben, an dem sie sich befunden hatten, als sie ihm barfüßig geholfen hatten, westfälische Schweine zu hüten. Damit meine ich nicht, dass sie den kleinen Bauernhof nicht schließlich verlassen, sich Strümpfe angezogen und geheiratet haben. Es ist ihr Verstand, an den ich denke, und der hat sich nie gerührt. Sie waren wie ihr Vater, ein zur Dumpfheit bestimmter Mensch, während Fritzings Mutter, nach der er schlug, auf ihre rohe und barbarische Art eine außergewöhnliche Frau gewesen war. Es gelang ihm ganz und gar nicht, sich eine seiner Schwestern als Mutter dieser zarten jungen Dame vorzustellen.

So sahen im Großen und Ganzen Priscillas Pläne aus. Die Ausführung blieb, wie sie Fritzing mitteilte, gänzlich ihm überlassen. Sie verbrachte mehrere sorgenvolle Tage damit zu überlegen, ob sie ihre Haare schwarz färben sollte, um unerkannt zu bleiben, oder ob sie ihre eigene Haarfarbe behalten und sich mithilfe eines hellblonden Bartes als Mann verkleiden sollte. Danach kam sie zu dem Schluss, dass Fritzing diese Fragen besser entscheiden konnte als sie. »Ich würde meine Haare sofort färben«, sagte sie, »doch was mache ich mit meinen elenden Wimpern? Kann man Wimpern färben?«

Fritzing glaubte nicht, und überhaupt war er eindeutig der Meinung, dass man ihre Wimpern in Ruhe lassen sollte; ich habe, glaube ich, schon erwähnt, dass sie ganz entzückend waren. Er riet ihr auch entschieden von der Idee ab, sich als Mann zu verkleiden. »Eure Großherzogliche Hoheit würde nur wie ein höchst auffälliger Junge wirken«, versicherte er ihr.

»Ich könnte einen Bart tragen«, sagte Priscilla.

Doch Fritzing war ganz und gar gegen den Bart.

Was das Geld anging, so dachte sie daran überhaupt nicht. Geld war eine Sache, an die sie nie dachte. Also war auch das Fritzings Aufgabe. Die Dinge hätten sich vielleicht sehr viel länger hingezogen und sehr viel mehr Planung und Besprechung erfahren, ohne dass sie zur Tat geschritten wären, hätte nicht ein höchst begehrenswerter Prinz seine Absicht angedeutet, Priscilla zu heiraten. Das hatte vor ihm schon eine ganze Reihe von Prinzen getan. Das heißt, sie haben nicht ihre Absicht angedeutet, sondern gefleht. Sie hätten auf den Knien darum gefleht, sofern das geholfen hätte. Doch sie waren alle arm, und Priscilla und ihre Schwestern waren reich, und der Großherzog meinte, es sei töricht, einen armen Mann zu heiraten, es sei denn, man war selbst arm. Deshalb nahm der Großherzog diese jungen Männer beiseite und vernichtete ihre Wünsche, während Priscilla sich nicht weiter darum kümmerte und mit ihren Zeichnungen fortfuhr. Doch jetzt kam dieser eine, der so sehr begehrenswert war, dass seine Andeutung ausreichte. Die Suche nach einer Frau für ihn war sehr ärgerlich gewesen und hatte sich immer wieder verzögert, denn er hatte darauf bestanden, eine Prinzessin zu heiraten, die sowohl hübsch als auch nicht seine Cousine war. Und so etwas schien es in Europa nicht zu geben. Jede war seine Cousine, bis auf zwei oder drei junge Frauen, die er unhöflicherweise hässlich nannte. Auch die Prinzessinnen von Kunitz hatte man in Betracht gezogen und wieder verworfen, denn auch sie waren seine Cousinen. Und so hatte es den Anschein, als müsste einer der herrschaftlichsten Throne Europas entweder ohne Königin bleiben oder aber eine unansehnliche Königin dulden, als der Zufall den Prinzen zu einer Staatsfeierlichkeit nach Kunitz brachte. Dort sah er Priscilla und verliebte sich so heftig in sie, dass er sie auch geheiratet hätte, wenn sie fünfzig Mal seine Cousine gewesen wäre.

Am selben Abend deutete er seine Absicht dem erfreuten Großherzog an, der sofort ein belangloses Dankesgebet an Gott losschicken wollte.

»Blödsinn«, sagte der Prinz, oder zumindest sagte er etwas Ähnliches in seiner Muttersprache.

Das war sehr schlimm. Nein, ich meine nicht die Tatsache, dass der Prinz »Blödsinn« sagte, denn er war so wichtig, dass er es zu jedem Erzherzog in Europa sagen konnte, wenn er wollte. Schlimm war, dass Priscilla sich in unmittelbarer Gefahr einer Ehe befand. Unter Fritzings vielen Predigten hatte es eine gegeben, die er oft mit den leuchtendsten Farben ausgeschmückt hatte, nämlich dass die Ehe einer Frau mit jemandem, den sie nicht liebte, von allen verachtenswerten Taten die verachtenswerteste war. Und die nicht weniger ausdrucksstarke Schlussfolgerung, die Fritzing zog, lautete so, dass es keinen Prinzen gab, der ihr das Wasser reichen konnte. Das hielt Priscilla für eine Übertreibung, denn sie hatte keine sehr hohe Meinung von ihrem Wasserstand, aber mit dem Rest war sie einverstanden. Doch interessierte das Thema sie wenig, da ihr Vater sie bisher noch nie gebeten hatte, irgendjemanden zu heiraten, und solange er es nicht tat, brauchte sie keine Zeit damit zu verschwenden, darüber nachzudenken. Doch jetzt drohte ihr diese höchst unerwartete Gefahr. Sie wusste es in dem Augenblick, als sie das Gesicht ihres Vaters sah, das vor Freude ganz verzerrt war. Er nahm ihre Hand und küsste sie. Für ihn war sie schon eine Königin. Wie üblich vermittelte sie ihm den Eindruck, als würde sie sich genauso verhalten, wie er es wünschte. Sie sagte zumindest sehr wenig, denn schon seit langem beherrschte sie die Kunst des Schweigens. Doch ihr Schweigen war so entzückend, dass der Großherzog es perfekt fand. Sie teilt ihm fast ohne Worte mit, dass es eine große Überraschung war, eine unermessliche Ehre, ein riesiges Kompliment, dabei jedoch so plötzlich, dass sie sowohl ihm als auch dem Prinzen dankbar wäre, wenn ein oder zwei Wochen lang nichts mehr über das Thema gesagt würde – zumindest so lange nicht, bis die formalen Verhandlungen eröffnet waren. »Ich sah ihn gestern zum ersten Mal«, entschuldigte sie ihr Anliegen, »und so bin ich natürlich überwältigt.«

Bei sich hatte sie gedacht, dass seine Augen, die er keine Sekunde von ihr gelassen hatte, freundlich und angenehm aussahen, und wenn sie gehört hätte, wie er »Blödsinn« sagte – wer weiß, ob er dann nicht doch eine Chance gehabt hätte? Doch so, wie die Dinge standen, eilte sie zu Fritzing, sobald sie alleine war. »Was«, sagte sie, »meint Ihr dazu, dass ich diesen Mann heiraten soll?«

»Wenn Ihr das tut, Hoheit«, sagte Fritzing, und sein Gesicht leuchtete vor Überzeugung, »dann werdet Ihr unweigerlich auf ewig verloren sein.«

II

Sie flohen in der Abenddämmerung mit dem Fahrrad. Dabei kam ihnen die Glücksgöttin, die eine Schwäche für Sünder zu haben scheint, auf tausend verschiedene Weisen zu Hilfe. Ohne sie wären die beiden sicher nicht weit gekommen, denn sie hatten wenig Erfahrung in der Kunst des Fliehens. Nachdem sie sich einmal zur Flucht entschlossen hatten, befasste Fritzing sich ausführlich und fieberhaft mit der Planung. Der arme, geplagte Mann durchdachte und arrangierte die Dinge, so gut er es vermochte. Doch was können Sünder in dieser vom Gesetz geregelten Welt ohne Fortunas Hilfe vollbringen? Fröhlich lächelnd spazierte die Dame ins Schloss und hexte der Gräfin Disthal ein Fieber an, sodass diese hilflos ans Bett gefesselt war und sich tagelang nicht rühren konnte. Und während die eine Hand Fortunas sich um die Gräfin kümmerte, fegte die andere den Großherzog nach Ostpreußen, das so weit als möglich vom Schloss entfernt lag. Der Großherzog hatte natürlich keine Ahnung, wie sehr das Schicksal ihm mitspielte, vielmehr dachte er, dass ein unwiderstehliches Bedürfnis ihn gerade nach Ostpreußen trieb, um die Rehböcke eines Freundes zu erlegen, bevor das Geschäft von Priscillas Vermählung beginnen würde.

Die Gräfin musste sich um zwölf Uhr mittags an einem Montag im Oktober ins Bett legen. Um drei Uhr trat der Großherzog seine Reise an, incognito in einem Automobil – und bekanntlich ist es schwierig, Menschen in einem Automobil eine Nachricht zukommen zu lassen. Um vier Uhr trippelte eine von Priscillas Zofen, ein unbedeutendes Geschöpf, das unter den Bosheiten der anderen Angestellten zu leiden hatte und von Priscilla eben aus dem Grunde ausgewählt worden war, weil es diese hasste, mit leuchtenden Augen und Taschen, die durch Bestechungsgelder schwer beladen waren, aus dem Schloss. Die Zofe war in Eile, denn sie wollte den Nachmittags-Expresszug nach Köln erreichen. Um sechs Uhr, genau zu dem Zeitpunkt, als die Schlosswache abgelöst wurde, führten zwei Personen ihre Fahrräder durch den Torbogen hinunter zur Brücke. Es war dunkel, und niemand erkannte sie. Fritzing war sportlich, fast komisch gekleidet – obwohl seine Stimmung alles andere als komisch war –, und unterschied sich somit deutlich von seiner gewohnten nüchternen Aufmachung. Er erinnerte Priscilla etwas an einen Clown, sodass sie sich das Lachen verkneifen musste. Sein graues Haar wurde von einer Kappe mit Ohrenklappen bedeckt; ein grelles Taschentuch, das er um den Hals gewickelt hatte, verhüllte sein Gesicht, riesige Brillengläser versteckten seine unverkennbaren überhängenden Augenbrauen und die tief liegenden Augen, wobei diese Brillengläser in einem kuriosen Gegensatz zu den adretten, eleganten Gamaschen standen. Die Prinzessin trug einen kurzen Mantel aus gewöhnlichem blauen Sergestoff, der recht schäbig wirkte, da er in der letzten Woche täglich mehrere Stunden lang der rauen Behandlung durch jene Zofe ausgesetzt war, die jetzt auf dem Weg nach Köln war. Was Priscillas Gesicht und ihr Haar betrifft, so wurde beides durch ein großzügiges Stofftuch vollständig verhüllt.

Die Wächter starrten die beiden Figuren mit den Fahrrädern verwundert an, und ohne Zweifel dachten sie noch eine ganze Weile darüber nach, wer das wohl gewesen sein mochte. Danach hatten sie noch die Brücke zu überwinden, doch nachdem sie auch diese hinter sich gelassen und die Stadt erreicht hatten, mussten sie nur noch geradeaus fahren. Ihr Plan war, zwanzig Kilometer bis nach Rühl zu fahren, einer Kleinstadt mit einer Bahnstation an der Linie zwischen Kunitz und Köln. Expresszüge hielten in Rühl zwar nicht an, doch um acht Uhr kam ein Bummelzug durch die Stadt, der sie bis Mitternacht nach Gerstein bringen würde, der Hauptstadt des nächsten Herzogtums. Dort würden sie in den Expresszug nach Köln einsteigen, wo die bestochene Zofe sie erwarten würde. Dorthin hatte Fritzing auch das Gepäck geschickt – eine stattliche Tasche für sich selbst und eine stattliche Kiste für seine Nichte. Die stattliche Kiste war mit ebenso stattlichen Kleidern gefüllt, die Fritzing von einer jungen Dame in dem Geschäft in Gerstein empfohlen worden waren, wo er vor zwei Tagen einkaufen war. Sie hatte ihm noch eine ganze Reihe weiterer Artikel empfohlen, ohne die, wie sie sagte, die Garderobe einer Dame unvollständig bleiben würde, und der arme Mann, der fürchtete, dass bald der ganze Laden in den Koffer gepackt und zum Bahnhof geschickt werden würde, warf zwei Hundertmarkscheine auf den Ladentisch und bat die junge Dame, diesen finanziellen Rahmen einzuhalten. Woraufhin die junge Dame ihn verächtlich musterte und meinte, sie hätte noch nie von jemandem gehört, der für zweihundert Mark von Kopf bis Fuß und von innen nach außen (einschließlich der Bürsten, Seifen und einem Regenschirm) eingekleidet wurde. Fritzing, in

Furcht vor auffälligen Gepäckmassen, doch verunsichert durch die feste Überzeugung der jungen Dame, holte einen dritten Hundertmarkschein hervor. Doch fügte er einige strenge und endgültige Worte hinzu, sodass die junge Dame sich verzagt an dieses Limit hielt, und die Kiste wurde gepackt. Somit hat Priscillas Ausstattung exakt dreihundert Mark gekostet. Man kann sich gut vorstellen, dass sie stattlich war.

Die Fahrt über das Kopfsteinpflaster von Kunitz war eine schmerzhafte Erfahrung. Priscilla war eine sehr unsichere Radfahrerin, und selbiges galt für Fritzing. Vor einigen Jahren, als es Mode war, fuhr die Prinzessin jeden Tag mit ihrem Fahrrad im großherzoglichen Park auf der anderen Seite der Stadt spazieren. Dann, als sie des Radfahrens überdrüssig wurde, gab sie es auf, und in den letzten ein oder zwei Wochen, als Fritzing ihr mitteilte, dass, wenn sie fliehen würden, dies auf Fahrrädern geschehen müsse, hatte sie eine erneute Leidenschaft für das Radfahren vorgetäuscht und war jeden Tag stundenlang im Kreis gefahren. Den verachteten Mittelpunkt dieses Kreises bildete die Gräfin Disthal, denn sie hatte die Aufgabe, dabeizustehen und aufzupassen. Doch das Kopfsteinpflaster von Kunitz hatte wenig Ähnlichkeit mit den sanften Parkwegen. Alle, die jemals in Kunitz Rad gefahren sind, wissen, dass es selbst den Geübtesten Schwierigkeiten bereitet. Und so kamen die Flüchtlinge nur sehr langsam voran. Jedes Mal, wenn sie an einem Geschäft oder einem Passanten vorbeifuhren, der sie ansah, blieb Fritzing bald das Herz stehen. Man kann sich vorstellen, wie er vor Schreck fast tot umfiel, als ein Polizist, der sie beobachtete, plötzlich mitten auf die Straße trat, seine Hand hob und »Halt« sagte.

Der furchtsame Fritzing erlitt dadurch einen solchen Schock, dass er gehorchte, indem er einfach vom Fahrrad fiel. Priscilla hingegen war es nicht gewohnt, dass ihr jemand Anweisungen erteilte, und so ahnte sie nicht, dass der Befehl auch ihr galt. Unter Mühen fuhr sie weiter. Daraufhin umfasste der Polizist sie mit beiden Armen und hob sie galant vom Fahrrad. Er setzte sie sanft ab, denn er war ein sehr sympathischer Polizist, ganz anders als die scharfen Augen des Gesetzes, die grimmig die Straßen von, sagen wir, Berlin, auf und ab schauen. So stelle ich sie mir zumindest vor.

Doch Priscilla war wie erstarrt vor Zorn, noch nie in ihrem Leben war sie so beleidigt worden. »Wie können Sie es wagen ... wie können Sie es wagen«, stammelte sie und schnappte nach Luft. Sie vergaß alles um sich herum bis auf den Wunsch, diesem Riesen eine Ohrfeige zu versetzen. Sie hob sogar die Hand, um diesen Wunsch in die Tat umzusetzen, was natürlich den Untergang ihres Plans und das Ende meiner Geschichte bedeutet hätte. Doch Fritzing, der gerade wieder zu sich gekommen war, rief in unverkennbarer Todesangst: »Nichte, beruhige dich.«

Sie beruhigte sich augenblicklich so sehr, dass sie geradezu erstarrte.

»Guten Tag«, sagte Fritzing und setzte eine energische, unschuldige Miene auf. »Was können wir für Sie tun?«

»Ihre Lampen einschalten«, sagte der Polizist lakonisch.

Und das taten sie auch, oder genauer gesagt, Fritzing tat es, während Priscilla unbeweglich dastand.

»Ich habe auch eine Nichte«, sagte der Polizist, der Fritzing bei der Arbeit beobachtete. »Aber ich schalte ihr nicht die Lampe ein. Sie sollten Ihre Nichte nicht bedienen. Ihre Nichte sollte Sie bedienen.«

Fritzing antwortete nicht. Er beendete das Einschalten der Lampen, dann hielt er Priscillas Fahrrad fest und schob es an.

»Auch das mache ich nie für meine Nichte«, sagte der Polizist.

»Zum Teufel mit Ihrer Nichte, mein Herr«, war der Satz, der Fritzing auf der Zungenspitze lag, doch er schluckte ihn hinunter und bemerkte stattdessen so höflich wie möglich, dass auch ein Onkel ein Gentleman sein könne, nahm sein Fahrrad und folgte Priscilla.

Der Polizist schüttelte den Kopf, als sie hinter der Ecke entschwanden. »Man schaltet seiner Nichte nicht die Lampe ein«, wiederholte er für sich selbst. »Das ist gegen die Natur. Das heißt, das hitzige Fräulein mag zwar irgendjemandes Nichte sein, sicher aber nicht seine.«

»Oh«, murmelte Priscilla, nachdem sie eine Weile gefahren waren, ohne zu sprechen. »Ich verwildere bereits. Zum ersten Mal in meinem Leben wollte ich jemandem eine Ohrfeige geben.«

»Das war eine große Beleidigung, Hoheit«, sagte Fritzing, selbst erschüttert von dem Anblick, dass seine Prinzessin von einem Polizisten herumgetragen wurde.

»Glaubt Ihr …«, Priscilla zögerte und sah ihn an. Ihr Fahrrad zögerte auch sofort, kam vom Weg ab und erinnerte sie daran, dass es nicht gestattete, irgendwo anders hinzusehen als auf die Griffe. »Glaubt Ihr«, fuhr sie fort, nachdem sie ihr Fahrrad wieder auf den Weg gelenkt hatte, »dass das Leben, das ich jetzt führen werde, mich dazu bringt, diesen Wunsch öfter zu verspüren?«

»Das verhüt' Gott, Hoheit. Ihr werdet jetzt das edelste aller Leben führen, das Einzige, das sich für denkende, ernsthafte Menschen ziemt. Wenn Ihr Euch erst eingerichtet habt, dann wird es sehr viel geschützter vor Kontakt mit jenen sein, die unedle Gefühle hervorrufen, als Hoheit es je erlebt hat.«

»Wenn Ihr mit jenen, die unedle Gefühle hervorrufen, Polizisten meint«, sagte Priscilla, »dann war ich bisher ausreichend geschützt vor ihnen. Ja, ich habe tatsächlich noch nie mit einem Polizisten geredet. Und wie viel weniger«, sie erschauderte bei dem Gedanken, »hat mich jemals einer berührt.«

»Hoheit, Ihr bereut es doch nicht?«

»Himmel, nein«, sagte Priscilla, die heftig strampelte.

Kurz vor Rühl, etwa hundert Meter vor den ersten Häusern, liegt am Straßenrand ein Teich. In diesen Teich warf Fritzing die Fahrräder, nachdem er eine Weile gewartet und die dunkle Straße hinauf und hinunter geschaut hatte, um zu sehen, ob sie beobachtet wurden. Er wusste, dass der Teich tief war, denn er hatte ihn an dem Tag untersucht, als er Priscillas Kleidung einkaufte. Die beiden Fahrräder wurden mitleidslos nacheinander in den Teich geworfen, und eines nach dem anderen verschwand mit einem lauten Platschen und Gurgeln. Daraufhin gingen die beiden schnell in Richtung Bahnhof, sehr erleichtert darüber, wieder auf eigenen Füßen zu stehen. Zwischen ihnen ging, unbemerkt und mit einem Lächeln in den Augen, ihre Glücksgöttin, die halbwegs vorhatte, dieses Spiel zu Ende zu spielen und die Mitspieler nur so weit zu erschrecken, dass sie sich selbst noch amüsierte. Ja, so launisch ist die lachende Fortuna.

Sie erreichten den Zug in Rühl rechtzeitig und mussten nur etwa zehn Minuten am Bahnhof warten, bis er kam. Außer ihnen war kaum jemand dort, und niemand beachtete sie. Nachdem Fritzing sich sorgfältig umsah, ob er jemanden kannte, führte er die Prinzessin in ein Abteil zweiter Klasse, das die Aufschrift »Frauen« trug, und zog sich dann respektvoll in einen anderen Teil des Zugs zurück. Er hatte beschlossen, dass die zweite Klasse am sichersten war. Die Leute in diesem Land reisten fast immer zweiter Klasse, vor allem Frauen, die in solchen Dingen immer so viel sparsamer sind als Männer. Eine Frau, die alleine in einem Erste-Klasse-Abteil reiste, könnte an jedem Bahnhof Misstrauen und Neugierde erwecken. Deshalb brachte er Priscilla in das Abteil, das mit »Frauen« bezeichnet war, und sie fand sich zum ersten Mal in ihrem Leben allein mit dem vor, das ihr bisher vage als die Öffentlichkeit bekannt war.

Sie setzte sich in eine Ecke und war seltsam überrascht, dass sie der Kategorie »Frauen« angehörte. Ein furchtsamer Blick durch ihren Schleier beruhigte sie, dass die Öffentlichkeit, mit der sie konfrontiert war, nur aus einer gemütlich aussehenden Mutter und ihrem Kind bestand.

Ich weiß nicht, warum das Adjektiv gemütlich Mütter in Deutschland so unausweichlich beschreibt. In England oder Frankreich kann man, glaube ich, eine Mutter sein, ohne gemütlich zu sein. In Deutschland hingegen ist das unmöglich. Vielleicht ist es das Klima, vielleicht ist es das Essen, vielleicht ist es einfach der Mangel an Seele, oder die Seele brennt nicht mit ausreichend Feuer, um davon verzehrt zu werden. Auf jeden Fall ist es so. Diese Mutter strahlte jene Art von Gutmütigkeit aus, wie sie für füllige Menschen typisch ist.

Sie war damit beschäftigt, ihr Kind mit belegten Brötchen zu füttern, und bot Priscilla sofort eins an.

»Nein, danke«, sagte Priscilla und zog sich tiefer in ihre Ecke zurück.

»So nehmen Sie doch eins, Fräulein«, versuchte die Mutter sie zu überreden.

»Nein, danke«, sagte Priscilla und zog sich noch tiefer zurück.

»Das hilft, auf einer Reise die Zeit zu vertreiben. Selbst, wenn man nicht hungrig ist, kann man Gott sei Dank immer essen. Nehmen Sie eins.«

»Nein, danke«, wiederholte Priscilla.

»Warum trägt sie so'n schwarzes Ding über'm Gesicht?«, erkundigte sich das Kind. »Ist das 'ne Hexe?«

»Still, still, du kleiner Nichtsnutz«, rief die Mutter, während sie sein Gesicht erfreut mit einem halben Brötchen streichelte. »Sehen Sie, wie klug er ist, Fräulein. Er ähnelt seinem lieben Vater wie ein Ei dem anderen.«

»Tatsächlich?«, sagte Priscilla, die dem Vater gegenüber sofort voreingenommen war.

»Warum nimmt sie das schwarze Ding nicht ab?«, fragte das Kind.

»Still, still, du Frechdachs. Das Fräulein wird es in einer Minute ausziehen. Das Fräulein ist doch gerade erst eingestiegen.«

»Mutti, ist sie 'ne Hexe? Mutti, Mutti, ist sie 'ne Hexe, Mutti?«

Das Kind, das die Augen besorgt auf Priscillas umhüllten Kopf geheftet hatte, begann zu heulen.

»Dieses Kind gehört ins Bett«, sagte Priscilla mit einer Strenge, die aus der Sorge erwuchs, dass Mitleid sie zwingen würde, ihren Schleier zu lüften, damit das Kind ruhig wurde. »Menschen, die so intelligent sind wie er, sollten nachts niemals Zug fahren. Ihre Gehirne ertragen es nicht. Wäre er nicht viel glücklicher, wenn er sich hinlegt und einschläft?«

»Ja, ja. Das habe ich ihm gesagt, seit wir in Kunitz losgefahren sind«, – Priscilla erschauderte –, »aber er will es nicht. Hörst du, was das Fräulein sagt, Hans-Joachim?«

»Warum zieht sie das schwarze Ding nicht aus?«, heulte das Kind.

Doch wie konnte die arme Prinzessin, die ihm den Gefallen gerne getan hätte, ihren Schleier abnehmen und ihr wohl bekanntes Gesicht diesen Menschen zeigen, die höchstwahrscheinlich Bewohner von Kunitz waren?

»Ziehen Sie ihn bitte aus, Fräulein«, bat die Mutter sie, als sie sah, dass Priscilla keine Anstalten dazu machte. »Wenn er sich etwas vornimmt, dann wird es keinen Frieden geben, bis er bekommt, was er will. Er erinnert mich so sehr an seinen Vater.«

»Haben Sie es schon einmal«, sagte Priscilla, um sie hinzuhalten, »mit einem ganz kleinen Klaps versucht? Nur einem ganz kleinen«, fügte sie hastig hinzu, denn die Mutter sah sie befremdet an, »nur als eine Art Gegenmittel. Er muss auch nicht fest sein, wissen Sie ...«

»Ach, sie ist 'ne Hexe ... Mutti, sie ist 'ne Hexe!«, kreischte das Kind. Mit diesen unheilvollen Worten warf es sein Gesicht und das angefangene Brötchen seiner Mutter in den Schoß.

»Ist schon gut, mein armer Kleiner«, tröstete die Mutter ihn, wobei sie einen ungehaltenen Blick auf Priscilla warf. »Armer kleiner Mann, niemand wird dich schlagen. Das Fräulein meint nicht dich, mein Söhnchen. Das Fräulein denkt an böse Kinder, wie die Söhne von

Schultz und deinen Vetter Meyer. Fräulein, wenn Sie Ihren Schleier nicht abnehmen, so wird er Krämpfe bekommen, fürchte ich.«

»Oh«, sagte die unglückliche Priscilla, die sich so weit in ihre Ecke zurückzog, wie sie konnte. »Es tut mir so Leid … aber ich … aber ich kann es wirklich nicht tun.«

»Sie ist 'ne Hexe, Mutti!«, brüllte das Kind. »Ich sag' es dir noch einmal … deshalb ist sie so schwarz, und deshalb darf sie ihr Gesicht nicht zeigen!«

»Psst, psst, schließ deine Äuglein«, tröstete die Mutter ihn und legte ihre Hände darauf. An Priscilla gerichtet fragte sie mit offensichtlich wachsendem Misstrauen: »Aber, Fräulein, was für einen Grund könnten Sie denn haben, sich zu verbergen?«

»Mich zu verbergen?«, wiederholte Priscilla, die jetzt wirklich sehr unglücklich war. »Ich verberge mich nicht. Ich habe … ich habe … Ich befürchte, ich habe … eine Hauterkrankung. Deshalb trage ich einen Schleier.«

»Ach, armes Fräulein«, sagte die Mutter, die sofort durch lebhaftes Interesse erblühte. »Hans-Joachim, schlaf jetzt«, sagte sie kurz angebunden zu ihrem Sohn, der seinen Kopf hob, zweifelsohne, um eine spannend werdende Unterhaltung mit neuen Verdächtigungen zu unterbrechen. »Das ist natürlich ein großes Unglück. Ist es ein Ausschlag?«

»Oh, es ist fürchterlich«, sagte Priscilla schwach.

»Ach, armes Fräulein. Wenn man erst verheiratet ist, dann machen Ausschläge nichts mehr aus. Der Mann muss einen dann auch trotz der Hautausschläge lieben. Doch für ein Fräulein ist jeder Fleck wichtig. Ich habe eine junge Dame in meinem Bekanntenkreis, deren Lebensglück durch Flecken ruiniert wurde. Sie bekam sie genau im falschen Augenblick.«

»Tatsächlich?«, murmelte Priscilla.
»Gehen Sie zu einem Arzt?«
»Ja ... das heißt, nein ... ich war bei ihm.«
»Ach, waren Sie in Kunitz bei Dr. Kraus?«
»J... Ja. Da war ich.«
»Was hat er gesagt?«
»Dass ich immer einen Schleier tragen muss.«
»Weil es so schlimm aussieht?«
»Ich nehme es an.«

Es trat Stille ein. Priscilla lag erschöpft in ihrer Ecke und schloss die Augen. Die Mutter starrte sie unverwandt an, mit einer Hand streichelte sie mechanisch Hans-Joachim, mit der anderen hielt sie ihn fest.

»Als ich ein Mädchen war«, sagte die Mutter so plötzlich, dass Priscilla zusammenzuckte, »hatte ich eine Menge Ärger mit meiner Haut. Deshalb habe ich sehr viel Erfahrung auf diesem Gebiet. Zeigen Sie mir Ihr Gesicht, Fräulein ... ich kann Ihnen vielleicht sagen, wie Sie es heilen können.«

»Oh, nein, auf keinen Fall ... auf gar keinen Fall«, rief Priscilla und setzte sich gerade hin. Sie wurde sehr heftig. »Das würde mir nicht einfallen ... ich kann es Ihnen ganz sicher nicht zeigen.«

»Aber, mein liebes Fräulein, was macht es denn, wenn eine Frau es sieht?«

»Aber warum wollen Sie es denn sehen?«

»Ich möchte Ihnen helfen.«

»Ich möchte keine Hilfe. Ich werde es niemandem zeigen ... überhaupt niemandem. Es ist zu ... zu furchtbar.«

»Nun, nun, regen Sie sich nicht auf. Mädchen sind eitel, ich weiß. Wenn Ihnen jemand helfen kann, dann ist es Dr. Kraus. Er ist ein ausgezeichneter Arzt, nicht wahr?«

»Ja«, sagte Priscilla und sank zurück in ihre Ecke.

»Der Großherzog ist ein großer Bewunderer von ihm. Er will ihn adeln.«

»Wirklich?«

»Es heißt – zweifelsohne ist das ein Gerücht, aber dennoch, Sie wissen ja, er ist ein sehr gut aussehender Mann –, dass die Gräfin Disthal ihn heiraten wird.«

»Himmel!«, rief Priscilla aufgeschreckt. »Was, egal, ob er will oder nicht?«

»Zweifelsohne wird er es wollen. Das wäre eine ausgezeichnete Partie für ihn.«

»Aber sie ist mindestens hundert Jahre alt. Ja, sie sieht wie seine Mutter aus. Und er ist ein Mensch ganz ohne Stammbaum.«

»Stammbaum? Natürlich ist er noch nicht geadelt, doch er kommt aus ausgezeichneter Familie. Und da es unmöglich ist, so viele Beschwerden zu haben, wie sie sie hat, und immer noch am Leben zu sein, müssen wenigstens einige davon vorgetäuscht sein. Warum sollte sie vortäuschen, wenn nicht deshalb, um den Doktor zu sehen? In Kunitz heißt es, sie hat heute erst nach ihm geschickt.«

»Ja, das stimmt. Aber diesmal ist sie wirklich krank. Ich befürchte, das arme Ding hat sich erkältet, als sie … Himmel, sehen Sie nur, wie süß Ihr kleiner Junge schläft. Sie sollten ihn in dieser Haltung von Levallier malen lassen.«

»Ja, er sieht wirklich entzückend aus, nicht wahr? Genauso sieht sein Vater aus, wenn er schläft. Manchmal kann ich selbst vor Freude über diesen wunderbaren Anblick nicht schlafen. Was hat die Gräfin Disthal? Hat Dr. Kraus es Ihnen erzählt?«

»Nein, nein … ich habe etwas gehört … ein Gerücht.«

»Ah, sie täuscht wieder etwas vor, kein Zweifel. Nun, es wird eine gute Partie für ihn sein. Sie wissen doch, dass sie die Hofdame von Prinzessin Priscilla ist? Das ist die mit den roten Haaren, die so beliebt ist. Die Gräfin hat es leicht mit ihr. Die beiden anderen Prinzessinnen haben ihren Hofdamen das Leben schwer gemacht, aber Priscilla … oh, sie ist einfach perfekt. Kunitz ist wirklich sehr stolz auf sie. Es heißt, sie ist in allem genauso, wie eine Prinzessin sein sollte, und man kann sich darauf verlassen, dass sie nie irgendetwas sagt oder tut, was ihrem Stande nicht entspricht. Haben Sie sie schon einmal gesehen? Sie fährt oft durch die Stadt, und dann laufen alle Menschen zusammen und freuen sich, als wäre es ein Feiertag. Wir in Gerstein sind richtig eifersüchtig darauf. Unser Herzogtum hat keine solche Prinzessin zum Vorzeigen. Finden Sie sie sehr schön? Ich habe sie schon oft gesehen, und ich finde sie gar nicht so schön. Die Menschen übertreiben immer, wenn es um eine Prinzessin geht. Mein Mann bewundert sie überhaupt nicht. Er sagt, sie ist nicht das, was er klassisch nennen würde. Zum Beispiel ihr Haar … doch darüber kann man noch hinwegsehen. Und Menschen, die wirklich schön sind, haben immer dunkle Augenbrauen. Dann ihre Nase … mein Mann lacht oft und sagt, ihre Nase …«

»Oh«, sagte Priscilla schwach. »Ich habe furchtbare Kopfschmerzen. Ich glaube, ich werde versuchen, ein wenig zu schlafen, wenn es Ihnen nichts ausmacht, still zu sein.«

»Ja, dieses warme Ding über ihrem Gesicht muss sehr anstrengend sein. Nun, wenn Sie nicht so eitel wären … was macht ein Ausschlag schon aus, wenn nur Frauen anwesend sind? Nun, nun, ich will Sie nicht necken.

Kennen Sie viele Kunitzer? Kennen Sie die Levisohns gut?«

»Oh«, seufzte Priscilla, legte ihren gequälten Kopf gegen die Kissen und schloss die Augen. »Wer ist das?«

»Wer das ist? Wer die Levisohns sind? Aber, mein liebes Fräulein, wenn Sie Kunitz kennen, dann müssen Sie auch die Levisohns kennen. Ja, denn die Levisohns sind Kunitz. Sie sind viel wichtiger als der Großherzog. Sie tun alles für Kunitz, und sie sind die heimlichen Herrscher. Sie müssen doch ihr wunderbares Geschäft an der Ecke Heiligengeiststraße kennen? Vielleicht«, fügte sie nach einem Blick auf den schäbigen Mantel aus Sergestoff hinzu, den die Prinzessin trug, »haben Sie sie in Gesellschaft noch nicht getroffen, aber Sie müssen auf jeden Fall ihr wunderbares Geschäft kennen. Wir gehen immer dorthin.«

»Tatsächlich?«, sagte Priscilla lahm, als die Mutter eine Pause machte.

»Und Sie kennen natürlich auch ihre Geschichte?«

»Oh, oh«, seufzte Priscilla, die ihren Kopf auf den Kissen von einer Seite auf die andere wälzte und vergeblich nach Ruhe suchte.

»Doch die Geschichte ist wohl kaum für die Ohren eines Fräuleins geeignet.«

»Dann erzählen Sie sie bitte nicht.«

»Nein, das werde ich nicht tun. Es ist nichts für ein Fräulein. Doch man sieht noch heute, dass sie eine schöne Frau gewesen sein muss. Und er, Levisohn, war klug genug, um sich den Weg bis zum Hofe zu bahnen. Der Großherzog …«

»Ich glaube nicht, dass ich etwas über die Levisohns hören möchte«, sagte Priscilla, die sich plötzlich aufsetzte und sehr deutlich sprach. »Ich verabscheue

Gerüchte. Und in meiner Anwesenheit sollen keine verbreitet werden.«

»Ei der Daus«, sagte die verblüffte Mutter, und man kann sich leicht vorstellen, dass bisher noch nie jemand »ei der Daus« zu Priscilla gesagt hatte.

Sie errötete unter ihrem Schleier. Einen Moment lang saß sie mit funkelnden Augen da, und die Hand, die in ihrem Schoß lag, zuckte nervös. Konnte es sein, dass sie daran dachte, der gemütlichen Mutter die Ermahnung zukommen zu lassen, der der Polizist so knapp entkommen war? Ich weiß nicht, was passiert wäre, wenn die fröhliche Göttin, die sah, dass die Dinge schnell auf einen Höhepunkt zuliefen, den Zug nicht gerade rechtzeitig an einem abgelegenen Bahnhof zum Halt gebracht hätte, sodass eine atemlose Dame, die Pakete vor sich herschob, hineinkletterte. Der überraschte Blick der Mutter wurde notgedrungen auf den Neuankömmling abgelenkt. Ein Paket, das in Priscillas Arme geworfen wurde, brachte sie zwangsläufig wieder zu ihren Sinnen.

»Danke, danke«, rief die atemlose Dame, obwohl ihr niemand Hilfe angeboten hatte. Sie schob sich ins Abteil und wünschte ihren beiden Mitreisenden einen guten Abend. Die Dame war offensichtlich eine patente Person, denn sie brachte ihre Pakete schnell und ordentlich in den Gepäcknetzen unter, zog die Fenster hoch, knallte den Lüftungsspalt zu, legte ihren Mantel ab, zog ihren Schleier hoch, setzte sich mit einem tiefen Seufzer und starrte die anderen beiden beharrlich, ohne zu zucken, fünf Minuten lang an. Als diese vergangen waren, begannen sie und die Mutter wie auf Befehl zu reden. Und nachdem fünf weitere Minuten vergangen waren, hatten sie einander erzählt, wohin sie fuhren, wo sie gewesen waren, was ihre Männer machten, hatten die Anzahl, das Alter und die Sattelgröße ihrer Kinder ausgetauscht und all jene Adjektive verwendet, die am geeignetsten waren, um ihre Dienstboten zu beschreiben. Da die Adjektive sehr blumig waren, nahmen sie einige Zeit in Anspruch. Priscilla schloss die Augen, während sie immer weiter redeten, dankbar, dass sie in Ruhe gelassen wurde, und sie fühlte sich höchst entspannt. Allmählich fiel sie in einen unruhigen Schlummer, dessen Haupteigenschaft die unangenehme Wiederholung der Worte »Du verwilderst ... verwilderst ... verwilderst« war, die wie Hammerschläge auf ihren Kopf niedergingen.

»Lieber Gott«, flüsterte sie schließlich, wobei sie die Hände in ihrem Schoß faltete. »Lass mich nicht allzu sehr verwildern. Bitte bewahre mich davor, dass ich den Wunsch verspüre, den Menschen eine Ohrfeige zu geben. Lieber Gott, das ist so barbarisch von mir. Früher hatte ich solche Wünsche nicht. Bitte bewahre mich auch jetzt davor.«

Dann war sie still, und schließlich verfiel sie in einen friedlichen, kleinen Schlummer.

III

Von Calais setzten sie mit dem Dampfboot über. Die schnellste Route wäre Köln – Ostende – Dover gewesen, und da für Fritzing jeder Augenblick zählte, hätte er gerne diesen Weg genommen. Doch Priscilla war fest entschlossen auszuprobieren, ob Dampfboote wirklich so ruhig auf See lagen, wie sie gehört hatte. Das Dampfboot lag in der Tat so ruhig, dass es schien, als befände man sich auf fester Erde, doch das hing damit zusammen, erklärte Fritzing, dass das Meer so totenstill war, und bei Totenstille – kurz gesagt, er erklärte das Verhalten von Booten bei Totenstille mit viel Geduld, und nachdem er fertig war, bemerkte Priscilla, dass sie dann auch über Ostende hätten fahren können.

»Das hätten wir, Hoheit, und wir wären jetzt in London, wenn wir das getan hätten«, sagte Fritzing.

Sie hatten in der Tat mehrere Stunden und etwas Geld verloren, indem sie über Calais fuhren, und Fritzing hatte zudem auch seine Geduld verloren.

Fritzing war, Sie erinnern sich, sechzig, und er hatte die ganze Nacht über kein Auge zugetan. Um genau zu sein, hatte er unzählige Nächte kein Auge zugetan, und was er in diesen Nächten durchgemacht hatte, war mehr, als ein nicht mehr ganz junger Mensch ertragen konnte. Während er sich im Zug zwischen Köln und Calais auf seinem Sitz hin und her wand, hatte er jedes einzelne seiner lange verehrten Ideale verflucht, sie Narren genannt und die Faust gegen sie erhoben. Er befand sich in einem fürchterlichen Geisteszustand. Seiner lieben Prinzessin verriet er nichts davon, und als er mit ihr über Dampfboote sprach, machte er den klaren Eindruck eines Philosophen. Doch er spürte, dass er ein strapazierter Mann war, und der Zofe Annalise gegenüber benahm er sich genauso, wie strapazierte Männer sich benehmen, wenn sie auf ein schutzloses Opfer treffen. Unglücklicherweise war Annalise nur scheinbar schutzlos. Fritzing hätte das erkannt, wenn er mehr Erfahrung mit dem Weglaufen gehabt hätte. In seinen ruhigeren Momenten dämmerte ihm diese Wahrheit auch. Es war schlicht und einfach so, dass Annalise sowohl ihn als auch Priscilla in der Hand hatte.

Zu diesem Zeitpunkt hatte sie das jedoch noch nicht erkannt. Annalise war voller Ehrfurcht ob ihrer Beförderung und sah so klein und schwarz und unsicher in der neuen Umgebung des Dampfbootes aus, dass es zwar nicht klug, aber verständlich war, dass er sie in einer Manier ansprach, die all jenen bekannt ist, die mit strapazierten Männern zu tun gehabt haben. Er verhielt sich Annalise gegenüber so, wie er sich in der vergangenen Nacht seinen Idealen gegenüber verhalten hatte: Er drohte ihr mit der Faust und nannte sie eine Närrin. Und zwar deshalb, weil sie den Regenschirm der Prinzessin zerbrochen hatte. Es war der neue Regenschirm, den er unter so viel Mühen vor zwei Tagen in Gerstein erstanden hatte und der so stabil sein sollte, wenigstens eine Zeit lang eine vernünftige Behandlung zu überstehen. In Calais herrschten Nebel und Nieselregen, und Priscilla, die sich weigerte, Schutz zu suchen, hatte Fritzing losgeschickt, um ihren Schirm zu holen. Als er ihn jedoch von Annalise forderte, bot sie ihm den Schirm in zwei Teilen an. Das allein genügte schon, um einen weisen Mann aufzuregen, weil weise Männer sich leicht aufregen. Doch obendrein verkündete Annalise, dass der Schirm von alleine zerbrochen sei. Was vielleicht auch stimmte, denn was kann man von einem so billigen Ding schon erwarten? Fritzing jedoch geriet durch diese Erklärung in Wut und hielt ihr einen leidenschaftlichen Vortrag darüber, dass der Schirm ein unbelebter Gegenstand war und dass unbelebte Gegenstände keine Initiative ergreifen können, folglich auch niemals von alleine zerbrechen. Woraufhin Annalise mit einer Festigkeit, die ein verhängnisvoller Fingerzeig auf ihren Charakter war, erwiderte, dass der Schirm ganz sicher von alleine zerbrochen ist. Es war an dieser Stelle, dass er die Faust gegen sie erhob und sie eine Närrin nannte. Er war so erregt, dass er, nachdem er weggegangen und die Sache überdacht hatte, ein zweites Mal zu ihr zurückkehrte, wiederum die Faust gegen sie erhob und sie eine Schurkin nannte. Aber ich will mich nicht bei dieser Sache mit dem Schirm aufhalten, obwohl sie äußerst lehrreich ist.

Währenddessen war die Prinzessin sehr glücklich. Sie saß unbeobachtet in einem Liegestuhl auf dem Deck und fühlte, dass sie endlich auf dem Weg zu ihren Idealen war. Einige von uns kennen die Faszination dieses Gefühls, und alle von uns kennen die Faszination neuer Dinge, und unbemerkt zu sein war für sie von höchst aufregender Neuheit. Niemand sah sie an. Die Menschen gingen das Deck auf und ab, als wäre sie gar nicht vorhanden. Ein Passagier stolperte sogar über ihre Füße, murmelte eine knappe Entschuldigung und eilte weiter. Überall sah sie unbeteiligte, unaufmerksame Gesichter. Es war einfach großartig. Und seit sie Gerstein verlassen hatte, war sie auch nicht mehr in

Versuchung geführt worden. Dort hatte Fritzing sie aus der Sichtweite der Mutter entführt, deren Augen schließlich kalt und durchdringlich geworden waren. Annalise, die ergeben darum besorgt war, ihr alles recht zu machen, hatte sie im Schlafwagen des Brüsseler Expresszuges zu Bett gelegt, und am Morgen hatte sie kindische Freude darüber empfunden, dass sie ein Tablett mit schlechtem Kaffee vorfand, das ein eiliger Kellner auf den Tisch niedergeschmettert hatte, bevor er weiterhastete, ohne auch nur einen Blick auf sie zu werfen. Wie köstlich das war! Die Prinzessin lachte vor Freude und trank den Kaffee mit dem Kaffeesatz und allem Drum und Dran. Welch ein Segen, unbedeutend zu sein! Welch eine Freiheit! Es war, als würde man seinen Körper loswerden und sich in einen unsichtbaren Geist verwandeln, dachte sie. Sie saß an Deck des scheinbar stillstehenden Dampfbootes und erinnerte sich vergnügt an vergangene Reisen, die von jetzt an für immer der Vergangenheit angehören würden, an den großherzoglichen Zug, an sich selbst, wie sie erschöpft darin döste, und an die unvermeidlichen Bouquets, die ebenso erschöpft ihre Köpfe auf dem Tisch hängen ließen. Sie dachte an die Menschenmengen, die sie von jedem Bahnsteig aus anstarrten, an die sich verbeugenden Staatsdiener, die überall da standen, wo man zufällig gerade hinsah. Die Gräfin Disthal war natürlich keinen Schritt von ihrer Seite gewichen, und wenn sie zum Fenster gehen musste, um sich huldvoll der Menge zu zeigen, war ihre Furcht, zu wenig zu lächeln, nur von der Furcht der Gräfin übertroffen, zu viel zu lächeln. Nun, das alles lag jetzt hinter ihr, so wie ein Albtraum einen schalen Geschmack hinterlässt und dann vorbei ist, wenn man eines schönen Frühlingsmorgens zum

Duft von Tau aufwacht. Auch fürchtete sie den Großherzog nicht, denn wie sie ihn kannte, wusste sie sicher, dass er keinen Versuch machen würde, sie zurückzuholen. Er würde einfach einen Strich durch seine Erinnerung an sie ziehen, sie aus seinem Gedächtnis streichen (aus seinem Herzen, das wusste sie, musste er sie nicht streichen, denn sie hatte sich nie darin befunden), und nachdem die erste Wut vorüber war, eine Wut, die lediglich wegen des Skandals aufkam, würde er weiterleben wie zuvor, während sie – oh, wundervolles neues Leben! – zum Zweck der Nächstenliebe neu geboren war.

Wie kann ich, ein schwaches Schiff, das als einzige Last Fragen mit sich führt, an denen das Leben im Sturm höhnischer, widersprüchlicher Antworten vorbeifegt, es mir anmaßen zu sagen, ob Priscilla Gewissensbisse haben sollte oder nicht? Bin ich nicht schon taub durch das Geschrei der Antworten, die die einfachste Frage hervorbringt, alle anscheinend richtig, aber dennoch so unterschiedlich? Und würden mich die lauten Antworten auf eine so komplizierte Frage wie Gewissensbisse nicht auf ewig ertauben lassen? Ich werde die Prinzessin also von ihrem Haus und ihrem Vater weglaufen lassen, wenn sie es will, und keine Anstrengung unternehmen, ihr Verhalten reinzuwaschen, wie düster es auch erscheinen mag. Ich schreibe eine Chronik, keinen Kommentar. Ich werde es zumindest versuchen, denn ich kommentiere sehr gerne. In der Tat, ich sehe, dass ich selbst jetzt nicht fortfahren kann, bevor ich nicht darauf hingewiesen habe, dass Priscilla, die sich so weit wie möglich vom Großherzog entfernte, wie sie nur konnte, zugleich so nah wie möglich an den Besitz ihrer Seele gelangte. Und es gibt viele Menschen, die die Seele für so wertvoll halten, dass sie das absolut Einzige ist, wofür es sich zu leben lohnt.

Priscilla genoss die Überfahrt nach Dover. Anders Fritzing. Dieser gequälte Mann war das Lieblingsopfer der Göttin, auf das sie ihre Pfeile zielte, und so verbrachte er seine Zeit damit, sich an der Reling des Dampfbootes festzuklammern, um sich aufrecht zu halten. Da an diesem Tag völlige Windstille herrschte, werden Sie sofort begreifen, dass der Sturm in Fritzings Innerem stattgefunden haben muss. So war es auch, und durch die Gesprächsfetzen zweier Engländer, die auf und ab gingen, während er dort stand, hatte er sich auf die Höhe eines Hurrikans hochgeschraubt.

Als sie das erste Mal vorbeigingen, sagte der eine zum anderen: »So etwas Schändliches habe ich noch nie gehört.«

Das hätte Fritzing, einen Menschen mit einem unbefleckten Leben und edlen Prinzipien, nicht zusammenzucken lassen sollen, doch das tat es. Er zuckte zusammen und lauschte ängstlich auf mehr.

»Ja«, sagte der andere, der eine Zeitung unter dem Arm trug, »sie verdienen so Schlimmes, dass sie ...«

Er war außer Hörweite, doch Fritzing beendete den Satz automatisch selbst. Wer war schändlich gewesen? Und was würden sie bekommen? Es war an dieser Stelle, dass er sich an der Reling festklammerte, um sich aufrecht zu halten, falls die beiden Männer ein weiteres Mal an ihm vorbeikommen würden.

»Man kann natürlich nicht sagen, welche Schritte unsere Regierung unternehmen wird«, war der nächste Fetzen.

»Ich bin neugierig, welche Haltung die ausländischen Zeitungen einnehmen werden.«

»Von so etwas Dreistem habe ich noch nie gehört.«

»Von allen harmlosen, unschuldigen Kreaturen …«

Und der letzte Fetzen – denn da sie weitergingen, hörte Fritzing nichts mehr – war das kurze Wort »Teufel«.

Teufel? *Wovon* redeten sie? Von Teufeln? War das die Art, wie die Öffentlichkeit tadellose Menschen verurteilte, die nach Frieden suchten? Teufel? Was, er selbst und … nein, niemals Priscilla. Sie war eindeutig die harmlose, unschuldige Kreatur, also musste er der Teufel sein. Er konnte annehmen, dass er und Annalise zusammen einen schwefeligen Plural ergaben. Er klammerte sich immer fester an die Reling. Wer hätte sich träumen lassen, dass es so schnell in die Zeitungen gelangen würde? Wer hätte sich träumen lassen, dass die Neuigkeiten über ihre Flucht so feurige Worte hervorrufen würden? In Dover würden entsetzte Polizisten sie in Empfang nehmen. Seine Prinzessin würde in eine vollkommen unmögliche Situation geraten. Was hatte er getan? Um Himmels willen, was hatte er getan?

Er starrte trübsinnig ins ölige Wasser hinunter. Einige Passagiere standen herum und beobachteten ihn, zuerst, weil sie dachten, er würde durch so wenig Bewegung seekrank werden, dass es geradezu genial war, und dann, weil sie sicher waren, dass er Selbstmord begehen wollte. Als sie feststellten, dass die Zeit verstrich und er keines von beiden tat, wurde er unbeliebt, und sie gingen weg und ließen ihn vollkommen und verächtlich allein.

»Fritzi, sorgt Ihr Euch wegen irgendetwas?«, fragte die Prinzessin, die zu ihm hinunterkam, wo er noch immer bewegungslos stand und starrte, obwohl sie schon in Dover angekommen waren.

Sich sorgen! Wo sie ganz Europa am Hals hatten? Wo er in den Augen der Welt ein Verbrecher war ... ein Helfer, Anstifter, Verführer von Jugend und Spontaneität? Er liebte die Prinzessin so sehr – was mit ihm geschah, war ihm egal, doch was würde aus ihr? In quälender Eile nahm er Zuflucht zu seinen Idealen und Prinzipien, um sich zu rechtfertigen und zu trösten, stolperte darüber, suchte fieberhaft nach etwas. Sie hatten ihn im Stich gelassen. Sie waren lebloser Unsinn. Nirgendwo in seinem Hirn konnte er einen Fetzen Trost oder Rechtfertigung finden, mit dem er die Ohren gegen die Worte der beiden Engländer verschließen konnte und die Augen gegen die furchtbare Ansicht, die sie sicherlich auf dem Kai in Dover erwartete – der Anblick erregter Beamter, die bereit waren, sich auf ihn zu stürzen und ihn für immer von seiner Prinzessin wegzuzerren.

Priscilla sah in verblüfft an. Er beachtete sie nicht und sah ängstlich die Reihen der Gesichter auf und ab, die die Ankunft des Dampfbootes beobachteten.

»Fritzi, wenn Ihr Euch Sorgen macht, dann wahrscheinlich, weil Ihr nicht geschlafen habt«, sagte Priscilla und streichelte ihm leicht über den Ärmel. Denn was außer überreizten Nerven konnte ihn so seltsam aussehen lassen? Schließlich war es Fritzing gewesen, der sich am gestrigen Abend mit dem Mut eines Löwen gegen den Polizisten gestellt hatte, und er war es gewesen, der sie, wenn ihr Mut zu wanken schien, in strengem, vorwurfsvollem Ton fragte, ob sie es bereute. »Ihr bereut es doch nicht?«, fragte sie und imitierte seine Strenge.

»Hoheit ...«, begann er mit leiser, furchtbarer Stimme, während seine Augen ununterbrochen die Figuren am Kai entlangliefen.

»Psst, psst … Nichte«, unterbrach Priscilla ihn lächelnd.

Er drehte sich um und sah sie so an, wie ein Mann zum letzten Mal dasjenige ansehen mag, das ihm am liebsten im Leben war, und sagte nichts.

IV

Doch niemand wartete in Dover auf sie. Fritzing hätte sich seine Qualen sparen können. Die Ausreißer gingen ganz unbemerkt durch die Menge der Herumstehenden zum Zug, und nachdem Fritzing Priscilla und ihre Zofe in den Zug gesetzt hatte, eilte er zum nächsten Zeitungsjungen, schubste ihn, riss ihm eine Handvoll Zeitungen aus der Hand und verschlang ihren Inhalt, bevor der verblüffte Junge ihn auffordern konnte, erst mal langsam zu machen. Der Junge, der in dem einfachen Glauben aufgewachsen war, dass man zuerst seine Pfennige bezahlen und dann erst lesen sollte, murmelte etwas über Deutsche – kurze, grobe Worte, die man besser nicht wiederholt – und zeigte mit dem Daumen auf den eifrig beschäftigten Fritzing, wobei er einem Polizisten zuwinkte, der in der Nähe stand. Der Polizist brauchte den Wink nicht. Seine leeren, abschweifenden Augen lagen schon auf Fritzing, und er machte schnelle geistige Notizen über die Brille, den Schal und die Mütze, die dieser über die Ohren gezogen hatte. Das Weglaufen ist wahrlich eine große Kunst, die unermüdliche Übung erfordert.

Und schließlich stand in den Zeitungen kein einziges Wort über die Prinzessin. Sie waren voll von etwas, das die Russen getan hatten, die zu dieser Zeit immer etwas taten, und von dem auch die Engländer auf dem Dampfboot erfüllt gewesen waren – es war etwas, das England von einem Ende zum anderen völlig aus der

Fassung brachte und nichts mit meiner Geschichte zu tun hat. Fritzing ließ die Zeitungen auf den Bahnsteig fallen und war sich der Öffentlichkeit so wenig bewusst, dass er vor Erleichterung laut aufstöhnte.

»'nen Schilling und 'n halben Penny, bitte, Sir«, sagte der Zeitungsjunge wie aus der Pistole geschossen. »*Westminster Gazette,* Sir, *Daily Mail, Sporting and Dramatic,* eine *Lady* und zwei *Standards.*« Woraus man schließen kann, dass Fritzing einen völlig beliebigen Stapel von Zeitungen ergriffen hatte.

Er bezahlte den Jungen, ohne auf dessen ernst gemeinte Empfehlungen zu hören, er sollte doch noch *Tit-Bits,* den *Saturday Review* und *Mother* probieren, um seine Vogelperspektive über die Repräsentanten des englischen Journalismus zu vervollständigen. (Das sagte der Junge sinngemäß, wenn auch nicht wörtlich.) Fritzing ging mit einem leichteren Herzen zur Prinzessin zurück, als er es seit Monaten verspürt hatte. Der Polizist, offensichtlich ein geborener Gentleman, hob die verstreuten Zeitungen auf und folgte Fritzing. Er hielt sie ihm auf die allerfreundlichste Weise hin, gerade als Priscilla sagte, sie wüsste gern, wie ein Tee-Ei aussieht.

»Sir«, sagte der Polizist und nahm seinen Hut ab, »ich glaube, diese hier gehören Ihnen.«

»Sir«, sagte Fritzing, der seinerseits die Mütze abnahm und sich feierlich verbeugte, »ich danke Ihnen vielmals.«

»Nicht der Rede wert, Sir«, sagte der Detektive, dessen Gehirn die drei sofort photographierte – die verschleierte Priscilla, die Zofe, die auf der Kante ihres Sitzes saß, ganz so, als wagte sie es kaum, überhaupt zu sitzen, und Fritzings schmalen Kopf mit dem grauen Haarschopf.

Als Priscilla auf seinen sich entfernenden Blick traf, verbeugte sie sich und lächelte anmutig. Er zog sich ein kleines Stück zurück und begann zu träumen: Wo hatte er diese mechanische, anmutige Verbeugung gerade erst gesehen? Sie kam ihm sehr bekannt vor.

Als der Zug langsam aus dem Bahnhof fuhr, sah er die Dame mit dem Schleier ein weiteres Mal. Sie war allein mit ihrer Zofe und sah aus dem Fenster, ohne auf etwas Bestimmtes zu schauen. Der Bahnhofsvorsteher, der den Zug beim Hinausfahren beobachtete, traf zufällig auf ihren Blick. Wieder sah er dasselbe Lächeln und dieselbe Verbeugung, ganz mechanisch, ganz geistesabwesend, sehr anmutig. Der Bahnhofsvorsteher starrte dem sich entfernenden Abteil verblüfft hinterher. Der Polizist schüttelte seine Träumereien rechtzeitig ab, um noch in den Waggon des Wachpersonals hineinzuspringen. Da es in Dover nichts zu tun gab, beschloss er, nach London zu fahren.

Ich glaube, in der Hitze des Erzählens habe ich vergessen zu erwähnen, dass die Flüchtlinge auf dem Weg nach Somersetshire waren. Als Fritzing in England lebte, war er ein großer Wandersmann gewesen und unter anderem durch Somersetshire marschiert. Es ist eine liebliche Grafschaft, fruchtbar, grün und mit mildem Klima. In den Tälern gibt es Myrten und Rhododendron, die den ganzen Winter durch blühen. Devonshire-Dickmilch und Devonshire-Apfelmost werden in Somersetshire mit der gleichen Kunstfertigkeit hergestellt wie in Devonshire selbst, und die Gebiete um Exmoor herum erfreuen sich bei Jägern großer Beliebtheit.

Fritzing erinnerte sich sehr gut an bestimmte Dörfer, die zwischen den Hügeln verborgen waren, Meilen von der nächsten Bahnstation entfernt, und er erinnerte sich auch an die Bauernhöfe, die um diese Dörfer herum verstreut lagen, wo er damals übernachtete. Er hatte einen Freund in London darum gebeten, an eines dieser Bauernhäuser zu schreiben und eine Unterkunft für sich und seine Nichte zu mieten. Dort wollte er bleiben, bis sie das Cottage gefunden hatten, das die Prinzessin sich so sehnlich wünschte.

Aufgrund der Beschreibungen, die sie ihm von Zeit zu Zeit gab, befürchtete er, dass dieses Cottage nur sehr schwer zu finden sein würde. Er befürchtete auch, dass es von Insekten geplagt sein würde und dass unangenehme Dinge wie Ohrwürmer ihre ruhigen Beschäftigungen häufig unterbrechen würden. Es sollte uralt sein, mit viel Stroh bedeckt, vergittert und mit Rosen bewachsen. Es sollte auch sehr klein sein, das allerkleinste jener Cottages, wie Arbeiter sie bewohnen. Doch obwohl es so klein und so uralt sein sollte, müsste es auch mehrere Badezimmer haben – eines für jeden von ihnen, wie er es verstand. »Denn«, sagte die Prinzessin, »wenn Annalise kein Badezimmer hat, wie kann sie sich dann baden? Und wenn sie nicht gebadet ist, wie kann ich ihr dann erlauben, dass sie mich anfasst?«

»Vielleicht«, sagte Fritzing, wagemutig durch die Unkenntnis von Annalises wahrer Natur, »könnte sie sich an der Pumpe waschen. Ich glaube, das machen die Menschen auf dem Land so. Ich kann mich daran erinnern, dass es immer Pumpen gab.«

»Aber wird man von einer Pumpe denn sauber genug?«, fragte die Prinzessin zweifelnd.

»Sie könnte es ausprobieren. Ich glaube, Hoheit, es wird weniger schwierig sein, ein Cottage mit zwei Badezimmern zu finden als eines mit drei. Und ich weiß, dass es Pumpen gibt.«

Als er seine Erinnerung durchforstete, konnte er sich an überhaupt keine Badezimmer erinnern, aber das sagte er nicht. Im Stillen hoffte er das Beste.

Von Dover fuhren sie ohne Unterbrechung zu dem Dorf Symford in Somerset und begaben sich zu dem Bauernhof, der eine Meile vor dem Dorf lag und als Baker's Farm bekannt war, obwohl er nicht mehr Baker gehörte, sondern an einen Mr. Pearce vermietet war. Die Reise verlief ohne weitere Zwischenfälle. Um fünf Uhr erreichten sie Victoria Station, und während Fritzing und Annalise das Gepäck durch den Zoll brachten, saß die Prinzessin zwanzig Minuten lang in einer Droschke, mit deren Innern sie fröhlich Bekanntschaft schloss. Fritzings Brille und andere Fluchtaccessoires stießen beim Zoll auf so viel Interesse, dass man ihn nur schweren Herzens gehen ließ, und es schien, als würden sie nie müde, in den harmlosen Tiefen von Priscillas stattlicher Kiste zu kramen. Schließlich jedoch mussten sie sich davon trennen, denn es hat kaum je unschuldigeres Gepäck gegeben. Als die Droschke auf dem Weg zu Paddington Station am Buckingham-Palast vorbeirüttelte, hauchte Priscilla einen fröhlichen Kuss in diese Richtung, als Symbol eines Glücks, das zu groß ist, als dass es böse Gefühle hegen könnte. Später hätte auch Schloss Windsor einen solchen Kuss bekommen, doch es war bereits so dunkel, dass sie es nicht sehen konnte. Der Polizist, auf den das Trio eine seltsame Anziehungskraft ausübte, fuhr in demselben Zug nach Somersetshire, trennte sich aber in Ullerton von ihnen, dem Bahnhof, an dem man aussteigt, wenn man nach Symford fährt. Er hielt es nicht für nötig weiterzufahren. Er nahm in demselben kleinen Hotel in Ullerton ein Zimmer, wohin Fritzing das Fuhrwerk bestellt hatte, das sie die letzten zehn Kilometer fahren würde, und ging zu Bett, da es schon fast Mitternacht war. Mr. Pearces Adresse hatte er fein säuberlich in sein Notizbuch eingetragen.

Das ist im Moment alles, was den Polizisten betrifft. Lassen wir ihn mit einem Lächeln auf dem Gesicht einschlafen, und folgen wir dem Einspänner bis zu Baker's Farm. Er fuhr die schöne Straße zwischen den bewaldeten Hügeln entlang, die Ullerton mit Symford verbindet.

Auf die Gefahr hin, Priscilla zu erschöpfen, hatte Fritzing darauf bestanden, ohne Unterbrechung weiterzufahren. Priscilla machte keine Einwände. So kam es, dass der Stallknecht vom Ullerton Arms sich mitten in der Nacht auf dem Weg nach Symford befand. Er konnte sich nicht daran erinnern, so etwas jemals zuvor getan zu haben, und die Erinnerung daran würde sich wohl bis zu seinem Todestag in seinem Gedächtnis festsetzen. Fritzing war eine seltsam verdächtige Gestalt.

Es war eine klare und schöne Nacht, und die Sterne leuchteten hell über den schwarzen Baumkronen. Unten in der schmalen Schlucht, durch die die Straße führte, konnten sie den Wind nicht spüren, der oben im Exmoor wehte. Der Fluss Sym, dessen Windungen sie folgten, gluckste fast so ruhig über die Steine wie im Sommer. Ein frischer, nasser Geruch umfing sie, der nach der Zugfahrt sehr tröstlich und angenehm war. Es war der Geruch von ländlichen Pfützen, von Schlamm und nasskalten toten Blättern, auf die es den ganzen Tag geregnet hat. Fritzing saß mit der Prinzessin auf der Rückbank des Fuhrwerks und war damit beschäftigt, darauf zu achten, dass Priscillas Decke nicht verrutschte. Er war voller Dankbarkeit, dass ihre Reise schließlich doch noch so ruhig verlaufen war. Sein Körper war erschöpft, doch sein Geist jubilierte. Der Körper der Prinzessin war so erschöpft, dass sie überhaupt keinen Geist mehr besaß – sie schlummerte und drohte, jeden Augenblick aus dem Fuhrwerk zu fallen. Und hätte Fritzing sie nicht aufmerksam bewacht, wäre sie wohl ein dutzend Mal herausgefallen. Was Annalise betrifft ... welche Gedanken hegte sie, während sie zu Baker's Farm gerüttelt wurde? Bestimmt waren sie finsterer Natur. Niemand hatte ihr gesagt, dass dies eine Reise zu den Idealen sein würde, niemand hatte ihr überhaupt irgendetwas gesagt, bis auf dass sie befördert sei, mit der Prinzessin zu reisen, und dass sie gut bezahlt werden würde, solange sie den Mund hielt. Sie war nie zuvor gereist, aber dennoch gab es einige Umstände auf der Reise, die selbst die Unerfahrensten verwundert hätten. Zum Beispiel dieses mitternächtliche Schaukeln in einem Fuhrwerk. Das war die zweite Nacht, die sie nicht in einem Bett verbrachten, und den ganzen Tag über hatte sie jede Minute angenommen, die Reise würde jetzt ein Ende haben, und das Ende – davon war sie natürlich ausgegangen – würde ein Palast sein. Dort würde es warm und hell sein, es würde etwas zu essen geben, man würde sie willkommen heißen, ihnen Ehre erweisen, und aufmerksame Lakaien mit wunderschönen weißen Seidenwaden würden sie umsorgen – ja, Annalises Ideal, ihr einziges Ideal, so sah es aus. Sie wollte für immer dort sein, wo es wunderschöne weiße Seidenwaden gab. Die Straße zwischen Ullerton und Symford war nun alles andere als eine Beruhigung für sie, und was das Fuhrwerk betraf, so dachte Annalise »Himmel«, wann immer sie daran dachte.

Ihre Reise endete um zwei Uhr morgens. Fast Punkt zwei hielten sie an dem Gartentor von Baker's Farm. Eine Frau kam mit einer Laterne heraus, half ihnen beim Absteigen und beleuchtete den Pfad zum Eingang. Die Prinzessin, die kaum die Augen aufhalten konnte, lehnte sich wie in einem konfusen Traum an Fritzings Arm, gelangte irgendwie die kleine Treppe hinauf, die ihr außerordentlich steil und kurvig vorkam, und schlief schon tief und fest in einem Bett mit vielen Knaufen und Knoten, bevor Annalise feststellen konnte, dass die Prinzessin sie nicht mehr brauchte. Priscilla hatte ihre hehren Ideale und eifrigen Ziele vollständig vergessen. Der Schlaf, diese besorgte Mutter mit der kühlen Hand, hatte sie als Unsinn und als Spielzeug des Tages hinweggefegt und saß die nächsten zwölf Stunden sanft an ihrem Kopfkissen, die Finger an den Lippen.

V

Für jene, die auf der Suche nach einem malerischen und mit Schlingpflanzen bewachsenen Ort sind, wo sie viele ruhige Jahre verbringen und auf dem Pfad des Friedens wandeln können, kann man sich keinen besseren Ort als Symford vorstellen. Symford ist eines der schönsten englischen Dörfer. Es tut und hat alles, was das ideale Dorf tun und haben sollte. Es nistet in den Falten von Hügeln; es ist sehr klein und weit entfernt von anderen Orten; die Cottages sind alt und haben Strohdächer; das kleine Gasthaus sieht aus wie aus einem Märchenbuch, mit einem anheimelnden Aushängeschild und einem munteren Wirt; die Kirche steht wunderschön auf einer leichten Anhöhe unter alten Bäumen und hat ein ansehnliches, weißgraues Gemäuer; das Pfarrhaus ist so entzückend, dass man, sobald man es sieht, am liebsten einen Pfarrer heiraten möchte; der Pfarrer ist ehrwürdig und hat einen sanften Blick, der wie eine Segnung wirkt. Freundliche, kleine Kinder mit glücklichen Morgengesichtern pflücken Butterblumen, gehen im Herbst Nüsse sammeln und machen einen Knicks, wenn man vorübergeht; alte Frauen mit sauberen Hauben und passenden Gesichtern lesen hinter ihren Fenstern mit Gitterwerk ihre Bibeln; die Kamine sind geschrubbt und schneeweiß; adrette Kessel köcheln auf den Herden; Kletterrosen und gepflegte Gärten gibt es in Hülle und Fülle. Zudem besitzt Symford eine freigebige Wohltäterin von so unermüdlicher

Freundlichkeit, dass alle Bewohnerinnen jedes Jahr zu Weihnachten einen neuen Flanellunterrock bekommen, und dafür wird von ihnen nichts weiter erwartet, als dass sie im folgenden Jahr warmherzig, glücklich und gut sein sollen. Dasselbe wird, glaube ich, auch von den männlichen Bewohnern erwartet, die alle ein Halstuch bekommen, und sie sollen außerdem Mineralwasser trinken, wenn ihre niederen Instinkte sie zu Rum verführen. Doch Halstücher sind so viel kleiner als Unterröcke, dass der Gerechtigkeitssinn der Männer von Symford rebellierte, und da die einzige Zeit, in der sie sich warmherzig, glücklich und gut fühlen, genau dann ist, wenn sie Rum trinken, beschlossen sie, dass es mehr in Einklang mit den Wünschen ihrer Wohltäterin stehen würde, wenn sie dies auch weiterhin täten.

Lady Shuttleworth, die Dame, von der die Halstücher und Unterröcke kamen, war eine gerechte Frau, die von den anderen nicht mehr erwartete als von sich selbst. Sie war geschäftig und freundlich, und sie war sicher auch mit einem Glas kalten Wassers glücklich und gut. Andererseits mochte sie Rum nicht, und ich glaube, es gibt wenige Dinge, die so einfach sind, wie keinen Rum zu trinken, wenn man ihn nicht mag. Sie wohnte in Symford Hall, zwei Meilen entfernt in einer anderen Hügelfalte, und verwaltete mit viel Geschick und Korrektheit das Gut für ihren Sohn, der minderjährig war (im Moment war er gerade dabei, diesen Status hinter sich zu lassen). Alle alten Cottages in Symford gehörten ihm, ebenso wie die zwischen den Hügeln verstreuten Bauernhöfe. Deshalb musste sich jeder, der ein Cottage suchte, an den Verwalter der Shuttleworths wenden, Mr. Dawson, der ebenfalls in einem Haus lebte, das so malerisch war, dass man

Mr. Dawson am liebsten vergiften oder heiraten würde, wobei man, glaube ich, das Vergiften vorziehen würde.

Diese Tatsachen, bar jener Verzierungen, mit denen ich sie ausgestattet habe, erzählte die jüngere Mrs. Pearce, die Schwiegertochter des alten Mr. Pearce, Fritzing an dem Tag nach seiner Ankunft auf Baker's Farm. Sie war eine missmutige Frau mit einer löchrigen Schürze, und sie brachte Fritzing den Schinken für sein einsames Frühstück und das Kotelett für sein einsames Mittagessen. Sie brachte ihm auch eine Schale mit Dickmilch, die so flüssig war, dass der unschuldige Fritzing ihr höflich mitteilte, dass er seine Milch immer aus einem Glas trank, wenn er überhaupt Milch trank, doch da er nie Milch trank, bräuchte sie sich nicht zu bemühen, ihm welche zu bringen.

»Sir«, sagte Mrs. Pearce mit ihrer langsamen, traurigen Stimme, nachdem sie in seinem Gesicht nach Sarkasmus gesucht hatte, »das is' keine Milch. Das is' Dickmilch, die noch nich' dick geworden is'.«

»Tatsächlich?«, sagte Fritzing ganz sanft, da er unwissend war.

Mrs. Pearce zappelte ein wenig und kämpfte mit ihrem Gewissen, bevor sie trotzig hinzufügte: »Sie wollte einfach nich' dick werden.«

»Tatsächlich?«, sagte Fritzing noch einmal, und er betrachtete die Dickmilch durch seine Brille mit jenem Ausdruck extremen und intelligenten Interesses, mit dem Menschen, die höflich sein wollen, die Babys anderer Leute betrachten.

Er hatte den Wunsch, in gutem Einvernehmen mit Symford zu sein, und war den ganzen Morgen über sehr freundlich zu Mrs. Pearce gewesen. Die Laune, in der er, durch Sorgen bis auf seine Grundfesten erschüttert, seine Faust gegen Annalise erhoben hatte, war so vollständig verflogen wie der gestrige feuchte Nebel. Der goldene Oktobersonnenschein lag wunderschön auf den sanften Hügeln – und auch in Fritzings Herz. Er hatte in den vergangenen Wochen so viel durchgemacht, dass schon alleine die Tatsache, einen Moment frei von Sorgen zu sein, ihn mit Dankbarkeit erfüllte. So mag sich jemand, der Tage körperlicher Folter durchlebt hat, in jener ersten Stunde fühlen, wenn der Schmerz vorbei ist: Geschlagen, zerdrückt und eingeschüchtert durch die Qualen schmilzt er vor Dankbarkeit, dass man ihn allein lässt, atmet auf vor einer Erleichterung, die so vollständig ist, dass sie fast zu einem unterwürfigen Lob der Grausamkeit gerät, die ein wenig ihren Griff gelockert hat. In dieser unterwürfigen, dankbaren Laune befand sich Fritzing, als er feststellte, dass seine schlimmsten Qualen vorüber waren. Was noch kommen würde, das berührte ihn im Moment ganz und gar nicht. Es reichte aus, ohne Sorgen zu existieren und seiner Seele zu erlauben, sich in der Privatheit und dem Frieden von Baker's Farm auszustrecken. Er und die Prinzessin hatten eine große und edle Anstrengung unternommen, um Träume, die er für erhaben hielt, zu verwirklichen, und die Götter waren bislang auf ihrer Seite gewesen. An diesem ersten Morgen in Symford hatte er das seltsam ruhevolle, unbeschwerte Gefühl, als sei er wiedergeboren worden, und zwar im Alter von fünfundzwanzig Jahren. All jene, die selbst einmal fünfundzwanzig Jahre alt waren, werden vielleicht zustimmen, welch ein angenehmes Gefühl das ist. Er verließ das Wohnzimmer nicht, für den Fall, dass die Prinzessin hinunterkommen würde und ihn sehen wollte. Die Stunden des Wartens verbrachte er damit, Informationen von Mrs. Pearce zu bekommen, und seinerseits füllte er ihr Hirn genau mit der Menge an Informationen über sich und seine Nichte, von der er wünschte, dass Symford sie erfuhr. Mit beeindruckender Ernsthaftigkeit teilte er ihr mit, dass sein Name Neumann war, und er wiederholte ihn dreimal, fast so, als wollte er einem Widerspruch trotzen; dass seine Nichte die Tochter seines verstorbenen Bruders war, dass ihr Vorname – und hier ließ er sich von seiner Inspiration beflügeln – Maria-Theresa war; dass er als Deutschlehrer in London genug Geld gespart hatte, um sich aufs Land zurückzuziehen, und dass er nach einem Cottage suchte, wo er seine wenigen ihm verbleibenden Jahre verbringen wollte.

All das hörte sich sehr unschuldig an. Mrs. Pearce lauschte ihm, den Kopf auf die Seite gelegt und mit dem Gesichtsausdruck eines Spatzen, der sich nicht wohl fühlt. Traurig machte sie ihm ein Kompliment darüber, wie fließend sein Englisch sei, und mit einem Seufzer erzählte sie ihm, dass er in keinem Cottage die Annehmlichkeiten finden würde, mit denen Baker's Farm ihn jetzt umgab.

Fritzing war sehr überrascht, das zu hören, denn seine Eindrücke sahen ganz anders aus. Soweit er, ein unerfahrener Mann, es sagen konnte, war Baker's Farm ein außerordentlich zugiger und schmuddeliger Ort. Er konnte riechen, wie das Feuer rauchte, hören, wie die Fenster klapperten, er wusste, dass die Matratzen Beulen hatten, und er sah, dass das Essen hoffnungslos mit Objekten von schwarzer und sandiger Natur vermischt war. Doch ihr ruhiges Gesicht und ihre trauervolle Mitteilung erschütterte die Evidenz seiner Sinne, sodass, während er sie schweigend über seine Brillenränder hinweg anstarrte, das dumpfe Gefühl in sein Gehirn kroch, dass er sehr hilflos sein würde, wenn die Zukunft viel Umgang mit Frauen wie Mrs. Pearce für ihn bereithielt.

Priscilla erschien, während er Mrs. Pearce anstarrte. Sie war angekleidet, um auszugehen, und knöpfte gerade ihre Handschuhe zu, als sie hereinkam. Ich nehme an, es war lange her, dass Baker's Farm irgendetwas ähnlich Strahlendes in Form von Nichten zwischen ihren staubigen Gemäuern gesehen hat. Sie trug die Kleider, in denen sie auch gereist war, denn ihre Suche unter den Sachen, die Fritzing ihr gekauft hatte, endete so, dass sie auf der Bettkante saß und Tränen lachte. Es war also eindeutig nicht ihre Kleidung, die sie jetzt in so entzückender Jugend und Munterkeit erstrahlen ließen. Kunitz hätte seine elfenbeinerne Prinzessin in diesem leuchtenden Geschöpf nicht wiedererkannt. Sie war eine zum Leben erwachte Statue, kühle Perfektion, die durch die Erwartung zu einer verführerischen lebendigen Frau wachgeküsst wurde. Ich bezweifle, dass Fritzing ihre Schönheit je zur Kenntnis genommen hatte, als sie in Kunitz waren. Er hatte sie jeden Tag gesehen, seit sie ein Kind war, und es ist möglich, dass er, da seine Aufmerksamkeit immer von ihrer Seele gefesselt war, nie richtig wahrgenommen hat, wie ihr Körper aufhörte, hager und sommersprossig zu sein. Jetzt jedoch bemerkte er es – er hätte blind sein müssen, um es nicht zu sehen. Und was er sah, ließ ihn durch den Schlag neuer Verantwortung erzittern. Auch Mrs. Pearce sah sie und starrte verwundert auf diese seltsam unpassende Nichte. Sie starrte noch mehr, als Fritzing von seinem Stuhl aufsprang, sich über die Hand beugte, die Priscilla ihm hinhielt und sie mit einer Ehrfurcht und einem Respekt küsste, der Mrs. Pearces eigenen Onkeln ganz und gar fehlte. Und so zog sie sich in die Küche zurück. Da sie eine wenig kultivierte Person war, drückte sie ihre Verwunderung grob aus, indem sie »O Mann« dachte. Worauf sie nach einer Pause von unbestimmtem Umherirren zwischen den Kochtöpfen die Erleuchtung »Ausländer« hinzufügte.

Eine halbe Stunde später wurde Lady Shuttleworths Verwalter bei seinem Nachmittagstee durch die Ankündigung gestört, dass ein Herr ihn sprechen wollte. Mr. Dawson war ein rauer Mensch und auch etwas tyrannisch, denn nach Lady Shuttleworth herrschte er in Symford an oberster Stelle. Und über irgendjemanden an oberster Stelle zu herrschen, und sei es nur über eine Handvoll von Cottages, bringt in einem Mann all das hervor, was er von einem Tyrannen an sich haben mag. Ein anderer Umstand, der diesen Charakterzug hervorbringt, ist eine gefügige Ehefrau, und Mr. Dawsons Frau war in der Tat so sehr gefügig, dass ich befürchte, wenn der Tag der Abrechnung kommt, wird ihm vieles von seiner Tyrannei vergeben und auf ihr Konto verrechnet. Mr. Dawson verkörperte tatsächlich eine unendliche Serie von Fallen, die das Schicksal auf den Weg seiner Frau gelegt hatte. In jede einzelne dieser Fallen tappte sie auch, und da uns unter Androhung von Strafe aufgegeben ist, uns aufrecht zu halten, während wir uns die staubige Straße des Lebens entlangschleppen, werden ihr diese liebenswürdigen Stolpereien wohl im Endeffekt als Sünden zur Last gelegt werden. »Dieser Mann wurde dir übergeben, als er recht nett und freundlich war« – man kann sich vorstellen, dass Justitia dies mit einer furchterregenden Stimme sagen wird –, »seine Absichten waren anfangs ohne jeden Tadel. Erinnerst du dich nicht, wie er am Abend vor eurer Hochzeit mit Tränen in den Augen schwor, er würde gut zu dir sein? Sieh nur, was du jetzt aus ihm gemacht hast. Durch deine eigene übertriebene Güte hast du verhindert, dass er gut zu dir sein konnte. Du hast deine Zeit damit verbracht, seine schlechten Eigenschaften zu nähren. Jetzt flucht er nur noch, anstatt zu schwören, und dabei hat er keine Tränen in den Augen. Weißt du nicht, wie enorm und wie unüberwindbar schwierig es ist, Sanftmut nicht zu tyrannisieren, auf den Duckmäuser nicht mit einem Tritt zu reagieren? Schwache und unbelehrbare Frau, hinweg mit dir!«

Es ist sicherlich eine große Verantwortung, einen Mann in sein Leben aufzunehmen. Doch ich frage mich, warum ich so detailliert von Mrs. Dawson berichte, denn sie hat mit unserer Geschichte überhaupt nichts zu tun ...

»Wer ist es?«, fragte Mr. Dawson und fügte sofort hinzu: »Sagen Sie ihm, dass ich beschäftigt bin.«

»Er hat keinen Namen genannt, Sir. Er sagt, er möchte Sie in geschäftlichen Angelegenheiten sprechen.«

»In geschäftlichen Angelegenheiten! Ich kann mich zur Teezeit nicht mit Geschäften befassen. Schicken Sie ihn weg.«

Doch Fritzing, denn um ihn handelte es sich hier, ließ sich nicht wegschicken. Priscilla hatte das Cottage ihrer Träume gesehen. Fast in dem Augenblick, als sie das Dorf betrat, hatte sie sich sofort und heftig in dieses Cottage verliebt, egal, wie es innen aussehen mochte, und hatte Fritzing losgeschickt, es zu kaufen. Währenddessen wartete sie auf dem angrenzenden Friedhof auf ihn, wo sie auf einem Grabstein saß. Er konnte sie weder unendlich lange dort sitzen lassen noch durfte er es wagen, ohne zumindest eine Hoffnung zurückzukehren, so sehr wünschte sie sich das Cottage. Deshalb ließ er sich nicht wegschicken. »Ihr Herr ist zu Hause«, erwiderte er, als das Hausmädchen ihm vorschlug zu gehen, »und ich muss ihn sehen. Sagen Sie ihm, meine Angelegenheit ist dringlich.«

»Können Sie mir Ihre Visitenkarte geben, Sir?«, fragte das Hausmädchen, das durch seine Entschlossenheit unsicher wurde.

Fritzing besaß natürlich keine Visitenkarte und schrieb deshalb seinen neuen Namen auf ein Blatt seines Notizbuches, wobei er seine vorläufige Adresse hinzufügte.

»Sagen Sie Mr. Dawson«, sagte er, als er das Blatt herausriss und ihr gab, »falls er so beschäftigt ist, dass er mich nicht empfangen kann, werde ich direkt zu Lady Shuttleworth gehen. Meine Angelegenheit kann nicht warten.«

»Führen Sie ihn herein, wenn's sein muss«, knurrte Mr. Dawson, als er diese Nachricht erhielt, denn er fürchtete sich genauso sehr vor Lady Shuttleworth, wie Mrs. Dawson sich vor ihm fürchtete.

Fritzing wurde also in das Zimmer geführt, das Dawson als Büro diente, und hier konnte er sich etwas beruhigen, während Mr. Dawson seinen Tee austrank. Der Gedanke, dass seine Prinzessin auf einem Grabstein wartete, der jeden Moment kühler werden musste, da die Sonne allmählich unterging, ließ ihn schließlich so ungeduldig werden, dass er läutete.

»Sagen Sie Ihrem Herrn«, sagte er, als das Hausmädchen kam, »dass ich jetzt zu Lady Shuttleworth gehe.« Und er griff nach seinem Hut und machte sich verärgert auf den Weg zur Tür, als Mr. Dawson auftauchte.

Mr. Dawson wischte sich den Mund ab. »Sie scheinen es ja sehr eilig zu haben«, sagte er, und nach einem Blick auf das Stück Papier, das er in der Hand hielt, fügte er hinzu: »Mr. Newman.«

»Sir«, sagte Fritzing und verbeugte sich mit eisiger Würde, »das habe ich auch.«

»Nun, ich habe es auch eilig. Setzen Sie sich. Was kann ich für Sie tun? Zeit ist Geld, wissen Sie, und ich bin ein beschäftigter Mann. Sie sind Deutscher, nicht wahr?«

»Ja, Sir. Mein Name ist Neumann. Ich bin hier …«

»Oh, Noyman, tatsächlich? Ich dachte, Sie heißen Newman.« Und er warf noch einen Blick auf das Papier.

»Sir«, sagte Fritzing und winkte ab, »ich bin hier, um ein Cottage zu kaufen, und je schneller wir uns darüber einigen, desto besser. Ich werde nicht wertvolle Augenblicke damit verschwenden, die Feinheiten der Aussprache zu diskutieren.«

Mr. Dawson starrte ihn an. Dann sagte er: »Ein Cottage kaufen?«

»Ein Cottage kaufen, Sir. Wenn ich es richtig verstanden habe, so befindet sich praktisch ganz Symford im Besitz der Familie Shuttleworth, und Sie sind der beauftragte Verwalter der Familie. Deshalb wende ich mich an erster Stelle an Sie. Nun, Sir, wenn Sie unfähig sind, ein Geschäft mit mir abzuschließen, sei es aus Unwillen oder Unfähigkeit, dann sagen Sie dies bitte gleich, sodass ich geradewegs zu Lady Shuttleworth selbst gehen kann. Ich habe keine Zeit zu verlieren.«

»Ich bin verflucht, wenn ich die Zeit habe, Mr. …«, er schaute wieder auf das Stück Papier, »Newman.«

»Neumann, Sir«, korrigierte Fritzing ihn irritiert.

»Nun gut – Noyman. Aber warum schreiben Sie es

dann nicht? Sie haben klar und deutlich Newman geschrieben.«

»Sir, ich bin nicht hier, um Sie in der richtigen Aussprache von Fremdsprachen zu unterweisen. Diese Angelegenheiten sind so grundlegend, das muss ich hinzufügen, dass alle Menschen, die über irgendeine Bildung verfügen, sie sich als Kinder in der Schule aneignen.«

Mr. Dawson starrte ihn an. »Sie sind ein umständlicher Kerl«, sagte er, »und ich bin verflucht, wenn ich weiß, worauf Sie hinauswollen. Wie wär's, wenn Sie mir sagen, warum Sie hier sind, Mr.« – wie nach alter Gewohnheit bezog er sich auf das Stück Papier – »Newman.«

»*Neu*mann, Sir«, sagte Fritzing sehr laut, denn er war zutiefst irritiert von Mr. Dawsons Auftreten und Erscheinung.

»Dann eben *Noy*man«, sagte Mr. Dawson genauso laut, in der Tat war es fast ein Schreien. Und in demselben Augenblick bekam er einen roten Kopf, was ein deutlicher Ausdruck seines Zorns war. »Hören Sie«, sagte er, »wenn Sie nicht sagen, was Sie zu sagen haben, dann gehen Sie besser. Ich bin nicht der Richtige für ein haarspaltendes Wortspiel, und ich bin verdammt, wenn ich mich in meinem eigenen Haus belehren lasse. Ich will verdammt sein, wenn ich das tue, hören Sie mich?« Und er schlug auf eine Weise mit der Faust auf den Tisch, die Mrs. Dawson und den Bewohnern der Symford Cottages sehr bekannt war.

»Sir, Ihr Betragen ...«, sagte Fritzing, der aufstand und seinen Hut nahm.

»Kümmern Sie sich nicht um mein Betragen, Mr. Newman.«

»*Neu*mann, Sir!«, brüllte Fritzing.

»Zum Teufel mit Ihnen, Sir«, war Mr. Dawsons irrelevante Antwort.

»Sir, zum Teufel mit *Ihnen*«, sagte Fritzing und setzte sich den Hut auf. »Und ich sage Ihnen, ich gehe sofort zu Lady Shuttleworth und werde ihr die sehr ernsthafte Überlegung nahe legen, wie extrem wünschenswert es wäre, Sie von ihrem Posten zu entfernen, Sir.«

»Zu entfernen! Wohin zum Teufel?«

»Sir, das ist mir egal, solange es an einen anderen Ort ist«, schrie Fritzing, der erhitzt zur Tür schritt.

Mr. Dawson lehnte sich in seinem Sessel zurück und schnappte nach Luft. Der Mann war eindeutig verrückt; aber trotzdem … vielleicht würde Lady Shuttleworth … bei Frauen wusste man nie … »Hören Sie … hallo, Sie! Mr. Newman!«, rief er, denn Fritzing hatte die Tür aufgerissen und war schon fast weg.

»*Neu*mann, Sir«, schleuderte Fritzing über seine Schulter zu ihm zurück.

»Lady Shuttleworth wird Sie nicht empfangen. Mr. Noyman. Aus Prinzip.«

Fritzing zögerte.

»Alles geht durch meine Hände. Sie werden vergebens dorthin gehen. Kommen Sie zurück, und sagen Sie mir, was Sie möchten.«

»Sir, ich werde nur mit Ihnen verhandeln«, sagte Fritzing den Korridor entlang – und Mrs. Dawson, die ihn bis in den Salon hörte, faltete ihre Hände in Furcht und Verwunderung –, »wenn Sie zumindest versuchen, das Benehmen eines Gentleman zu imitieren.«

»Nun, nun, missverstehen Sie mich nicht«, sagte Mr. Dawson, der aufstand und zur Tür kam, »ich bin ein einfacher Mann, wissen Sie …«

»Dann, Sir, ist alles, was ich sagen kann, dass einfache Männer mir nicht gefallen.«

»Aber hallo, wer sind Sie denn? Man könnte meinen, Sie sind ein Herzog oder so was, so hitzig sind Sie. Aufgetakelt« – Mr. Dawson schielte auf den Anzug, der in pädagogischem Schwarz war, in das Fritzing wieder einmal zurückgefallen war –, »aufgetakelt wie ein Straßenprediger.«

»Ich bin als überhaupt gar nichts aufgetakelt, Sir«, sagte Fritzing, der sehr schnell hereinkam. »Ich bin ein pensionierter Lehrer der deutschen Sprache und aus London gekommen, um ein Cottage zu suchen, wo ich meine verbleibenden Jahre verbringen kann. Dieses Cottage habe ich hier in Ihrem Dorf gefunden, und ich möchte mich nach dem Preis erkundigen. Ich will es so schnell wie möglich kaufen.«

»Das ist alles sehr schön, Mr. … Ja, ja, schon gut, ich sag' es nicht. Aber warum um alles auf der Welt schreiben Sie Ihren Namen nicht ordentlich? Es ist das Papier, das mich falsch geleitet hat. Ich wollte sagen, wir haben keine Cottages, die zum Verkauf stehen. Und sehen Sie, wenn das alles ist, was Sie sind, ein pensionierter Lehrer, dann werde ich dafür sorgen, dass Sie mich nicht noch einmal belehren.«

»Ich glaube wirklich, Sir«, sagte Fritzing, die Hand in Richtung seines Hutes erhoben, »dass es besser sein wird, wenn ich versuche, einen Termin mit Lady Shuttleworth auszumachen, denn ich befürchte, Sie sind von Ihrer Konstitution her unfähig, ein Geschäftsgespräch mit der erforderlichen und angebrachten ordentlichen Selbstbeherrschung durchzuführen.«

»Puh … von ihr werden Sie nichts bekommen. Sie wird Sie zu mir zurückschicken. Mann, mit Ihrem Gerede würden Sie sie in fünf Minuten in den Wahnsinn treiben. Wenn Sie irgendetwas wollen, dann bin ich der richtige Mann für Sie. Aber lassen Sie uns endlich zu dem kommen, was Sie wollen, ohne diese ganzen verflixten Wörter aus dem Wörterbuch. Um welches Cottage handelt es sich?«

»Es ist das kleine Cottage«, sagte Fritzing, der seinen Ärger unter Kontrolle brachte, »das an den Kirchhof angrenzt. Es steht ganz allein und ist durch einen extrem winzigen Garten von der Straße getrennt. Es ist vollständig von Ranken überwachsen, die ich für Rosen halte.«

»Das sind zwei Cottages, die zusammengehören.«

»Umso besser.«

»Und sie sind vermietet. Eines an den Schuhmacher, und das andere an die alte Mutter Shaw.«

»Zweifelsohne ließe sich für die gegenwärtigen Mieter eine Unterkunft in einem anderen Haus finden, und ich bin bereit, sie reichlich zu entschädigen. Darf ich nach der Anzahl von Zimmern fragen, die die Cottages besitzen?«

»Jeweils zwei, dazu eine Küche und einen Dachboden. Kohlenschuppen und Schweinestall im Garten. Und eine Pumpe. Aber sie sind nicht verkäuflich, und was nützt es ...«

»Sir, gibt es auch Badezimmer darin?«

»Badezimmer?« Mr. Dawson starrte Fritzing mit einem so außerordentlich dummen Gesichtsausdruck an, dass dieser, der Dummheit noch nie ausstehen konnte, wieder wütend wurde.

»Ich sagte Badezimmer, Sir«, sagte er, wobei er seine Stimme erhob, »und ich glaube, ich habe es sehr deutlich gesagt.«

»Oh, ich habe Sie schon richtig verstanden. Ich habe nur überlegt, ob Sie versuchen, komisch zu sein.«

»Ist dies nun eine geschäftliche Unterhaltung oder nicht?«, schrie Fritzing, der nun seinerseits mit der Faust auf den Tisch schlug.

»Sehen Sie mal, was glauben Sie, was Menschen, die in solchen Häusern wohnen, wollen?«

»Ich nehme an, Sauberkeit und Anständigkeit wie auch jeder andere Mensch.«

»Nun, mich hat in meinem ganzen Leben noch niemand nach einem Cottage mit Badezimmer gefragt.«

»Sie werden gerade im Moment danach gefragt«, sagte Fritzing und funkelte ihn an, »aber Sie weigern sich willentlich, darauf zu antworten. Aus Ihrem Verhalten schließe ich jedoch, dass es keine Badezimmer gibt. Wenn dem so ist, so habe ich keine Zweifel, dass ich schnell einige einbauen lassen kann.«

»Einige? Warum, wie viele wollen Sie denn?«

»Ich habe eine Nichte, Sir, und sie braucht ihr eigenes Badezimmer.«

Mr. Dawson starrte Fritzing wiederum mit einem Blick an, der Fritzing bejammernswert dümmlich erschien. »So etwas habe ich noch nie gehört.«

»Was haben Sie noch nie gehört, Sir?«

»Ich habe noch nie von einer Nichte und einem Onkel in einem Cottage gehört, die jeder ihr eigenes Badezimmer wollen.«

»Offensichtlich haben Sie von sehr vielen Dingen noch nie etwas gehört«, erwiderte Fritzing wütend. »Meine Nichte hat den Wunsch, ein eigenes Badezimmer zu haben, und das geht niemanden etwas an, außer sie selbst.«

»Sie muss ein seltsames Mädchen sein.«

»Sir«, schrie Fritzing. »Lassen Sie meine Nichte aus dem Spiel.«

»Schon gut, schon gut. Ich bin sicher, dass ich nicht über Ihre Nichte reden will. Doch was die Cottages betrifft, so hat es keinen Sinn, diese oder irgendwelche anderen zu wollen, denn Sie werden sie nicht bekommen.«

»Und warum bitte nicht, wenn ich einen guten Preis anbiete?«

»Lady Shuttleworth verkauft nicht. Warum sollte sie? Sie müsste nur noch mehr bauen, um sie zu ersetzen. Ihre Leute müssen doch irgendwo wohnen. Und nie wird sie die alte Shaw und den Schuhmacher für ein paar Fremde auf die Straße setzen.«

Fritzing schwieg, denn sein Herz sank. »Nehmen wir an, Sir«, sagte er nach einer Pause, während der er seine Augen nachdenklich auf den Teppich geheftet hatte und Mr. Dawson ihn anstarrte und leise, aber beleidigend pfiff, »nehmen wir an, ich setzte Lady Shuttleworth davon in Kenntnis, dass ich bereit bin, zwei neue Cottages zu bauen – wunderbare neue Cottages – für die Bewohner dieser alten Cottages, und ihr zusätzlich einen guten Preis für diese zu zahlen, glauben Sie, sie würde dann auf mich hören?«

»Es scheint, das Lehrergeschäft muss ganz prächtig gehen. Ich will verflucht sein, wenn ich verstehe, warum Sie in den Cottages wohnen wollen, wenn Geld bei Ihnen keine Rolle spielt. Sie sind schäbig und ungemütlich, und ein alter Knabe wie Sie – ich meine, ein Mann in Ihrem Alter, der sein Häufchen gespart hat und Luxus will, wie zum Beispiel mehrere Badezimmer – sollte ein komfortables Haus mit dichten Fenstern kaufen. Mit einem guten Dach und elektrischem

Licht. Mit genug Platz für Pferd und Wagen. Sich niederlassen und ein Gentleman sein.«

»Meine Nichte«, sagte Fritzing, der diese Empfehlungen mit einer ärgerlichen, verächtlichen Handbewegung beiseite schob, »hat an diesen beiden Cottages Gefallen gefunden, ich kann wohl sagen, einen sehr leidenschaftlichen Gefallen. Was soll dieses Gerede von Pferd und Wagen? Meine Nichte möchte diese Cottages haben. Ich werde mein Allermöglichstes tun, um sie zu bekommen.«

»Nun, Sir, alles, was ich sagen kann, ist, dass sie ...«

»Ruhe, Sir!«, schrie Fritzing.

Mr. Dawson stand auf und öffnete die Tür sehr weit.

»Hören Sie«, sagte er, »es hat keinen Sinn, weiter zu reden. Ich habe mir mehr von ihnen gefallen lassen, als ich mir seit Jahren von irgendwem gefallen ließ. Befolgen Sie meinen Rat, gehen Sie nach Hause, und seien Sie eine Weile still. Ich habe keine Cottages, und Lady Shuttleworth würde Ihnen die Tür vor der Nase zuschlagen, sobald Sie bei der Sache mit den Badezimmern angelangt sind. Wo wohnen Sie? Im ›Hahn und Henne‹? Oh ... ah ... ja ... auf Baker's Farm. Nun, bitten Sie Mrs. Pearce, sich gut um Sie zu kümmern. Sagen Sie ihr, ich hätte es ihr aufgetragen. Und einen guten Tag wünsche ich Ihnen, Mr. Noyman. Sehen Sie, jetzt kriege ich die Sache mit dem Namen richtig hin ... gerade jetzt, wo wir uns trennen.«

»Bevor ich gehe«, sagte Fritzing und starrte Mr. Dawson von oben herab an, »möchte ich Ihnen sagen, dass ich selten ein Individuum getroffen habe, das in seinem so außerordentlich beleidigenden Betragen eine Kombination von Drolligkeit und Bedrohlichkeit vereint, wie Sie es tun. Ich werde Lady Shuttleworth Ihr Betragen ganz sicherlich beschreiben, und das, wie ich hoffe, in einer überzeugenden Sprache. Sir, ich wünsche Ihnen einen guten Tag.«

»Wiedersehn«, sagte Mr. Dawson grinsend und freundlich winkend. Mehrere Badezimmer, natürlich! Er brauchte sich vor Lady Shuttleworth nicht zu fürchten. »Viel Glück auch mit Lady S.!«, rief er ihm fröhlich nach. Dann ging er zu seiner Frau und befahl ihr, sich darum zu kümmern, dass das Hausmädchen Fritzing nie wieder hereinlassen würde, und er erklärte ihr, dass dieser nicht nur ein Ausländer, sondern auch ein Wahnsinniger war und dass diese Mischung so schlimm war, dass man kaum darüber nachdenken konnte.

VI

Während Fritzing auf diese Weise seine Beherrschung bei dem Verwalter verlor, saß Priscilla auf dem Kirchhof in der Sonne. Der Kirchhof von Symford, die Kirche und das Paar begehrter Cottages liegen auf einer kleinen Anhöhe, die sich wie eine Insel aus dem Tal erhebt. Als Priscilla unter den Bäumen dieser Insel saß, vertrieb sie sich die Zeit damit, die ruhige Szene, die ihr zu Füßen lag, zu betrachten und ihre Gedanken auf glücklichen Pfaden wandern zu lassen. Das Tal lag schon im Schatten, doch die Spitzen der Hügel auf seiner Westseite glänzten golden in der Nachmittagssonne. Aus den Kaminen der Cottages dampfte blauer Rauch geradewegs in den sanften Himmel, Krähen kamen und ließen sich über ihrem Kopf in den Zweigen der Ulmen nieder, und ab und zu fiel ein gelbes Blatt leise vor ihre Füße. Priscillas Herz spürte Frieden. Sie würde so gut sein, ein so sauberes und schönes Leben führen, so ruhig, so mildtätig gegen die Armen sein, so unauffällig, so ohne jede Verstellung. Niemals wieder müsste sie sich verstellen, niemals wieder würde sie in Konflikt mit ihrer Seele geraten. Sie hatte den besseren Teil gewählt, sie hatte alles aufgegeben und war der Weisheit gefolgt, und ihr Leben würde ihr Recht geben. Wer kennt nicht den inneren Frieden, der sich in jenem niederlässt, der gute Vorsätze fasst, und bei ihm verweilt, bis er plötzlich entdeckt, dass sie alle gebrochen wurden? Und was macht es schon, wenn die Vorsätze gebrochen werden? Ist es doch gerade das Fassen der Vorsätze, das so wohltuend wirkt und die Seele erfrischt. Denn es bringt segensreiche Empfindungen mit sich, sodass demjenigen viel entgeht, der die Vorsätze gar nicht erst fasst, weil er fürchtet, sie nicht halten zu können. Solche gesegneten Momente, die das Herz in die Lüfte heben, erlebte Priscilla, als sie auf dem Kirchhof saß und wartete, umgeben von den allerschönsten Vorsätzen, die man sich nur vorstellen kann. Seine Hochwürden Edward Morrison, der Pfarrer, den ich als ehrwürdig bezeichnet habe, kam langsam den Pfad entlang, eingehakt in den Arm seines Sohnes. Er hatte die Absicht, in die Kirche zu gehen, um nach einem Predigtbuch zu schauen, das er verlegt hatte, doch als er Priscillas gedankenverlorenen Rücken unter der Ulme sah, bemerkte er sofort, dass es ein ihm unbekannter Rücken war. Er kannte alle Rücken von Symford, und da kaum Touristen hierher kamen und schon gar nicht um diese Jahreszeit, so konnte es nicht der Rücken einer Touristin sein. Auch konnte es nicht der Rücken von jemandem sein, der bei den Shuttleworths zu Besuch war, da er gerade an diesem Nachmittag dort gewesen war und Lady Shuttleworth vorgefunden hatte, die sich über die kurze Zeit der Einsamkeit freute, die sie und ihr Sohn genossen, bevor der Strom von Gästen für die Feierlichkeiten der Volljährigkeit begann.

»Robin, wer ist das?«, fragte der Pfarrer seinen Sohn.

»Das weiß ich nicht«, sagte Robin.

»Sie wird sich erkälten«, sagte der Pfarrer.

»Das glaube ich auch«, sagte Robin.

Als sie zehn Minuten später aus der Kirche herauskamen, hatte Priscilla sich noch nicht von der Stelle gerührt.

»Sie wird sich ganz sicher erkälten«, sagte der Pfarrer besorgt.

»Das halte ich für sehr wahrscheinlich«, sagte Robin, während er die Tür verschloss.

»Sie sitzt auf einem Stein.«

»Ja, auf der Platte vom alten Dawson.«

»Das ist nicht sehr weise«, sagte der Pfarrer.

»Das ist profan«, sagte Robin.

Der Pfarrer griff wieder nach dem Arm seines Sohnes – der Sohn, der seinen Vater mit den Schultern und dem Kopf überragte, war für die Semesterferien, die sich dem Ende zuneigten, aus Cambridge heruntergekommen –, und ich befürchte, es war derselbe Impuls der Neugierde, der sie zusammen den Pfad heruntergehen ließ und sie geradewegs zu der jungen Dame auf der Platte führte.

Priscilla war in die leuchtenden Träume versunken, die sie spann, sodass ihre Augen strahlten, als sie hochblickte und die beiden Figuren zwischen sich und dem Sonnenuntergang ansah.

»Meine liebe junge Dame«, sagte der Pfarrer freundlich, »haben Sie keine Angst, sich zu erkälten? Die Abende sind jetzt so feucht, und Sie haben sich einen sehr kalten Sitz ausgesucht.«

»Mir ist nicht kalt«, sagte Priscilla und lächelte diese wohlwollende Erscheinung an.

»Aber ich glaube, Sie sollten sich hier nicht aufhalten«, sagte der Pfarrer.

»Ich warte auf meinen Onkel. Er ist losgegangen, um ein Cottage zu kaufen, und er müsste eigentlich schon zurück sein.«

»Um ein Cottage zu kaufen?«, wiederholte der Pfarrer.

»Meine liebe junge Dame, Sie sagen das in demselben Ton, in dem Sie sagen würden, Ihr Onkel sei losgegangen, um ein Korinthenbrötchen zu kaufen.«

»Was ist ein Korinthenbrötchen?«, fragte Priscilla.

»Ein Korinthenbrötchen?«, wiederholte der Pfarrer verwirrt, denn diese Frage hatte ihm noch nie jemand gestellt.

»Oh, ich weiß«, sagte Priscilla schnell und errötete leicht, »das ist etwas, das man essen kann. Gibt es einen bestimmten Ton für Korinthenbrötchen?«

»Es gibt einen für eine Sache, die so … nun, so gewichtig ist wie der Kauf eines Cottages.«

»Ist das gewichtig? Mir erscheint es so nett und natürlich.«

Sie sah den Pfarrer und seinen Sohn von unten her an, untersuchte ruhig zuerst den einen und dann den anderen, und sie standen da und sahen zu ihr hinunter. Jedes Mal, wenn ihr Blick auf Robin fiel, sah sie, wie er sie mit offenkundiger Überraschung und Verehrung anstarrte.

»Entschuldigen Sie«, sagte der Pfarrer, »wenn ich etwas neugierig wirke, doch ist es eines der Cottages in Symford, das Ihr Onkel kaufen will? Ich wusste nicht, dass welche zum Verkauf stehen.«

»Es ist das Cottage dort am Tor«, sagte Priscilla und drehte ihren Kopf leicht in die Richtung.

»Steht es zum Verkauf? Du lieber Himmel, ich habe noch nie erlebt, dass Lady Shuttleworth ein Cottage verkauft.«

»Ich weiß noch nicht, ob sie es verkaufen will«, sagte Priscilla, »aber Fr…, mein Onkel, wird jeden Preis zahlen. Und ich muss es haben. Ich werde … ich werde krank, wenn ich es nicht bekomme.«

Der Pfarrer schaute verblüfft in ihr nach oben gewandtes Gesicht. »Du lieber Himmel«, sagte er nach einer kurzen Pause.

»Wir müssen doch irgendwo wohnen«, bemerkte Priscilla.

»Natürlich müssen Sie das«, sagte Robin plötzlich und so aufrichtig, dass sie sein Gesicht genauer studierte.

»Richtig, richtig«, sagte der Pfarrer. »Wohnen Sie im Moment hier?«

»Nicht zufällig im ›Hahn und Henne‹?«, unterbrach Robin.

»Wir wohnen auf Baker's Farm.«

»Oh, ja … die arme Mrs. Pearce wird froh sein, dass sie Mieter hat. Die arme, arme Seele.«

»Sie ist eine sehr schmutzige Seele«, sagte Robin, und Priscillas verschmitzter Blick traf auf seinen.

»Ist sie die Seele mit der löchrigen Schürze?«, fragte sie.

»Ich nehme es an. Normalerweise weist ihre Schürze Löcher auf«, sagte Robin.

Sie lachten beide, doch der Pfarrer schüttelte sanft mit dem Kopf. »Oh, ja, das arme Ding«, sagte er, »sie hat ein mühseliges Leben. Sie scheinen nicht fähig zu sein … sie scheinen die Kunst nicht zu verstehen, ein Auskommen zu finden.«

»Das ist eine große Kunst«, sagte Robin.

»Vielleicht kann man ihnen helfen«, sagte Priscilla, die in ihrem Kopf schon Pläne schmiedete, dies zu tun.

»Sie gehören nicht zu den Leuten, denen man helfen kann. Und ich befürchte, Lady Shuttleworth hält zu wenig von nutzlosen Menschen, um irgendetwas zu tun, zum Beispiel die Miete zu senken.«

»Lady Shuttleworth kann Menschen nicht ausstehen, die nicht glücklich aussehen und die ihre Schürze nicht stopfen«, sagte Robin.

»Aber es ist ihre eigene Schürze«, warf Priscilla ein.

»Genau«, sagte Robin.

»Nun, nun, ich hoffe, Sie fühlen sich wohl bei ihnen«, sagte der Pfarrer. Und da er nichts weiter sagen konnte, ohne dass er sich selbst gestehen musste, dass er neugierig war, begann er, Robin mit sich fortzuziehen. »Wir werden Sie und Ihren Onkel am Sonntag in der Kirche sehen, hoffe ich«, sagte er wohlwollend, nahm seinen Hut ab und zeigte sein schneeweißes Haar.

Priscilla zögerte. Es stimmt zwar, dass sie Protestantin war, da bei der Hochzeit ihrer Mutter mit dem katholischen Großherzog festgelegt worden war, dass die Kinder, die geboren wurden, abwechselnd dem protestantischen und dem katholischen Glauben angehören sollten, und da Priscilla die zweite Prinzessin war, war sie als Einziges der drei Kinder des Großherzogs nicht katholisch. Deshalb konnte sie in Symford zur Kirche gehen, so oft sie wollte. Es war Fritzings Kirchgang, der sie zögern ließ, denn Fritzing war das, was der Pfarrer einen gottlosen Menschen genannt hätte. Er ging nie in die Kirche.

»Sind Sie ein Mitglied der anglikanischen Kirche?«, fragte der Pfarrer, der sah, wie sie zögerte.

»Aber, Vater, sie ist doch keine Engländerin«, prustete Robin los.

»Keine Engländerin?«, wiederholte der Pfarrer.

»Ist mein Englisch so schlecht?«, fragte Priscilla lächelnd.

»Es ist furchtbar gut«, sagte Robin, »aber die r's, wissen Sie ...«

»Ach, ja. Nein, ich bin keine Engländerin, ich bin Deutsche.«

»Tatsächlich?«, sagte der Pfarrer mit dem ganzen Interesse, das ein ungewöhnliches Phänomen hervorruft, und eine Deutsche in Symford war von allen Phänomenen das ungewöhnlichste. »Meine liebe junge Dame, wie bemerkenswert. Ich kann mich nicht daran erinnern, jemals zuvor eine Deutsche in der hiesigen Gegend getroffen zu haben. Ihr Englisch ist wirklich überraschend gut. Ich hätte es nie bemerkt ... Die Ohren meines Sohnes sind besser als meine alten Ohren. Werden Sie mich für unverzeihlich neugierig halten, wenn ich frage, was Sie dazu gebracht hat, Symford als den Ort zu wählen, in dem Sie wohnen wollen?«

»Mein Onkel ist vor vielen Jahren hier durchgekommen und fand es so hübsch, dass er beschloss, seine alten Jahre hier zu verbringen.«

»Und Sie, nehme ich an, werden für ihn sorgen.«

»Ja«, sagte Priscilla, »denn wir haben nur ...« – sie blickte von einem zum anderen und kam sich furchtbar klug vor – »wir haben nur einander auf der ganzen großen weiten Welt.«

»Ah, armes Kind ... Sie sind eine Waise.«

»Das habe ich nicht gesagt«, sagte Priscilla schnell und wurde rot dabei; sie, die immer zu stolz war, um zu lügen, sollte jetzt diesen weisen alten Mann mit dem schneeweißen Haar belügen?

»Ah, gut, gut«, sagte der Pfarrer, vage tröstend. »Wir werden Sie vielleicht am Sonntag sehen. Soweit ich weiß, gibt es keinen Grund, warum ein Mitglied der deutschen Kirche nicht am Gottesdienst der anglikanischen Kirche teilhaben sollte.« Er nahm ein weiteres

Mal seinen Hut ab und versuchte, Robin mit sich fortzuziehen.

Doch Robin trödelte, und Priscilla sah so viel leuchtende Neugierde in seinen Augen, dass sie spürte, wie geheimnisvoll sie wirkte. Und da das das Letzte war, was sie tun wollte, dachte sie, es wäre besser, wenn sie ein bisschen erklären würde – was immer gefährlich ist –, und sie sagte: »Mein Onkel unterrichtet mich seit Jahren in Sprachen, und jetzt ist er alt und müde, und wir sehnen uns beide nach dem Land und nach Ruhe. Er hat mir Englisch beigebracht … deshalb ist mein Englisch so gut. Sein Name« – sie ließ sich von der Sehnsucht verführen, dieses fragende Licht in Robins Augen auszublasen –, »sein Name ist Schultz.«

Der Pfarrer verbeugte sich leicht, und Robin fragte mit einem Ausdruck äußerster Höflichkeit, aber immer noch mit diesem Leuchten in den Augen, ob er sie dann als Miss Schultz anreden sollte?

»Ich befürchte, ja«, sagte Priscilla voller Bedauern. Es klang wirklich sehr grob. Miss Schultz? Sie hätte sich wirklich einen romantischeren Namen ausdenken können, während sie schon dabei war, denn in seiner Eile und durch die vielen Sorgen hatte Fritzing bezüglich eines Namens noch nichts mit ihr besprochen.

Robin starrte sie sehr beharrlich an. Ihre Antwort kam ihm seltsam vor. Er starrte noch weiter, als sie ihn mit einem Gesichtsausdruck ansah, als hätte sie gerade einen glücklichen Einfall gehabt, und ihn darüber in Kenntnis setzte, dass ihr Vorname Ethel sei.

»Ethel?«, wiederholte Robin.

»Das ist ein sehr schöner Name, finde ich«, sagte Priscilla und sah zufrieden aus.

»Unser Hausmädchen heißt Ethel, und so heißt auch

das kleine Mädchen, das den Kinderwagen des Gärtners schiebt«, war Robins ungestümer Kommentar.

»Dadurch wird er nicht weniger schön«, sagte Priscilla mit einem Stirnrunzeln.

»Aber Ethel«, unterbrach der Pfarrer sanft, »ist doch sicher kein deutscher Name?«

»Ich wurde nach meiner Mutter getauft«, sagte Priscilla sanft, was auch genau stimmte, denn die verstorbene Großherzogin hatte auch Priscilla geheißen. Da überkam sie das Gefühl, dass sie in jene Tiefen geriet, wo Menschen mit Geheimnissen zu stocken beginnen und in Gefahr sind, sich zu verraten. Von Panik erfasst erhob sie sich von der Grabplatte.

»Das heißt, Sie sind zur Hälfte Engländerin«, sagte Robin triumphierend, und seine Augen leuchteten. Er wirkte sehr tapfer und gebieterisch, wie er sie so geradeheraus anstarrte, den Kopf zurückgeworfen. Sein gut aussehendes Gesicht strahlte vor Interesse. Doch eine Person von Priscillas Erziehung konnte unmöglich von dem Starren irgendeines Robin aus der Fassung gebracht werden, egal, wie gebieterisch es war, denn war es bisher nicht ihre Hauptaufgabe gewesen, es mit anmutiger Gleichgültigkeit zu ertragen, dass Menschen sie anstarrten? »Das habe ich nicht gesagt«, sagte sie und sah ihn kurz an. Mit einem kleinen Lächeln, das sowohl Vater als auch Sohn umfasste und das von einer unbeschreiblichen Anmut und Kühle war, fügte sie hinzu: »Es ist wirklich feucht hier – ich glaube nicht, dass ich auf meinen Onkel warten werde.« Mit einer leichten Verbeugung spazierte sie ohne viel Aufhebens davon.

Sie ging sehr langsam und hatte ihren Rock lose in einer Hand zusammengerafft. Jede Linie ihres Körpers zeugte von absoluter Selbstbeherrschung und Unnahbarkeit. Noch nie hatten die beiden Männer jemanden gesehen, der so beherrscht wirkte. Schweigend beobachteten sie, wie sie den Pfad hochging und durch das Tor verschwand. Dann schaute Robin auf seinen Vater hinunter, zog dessen Hand fester durch seinen Arm und sagte mit einem leisen Lachen: »Komm, Vater, lass uns nach Hause gehen. Wir sind entlassen.«

»Von einer äußerst bezaubernden jungen Dame«, sagte der Pfarrer lächelnd.

»Von einer sehr kühlen jungen Dame«, sagte Robin und zuckte mit den Schultern, denn es gefiel ihm nicht, entlassen zu werden.

»Ja … sie ist ungewöhnlich selbstsicher für ihr Alter«, stimmte der Pfarrer ihm zu.

»Ich frage mich, ob alle Nichten von Deutschlehrern so sind«, sagte Robin, wiederum lachend.

»Wenige können von Natur aus so gesegnet sein, glaube ich.«

»Oh, ich meine nicht das Aussehen. Sie ist eindeutig eine ganze Ecke hübscher als die meisten Mädchen.«

»Sie ist ganz außergewöhnlich hübsch, junger Mann. Sei nicht spitzfindig.«

»Miss Schultz – Ethel Schultz«, murmelte Robin, und flüsternd fügte er hinzu: »Du lieber Himmel.«

»Für ihren Namen kann sie nichts. Diese Dinge werden einem aufgedrängt.«

»Es ist ein furchtbar gewöhnlicher Name. Macgrigor, der ein Jahr in Dresden war, hat mir erzählt, dass jeder in Deutschland Schultz heißt.«

»Bis auf diejenigen, die nicht so heißen.«

»Jetzt, Vater, bist du wieder oberklug«, sagte Robin und lächelte seinen Vater an.

»Hier kommt jemand, der es eilig hat«, sagte der Pfarrer, dessen Aufmerksamkeit von der sich schnell nahenden Figur eines Mannes gefesselt wurde. Robin sah hoch und bemerkte Fritzing, der durch den Kirchhof schritt, den Hut tief über die Augen gezogen, als ob er ihn mit ungewöhnlicher Heftigkeit aufgesetzt hätte, beide Hände tief in den Taschen vergraben, den Schirm, ohne den er niemals, selbst an den schönsten Tagen, das Haus verließ, fest unter den Arm gepresst. Seine langen Beine nahmen kurze und profane Abkürzungen über Gräber und Grabsteine. Er war von einer Gleichgültigkeit gegen jeden Anstand, welche Menschen eigen ist, die tief in unangenehme Gedanken versunken sind. Es war in Symford nicht üblich, auf diese Manier über die Grabsteine zu springen, und als Fritzing an einer Stelle ganz in der Nähe des Pfarrers ankam und seinen ungestümen Lauf über die übrigen Gräber bis zu dem Baum fortsetzen wollte, unter dem er Priscilla zurückgelassen hatte, erhob der Pfarrer seine Stimme und riet ihm dringlich, den Pfad nicht zu verlassen.

»Eine wunderliche Gestalt«, bemerkte Robin. »Und wieder ein Fremder. Aber, das kann doch nicht – nein, das kann doch unmöglich der Onkel sein?« Denn er sah, dass es sich um einen Ausländer handelte, doch andererseits hat es wohl selten einen Onkel und eine Nichte gegeben, die weniger Familienähnlichkeit aufwiesen als diese beiden.

Fritzing war der Letzte, der absichtlich örtliche Regeln brach oder Empfindlichkeiten verletzte. Die Stimme des Pfarrers riss ihn sofort aus seinen unangenehmen Überlegungen, und er ließ augenblicklich davon ab, seine Abkürzung weiter zu verfolgen. Er ging auf den Pfad und entschuldigte sich mit der Höflichkeit, die er immer an den Tag legte, solange ihn niemand verärgerte.

»Mein Name ist Neumann, Sir«, sagte er, denn er stellte sich nach deutscher Gewohnheit vor, »und ich bitte Sie ernstlich um Entschuldigung. Ich suche eine Dame, und …«, er gab seiner Brille einen kleinen richtenden Schubs, als ob sie schuld war, und blickte hinüber zu der Ulme, wo er Priscilla hatte sitzen lassen. Mit plötzlicher Sorge fügte er hinzu: »Ich befürchte, ich sehe sie nicht.«

»Meinen Sie Miss Schultz?«, fragte der Pfarrer und sah verblüfft aus.

»Nein, Sir. Ich meine nicht Miss Schultz«, sagte Fritzing und schaute deutlich überrascht und besorgt auf alle anderen Bäume um sich herum.

»Eine Dame ist vor etwa fünf Minuten weggegangen«, sagte Robin.

»Eine große junge Dame in einem blauen Kostüm?«

»Ja. Miss Schultz.«

Fritzing sah ihn streng an. »Sir, was habe ich mit Miss Schultz zu tun?«, fragte er.

»Nun, nun«, sagte der fröhliche Robin, »sind Sie denn nicht auf der Suche nach ihr?«

»Ich suche meine Nichte, Sir.«

»Ja. Miss Schultz.«

»Nein, Sir«, sagte Fritzing, der sich nur mit Mühe beherrschte, »nicht Miss Schultz. Weder kenne ich Miss Schultz noch habe ich das geringste Interesse an der verd…«

»Sir, Sir«, unterbrach der Pfarrer ihn hastig.

»Ich habe nicht das geringste Interesse an *irgendeiner* Miss Schultz.«

Der Pfarrer sah sehr verdutzt aus. »Hier war eine junge Dame«, sagte er, »die unter dem Baum dort drüben auf ihren Onkel wartete, der, wie sie uns sagte, zu Lady Shuttleworths Verwalter gegangen ist, um sich nach dem Cottage neben dem Tor zu erkundigen. Sie sagte, der Name ihres Onkels sei Schultz.«

»Sie sagte, sie heißt Miss Ethel Schultz«, sagte Robin.

»Sie sagte, sie wohnt auf Baker's Farm«, sagte der Pfarrer.

Fritzing starrte einen Augenblick lang von einem zum anderen, hob seinen Hut mechanisch einen Zentimeter in die Luft, drehte sich, ohne ein Wort zu sagen, auf dem Absatz um und ging in großer Eile über den Kirchhof, den Hügel hinter und die Straße nach oben zur Farm.

»Wunderlich, nicht wahr?«, sagte Robin, als sie dieser fliehenden Gestalt langsam zum Tor folgten.

»Das verstehe ich nicht«, sagte der Pfarrer.

»Er scheint ein bisschen verwirrt.«

»Sagte er nicht, sein Name sei Neumann?«

»Das sagte er. Und er sah aus, als würde er sich mit jedem schlagen, der behauptet, es stimmt nicht.«

»Es ist kaum wahrscheinlich, dass es zwei Paare deutscher Onkel und Nichten in Symford zu ein und derselben Zeit gibt«, überlegte der Pfarrer. »Selbst ein Paar ist ein höchst ungewöhnliches Vorkommnis.«

»Wenn es sie gibt«, sagte Robin sehr ernst, »dann lass uns bitte das Paar der Schultzes weiterverfolgen und nicht das andere.«

»Ich verstehe das nicht«, wiederholte der Pfarrer hilflos.

VII

Symford, ein unschuldiges Dorf, ging sehr früh zu Bett, aber dennoch gab es an diesem Abend, noch bevor es Zeit zum Schlafengehen war, keine einzige Familie, die nicht von den Neuankömmlingen auf Baker's Farm gehört hätte. Aus dem Pfarrhaus war die Nachricht weitergegangen, dass eine hübsche junge Dame namens Schultz mit ihrem Onkel dort wohnte, aus dem Haus des Verwalters die Neuigkeit, dass ein Verrückter namens Neumann mit seiner Nichte dort wohnte. Und zum Abendessen, während Symford sich noch über diesen plötzlichen Einbruch verwandter Deutscher wunderte, kam die Postmeisterin und sagte, dass der Junge von Baker's, der die Briefe abholte, nichts von jemandem wusste, der Schultz hieß. Er war, so sagte die Postbeamtin, sehr böse geworden und hatte den größeren und bei weitem besseren Teil seines guten Benehmens vergessen, als sie ihn fragte, wie er da stehen und solche Dinge sagen konnte, nach all den Jahren, die er zur Sonntagsschule gegangen war, und ob er keine Angst hätte, dass die Erde sich öffnen und ihn verschlucken würde. Mit einer Beharrlichkeit, die sie schließlich überzeugte, hatte er darauf bestanden, dass nur ein Onkel und eine Nichte bei Baker's wohnten und dass ihr Name Neumann war. Er fügte hinzu, dass es eine weitere junge Dame gab, deren Namen er nicht mitbekommen hat, doch diese saß den ganzen Tag auf der Kante ihres Bettes, weinte und verweigerte jede

Nahrungsaufnahme. Besänftigt von den Entschuldigungen der Postbeamtin für ihren ursprünglichen Unglauben, endete das Ganze so, dass er eifrig bemüht war, alles zu erzählen, soweit es in seiner Macht stand, und so kam er den ganzen weiten Weg zurück, um ihr zu sagen, dass er vergessen hatte, ihr mitzuteilen, dass seine Mutter gesagt hatte, der Name der Nichte sei Maria-Theresa.

»Aber was«, fragte die Frau des Pfarrers den Pfarrer, als die Neuigkeiten durch die Wände des Pfarrhauses bis auf das Sofa gedrungen waren, auf dem sie saß, »ist dann aus der Nichte namens Ethel geworden?«

»Ich weiß es nicht«, sagte der Pfarrer hilflos.

»Vielleicht ist sie diejenige, die den ganzen Tag weint.«

»Meine Liebe, wir haben sie doch auf dem Kirchhof getroffen.«

»Vielleicht sind sie Betrüger«, schlug die Frau des Pfarrers vor.

»Meine Liebe?«

»Oder Anarchisten?«

»Kate?«

Die Frau des Pfarrers sagte nichts weiter, sondern beschloss insgeheim, gleich am nächsten Tag einen Besuch bei Baker's zu machen. Es wäre furchtbar, wenn schlechter Einfluss nach Symford eindringen würde, in ihre Gemeinde, die sie für so lange Zeit in guter Ordnung gehalten hatte. Außerdem befand sie sich als Frau des Pfarrers in einer offiziellen Position, und in dieser Funktion konnte und sollte sie jedem einen Besuch machen. Ihr Besuch würde sie nicht dazu verpflichten, die Besuchten zu einem Gegenbesuch einzuladen, ebenso wenig wie der Besuch eines Pfarrkreisgehilfen dazu verpflichten würde. Vielleicht waren sie ganz ordentlich, sodass sie das Mädchen zu den Dienstagabenden im Gemeinderaum einladen konnte, wenn auch nicht ins Pfarrhaus, wegen ihrer Tochter Netta. Andererseits, wenn sie so aussahen, wie sie sich Anarchisten oder Betrüger vorstellte, dann würde sie nur ein paar Broschüren hinterlassen und nicht zu Hause sein, wenn sie ihren Besuch erwiderten.

Robin, der keine Ahnung von den Gedanken seiner Mutter hatte, sehnte sich danach, sie zu bitten, zu Baker's zu gehen und ihn mitzunehmen, um den ersten Schritt zu der Bekanntschaft zu machen, nach der seine Seele dürstete. Doch aus verschiedenen taktischen Gründen, die in der genauen Kenntnis des Charakters seiner Mutter begründet waren, hielt er sich zurück. Und so verbrachte er den Abend damit, einen Plan zu perfektionieren, der ihn ohne ihre Hilfe in das Innere von Baker's Farm bringen würde. Dieser Plan war von barbarischer Einfachheit: Er würde einen von den Schirmen auswählen, die sich mit der Zeit im Pfarrhaus angesammelt hatten, und mutig zu Baker's gehen, um diesen Neumann zu fragen, ob er ihn auf dem Kirchhof verloren hatte. Dieser Neumann würde den Schirm zurückweisen, vielleicht würde er insgeheim ungehalten sein, doch er wäre gezwungen, so zu tun, als wäre er Robin dankbar. Und wer weiß, was das Glück danach nicht alles für ihn tun würde?

Während Robin und seine Mutter jeder für sich einen Plan ausheckten, um am nächsten Tag zu Baker's Farm zu gelangen, war eine dritte Person in Symford Hall mit ganz ähnlichen Gedanken beschäftigt. Diese dritte Person war niemand anderer als Augustus, die Hoffnung aller Shuttleworths. Augustus, den seine Freunde einfach kurz Tussie nannten, war am späten Nachmittag nach Hause geritten, sehr langsam, denn er war ein vorsichtiger junger Mann, der viel Zeit damit verbrachte, Gefahren wie zum Beispiel eine Überhitzung, zu vermeiden. Da sah er eine weibliche Figur, die ihm auf der einsamen Straße entgegenkam. Er befand sich hoch oben in der Heide über Symford, einem einsamen Fleckchen mit Heidekraut und Büschen von Stechginster und sich windenden Straßen, die auf vielen Umwegen und mit Verspätungen in verschiedene Teile von Exmoor führen. Er selbst hatte dieser wilden Gegend und dem Sonnenuntergang den Rücken zugewandt und ritt, wie jede vernünftige Person es zu dieser Abendzeit tun würde, in Richtung des Dorfes und nach Hause. Doch wo mochte das Mädchen wohl hingehen? Denn jetzt sah er, dass es ein Mädchen war, und ein oder zwei Minuten später stellte er fest, dass es ein schönes Mädchen war. Mit dem glühenden Himmel, dessen Leuchten die Sonne gerade auf ihrem Gesicht hinterlassen hatte, kam Priscilla ihm aus der einsetzenden Dämmerung des frühen Abends entgegen. Tussie, der eine höchst poetische Seele besaß, starrte diese Erscheinung mit offenem Mund an. Als sie ihn sah, beschleunigte sie ihre Schritte, und er nahm seine Mütze schnell ab, als sie ihn fragte, wo Symford war. »Ich habe mich verlaufen«, sagte sie, als sie zu ihm hochsah.

»Ich werde selbst durch Symford reiten«, antwortete er. »Darf ich Ihnen den Weg zeigen?«

»Vielen Dank«, sagte Priscilla. Er stieg von seinem Pferd, und sie drehte sich um und ging mit derselben gelassenen Gleichgültigkeit neben ihm her, mit der sie auch neben der Gräfin Disthal oder vor einem sie bedienenden Lakaien gegangen wäre. Auch sagte sie nichts, denn sie war damit beschäftigt, an Fritzing zu denken, und sie hoffte, dass er sich nicht allzu viel um sie sorgte, sodass Tussie (Gott lasse ihm seine Unschuld!) dachte, sie sei schüchtern. Dessen war er sich so sicher, dass er dem ein Ende machte, indem er bemerkte, wie schön der Abend doch sei. Priscilla, die Miss Schultz völlig vergessen hatte, bedachte ihn mit einem eisigen Blick, um ihn daran zu erinnern, dass er kein Recht besaß, zuerst zu sprechen. Als Erinnerung war dieser Blick bei Tussie verloren, denn natürlich erinnerte er ihn an überhaupt nichts, sodass er ihn sich zuerst damit erklärte, dass das Mädchen sich unbehaglich fühlte, hier oben mit einem fremden Mann allein zu sein, und vielleicht damit, dass sie Distanz zu ihm halten wollte. Ein Blick auf ihr Profil verscheuchte diese Illusion jedoch sofort und für immer, denn niemals hatte er ein so ruhiges Profil gesehen. Jetzt ging sie so, dass ihr Gesicht sich im Schatten befand, und das Leuchten des Himmels, das hinter ihr lag, spielte seltsame und prächtige Tricks mit ihrem Haar. Er sah sie an und sah sie noch einmal an, doch mit keinem Wimpernzucken ließ sie sich anmerken, dass sie sich der Gegenwart des Fremden bewusst war. Ihre Augen waren auf den Boden geheftet, und sie war tief in Gedanken versunken, die durch einen Anstrich von schlechtem Gewissen gefärbt waren, weil sie hierher gekommen war, anstatt direkt zurück nach Hause zur Farm zu gehen. Durch ihr Verlaufen und ihr langes Ausbleiben würde sie Fritzings ohnehin schon sorgenvollem Herzen weiteren unnötigen Kummer bereiten. Er hatte schon so viele Sorgen, und alle ihretwegen. Doch andererseits war es das allererste Mal in ihrem Leben, dass sie alleine spazieren ging, und wenn Worte die Freude und den Triumph nicht beschreiben konnten, wie sollte es ihr dann möglich sein, der Versuchung zu widerstehen, auf einen hübschen kleinen Weg auszuweichen, der sie immer weiter von einer Biegung zur nächsten verführte, bis sie schließlich ganz oben war, atemlos und schwindelig. Sie befand sich am Rand der Heide, Exmoor rollte in violetten Wellen weit in den Sonnenuntergang hinein, und sie hatte die ganze Großartigkeit des Abendhimmels in ihrem Gesicht. Sie war weitergegangen, fasziniert von der Schönheit der Gegend, und als sie umkehren wollte, stellte sie fest, dass sie sich verlaufen hatte. Da erschien Sir Augustus, um sie auf den rechten Weg zu leiten, und mit einem kurzen Gedanken an ihn, der ihn als nützliche Person auf einem schönen Pferd wahrnahm, verfiel sie in nüchterne Überlegungen darüber, wie viel Qualen ihr armer Fritzing wohl durchmachte. Augustus war genauso vollständig aus ihrem Bewusstsein gestrichen, als wäre er ein Wegweiser, dem man Information entnimmt und den man dann vergisst.

Er sah sie an und sah sie noch einmal an und noch einmal. Er hatte noch nie jemanden gesehen, der so schön war, und ganz sicher niemanden mit einem so entrückten Gesichtsausdruck. Er war einundzwanzig und hatte eine Neigung zur Poesie, und als sie neben ihm herging, so groß und gerade und entrückt, mit dem Nimbus aus flammendem Haar und dem edlen kleinen Kopf und der ernsten Miene, da erschien sie ihm wie eine junge Heilige.

Tussie war nicht so kühn wie Robin. Er war ein sanfter Junge, der ruhige Dinge mochte, stille Orte, friedfertige Menschen, freundliche Hunde, Bücher, selbst Kanarienvögel, sofern sie nicht zu laut sangen. Er war empfindlich, denn er war klein und schwach, und traf, wie ich schon gesagt habe, große Sorge um das, was er an Gesundheit hatte. In der Tat sorgte er sich so sehr darum, dass einige seiner robusteren Freunde ihn Fussie nannten. Er hasste den Gedanken, volljährig zu werden, viel Geld zu besitzen, viele Aufgaben zu haben und Verantwortungen zu tragen. Er träumte davon, in Ruhe gelassen zu werden und Gedichte zu schreiben, in irgendeine süße, unmögliche Wildnis zu fliehen, um im Geiste von Omar Khayyam zu singen, sofern man dies von einem Jüngling erwarten kann, der nur Wasser trank. Kurz gesagt, er war kein kühner Mensch, und nach dem unbarmherzigen Blick aus den Augen der jungen Heiligen wagte er es eine ganze Weile lang nicht, mit ihr zu sprechen. Doch sie näherten sich Symford, denn sie waren schon die Hälfte des Hügels hinuntergegangen, und er konnte sie nicht von seiner Seite in die Dämmerung entkommen lassen, ohne dass er wenigstens versuchte herauszufinden, wo sie wohnte. Er schaute auf ihren weichen, freundlichen Mund und öffnete seinen eigenen, um etwas zu sagen. Er schaute auf ihre strengen, gleichmäßigen Augenbrauen und schloss ihn wieder. Schließlich, die Augen auf ihren Mund geheftet, stieß er hervor: »Ich kenne jede einzelne Seele in Symford und jede einzelne Seele in der ganzen Umgebung, aber ich kenne …« Er hielt inne. Er wollte sagen »Sie nicht«, doch er hielt inne.

Priscillas Gedanken waren so weit entfernt, dass sie ihren Kopf drehte und ihn einen Augenblick vage ansah, während sie ihre Gedanken sammelte. Dann runzelte sie die Stirn. Ich weiß nicht, warum Robin mehrere Lächeln abbekam und der arme Tussie nur Stirnrunzeln, es sei denn, die junge Person Ethel

Schultz war während des Spaziergangs völlig aus Priscillas Gedanken geschwunden und Ihre Königliche Hoheit stand ganz im Vordergrund. Sie sah Tussie stirnrunzelnd an und fragte sich, was diesen Mann bewegen konnte, weiterhin mit ihr zu reden. Weiterhin zu reden! Der arme Tussie. Und so sagte sie mit eisiger Stimme: »Haben Sie etwas gesagt?«

»Ja«, sagte Tussie, die Augen auf ihren Mund geheftet, der sicherlich ein Mund nur für Freundlichkeit und zarte Worte war. »Ich fragte mich, ob Sie im Pfarrhaus wohnen.«

»Nein«, sagte Priscilla, »wir wohnen auf Baker's Farm.« Und als sie diese schmuddelige Behausung nannte, kehrte das freundliche Schultz-Gesicht mit einem Lächeln in ihre Augen zurück.

Tussie blieb abrupt stehen. »Baker's Farm?«, fragte er. »Aber dann ist das hier der Weg, hier hinunter nach rechts. Es ist nur ein paar Meter von hier entfernt.«

»Sind Sie auch auf dem Weg dorthin?«

»Ich wohne auf der anderen Seite von Symford.«

»Dann auf Wiedersehen und vielen Dank.«

»Bitte gestatten Sie, dass ich Sie bis zur Hauptstraße begleite… es ist schon fast dunkel.«

»O nein … ich kann mich nicht noch einmal verlaufen, wenn es nur ein paar Meter sind.«

Sie nickte ihm zu und bog hinunter in die Straße ab.

»Fühlen Sie … fühlen Sie sich dort wohl?«, fragte er eilig und errötete. »Die Pearces sind Mieter von uns. Ich hoffe, Sie fühlen sich wohl bei ihnen.«

»Oh, wir werden nur ein paar Tage dort bleiben. Mein Onkel kauft uns ein Cottage, sodass wir sehr bald umziehen werden.«

Das Mädchen Ethel nickte ihm zu, lächelte und verschwand schnell in der Dämmerung. Tussie ritt gedankenverloren nach Hause und schmiedete ausgefeilte Pläne für einen Ritt zu Baker's Farm am nächsten Tag, der den notwendigen Anschein der Unvermeidlichkeit tragen sollte.

Fritzing rannte die Straße vor dem Tor auf und ab, als Priscilla fünf Minuten später aus den Schatten der Straße hervorkam. Sie lief zu ihm hin, hakte ihren Arm durch den seinen und sah mit einem sehr reuigen Gesicht zu ihm hoch. »Lieber Fritzi«, sagte sie, »es tut mir so Leid. Ihr habt Euch Sorgen um mich gemacht, nicht wahr? Verzeiht mir ... es war der erste Geschmack der Freiheit, der mir in die Beine gefahren ist und sie losgeschickt hat, um Erkundungen zu machen. Und dann habe ich mich verlaufen. Habt Ihr Euch gesorgt?«

Er war äußerst aufgebracht und schaffte es, so etwas Ähnliches wie eine Schelte hervorzubringen. Er sagte, wie äußerst wünschenswert es wäre, dass sie Annalise in Zukunft immer mitnehmen sollte, egal, wohin sie ging – (»Oh, was für ein Unsinn, Fritzi«, unterbrach Priscilla ihn und zog ihren Arm zurück) –, und mit zitternder Stimme erklärte er, dass es ein fast unerträglicher Gedanke für ihn war, dass zwei fremde Männer es gewagt hatten, sie auf dem Kirchhof anzusprechen, dass er es sich nie verzeihen würde, sie dort alleine gelassen zu haben – (»Oh, Fritzi, wie dumm«, unterbrach Priscilla ihn) –, und er bat sie fast unter Tränen, ihm genau zu sagen, was sie zu ihnen gesagt hatte, denn Ihre Großherzogliche Hoheit müsse verstehen, dass es von dringlichster Wichtigkeit sei, dass sie die gleichen Informationen verbreiteten.

Priscilla erklärte, dass sie überhaupt nichts gesagt habe, bis auf einige sehr diplomatische, ja, sogar kluge

Äußerungen. In der Tat, sie sei überrascht gewesen, wie ihr die Ideen zugeflogen waren.

»Also bitte«, endete sie, »seht mich nicht mit so bedauernswerten Augen an.«

»Hoheit, habt Ihr ihnen gesagt, Euer Name sei Schultz?«

»Aber das stimmt doch.«

»Nein, das stimmt nicht, Hoheit. Unser Name ist Neumann.«

Priscilla starrte ihn erstaunt an. »Neumann?«, sagte sie. »Unsinn, Fritzi. Warum sollte er Neumann sein? Wir heißen Schultz. Ich habe den Leuten gesagt, dass wir so heißen. Also ist das festgelegt.«

»Festgelegt, Hoheit? Ich habe der Frau hier auf dem Hof und dem Verwalter gesagt, dass Ihr die Tochter meines Bruders seid und dass wir Neumann heißen.«

Priscilla war entgeistert. Dann sagte sie streng: »Es war Eure Pflicht, mich zuerst zu fragen. Was für ein Recht habt Ihr, mich zu taufen?«

»Ich hatte vor, es während unseres Spazierganges heute Nachmittag zu besprechen. Ich gebe zu, ich habe es vergessen. Andererseits konnte ich nicht davon ausgehen, dass Eure Großherzogliche Hoheit, sobald sie einen Augenblick unbeschützt bleibt, zwei fremde Männer darüber in Kenntnis setzen würde, dass unser Name Schultz ist.«

»Ihr hättet mich auf jeden Fall zuerst fragen müssen«, wiederholte Priscilla mit gerunzelten Brauen. »Warum sollte ich Neumann heißen?«

»Ich könnte mit dem gleichen Grund fragen, warum ich Schultz heißen sollte«, parierte Fritzing.

»Aber warum Neumann?«, beharrte Priscilla sehr erregt.

»Hoheit, warum nicht?«, sagte Fritzing noch erregter. »Eure Großherzogliche Hoheit hätte wissen können, dass ich beim Verwalter einen Namen angeben muss.«

»Ich habe nicht mehr darüber nachgedacht als Ihr«, sagte Priscilla, die vor dem Tor stehen blieb als Zeichen dafür, dass er es für sie öffnen sollte. Das tat er auch, und schweigend gingen sie durch den Garten ins Haus. Dann ging sie in das Wohnzimmer und ließ sich in einen Sessel aus Rosshaar fallen. Sie lehnte ihren Kopf gegen das störrische Haar und gab einen schmerzlichen Seufzer von sich.

»Soll ich Euch Annalise schicken, Hoheit?«, fragte Fritzing, der im Türrahmen stand.

»Was sollen wir jetzt tun?«, fragte Priscilla, die Augen ernst auf ihre Schuhspitzen geheftet. »Kommt herein, Fritzi, und schließt die Tür«, sagte sie. »Ihr benehmt Euch überhaupt nicht wie ein Onkel.« Da kam ihr eine Idee. Mit plötzlicher Fröhlichkeit sah sie zu ihm hoch und fragte: »Können wir nicht einen Bindestrich haben?«

»Einen Bindestrich?«

»Ja, sodass wir Neumann-Schultz sind?«

»Natürlich können wir das«, sagte Fritzing, und sein Gesicht hellte sich auf. Wie verwirrt er sein musste, dass er nicht selbst darauf gekommen war! »Ich werde dafür sorgen, dass sofort Karten gedruckt werden, und wir werden Neumann-Schultz heißen. Hoheit, Eure weibliche List …«

»Fritzi, Ihr lasst nach – in Kunitz habt Ihr mir nie geschmeichelt. Lasst uns Tee trinken. Ich lade Euch zum Tee ein. Wenn Ihr ihn bestellt, dann werde ich ihn einschenken und üben, eine Nichte zu sein.«

Und so verbrachten sie den Abend in Eintracht,

wenngleich es eine Eintracht war, die stellenweise getrübt wurde – zuerst durch Priscillas Enttäuschung über das Cottage, dann durch eine gewisse Ungeduld, die die offensichtlichen Ineffizienzen des Haushalts von Baker's Farm bei ihr hervorriefen, dann durch ihre deutliche und immer wieder auftretende Unfähigkeit, sich an die neue Umgebung anzupassen. Schließlich kam es zu einer sehr schweren Trübung des Abends, als Fritzing im Laufe der Unterhaltung bemerkte, dass sie Maria-Theresa hieße. Das war eine sehr schwarze Wolke, die eine ganze Weile über ihnen hing, doch auch diese verzog schließlich, nachdem sie nach langem Hin und Her den Kompromiss erreichten, Ethel als Präfix vor Maria-Theresa zu setzen. Bevor Priscilla zu Bett ging, wurde festgelegt, dass Fritzing am nächsten Morgen nach einem sehr frühen Frühstück direkt zu Lady Shuttleworth gehen und dieser Dame nicht von der Seite weichen oder ihr Haus verlassen würde, bis er das Cottage bekommen hatte. Die Prinzessin ihrerseits versprach, sich während seiner Abwesenheit in den Grenzen von Baker's Farm aufzuhalten.

VIII

Lady Shuttleworth, eine sehr geschäftige und zu dem Zeitpunkt noch ahnungslose Frau, erledigte am nächsten Morgen mit gewohnter Effizienz und Gründlichkeit ihr Frühstück und ihre Korrespondenz, als ein Diener hereinkam und ihr eines dieser losen Blätter aus Fritzings Notizbuch reichte, die er, wie wir wissen, als Visitenkarten verwendete.

Tussie saß reglos und traurig am anderen Ende des Tisches. Er hatte eine ermüdende, unruhige Nacht hinter sich, die weder richtigen Schlaf noch richtiges Wachen gebracht hatte. Abgeschirmt durch mehrere Teller, die von Teelichtern warm gehalten wurden, arbeitete er finster an einem Sonett, das von dem Mädchen vom Vortag inspiriert war.

Seine Mutter hingegen dachte, er nähme sein Spezialfrühstück zu sich. Das Mädchen konnte anscheinend nicht viel inspirieren, denn seine Muse weigerte sich, über die vierte Zeile hinauszugehen. So wurde er ungeduldig und ärgerte sich über die Begrenzungen, die das Sonett jenen Dichtern aufdrängt, die die freie Form vorziehen. Dadurch hätte er sicher bald die Aufmerksamkeit seiner Mutter auf sich gelenkt, was wiederum dazu geführt hätte, dass er ihr vorlesen musste, was er geschrieben hatte – denn sie erhielt die Fiktion eines lebhaften Interesses für seine poetischen Versuche tapfer aufrecht –, als der Diener mit Fritzings Zettel hereinkam.

»Ein Herr möchte Euch in geschäftlichen Angelegenheiten sprechen, Mylady«, sagte der Diener.

»Mr. Neumann-Schultz?«, las Lady Shuttleworth mit fragender Stimme vor. »Den Namen habe ich noch nie gehört. Woher ist er denn?«

»Baker's Farm, Mylady.«

Bei diesem magischen Namen schoss Tussies Kopf mit einem Ruck hoch.

»Sagen Sie ihm, er soll zu Mr. Dawson gehen«, sagte Lady Shuttleworth.

Der Diener verschwand.

»Warum schickst du ihn weg, Mutter?«, fragte Tussie.

»Aber du weißt doch, dass Dawson solche Dinge regelt«, sagte Lady Shuttleworth, die sich wieder ihren Briefen widmete. »Es wäre zu lästig, wenn er es nicht täte.«

»Aber er ist doch offensichtlich ein Fremder in unseren Gefilden. Ist es nicht ein Deutscher?«

»Sein Name ist deutsch. Dawson wird sehr freundlich zu ihm sein.«

»Dawson ist ziemlich grob, glaube ich, wenn du nicht hinschaust.«

»Mein Lieber, ich schaue immer hin.«

»Er muss einer von Pearces Mietern sein.«

»Der arme Mann, er tut mir Leid, wenn das so ist. Von allen nichtsnutzigen Frauen …«

»Mylady, der Herr sagt«, sagte der Diener, der mit einem recht ehrfürchtigen Gesicht zurückkam, »dass er unbedingt mit Euch persönlich sprechen muss.«

»James, habe ich Ihnen nicht gesagt, dass Sie ihn zu Mr. Dawson schicken sollen?«

»Ich habe ihm die Nachricht überbracht, Mylady. Doch der Herr sagt, er sei bei Mr. Dawson gewesen und er wolle« – der Diener hüstelte leise –, »er wolle ihn nie wiedersehen, Mylady.«

Lady Shuttleworth setzte ihre Brille auf und starrte den Diener an. »Also, ich muss schon sagen, er scheint sehr dreist zu sein«, sagte sie. Der Diener, der seinen Blick auf einen angemessenen Punkt über dem Kopf der Lady geheftet hatte, überlegte, wie wenig dieses Adjektiv auf jemanden passte, der so höflich war wie dieser Herr an der Tür.

»Soll ich ihn an deiner Stelle empfangen, Mutter?«, bot Tussie schnell an.

»Du?«, fragte seine Mutter überrascht.

»Ich bin ziemlich fließend im Deutschen, wie du weißt. Vielleicht kann er nicht viel Englisch« – der Diener zuckte zusammen –, »denn offensichtlich konnte er Dawson nicht viel sagen. Wahrscheinlich will er, dass du ihn vor den Attacken der Kakerlaken beim alten Pearce beschützt. Auf alle Fälle denke ich, dass es freundlicher wäre, ihn zu empfangen, da er ein Ausländer ist.«

Lady Shuttleworth war verblüfft. Würde Tussie schließlich doch ein neues Blatt aufschlagen, jetzt, wo er volljährig wurde, und sich für einträglichere Dinge interessieren als das Verseschmieden?

»Mein Lieber«, sagte sie ganz gerührt, »dann empfangen wir ihn, wenn du es für freundlicher hältst. Ich werde selbst mit ihm sprechen – du bist mit deinem Frühstück noch nicht fertig. Führen Sie ihn in die Bibliothek, James.« Sie sammelte ihre Briefe zusammen und ging hinaus – sie ließ niemals jemanden warten –, und als sie an Tussie vorbeiging, legte sie für einen Moment ihre Hand sanft auf seine Schulter. »Wenn ich feststelle, dass ich ihn nicht verstehen kann, werde ich dich holen lassen«, sagte sie.

Tussie faltete sein Sonett zusammen und steckte es in die Hosentasche. Dann aß er ein paar Löffel von dem Zeug, das ihm reines Blut, riesige Muskeln und eine enorme Intelligenz garantieren sollte. Er öffnete eine Zeitung und starrte mit leerem Blick auf ihren Inhalt, er ging zum Kamin und wärmte seine Füße, er ging ziellos eine Weile um den Tisch herum, und dann – als eine halbe Stunde vergangen und seine Mutter noch immer nicht zurückgekommen war – konnte er es nicht länger aushalten und marschierte geradewegs in die Bibliothek.

»Ich glaube, ich habe die Zigaretten hier vergessen«, sagte Tussie, ging zum Kaminsims hinüber und warf dabei einen sehr interessierten Blick auf Fritzing.

Fritzing erhob sich und verneigte sich höflich. Lady Shuttleworth saß in einem Sessel mit gerader Rückenlehne, die Ellbogen auf den Stuhllehnen, die Spitzen ihrer zehn Finger ordentlich ineinander verschränkt. Sie sah sehr verärgert aus, und dennoch war ein Funke von so etwas wie Vergnügen in ihren Augen zu sehen. Nachdem Fritzing sich vor Tussie verneigt hatte, setzte er sich wieder mit dem Umstand von jemandem, der vorhatte, noch eine ganze Weile zu bleiben. Während seines Weges von der Farm hatte er sich fest vorgenommen, von der gewinnendsten Freundlichkeit und Geduld zu sein, diese mit Entschlossenheit zu verbinden und nicht zu wanken. An der Tür war er durch das tölpische Gesicht und die Sprüche des Dieners James zwar in Versuchung geführt worden, doch während der ganzen Zeit, die er mit Lady Shuttleworth allein war, hatte er sich, wie er meinte, mit äußerster Zurückhaltung und Takt betragen.

Tussie bot ihm eine Zigarette an.

»Mein lieber Tussie«, sagte seine Mutter schnell. »Wir wollen Mr. Neumann-Schultz nicht aufhalten. Ich nehme an, seine Zeit ist ebenso wertvoll wie die meine.«

»Oh, Madam«, sagte Fritzing extrem höflich, wobei er sich noch fester in seinem Sessel einrichtete, »nichts, was mich betrifft, kann möglicherweise von demselben Wert sein wie das Ihre.«

Lady Shuttleworth starrte ihn an – sie hatte in der letzten halben Stunde eine ganze Menge gestarrt –, dann lachte sie und erhob sich. »Wenn Sie den Wert so deutlich sehen«, sagte sie, »dann wollen Sie sicher nicht mehr davon in Anspruch nehmen.«

»Nein, Madam«, erwiderte Fritzing, der gezwungen war, ebenfalls aufzustehen, »ich bin, wie ich schon erklärt habe, in Ihrem Interesse hier – oder vielmehr in dem Ihres Sohnes, der, wie ich gehört habe, bald Volljährigkeit erlangen wird. Ich nehme an, dieser junge Gentleman ist Ihr Sohn?«

Tussie bestätigte das.

»Und somit der Besitzer der Cottages?«

»Welcher Cottages?«, fragte Tussie eifrig. Sein Interesse an Mr. Neumann-Schultz war so offensichtlich und eindeutig, dass seine Mutter ihn nur verwundert anstarren konnte. Er schien buchstäblich an den Lippen dieser seltsamen Gestalt zu hängen.

»Mein lieber Tussie, Mr. Neumann-Schultz hat versucht, mich zu überreden, ihm die beiden Cottages oben bei der Kirche zu verkaufen, und ich habe versucht, ihn zu überzeugen, mir zu glauben, wenn ich ihm sage, dass ich sie nicht verkaufen werde.«

»Aber warum willst du sie denn nicht verkaufen, Mutter?«, fragte Tussie.

Lady Shuttleworth starrte ihn erstaunt an.

»Warum ich sie nicht verkaufen will? Verkaufe ich denn jemals Cottages?«

»Die Gründe Ihrer verehrten Mutter, es abzulehnen«, sagte Fritzing, »die Gründe, die sie mir mit einer Kürze genannt hat, die im ganzen für ihr Geschlecht sehr ungewöhnlich ist und die ich nicht ausreichend loben kann, sind eher ein Anzeichen für ihr gutes Herz als für ihren Verstand, wie man es von einer Dame erwarten kann. Ich habe ihr angeboten, zwei neue Häuser für die gestörten Bewohner der Cottages zu bauen. Ich habe angeboten, ihr jeden Preis zu zahlen – jeden beliebigen Preis in einem vernünftigen Rahmen. Es sind Ihre Interessen, junger Herr, die darunter leiden werden, wenn dieses Geschäft zwischen uns nicht abgeschlossen wird.«

»Möchten Sie sie für sich selbst?«, fragte Tussie.

»Ja, Sir, für mich selbst und für meine Nichte.«

»Mutter, warum lehnst du es ab, ein kleines Geschäft abzuschließen?«

»Tussie, sind wir so arm?«

»Was mich betrifft«, sagte Tussie sorglos zu Fritzing, »so können Sie die Dinger gerne haben.«

»Tussie?«

»Aber sie sind nicht mehr als fünfzig Pfund pro Stück wert, und ich empfehle Ihnen, nicht mehr für sie zu zahlen, als sie wert sind. Aber sind sie denn nicht sehr klein? Gibt es nicht ein anderes Haus, das Sie lieber hätten?«

»Tussie?«

»Würde es Ihnen etwas ausmachen, mir zu sagen, warum Sie sie haben wollen?«

»Junger Mann, um darin zu wohnen.«

»Und wo sollen die Leute wohnen, die jetzt darin wohnen?«, fragte Lady Shuttleworth sehr erzürnt.

»Madam, ich habe Ihnen doch versprochen, neue zu bauen.«

»So ein Unsinn, ich werde es nicht zulassen, dass Scheußlichkeiten aus Ziegelsteinen hier herumstehen. Die nette, gute alte Mrs. Shaw wohnt in dem einen Cottage, und sie ist immer so sauber und ordentlich, und der Schuhmacher, der ein sehr guter Mann ist – bis auf die Tatsache, dass er eine riesige Familie hat –, wohnt in dem anderen. Ich werde sie nicht hinauswerfen.«

»Bring sie doch in dem leeren Häuschen am Nordtor unter«, schlug Tussie vor. »Sie wären begeistert.«

Lady Shuttleworth wandte sich verärgert zu Fritzing. Sie war in der Tat zutiefst irritiert durch Tussies unerklärliches Betragen. »Warum bauen Sie nicht für sich selbst ein Haus?«, fragte sie.

»Meine Nichte hat ihr Herz an diese Cottages verloren, und zwar auf eine Weise, dass ich ernsthafte Folgen für ihre Gesundheit befürchte, falls sie sie nicht bekommt.«

»Also, Mutter, du kannst doch nicht Mr. Neumann-Schultz' Nichte krank machen.«

»Mein lieber Junge, hast du plötzlich den Verstand verloren?«

»Nicht, falls man nicht schon den Verstand verliert, wenn man freundlich ist.«

»Gut gesagt, gut gesagt, junger Mann«, sagte Fritzing lobend.

»Tussie, habe ich mich je davor gedrückt, freundlich zu sein?«, fragte Lady Shuttleworth, die an ihrer schwächsten Stelle getroffen war.

»Niemals. Und deshalb kannst du auch jetzt nicht damit beginnen«, sagte Tussie und lächelte sie an.

»Gut gesagt, gut gesagt, junger Mann«, lobte Fritzing.

»Bis zu einem gewissen Alter sollte die Mutter den Sohn führen, und er sollte ihrem Rat in allen Dingen mit Respekt und Gehorsam folgen. Doch sie ihrerseits sollte wissen, wann der Zeitpunkt gekommen ist, ihre Autorität niederzulegen und mit passender Bescheidenheit demjenigen folgen, den sie bisher geleitet hat.«

»Ist es das, was Ihre Nichte tut?«, fragte Lady Shuttleworth schnell.

»Madam?«

»Folgt sie Ihnen in diese Cottages, oder folgen Sie ihr?«

»Sie müssen mir verzeihen, Madam, wenn ich es ablehne, über meine Nichte zu diskutieren.«

»Nehmen Sie doch bitte eine Zigarette«, sagte Tussie erfreut.

»Ich rauche nie, junger Mann.«

»Dann vielleicht etwas zu trinken?«

»Ich trinke nie, junger Mann.«

»Wenn ich beschließe, Ihnen diese Cottages zu überlassen – wenn ich es beschließe«, sagte Lady Shuttleworth, zerrissen zwischen Erstaunen über alles, was Fritzing betraf, und völliger Verblüffung über das Verhalten ihres Sohnes, »so werden Sie verstehen, dass ich es nur tue, weil mein Sohn es zu wünschen scheint.«

»Madam, vorausgesetzt, ich bekomme die Cottages, werde ich alles verstehen, was Sie wollen.«

»Erstens das. Und dann hätte ich gerne etwas Information über Sie. Ich kann es nicht zulassen, dass ein Fremder kommt und mitten im Gut meines Sohnes wohnt, ohne dass ich alles über ihn weiß.«

»Warum, Mutter ...«, begann Tussie.

»Ist die Bereitschaft nicht ausreichend, Ihnen den gewünschten Preis zu zahlen?«, fragte Fritzing besorgt.

»Das ist keineswegs ausreichend«, fuhr Lady Shuttleworth ihn an.

»Was möchten Sie wissen, Madam?«, fragte Fritzing steif.

»Eine ganze Menge, das versichere ich Ihnen.«

»Komm schon, Mutter«, sagte Tussie, den die Unterhaltung peinlich berührte, denn war dieser Mann nicht, abgesehen von seiner seltsamen Kleidung und seltsamen Sprache, eine höchst vornehme und intelligente Erscheinung? Und selbst wenn nicht, so war er doch immerhin der Onkel dieser göttlichen Nichte! »Diese Dinge kann Dawson regeln.«

Bei diesem verhassten Namen zuckte Fritzing zusammen und begann angestrengt die Stirn zu runzeln. Durch seine buschigen Augenbrauen und tiefliegenden Augen war sein Stirnrunzeln immer sehr beeindruckend. »Dawson, wie Sie ihn nennen«, sagte er, »der ganz sicher nicht das höfliche ›Mr.‹ verdient, ist keine Person, mit der ich bereit bin, irgendetwas zu regeln. Dawson ist die beleidigendste Kreatur, die je in äußerer Ähnlichkeit zu Gottes Kreaturen auf dieser Erde wandelte.«

Das war zu viel für Lady Shuttleworth. »Also wirklich ...«, sagte sie und streckte ihre Hand aus, um zu klingeln.

»Habe ich es dir nicht gesagt, Mutter?«, rief Tussie triumphierend. Dass Tussie, ihr Liebling, in allen Dingen diesem Verrückten sekundierte, überwältigte sie völlig. »Ich wusste, dass er hinter deinem Rücken ein Grobian ist. Wir sollten ihn hinauswerfen.«

»James, führen Sie diesen Herrn hinaus.«

»Entschuldigen Sie, Madam, wir haben noch nicht festgelegt ...«

»Oh«, unterbrach Tussie, »der geschäftliche Teil kann

zwischen Ihnen und mir erledigt werden, ohne dass wir meine Mutter belästigen. Ich werde Sie einen Teil des Weges begleiten, und wir werden alles besprechen. Sie haben völlig Recht, was Dawson betrifft. Er ist eine unerhörte Mischung aus Tyrann und Grobian.« Und er eilte in die Vorhalle, um seine Mütze zu holen, wobei er *Oh, du liebe Unbekannte mit dem strengen, schönen Antlitz* summte, die erste Zeile seines Sonetts zum Lobe von Priscilla, begleitet von einer von ihm selbst erfundenen fröhlichen Melodie.

»Tussie, draußen ist es sehr feucht«, rief seine besorgte Mutter ihm nach, »du gehst doch nicht wirklich in diesen unangenehmen Nebel hinaus? Bleib hier, und du kannst alles regeln, was du willst.«

»Ach, es ist ein schöner Morgen für einen Spaziergang«, rief Tussie fröhlich zurück, während er nach seiner Mütze suchte – »*die Augen so schön voll emsiger Gedanken* … Kommen Sie, Sir.«

Doch Fritzing war nicht bereit, auf irgendeinen Teil seiner Verabschiedungszeremonie zu verzichten.

»Erlauben Sie, Madam«, sagte er mit tiefer Verbeugung, »Ihnen für Ihren so außerordentlich freundlichen Empfang zu danken.«

»Freundlich?«, wiederholte Lady Shuttleworth, die ein Lächeln nicht unterdrücken konnte.

»Ja, Madam, freundlich, und vor allen Dingen geduldig.«

»Ja, ich glaube, ich bin recht geduldig gewesen«, stimmte Lady Shuttleworth ihm zu, weiterhin lächelnd.

»Und erlauben Sie mir«, fuhr Fritzing fort, »meinem Dank die Gratulation anzuschließen zu dem Besitz eines so ungewöhnlich liebenswerten und vielversprechenden Sohnes.«

»Kommen Sie, Sir – Sie schmeicheln mir«, sagte Tussie von der Tür her, – »*Das Haar ein Geflecht, in das Göttlichkeit verrankt*« – summte er weiter, wobei seine Stimme immer durchdringender und glücklicher wurde.

Lady Shuttleworth streckte ihre Hand impulsiv aus. Fritzing nahm sie, beugte sich darüber und küsste sie sehr respektvoll.

»Ein höchst ungewöhnlicher, vielversprechender junger Mann«, wiederholte er, »und, Madam, ich kann Ihnen versichern, dass es nicht meine Gewohnheit ist, etwas zu sagen, was ich nicht meine.«

»Das letzte Bildnis von Gottes täglicher Gnade« – zirpte Tussie, der weiterhin sehr vergnügt aussah.

»Nein, da bin ich ganz sicher«, sagte Lady Shuttleworth überzeugt.

»Sagen Sie nicht zu viele nette Dinge über mich«, riet Tussie ihm. »Meine Mutter wird ganz sicher alles schlucken.«

Aber nichtsdestotrotz war er erfreut; denn hier waren seine Mutter und der Onkel – der wertvolle und hoch geschätzte Onkel – und waren so zufrieden wie möglich miteinander und offensichtlich auf dem besten Wege, schnell Freunde zu werden.

IX

Sie fröhliche Göttin, die Fritzing und seine Prinzessin sicher von Kunitz hierher gebracht hatte, stand ihnen weiterhin bei. Sie war es, die Priscilla die Heide hinauf und in die Bekanntschaft mit Augustus Shuttleworth hineingetrieben hatte, ohne den ein Cottage in Symford für immer unerreichbar geblieben wäre. Sie war es, die die Morrisons, Vater und Sohn, dazu brachte, Priscilla vom Kirchhof zu schicken, bevor Fritzing zu ihr gestoßen war, ohne welches Treiben sie Augustus niemals begegnet wäre. Sie war es, die den nichtigen Umstand des verlegten Predigtbuches eingesetzt hatte, um den Pfarrer und Robin zu ungewohnter Stunde in die Kirche zu bringen, und ohne dieses Predigtbuch hätten sie Priscilla nie im Kirchhof getroffen und vertrieben. All diese Umtriebe hat das Schicksal gelenkt. Es ist ein angenehmer Zeitvertreib, große Ereignisse in einer müßigen Stunde zu ihrem ursprünglichen und manchmal absurden Anfang zurückzuverfolgen. Was mich selbst betrifft, so weiß ich, dass alle größeren Entwicklungen in meinem Lebens ein für alle Mal festgelegt wurden von … doch was hat das alles mit Priscilla zu tun? Ich will damit sagen, dass all unsere Taten vom Schicksal gelenkt werden, welches gerne kleine Maßnahmen einsetzt, um große Wunder zu wirken. Und was die hässliche Schwester der fröhlichen Göttin betrifft, die Dame mit dem unsteten Auge und den niedrigen Brauen, die abwechselnd Unglücksgöttin und

Pechmarie genannt wird, so verwendet sie genau dieselben Werkzeuge bei ihrer Gestaltung des Lebens. Gemein ergreift sie die kleinen Narrheiten und Schwächen, die zunächst so winzig und liebenswert sind, dass sie kaum von kleinen Tugenden zu unterscheiden sind. Damit baut sie eine riesige Masse auf, die schließlich auf uns niederkommen und unsere Seelen zertrümmern wird. Vom Zertrümmern der Seelen handelt meine Geschichte jedoch noch nicht, und so will ich mich nicht länger bei so unangenehmen Dingen aufhalten. Wir, die wir im Moment mit Priscilla unter dem warmen Flügel der Glücksgöttin nisten, können in Richtung ihrer grauen Schwester eine Grimasse schneiden, während sie finsteren Blickes vorbeihumpelt. Wird nicht eines Tages auch die Reihe an uns sein, ihre Klauen zu spüren? Wenn dem so ist, so wollen wir wenigstens nicht zurückweichen; und derjenige, der sie spürt und ihr dennoch eine Grimasse schneidet und lacht, soll wie der Märchenprinz sein, der allein durch seinen Mut die griesgrämige Alte in eine strahlende Schönheit verwandelt und seine Sorgen zum Erstrahlen bringt.

Von diesem kurzen Ausflug in das Reich der müßigen Gedanken, wo ich am allerliebsten wandle und aus dem ich mich ständig gewaltsam zurückreißen muss, will ich zu unserer Geschichte zurückkehren.

Der geschäftliche Teil des Gesprächs dauerte genau fünf Minuten, das heißt Tussie verkaufte die Cottages und Fritzing kaufte sie. Es war das nichtigste Geschäftsgespräch, das je geführt wurde, so tief war die Unkenntnis beider Parteien hinsichtlich dessen, was die meisten Menschen von Cottages fordern. Danach fuhr Fritzing auf Tussies Anregung in dem zweirädrigen Wagen vom Sohn der Postmeisterin nach Minehead, um passende Möbel zu erstehen und Menschen mitzubringen, die die Cottages tapezieren und streichen würden. Minehead liegt etwa 30 Kilometer nördlich von Symford, sodass Fritzing nicht vor dem Abend zurück sein konnte. In der Zwischenzeit, das versprach Tussie, würden der Schuster und Mrs. Shaw die Cottages räumen und in einem Haus untergebracht werden, das für sie so viel besser war, dass es wahrscheinlich von ihren Lobpreisungen widerhallen würde.

Fritzing mochte Tussie sehr. Hier war ein nobler junger Mann voller Hilfsbereitschaft, der dazu noch über die unbezahlbare Gabe verfügte, nirgendwo Schwierigkeiten zu sehen. Selbst Fritzing, ein leichtfertiger Optimist, sah mehr Schwierigkeiten als Tussie, und wann immer er einen Zweifel zum Ausdruck brachte, wurde dieser sofort durch das fröhlichste »Oh, das wird in Ordnung gehen« beiseite geschoben. Er war der praktischste, geschäftstüchtigste, ungekünsteltste, energischste junge Mann, den er je gesehen hatte, dachte Fritzing. Tussie war über seine eigene Lebhaftigkeit erstaunt, und während er das wunderbare Mädchen von der Heide so weit wie möglich aus seinen Gedanken verdrängte, sagte er sich, dass die Spezialnahrung endlich hielt, was sie versprach.

Er brachte Fritzing zum Postamt, bestellte den Wagen für ihn und warnte den Sohn der Postmeisterin davor, die vielen Hügel zu schnell hinunterzufahren, denn allein die Vorstellung, dass der unbezahlbare Onkel in Stücken oder in irgendeinem anderen Zustand als in einem völlig ganzen und glücklichen zurückgebracht werden könnte, ließ ihn erschaudern. Er sagte Fritzing, in welche Geschäfte er gehen und wo er zu Mittag essen sollte, bat ihn darum, vorsichtig zu sein, was er aß, da die Mahlzeiten in den Hotels weder für den Körper noch für die Seele gut waren. Er bestellte eine Decke und eine Regenabdeckung für den Wagen und verhielt sich fast wie eine Mutter. »Ich würde selbst mitfahren«, sagte er – und die Postmeisterin, die mit beiden Ohren lauschte, erkannte, dass die Mieter von Baker's Farm nicht länger Menschen waren, die man kritisieren durfte –, »doch ich kann Ihnen hier besser zu Diensten sein. Ich muss mit Dawson wegen der Ausräumung der Cottages sprechen. Es ist natürlich sehr wichtig, dass Sie keinen Moment länger als notwendig in dieser unkomfortablen Unterkunft bleiben.«

Was für ein junger Mann! Einsichtig, praktisch, überfließend vor Freundlichkeit! Fritzing hatte seit Jahren niemanden getroffen, den er so schätzte. Sie gingen zusammen die Dorfstraße hinunter, denn Tussie war auf dem Weg zu Mr. Dawson, der sich sofort an die Arbeit machen sollte, und Fritzing war auf dem Weg zur Farm, wohin der Wagen ihm folgen sollte, sobald er fertig war, und ganz Symford verbeugte sich vor Tussie und erkannte, wie schon die Postmeisterin, dass Fritzing jetzt über alle Zweifel erhoben war und fest auf dem Felsen der Shuttleworths saß.

Sie trennten sich vor Mr. Dawsons Tor. Mrs. Dawson beobachtete ihre Herzlichkeit durch einen Vorhang. »Sobald wir uns eingerichtet haben, junger Mann«, sagte Fritzing nach blumigen Worten des Danks und der Anerkennung, »müssen Sie an den Abenden kommen, und gemeinsam werden wir durch die großartigen Felder der englischen Literatur wandeln.«

»Oh, *danke*«, rief Tussie, der vor Freude rot wurde. Gerne hätte er gefragt, ob auch die göttliche Nichte wandeln würde, aber selbst wenn nicht, so wäre schon das Wandeln an sich ein Vergnügen, und außerdem würde es unter demselben Dach stattfinden, das dieses leuchtende und schöne Wesen beherbergte. »Oh, *danke*«, rief Tussie noch einmal und errötete.

Seine extreme Freude überraschte Fritzing. »Sind Sie ein so großer Freund der Literatur?«, fragte er nach.

»Ich glaube«, sagte Tussie, »dass ich ohne sie schon lange untergegangen wäre. Und was die Dichter betrifft …«

Er hielt inne. Niemand wusste, was die Lyrik ihm in seinem kränklichen Dasein bedeutete – dass es seine wichtigste Leidenschaft war, die eine Sache, für die es sich zu leben lohnte.

Fritzing gewann ihn jetzt von ganzem Herzen lieb. »Ach Gott, ja«, rief er auf Deutsch aus und schlug ihm auf die Schulter, »die Dichter – ja, ja – ›Segen sei bei ihnen und das ew'ge Lob‹, nicht wahr? Junger Mann«, fügte er enthusiastisch hinzu, »ich wünschte, Sie wären mein Sohn. Ich wünschte es wirklich.« Und während er das sagte, kam Robin Morrison die Straße hinunter, der, als er die beiden zusammenstehen und den Ausdruck auf Tussies Gesicht sah, augenblicklich wusste, dass Tussie die Nichte kennen gelernt hatte.

»Hallo, Tuss«, rief er über die Straße und eilte weiter, denn es würde seinen Plan mit dem Schirm völlig durcheinander bringen, wenn er anhalten würde und vorzeitig mit diesem Neumann reden musste. Doch Tussie sah und hörte ihn nicht, und Robin sagte zu sich selbst: »Bei Jupiter, er hat die Nichte gerade erst gesehen.« Seine Augen funkelten, während er auf seinen langen Storchenbeinen behende dahineilte. Er wurde von der Überzeugung gepackt, dass, wenn er und sein Schirm an diesem Nachmittag zu Baker's Farm gehen würden, Tussie entweder schon da sein oder sofort danach kommen würde. »Wer hätte gedacht, dass der alte Fussie so unternehmungslustig sein kann?«, wunderte er sich, als er daran dachte, wie ausgesprochen herzlich Fritzings Gesichtsausdruck war. »Ich könnte schwören, dass er ihnen die Cottages überlassen hat.«

Fritzing fuhr also nach Minehead. Ich werde seinen schmerzlichen Schritten nicht folgen, wie sie diesen trostlosen Ort durchstreiften, auch werde ich nicht bei seinen Einkäufen verharren, die sich schließlich, nach einer unendlich nervtötenden Zeit des Gehens und der Verwirrung in einem Sofa, einem Drehregal und zwei Betten materialisierte. Er vergaß das Bett für Annalise, weil er Annalise vergessen hatte, und er kaufte keine Dinge wie Bettwäsche, denn er hatte vergessen, dass man Bettwäsche benötigte. Andererseits verbrachte er zwei Stunden in einem entzückenden Antiquariat auf dem Weg zu dem Geschäft, wo man Geschirr kaufen konnte, und vergaß darüber das Geschirr. Von Mr. Vickerton, dem Sohn der Postmeisterin, erinnert und geleitet, ging er noch zu einem Tapezierer und bestellte ihn und seine Männer, damit sie am nächsten Morgen bei Sonnenaufgang mit einem Trupp von Arbeitern nach Symford kommen sollten, und er ließ den Tapezierer, der die Cottages noch nie gesehen hatte, schwören, dass sie am Abend fertig sein würden. Da er zufällig am Meer vorbeikam, stand er einen Moment da und erfrischte seine Nüstern mit dem Salzgeruch, denn er war entsetzlich erschöpft, und was er später tat, das weiß nur der Himmel. Auf jeden Fall fand der junge Vickerton ihn Stunden später, wie er in der Dunkelheit den Kieselstrand auf und ab ging, die Arme schwenkte und rief:

»O, qui me gelidis convallibus Haemi
Sistat et ingenti ramorum protegat umbra!«

»Er sprach laut mit sich selbst auf Deutsch«, sagte der junge Vickerton an diesem Abend zu seiner Mutter, und es sei gut möglich, dass er das die ganze Zeit getan habe.

In der Zwischenzeit empfing Priscilla Besuch. Nichts konnte sie mehr erstaunen als die Tatsache, dass um vier Uhr, als sie tief in Gedanken versunken und gelangweilt auf der Lehne eines Rosshaar-Sessels saß, Mrs. Pearce die Tür öffnete und ohne die geringste Warnung Mrs. Morrison hereinließ. Priscilla hatte Fritzing versprochen, für diesen einen Tag ruhig auf Baker's Farm zu bleiben, und in den letzten beiden Stunden war sie, da ihr der Hof unerträglich langweilig erschien, in höchst komplexe Gedanken versunken – sie dachte an Dinge wie Pflicht, Wille und Persönlichkeit. Ihr Vormittag auf den Feldern von Baker's Farm und an den Ufern des Sym, der sich dort entlangschlängelt, hatte ihren Geist zum Grübeln verführt. Das Essen um ein Uhr und die Art, wie es von Annalise hereingebracht wurde – Priscilla hatte Mrs. Pearce von dieser Pflicht befreit –, regte ihn noch weiter an. Die Mischung aus Unzuverlässigkeit und Stacheligkeit aller Möbel, auf denen sie zu sitzen versuchte, war unerwartet hilfreich dabei, und wenn es erlaubt wäre, sich über Leinen auszulassen, so könnte ich vieles an ihrem Geisteszustand durch eine Beschreibung jener Kleider erklären, die sie an diesem Tag trug. Es waren die neuen Kleider, die aus der Gerstein-Kiste stammten. Sie waren noch nicht einmal aus Leinen – wie konnten sie auch, in Anbetracht von Fritzings dreihundert Mark? Und ihre Neuheit war bisher noch nicht dem weich machenden Einfluss des Waschzubers ausgesetzt gewesen. Sie kamen geradewegs vom Ladentisch auf den Körper der Prinzessin, in all ihrer knisternden Steifheit. Annalise hatte sie am Vortag waschen oder waschen lassen sollen, doch Annalise war viel zu beschäftigt damit gewesen zu weinen, sodass sie für etwas dieser Art keine Zeit gehabt hatte. Und um vier Uhr war Priscilla durch ihre Kleider in einen so unwerten Geisteszustand aufgeputzt worden, dass sie sehr angestrengt an das feine Leinen von Kunitz und an andere Annehmlichkeiten dachte und diese Erinnerung tatsächlich lieblich fand. Kunitz war ein Ort, überlegte Priscilla, wo um den Körper höchste Sorge getragen wurde. Diese köstlichen Mahlzeiten, die makellos serviert wurden, waren doch sicher eher von der Natur eines Gedichts? Diese netzartigen Gewänder, so süß wie ein Kuss, wie schön waren sie doch anzufassen und zu tragen. Es stimmt, ihre Seele hatte gedarbt, ja, sie hatte auf grausamste Weise gedarbt. Aber wurde sie denn – bei diesem Gedanken zuckte sie unwillkürlich zusammen – wurde sie denn auf Baker's Farm genährt?

Und mitten in diese Frage, diese riesige Frage, gestellt an der Schwelle eines neuen Lebens, marschierte Mrs. Morrison.

»Guten Tag«, sagte Mrs. Morrison. »Der Pfarrer hat mich darum gebeten, Ihnen einen Besuch abzustatten. Ich hoffe, Sie fühlen sich wohl bei den Pearces.«

»Also wirklich«, dachte Mrs. Pearce, die sich, wie es ihre Gewohnheit war, an der Fußmatte aufhielt. Sie schüttelte den Kopf eher traurig als ärgerlich.

Priscilla saß einen Augenblick da und starrte ihre Besucherin an.

»Sie sind doch Miss Schultz, nicht wahr?«, fragte Mrs. Morrison leicht nervös.

Priscilla sagte, das sei sie – das heißt, ihr Name sei Neumann-Schultz –, und erhob sich. Sie hatte nur die vagesten Vorstellungen davon, wie Miss Schultz sich unter diesen herausfordernden Umständen verhalten würde, doch sie stellte sich vor, sie würde als Erstes aufstehen. Also stand sie auf, und da das Sofa niedrig war und ihre Bewegungen ruhig, schien das Mädchen unendlich lang zu sein, wie Mrs. Morrison ihrem Mann später berichtete. Das Mädchen war sicherlich sehr groß, und als es schließlich aufgerollt war und ganz gerade stand, da überragte es Mrs. Morrison, die unbehaglich in das ernste junge Gesicht hinaufblickte. Warum, fragte Mrs. Morrison sich selbst, lächelte das Mädchen nicht? Es war die Pflicht einer Miss Schultz, die von der Frau des Pfarrers besucht wurde, zu lächeln; es war schon fast unhöflich, bei einer solchen Gelegenheit so sehr ernst zu sein. Priscilla bot ihr ihre Hand an und hoffte, dass es so richtig war, aber sie lächelte noch immer nicht. »Sind Sie Mrs. Morrison?«, fragte sie.

»Ja«, sagte Mrs. Morrison mit äußerst zurückhaltender Stimme.

Da schlug Priscilla vor, sie sollte sich setzen. Mrs. Morrison war schon dabei, und Priscilla sank in ihr Sofa und fragte sich, was sie als Nächstes sagen sollte. Sie fragte sich so lange, dass sie im Labyrinth dieser Frage verloren ging und es zu einem solch ausgedehnten Schweigen kam, dass Mrs. Pearce, die draußen vor der Tür stand, es schon als Rücksichtslosigkeit betrachtete, sie umsonst warten zu lassen.

»Ich wusste nicht, dass Sie einen Doppelnamen haben«, sagte Mrs. Morrison, während sie Priscilla anstarrte und heftig überlegte, ob hier nicht ein Fall vorlag, wo man die Broschüren anwenden sollte und auf der Stelle wieder gehen müsste. Das Mädchen war wirklich beleidigend hübsch. Sie war selbst hübsch gewesen – sie dankte Gott, dass sie es noch war – aber nie, nie hübsch – und hier dankte sie Gott noch einmal – auf eine so offensichtlich verdächtige Weise.

»Mein Name ist Ethel Maria-Theresa Neumann-Schultz«, sagte Priscilla sehr deutlich und langsam, und obwohl sie, wie wir wissen, völlig ungerührt auf das aufdringlichste Starren reagierte, überlegte sie, ob diese gute Dame ihr Photo nicht irgendwo in einer Zeitung gesehen hatte, so sehr rund und leuchtend und durchdringend war ihr Blick.

»Was für ein langer Name«, sagte Mrs. Morrison.

»Ja«, sagte Priscilla, und da ein weiteres Schweigen zu drohen schien, fügte sie hinzu: »Ich habe zwei Bindestriche.«

»Zwei was?« Mrs. Morrison zuckte zusammen. Und ihr Kopf war so voller Zweifel und Misstrauen, dass sie einen furchtbaren Moment lang dachte, das Mädchen hätte gesagt, es habe zwei Ehemänner. »Oh, Bindestriche. Ja, Deutsche haben eine Menge davon, glaube ich.«

»Das hört sich an, als redeten wir über eine Krankheit«, sagte Priscilla, wobei weit weg in den Tiefen ihrer Augen ein schwaches Lächeln zu dämmern schien.

»Ja«, sagte Mrs. Morrison, die unruhig auf ihrem Platz hin und her rutschte.

Seltsam, dass Robin nichts über das Gesicht des Mädchens gesagt hatte. Auf jeden Fall sollte sie von Netta fern gehalten werden. Am besten sollte sie auch von den Dienstagen im Gemeinderaum fern gehalten werden. Was um alles in der Welt machte sie in Symford? Sie gehörte genau jener Sorte Mädchen an, die dummen Jungen die Köpfe verdrehen. Und wie unglückselig, gerade jetzt, wo Augustus Shuttleworth angefangen hatte, Netta kleine Bände von Browning zu leihen.

»Ist Ihr Onkel ausgegangen?«, fragte sie, wobei die Schärfe ihrer Gedanken teils in ihre Stimme geriet.

»Er ist nach Minehead gefahren, um sich um Sachen für mein Cottage zu kümmern.«

»Ihr Cottage? Haben Sie denn Mrs. Shaws Cottage bekommen?«

»Ja. Sie zieht heute um.«

»Du lieber Himmel«, sagte Mrs. Morrison völlig erschüttert.

»Überrascht Sie das?«

»Zutiefst. Das sieht Lady Shuttleworth so gar nicht ähnlich.«

»Sie war sehr freundlich.«

»Kennen Sie sie?«

»Nein, aber mein Onkel war heute Morgen dort.«

»Und es ist ihm gelungen, sie zu überzeugen?«

»Er ist sehr wortgewandt«, sagte Priscilla mit einem Augenaufschlag.

»Es hätte nicht viel gefehlt«, dachte Mrs. Morrison, die den dunklen, goldenen Bogen der Wimpern beobachtete, »und das Mädchen hätte rotes Haar und weiße Augen und Massen von Sommersprossen und wäre furchtbar hässlich.« Und sie stieß einen ungeduldigen Seufzer aus, der, hätte man ihn in Verse übersetzt, ohne Zweifel so ausgesehen hätte:

»Oh, das bisschen mehr, wie viel das wäre,
Und das bisschen weniger, welche Welten fern!«

»Und die arme alte Mrs. Shaw – gefällt es ihr, dass man sie hinauswirft?«

»Ich glaube, sie wird in ein Haus gebracht, das ihr wie ein Palast erscheinen wird.«

»Meine Güte, Ihr Onkel muss wirklich sehr wortgewandt sein.«

»Ich versichere Ihnen, dass dem so ist«, sagte Priscilla ernsthaft.

Es herrschte eine kurze Pause, während der Mrs. Morrison, die geradewegs in Priscillas undurchdringliche Augen starrte, sehr böse war, weil ihr diese so aufdringlich hübsch erschienen. »Sie sind sehr jung«, sagte sie, »deshalb werden Sie nichts gegen meine Frage einzuwenden haben ...«

»Haben junge Leute nichts gegen Fragen einzuwenden?«, fragte Priscilla, die einen Moment annahm, dies sei charakteristisch für die englische Jugend.

»Sicherlich nicht, wenn sie von erfahrenen und ... verheirateten Damen kommen«, sagte Mrs. Morrison schroff.

»Dann fahren Sie bitte fort.«

»Oh, ich habe nichts Besonderes, worüber ich fortfahren möchte«, sagte Mrs. Morrison beleidigt. »Ich versichere Ihnen, Neugierde ist nicht eines meiner Laster.«

»Nein?«, fragte Priscilla, deren Aufmerksamkeit abzuschweifen begann.

»Da ich menschlich bin, habe ich zweifelsohne viele Fehler, doch ich bin dankbar, sagen zu können, dass Neugierde nicht darunter ist.«

»Mein Onkel sagt, das ist genau der Unterschied zwischen Männern und Frauen. Er sagt, Frauen könnten genauso viel erreichen wie Männer, wenn sie nur neugierig genug auf die Dinge wären. Aber sie sind es nicht. Ein Mann wird tausend Fragen stellen und nicht ruhen, bis er so viel wie möglich über alles, was er sieht, herausgefunden hat, und eine Frau ist schon fast damit zufrieden, es zu sehen.«

»Ich hoffe, Ihr Onkel ist Kirchgänger?«, war Mrs. Morrisons unerwartete Antwort.

Priscilla konnte diesem Sprung nicht folgen, und so zögerte sie einen Moment und lächelte. (»Das ist das erste Mal, dass sie freundlich aussieht«, dachte Mrs. Morrison, »und jetzt ist es genau an der falschen Stelle.«)

»Er wurde natürlich im lutheranischen Glauben geboren«, sagte Priscilla.

»Oh, ein furchtbarer Glauben. Entschuldigen Sie bitte, aber das ist er wirklich. Ich hoffe, er wird Symford nicht in Aufruhr bringen?«

»Symford in Aufruhr bringen?«

»Neue Leute, die die falschen Lehren vertreten und in einen so kleinen Ort kommen, tun dies manchmal, wissen Sie, und Sie sagen zudem, er sei wortgewandt. Wir hingegen sind eine einfache und gottesfürchtige Gemeinde. Vor ein paar Jahren hatten wir großen Ärger mit einer Familie von Dissentern, die hierher kamen. Die Bewohner von Symford waren völlig aus dem Häuschen.«

»Ich glaube, ich kann versprechen, dass mein Onkel nicht versuchen wird, irgendjemanden zu konvertieren«, sagte Priscilla.

»Sie meinen natürlich pervertieren. Es wäre schade, wenn er das täte. Es wäre nicht auf Dauer, doch für uns würde das eine Menge Scherereien bedeuten. Wir sind hier alle sehr gute Kirchgänger. Der Pfarrer und mein Sohn, wenn er zu Hause ist, setzen wunderbare Beispiele. Mein Sohn wird selbst in die Kirche gehen. Es war sein innigster Wunsch, von Kindheit an. Er denkt an nichts anderes – an überhaupt nichts anderes«, wiederholte sie, die Augen trotzig auf Priscilla geheftet.

»Wirklich?«, fragte Priscilla, völlig bereit, das zu glauben.

»Ich versichere Ihnen, es ist wunderbar, wie sehr er von seinen Studien gefesselt ist. In jedem freien Augenblick liest er über die Geschichte der Kirche, und er hat es so sehr verinnerlicht, dass sogar, wenn er pfeift, ›Die eine Stütze der Kirche‹ herauszuhören ist.«

»Was ist das?«, erkundigte sich Priscilla.

»Mr. Robin Morrison«, kündigte Mrs. Pearce an.

Das Wohnzimmer von Baker's Farm war ein schmaler, ungeschmückter Ort, ohne Trennwände, ohne große Möbelstücke, nichts, das die Menschen, die schon im Wohnzimmer sind, vor denen, die hineinkommen, auch nur einen Moment verbergen könnte. Und so geschah es, dass Robin, als er munter mit dem Schirm unter dem Arm eintrat, geradewegs in den verärgerten Blick seiner Mutter geriet. »Hallo, Mutter, du bist hier?«, rief er herzlich aus, und sein Gesicht drückte deutliche Zufriedenheit aus.

»Ja, Robin, ich bin hier«, sagte sie und setzte sich aufrecht.

»Guten Tag, Miss Schultz. Es scheint, man hat mich ins falsche Zimmer gewiesen. Ich bin gekommen, um einen Mr. Neumann zu sehen; wohnt er nicht hier?«

Priscilla sah ihn von ihrem Platz auf dem Sofa an und fragte sich, was sie getan hatte, dass sie auf diese Weise von den Morrisons heimgesucht wurde.

»Sie kennen meinen Sohn, glaube ich?«, sagte Mrs. Morrison mit ihrer steifesten Stimme, denn das Gesicht des Mädchens zeigte weder Erkennen noch Freude, und obwohl sie verärgert gewesen wäre, hätte Priscilla ungehörig erfreut ausgesehen, so war sie noch verärgerter, dass sie gleichgültig wirkte.

»Ja. Ich habe ihn gestern kennen gelernt. Wollten Sie meinen Onkel sprechen? Sein Name ist Neumann. Neumann-Schultz. Er ist ausgegangen.«

»Ich wollte ihm nur seinen Schirm wiedergeben«, sagte Robin mit einem schnellen Blick auf seine Mutter, als er den Schirm unter dem Arm hervorholte. Würde sie ihn erkennen? Er hatte einen der ältesten ausgewählt, einen, der, wie er dachte, am besten zu der allgemeinen Erscheinung dieses Neumann passte.

»Was ist das für ein Schirm, Robin?«, fragte seine Mutter misstrauisch. Wirklich, es war mehr als seltsam, dass Robin, den sie in seine Studien versunken verlassen hatte, so schnell zu Baker's Farm gekommen war. Konnte es sein, dass er erwartet wurde? Und hatte die Vorsehung, in ihrer Sorge für die gerechte Sache der Mütter, sie gerade rechtzeitig hierher geführt, um ihn vor den Schlingen dieses Mädchens zu retten? Die Gleichgültigkeit des Mädchens konnte nicht echt sein, und wenn dem so war, so verriet ihre perfekte Verstellung nur die Tiefen ihrer Erfahrung und Verderblichkeit. »Was ist das für ein Schirm?«, fragte Mrs. Morrison.

»Es ist sein Schirm«, sagte Robin, warf seinen Kopf zurück und sah seine Mutter an, als er ihn mit ausgefeilter Sorge auf den Tisch legte.

»Der Schirm meines Onkels?«, fragte Priscilla. »Hat er ihn verloren? Oh, vielen Dank – er wäre furchtbar unglücklich gewesen. Setzen Sie sich.«

»Wie sie uns sagt, dass wir uns setzen sollen!«, dachte

Mrs. Morrison entrüstet. »Als wäre sie eine Königin.« Laut sagte sie: »Du hättest Joyce vorbeischicken können« – Jocye war der Gärtner, dessen Kinderwagen mit dem Baby von der anderen Ethel geschoben wurde –, »dann hättest du deine Arbeit nicht unterbrechen müssen.«

»Hätte ich«, sagte Robin, als wäre ihm dieser Vorschlag ganz neu. »Aber es war mir ein Vergnügen«, fügte er, zu Priscilla gewandt, hinzu, »ihn selbst zurückbringen zu können. Es ist ein furchtbares Ärgernis, seinen Schirm zu verlieren – vor allem, wenn er ein alter Freund ist.«

»Onkel Fritzis sieht wirklich aus, als wäre er ein sehr alter Freund«, sagte Priscilla und lächelte den Schirm an.

Auch Mrs. Morrison schaute ihn an und schaute dann noch einmal. Als sie ein drittes Mal schaute und ihr Schauen sich allmählich zu einem Blick versteifte, sprang Robin auf und fragte, ob er ihn nicht in den Korridor bringen sollte. »Hier stört er nur«, erklärte er, obwohl nicht klar war, wen er störte, denn der Tisch war vollkommen leer.

Priscilla machte keine Einwände, und er entfernte ihn sofort aus der Sichtweite seiner Mutter, indem er ihn in einer dunklen Ecke des Korridors aufstellte und Mrs. Pearce, die er dort fand, mitteilte, dass dies Mr. Neumanns Schirm war.

»Nein, das ist er nicht«, sagte Mrs. Pearce.

»Doch, das ist er«, sagte Robin.

»Nein, ist er nicht. Er hat seinen nach Minehead mitgenommen«, sagte Mrs. Pearce.

»Das ist er, und er hat ihn nicht mitgenommen.«

»Ich hab gesehen, wie er ihn mitgenommen hat«, sagte Mrs. Pearce.

»Haben Sie nicht«, sagte Robin.

Mrs. Morrison spürte, dass dies der Moment war, wo sie gehen und Robin mit sich fortführen sollte, doch sie wurde von der sicheren Überzeugung auf ihrem Sitz gehalten, dass Robin sich nicht fortführen lassen würde. Und bevor sie sich verabschiedete, um dann festzustellen, dass er alleine bleiben wollte, würde sie die ganze Nacht hier sitzen. So opfern Mütter sich für ihre Kinder auf, dachte Mrs. Morrison, für ihre allzu häufig undankbaren Kinder. Doch obwohl sie alles tun würde, um ihren Jungen zu bewachen, so musste sie nicht, sagte sie zu sich selbst, zudem noch freundlich sein, – sie musste nicht, sozusagen, die Primel auf seinen Liebespfaden sein. Dementsprechend verhielt sie sich so wenig wie möglich wie eine Primel und saß stumm da wie ein Stein, während er im Korridor mit Mrs. Pearce zankte, und als er wieder ins Zimmer kam, fragte sie ihn, wo er den Schirm denn her hätte.

»Ich habe ihn gefunden … ganz in der Nähe der Kirche«, sagte Robin in dem Wunsch, ehrlich zu bleiben, solange er konnte. »Aber Mutter, zum Kuckuck mit dem Schirm. So edel ist es nun auch nicht, einem Mann seinen Schirm zurückzubringen. Haben Sie Ihre Cottages bekommen?«, fragte er und drehte sich schnell zu Priscilla um.

»Robin, bist du sicher, dass es sein Schirm ist?«, fragte seine Mutter.

»Meine liebe Mutter, ich bin nie irgendeiner Sache sicher. Genauso wenig wie du. Oder Miss Schultz. Oder wie irgendjemand anderer, der wirklich intelligent ist. Aber ich habe das Ding gefunden, und Mr. Neumann …«

»Der Name ist heute Neumann-Schultz«, sagte Mrs. Morrison mit bedeutungsvoller Stimme.

»Mr. Neumann-Schultz, also, ist vorher diesen Weg gegangen, und deshalb glaube ich, dass es sein Schirm sein muss.«

»Dein Onkel Cox hatte genau so einen, als er das letzte Mal bei uns war«, bemerkte Mrs. Morrison.

»Tatsächlich? Mutter, ich muss schon sagen, du hast ein erstaunliches Auge für einen Schirm. Das muss fünf Jahre her sein.«

»Oh, er hat ihn stehen lassen, und ich sehe ihn jedes Mal im Garderobenständer, wenn ich durch den Flur gehe.«

»Nein! Tatsächlich?«, fragte Robin, der durch diese Feststellung in eine Ecke getrieben wurde, wo sein Erfindungsgeist endete und wo er wahrscheinlich schmachvoll steckengeblieben wäre, da Miss Schultz kaum zuzuhören schien und wirklich ... er konnte es kaum glauben, denn bisher hatte es noch kein Mädchen je in seiner Anwesenheit getan, doch zweifelsohne sah sie fast ... gelangweilt aus ..., da riss Mrs. Pearce die Tür auf, die löchrigen Teile ihrer Schürze in ihrer Hand zusammengeknüllt, und kündigte nervös Lady Shuttleworth an.

»Oh«, dachte Priscilla, »was für ein Tag!« Aber sie stand auf und war reizend, denn Fritzing hatte diese Dame als freundlich und vernünftig gelobt; und in dem Moment, als Lady Shuttleworth sie erblickte, wurde ihr das Geheimnis von dem Verhalten ihres Sohnes mit einem Schlag klar. »Tussie hat sie gesehen!«, rief sie innerlich auf, und sofort fügte sie hinzu: »Ich gebe zu, ich kann den Jungen nicht tadeln.«

»Meine Liebe«, sagte sie, wobei sie Priscillas Hand

hielt, »ich bin gekommen, um mich mit Ihnen anzufreunden. Sie sehen, was für eine weise alte Frau ich bin. Ehrlich gesagt, wollte ich Sie nicht in diesen Cottages haben, aber jetzt, wo mein Sohn sie verkauft hat, verliere ich keine Zeit, mich mit Ihnen anzufreunden. Ist das nicht wahre Weisheit?«

»Es ist wahre Freundlichkeit«, sagte Priscilla und lächelte auf diese kleine alte Dame hinunter, deren Augen sie von oben bis unten anblinzelten. »Ich glaube nicht, dass wir Ihnen als ein Ärgernis erscheinen werden. Alles, was wir wollen, ist in Frieden leben.«

Mrs. Morrison rümpfte die Nase.

»Wollen Sie das wirklich?«, fragte Lady Shuttleworth. »Dann werden wir großartig miteinander auskommen. Das ist genau das, was mir selbst am besten gefällt. Und Sie sind auch gekommen«, fuhr sie fort und wandte sich an Mrs. Morrison, »um sich mit unserem neuen Gemeindemitglied anzufreunden? Aber, Robin, Sie auch?«

»Oh, ich bin nur zufällig hier«, sagte Robin schnell. »Als Zusteller verlorenen Besitzes sozusagen. Und ich wollte sowieso gerade gehen«, fügte er hinzu und begann, sich hastig zu verabschieden, denn Lady Shuttleworth weckte unweigerlich die Überzeugung in ihm, dass seine Kleider nicht passten und dringlichst gebürstet werden müssten. Und von einem jungen Mann, der seiner Erscheinung so viel Aufmerksamkeit schenkte wie Robin, konnte man nicht erwarten, dass er solche Gedanken genoss. Deshalb floh er, und er spürte, dass selbst Miss Schultz' Schönheit Lady Shuttleworths Blicke nicht wieder gut machen konnte. Im Korridor, aus dem Mrs. Pearce sich zurückgezogen hatte, da sie sich so weit wie möglich von dieser furchtbaren Dame entfernen wollte, der ihr Schwiegervater Miete schuldete und die jedes ungestopfte Loch sah, stürzte Robin sich auf den Schirm seines Onkel Cox, steckte ihn ein weiteres Mal unter seinen Arm und trug ihn schnell wieder an den Platz zurück, wo er fünf friedliche Jahre verbracht hatte. »Wirklich, alte Frauen sind eine furchtbare Plage«, dachte er, als er ihn dort hineinfallen ließ, »ich frage mich, wofür sie da sind.«

»Ah, da ist er, ich sehe ihn«, bemerkte seine Mutter an diesem Abend, als sie auf dem Weg zum Abendessen im Flur daran vorbeikam.

»Was ist da?«, fragte Robin, der direkt hinter ihr stand.

»Der Schirm von deinem Onkel Cox.«

»Liebe Mutter, woher kommt dieses extreme Interesse für den Schirm von meinem Onkel Cox?«

»Ich bin froh, ihn wiederzusehen, das ist alles. Man gewöhnt sich so an Dinge.«

Lady Shuttleworth und seine Mutter – ich erschaudere bei dem Gedanken, dass Robin möglicherweise seine Mutter in diese Überlegung über alte Frauen mit einbezog, aber andererseits weiß man nie – waren weitere zwanzig Minuten auf Baker's Farm geblieben, nachdem er gegangen war. Sie wären noch länger geblieben, denn Lady Shuttleworth war mehr an Priscilla interessiert, als sie sich je für irgendein anderes Mädchen interessiert hatte, und Mrs. Morrison, die dieses Interesse sah und die freundlichen Reden hörte, hatte sich vollständig von Eis zu Liebenswürdigkeit gewandelt, zerknüllte ihre Broschüren immer stärker in der Hand und drückte mehr als einmal die Hoffnung aus, dass Miss Neumann-Schultz bald zum Tee kommen würde und Netta kennen und lieben lernen würde – ich wiederhole, sie wären viel länger geblieben, doch dann geschah eine höchst merkwürdige Sache.

Priscilla war sehr charmant gewesen, sie plauderte mit einer, wie es schien, äußersten Offenheit über ihr zukünftiges Leben in den Cottages, antwortete mit einer Diskretion und Plausibilität auf Lady Shuttleworths kleine Befragung, die Fritzings besorgtes Herz erwärmt hätten. Dabei hielt sie sich am meisten bei ihrem Onkel auf, da dieser ihr als der sicherste Grund erschien – bei seiner Arbeit, seinen Talenten und seinem Charakter. Lady Shuttleworth, die völlig fasziniert war, hatte ihr Hilfe jeder Art angeboten, Hilfe bei der Einrichtung ihres kleinen Hauses, beim Bepflanzen ihres Gartens, selbst beim Einbau dieser Badezimmer, von denen Mr. Dawson Tussie erzählt hatte. Sie hielt das Bedürfnis nach mehreren Badezimmern für höchst lobenswert und nur bei Personen mit wenig Geld für einen Wahnsinn. Fritzing hatte Tussie versichert, dass sie genug Geld für Badezimmer besaßen, und wenn seine poetische Nichte es wollte, dass jeder um sie herum ordentlich gewaschen war – war das nicht ein Geschmack, zu dem man nur gratulieren konnte? Vielleicht hatte Lady Shuttleworth sich zu weitläufig über Pläne und mögliche Baukosten ausgebreitet, als Priscilla fähig war, sich zu interessieren, vielleicht erklärte sie zu ausführlich die praktischen Details – auf jeden Fall begann Priscillas Aufmerksamkeit nachzulassen, und allmählich ermüdeten ihre Besucherinnen sie. Ihre Antworten wurden einsilbig, ihr Lächeln erschien unbestimmt. Dann plötzlich, beim ersten Punkt, den Lady Shuttleworth in einem Satz über Sanitäranlagen erreichte – sie brachte den Absatz nie zu Ende –, stand sie mit ihrer gewohnten bestimmten Anmut auf und hielt ihre Hand hin.

»Es war sehr freundlich von Ihnen, dass Sie gekommen sind, um mich zu besuchen«, sagte sie mit einem kleinen, herablassenden Lächeln zu der verblüfften Lady, »ich hoffe, Sie werden beide ein anderes Mal wiederkommen.«

Einen Augenblick lang dachte Lady Shuttleworth, sie habe den Verstand verloren. Dann stellte sie zu ihrer eigenen Verwunderung fest, dass ihr Körper sich gehorsam erhob und zuließ, dass ihre Hand genommen wurde.

Mrs. Morrison tat dasselbe. Beide ließen ihre Hand leicht drücken, beide wurden angelächelt, und beide gingen sofort und sprachlos. Priscilla stand ruhig da, als sie zur Tür gingen, mit dem kleinen festgefrorenen Lächeln auf ihrem Gesicht.

»Ist es möglich, dass wir beleidigt wurden?«, brach es aus Mrs. Morrison hervor, als sie draußen waren.

»Ich weiß es nicht«, antwortete Lady Shuttleworth, die sehr nachdenklich aussah.

»Glauben Sie, dass es vielleicht eine barbarische deutsche Sitte ist?«

»Ich weiß es nicht«, sagte Lady Shuttleworth noch einmal.

Und den ganzen Weg zum Pfarrhaus, wohin sie Mrs. Morrison fuhr, war sie ganz still, und keine Ausrufe und Mutmaßungen dieser unwilligen Dame konnten ein Wort aus ihr hervorlocken.

X

Kunitz blieb inzwischen seltsam ruhig. Kein Atemzug, kein Flüstern hatte die Zeitungen über diese furchtbare Sache erreicht, die dieser kleinen Stadt zugestoßen war. Sie werden sich erinnern, dass die Prinzessin an einem Montag davonlief, am Mittwoch in den frühen Morgenstunden auf Baker's Farm ankam und den Mittwoch und Donnerstag in Symford verbrachte. Es war also reichlich Zeit vergangen, sodass Europas bestürzte Ohren die Neuigkeiten ihrer Flucht empfangen konnten, doch, dem Schweigen nach zu urteilen, hatte Europa keine Ahnung. Fritzing kaufte am Donnerstagabend in Minehead Zeitungen, wobei er zwar nicht mehr eine solche Leidenschaft an den Tag legte wie in Dover, als jeder Augenblick voller Gefahr zu sein schien, aber er war immer noch nervös. Doch keine einzige Zeitung erwähnte Kunitz. Am Samstag fand sich eine lakonische Notiz in einer Londoner Zeitung, die er bestellt hatte und jeden Tag zugesandt bekam, dass sich dem Großherzog von Lothen-Kunitz, der in Ostpreußen auf der Jagd war, dort jener Prinz – ich werde seinen erlauchten Namen nicht enthüllen – zugesellte, der so dringend Priscilla heiraten wollte. Und am Sonntag – das war natürlich die Zeitung, die in London am Samstag erschien – las er, dass die Prinzessin Priscilla von Lothen-Kunitz, die zweite und einzige unverheiratete Tochter, mit einer schweren Attacke von Influenza ans Bett gefesselt war. Danach herrschte Stille. Fritzing zeigte Priscilla den Absatz über ihre Influenza, und zunächst belustigte sie diese Nachricht sehr. Die Leichtigkeit, mit der eine Prinzessin ihre Fesseln abschütteln kann, sobald sie es ernsthaft versucht, überraschte und amüsierte sie – vorübergehend. Es überraschte auch Fritzing, aber es amüsierte ihn nicht, denn er war nie amüsiert. Ich kann mich an keine einzige Gelegenheit erinnern, bei der er gelächelt hätte. Andere Emotionen schüttelten ihn heftig, wie wir wissen, doch das Lachen mit seinem angenehmen Kitzeln unter den Rippen besuchte ihn nie; es schlich sich beschämt vor einer so furchtbaren Aufgabe davon und ließ ihn bestenfalls in einer Laune milder Zufriedenheit zurück. »Euer königlicher Vater«, bemerkte er zu Priscilla, »hat das gewählt, was immer der bessere Teil der Tapferkeit ist. Er vertuscht dieses Ereignis.«

»Er hat mich nie geliebt«, sagte Priscilla wehmütig. Als sie es überdachte, war sie nicht mehr so sicher, dass ihr die Erlaubnis, so einfach davonzulaufen, gefiel. Kümmerte es denn niemanden, was aus ihr wurde? War sie absolut von überhaupt keinem Wert? Weglaufen ist gut und schön, doch der Stolz erfordert es, dass diejenigen, vor denen man wegläuft, wenigstens andeuten, dass es ihnen missfällt, eine Anstrengung zeigen, wie gering sie auch sein mag, die Ausreißerin zurückzuholen. Wenn sie das nicht tun, wenn sie vollkommen stumm und ergeben bleiben und noch nicht einmal ein hörbares Wehklagen von sich geben, dann ist man selbstverständlich zutiefst erschüttert. »Meinem Vater«, sagte Priscilla, »ist es völlig egal. Er wird verkünden, dass ich lebensgefährlich erkrankt bin, und Sie werden sehen, Fritzi – entweder werde ich sterben oder auf eine unendliche Kreuzfahrt mit der Gräfin geschickt. Und so wird den Menschen Sand in die Augen gestreut. Mein Vater ist sehr gut darin, und die Gräfin ist ein absolutes Genie. Sie werden sehen, dass es so kommt.«

Doch Fritzing sah es nicht: Weder Kunitz noch die Influenza wurden mehr erwähnt. Außerdem war er vollauf damit beschäftigt, schnellstmöglich in die Cottages zu ziehen. Und so vergaß er den Großherzog bald darauf nach einem Gefühl anfänglicher Dankbarkeit, dass dieser von einer so praktischen Gleichgültigkeit gegenüber dem Schicksal seiner Tochter war. Was war der Nutzen, dachte dieser Philosoph kurz, sich darüber zu sorgen, was man in Kunitz dachte oder nicht dachte? Es würde genug Zeit dafür bleiben, wenn sie dort tatsächlich etwas unternahmen. Er fühlte sich in den Falten der Hügel von Somerset sehr sicher vor Kunitz, und als die Tage ruhig vergingen, fühlte er sich noch sicherer. Es schienen keine Gefahren von außen zu drohen, doch gab es gewisse Gefahren von innen, und da war es höchst wünschenswert, ohne unnötige Verzögerung von Baker's Farm weg in ihr eigenes kleines Heim zu kommen. Er konnte nicht ständig seine Zunge kontrollieren, und er stellte zum Beispiel fest, dass sie sich eindeutig weigerte, die Prinzessin Ethel zu nennen. Seine Zunge hatte eine fast gleichwertige Abneigung, sie als Nichte anzusprechen, und die höchst fatale Angewohnheit, »Hoheit« herausrutschen zu lassen. Es stimmt, anfangs sprachen sie meist Deutsch miteinander, doch ihre Neigung, Englisch zu reden, wurde jeden Tag deutlicher; Englisch lag in der Luft, die sie atmeten, und sie beide beherrschten die Sprache verhängnisvoll gut. Oben bei den Cottages unter den Arbeitern, oder wenn Mr. Dawson, der plötzlich einen hilfsbereiten Eifer entwickelt hatte, sich zu ihnen gesellte, oder in Anwesenheit von Robin und Tussie, die ständig vorbeizukommen schienen, war die Gefahr einfach zu groß. Fritzing war sich dessen so sehr bewusst, dass er Schweißausbrüche bekam, wann immer Priscilla mit ihm in der Öffentlichkeit war, und seine Schweißausbrüche waren verdächtig. Die Anspannung ließ sein Verhalten seltsam nervös werden, wenn er von oder mit seiner Nichte sprach, sodass er zum Gegenstand vieler Mutmaßungen des aufmerksamen Robin wurde. Robin dachte, dass das Mädchen trotz seines zärtlichen Umgangs mit ihrem Onkel in Wirklichkeit ein furchtbarer Tyrann sein musste, wenn es mit ihm allein war. Es schien schwer zu glauben, doch Robin rühmte sich dessen, dass er bereit war, alles sofort zu glauben, besonders, wenn es das Schlimmste war. Er nannte das Offenheit im Geiste. Dieses Mädchen war offenbar äußerst verwöhnt, das ließ sich nicht übersehen. Ihr geringster Wunsch schien dem Onkel ein Befehl zu sein, über den man noch nicht einmal sprach. Dennoch zeigte der Onkel niemals eine offene Zuneigung zu ihr. Es schien fast, als besäße sie eine geheime Macht über ihn, als verfügte sie über eine Kenntnis, die mit einer schuldigen Vergangenheit zusammenhing. Aber dann – dieses Mädchen und eine schuldige Vergangenheit! Dem Blick in ihren Augen nach zu urteilen konnte sie noch nicht einmal von solchen Dingen gehört haben. Robin hielt sich für recht erfahren in der Kenntnis der menschlichen Natur, doch er musste zugeben, dass er bisher noch nie ein so unverständliches Paar getroffen hatte. Er wollte mit Tussie Shuttleworth darüber reden, aber Tussie wollte nicht reden. Es schien für Tussie unmöglich zu sein, über Priscilla zu reden, weil sie heilig für ihn war, was wiederum daran lag, dass er sie anbetete. Er betete sie auf eine Weise an, deren Vorstellung allein mich erstaunt, verehrte ihre Schönheit mit der ungestümen Demut eines sehr jungen Mannes, der zugleich ein Dichter ist. Seine Seele war wie Wachs, weiches Wachs, vollkommen durchlöchert mit kleinen Bildern von Priscilla. Keine Mutter ist glücklich, wenn die Seele ihres Kindes sich in einem solchen Zustand befindet, und obwohl er sich sehr schicklich betrug und diesen Zustand mit seiner ganzen Energie verbarg, unterdrückte und erstickte, wusste Lady Shuttleworth ganz genau, was in ihm vorging. Und so verbrachte sie ihre freie Zeit damit, dass sie versuchte zu entscheiden, ob sie über ihren armen Tussie lachen oder weinen sollte. »Wann fährt Robin wieder nach Cambridge?«, fragte sie Mrs. Morrison, als sie sie das nächste Mal traf, was im Vorgarten des Cottages einer kranken alten Frau geschah.

Mrs. Morrison wollte der kranken Frau eine Broschüre bringen, Lady Shuttleworth ein Pfund Tee. Von dieser Stelle aus konnten sie Priscillas Cottage sehen, und Robin nagelte vor den Augen von ganz Symford die Schlingpflanzen fest.

»Ah – ich weiß, was Sie meinen«, sagte Mrs. Morrison schnell.

»Es ist immer so schade zu sehen, wie Gefühle verschwendet werden«, sagte Lady Shuttleworth langsam, ganz so, als würde sie jedes Wort abwägen.

»Verschwendet? Sie glauben also, sie ist eine Abenteurerin?«, fragte Mrs. Morrison eifrig.

»Psst. Meine Liebe, wie könnte ich so etwas Unfreundliches denken? Aber wir, die wir alt sind« – Mrs. Morrisons Kinn zuckte – »und die wir ruhig zusehen können, begreifen, wie schade es ist, wenn schöne Gefühle vergeudet und verschwendet werden. So viel Kraft, so viel Zeit wird in Träumen vergeudet. Und all das ist so sinnlos, so fruchtlos. Ich finde nichts anderes so traurig wie Verschwendung, und nichts ist so verschwenderisch wie eine einseitige Liebe.«

Mrs. Morrison gab der pinkfarbenen Tüllschleife, die sie an den Nachmittagen gerne um den Hals trug, einen erregten Klaps und versuchte, ihren Jammer darüber zu verbergen, dass auch Augustus Shuttleworth Miss Neumann-Schultz erlegen zu sein schien. Dass dem so war, wurde ihr aus Lady Shuttleworths unheilvollen Bemerkungen sehr klar, denn es liegt nicht in der menschlichen Natur, dass eine Frau so feierlich über die verschwendeten Gefühle anderer Leute Söhne redet. Doch wenngleich Tussies Taten Robins Zukunft retten mochten, so würden sie Nettas ruinieren. Wir alle haben unsere kleinen Pläne für die Zukunft – kleine, rosige Dinge, die wir zärtlich lieben und mit mehr Inbrunst an unseren Busen drücken als die Babys, die unsere Körper geboren haben. Der rosigste und am besten entwickelte von Mrs. Morrisons Lieblingsplänen war die Heirat ihrer Tochter Netta mit dem reichen jungen Mann Augustus. Diese Hoffnung bekam in diesem Moment im Vorgarten der alten Mrs. Jones einen groben Schlag auf ihren hoffnungsvollen kleinen Kopf, und natürlich zuckte die Urheberin dieser Hoffnung zusammen. Augustus, so fürchtete sie, musste in der Liebe schon extrem weit fortgeschritten sein, und es war wenig wahrscheinlich, dass das Mädchen sich eine solche Chance entgehen lassen würde. Es war ein Trost, dass die Hochzeit ein Skandal sein würde – diese Person aus dem Nichts, diese Nichte eines deutschen Lehrers, die den wohlhabendsten jungen Mann der Grafschaft wegschnappt. Die Wege der so genannten Vorsehung waren auf kriminelle Weise nicht nachvollziehbar, dachte sie, in trotziger Ablehnung dessen, was die Frau eines Pfarrers denken sollte. Aber schließlich war sie arg gereizt.

Priscilla selbst kam in diesem Moment mit einem sehr glücklichen Gesicht aus Mrs. Jones' Tür heraus. Es war ihr gelungen, die kranke Frau in einem Maße zu trösten, das sie verwunderte. Sie war so plötzlich und so sehr fröhlich geworden, dass Priscilla erfreut zu dem Schluss kam, dass die Arbeit mit kranken Menschen ihre wahre Berufung war. Und wie leicht es war! Ein paarmal lächeln, ein paar freundliche Worte, eine Fünf-Pfund-Note, die man sanft in die verblühten alten Hände drückte, und schon war die Sache geschehen. Niemals war eine kranke Frau so sehr getröstet worden wie Mrs. Jones. Sie, die nicht geneigt war, lauter als mit einem Flüstern zu sprechen, als Priscilla eintrat, war am Ende des Besuchs in der Lage, eine fließende Konversation zu führen – und zwar eine recht laute Konversation, die sogar mit Kichern durchsetzt war. Priscilla hatte den ganzen Freitag lang versucht, bei der Einrichtung ihres Cottages zu helfen und damit sich selbst und Fritzing so sehr ermüdet, dass sie ihn am Samstag alleine losgehen ließ. Sie beschloss jetzt ihrerseits, den Leuten im Dorf Gutes zu tun. Das war es, was sie für die Zukunft plante. Das sollte die Hauptaufgabe ihres neues Lebens werden. Sie wollte unter den Armen leben, ihre Sorgen glätten und ihre Freuden vermehren, ihnen sozusagen einen heiteren Arm durch den rauen Pfad der Armut bieten. Und indem sie das tat, wollte sie selbst von den Wolken auf die Erde gelangen, zu den Ursprüngen und den soliden, elementaren Grundlagen des Lebens selbst. Sie würde sofort damit beginnen und nicht untätig auf Baker's Farm herumsitzen. Denn gerade an so untätigen Tagen wie an jenem, als Fritzing nach Minehead gefahren war, wurde sie von dummen Gedanken erfasst. Die Folge war, dass ihr Körper den redlichen Baumwollstoff zurückwies, das Essen sie ekelte und Annalises geschwollene Augen sie mit Ungeduld erfüllten. Würde sie Tränen nicht ablehnen, so hätte Priscilla in dieser Nacht weinen können, als sie zu Bett ging. Sie verachtete ihren schwächlichen Geist, den Geist, von dem sie angenommen hatte, dass er durchaus in der Lage sein würde, ihren Körper zu unterwerfen, von dem sie gehofft hatte, dass er unablässig fest und tapfer sein würde. Doch da sieht man den Nutzen von Torheiten – man reagiert darauf mit geballter Kraft, und wir gelangen doppelt so weit auf der richtigen Straße, als wenn wir mit sauberen Schuhen langsam alle Pfützen vermeiden. Wer kennt nicht diesen frischen Impuls, der uns so stark und wohl wollend erscheint und in uns aufwallt, nachdem wir eine Weile reglos im Schlamm gesessen haben? Welch eine Erfahrung – dieses kräftige Schütteln und das eifrige Hinwenden unseres verschmutzten Gesichts zum gesegneten Licht. »Ich werde auferstehen und zu meinem Vater gehen« – dies ist von allen Erfahrungen des Geistes sicherlich die ruhmreichste; und siehe, die Umsichtigen, die Tugendhaften, die Standfesten – zähe Arbeiter im Weinberg in der Hitze des Tages – werden dieses Gefühl nie erleben.

Priscilla war ihrem Ideal nicht sehr abtrünnig geworden; doch wie kurz ihr Zögern an den Pfützen auch gewesen sein mag, so sprang auch sie danach mit erneuter Stärke wieder auf den Pfad, den sie als den besten auserwählt hatte, und nachdem sie die zweite ihrer guten Taten vollbracht hatte – die erste hatte sie gerade hinter sich gebracht, es war eine herzliche Einladung, mit der sie persönlich von Tür zu Tür vorsprach und alle Mütter von Symford aufforderte, ihre Kinder am nächsten Tag, das heißt Sonntag, zum Nachmittagstee mit Kinderfest zu Baker's Farm zu schicken –, verließ sie die getröstete Mrs. Jones sehr glücklich. Dabei traf sie auf die zwei ankommenden Trösterinnen im Vorgarten.

Priscillas und Mrs. Jones' letzte Worte hatten wie folgt gelautet:

»Gibt es noch irgendetwas, was ich für Sie tun kann?«, hatte Priscilla gefragt, als sie sich über die alte Dame beugte und ihr zum Abschied den Arm streichelte.

»Nein, Liebling – Sie haben schon genug getan, Gott segne Ihr hübsches Gesicht«, sagte Mrs. Jones, während sie die Fünf-Pfund-Note ekstatisch in ihren Händen drückte.

»Aber gibt es denn nichts, was Sie gerne hätten? Kann ich nicht irgendetwas für Sie besorgen? Sehen Sie doch, ich kann umherlaufen, und Sie liegen hier im Bett. Sagen Sie mir, was ich tun kann.«

Mrs. Jones blinzelte und bewegte ihren Mund und blinzelte noch einmal und schnaufte und räusperte sich.

»Nun, ich weiß etwas, das mich trösten würde«, sagte sie schließlich unter vielem peinlichen Hüsteln.

»Sagen Sie es mir«, sagte Priscilla.

»Das möchte ich nicht«, hustete Mrs. Jones.

»Sagen Sie es mir«, sagte Priscilla.

»Ich werde es flüstern, Liebling.«

Priscilla beugte ihren Kopf hinunter, und die alte Dame neigte ihren zuckenden Mund gegen ihr Ohr.

»Aber natürlich«, sagte Priscilla, »ich werde sofort losgehen und Ihnen etwas holen.«

»Gott segne für immer Ihr schönes Gesicht, Liebling!«, kreischte Mrs. Jones, die vor Freude ganz außer sich war. »›Hahn und Henne‹, Liebling – das ist der Laden. Und die Literflaschen sind am besten; sie trösten einen am meisten, und im Endeffekt sind sie am billigsten.«

Und Priscilla, die diesen Auftrag erledigen wollte, traf die ankommenden Besucherinnen im Garten.

»Guten Tag«, sagte sie mit glücklicher Stimme und lächelte die Damen fröhlich an. Sie hatte keine der beiden gesehen, seit sie sie entlassen hatte, doch selbstverständlich hatte sie an dieses seltsame Vorkommnis keinen Gedanken verschwendet.

»Oh – guten Tag«, sagte Lady Shuttleworth, die überrascht war, sie hier zu sehen und demzufolge leicht verwirrt erschien, was selten vorkam.

Mrs. Morrison sagte nichts, doch sie stand steif im Hintergrund und beantwortete Priscillas Lächeln mit einem strengen, zurückhaltenden Nicken.

»Ich habe mit der armen alten Mrs. Jones gesprochen. Ihr Sohn« – sie sah Mrs. Morrison an – »hat mir erzählt, wie krank sie ist.«

»Tatsächlich?«, sagte Mrs. Morrison, die ihren Blick kaum vom Boden hob. Dieses Mädchen war ihre doppelte Feindin. Egal, was sie tat, würde sie entweder aus ihrem Sohn oder aus ihrer Tochter einen Narren machen.

»Deshalb bin ich hineingegangen und habe versucht, sie aufzuheitern. Ich glaube, das ist mir tatsächlich gelungen.«

»Das war sehr freundlich von Ihnen«, sagte Lady

Shuttleworth, die wider Willen lächelte, da sie Priscillas Charme nicht widerstehen konnte. Wie äußerst lächerlich von Mrs. Morrison anzunehmen, dass dieses Mädchen eine Abenteurerin war. So sind die Tiefen der Unwissenheit, in die man sinken kann, wenn man sich lange genug auf dem Lande vergräbt.

»Jetzt«, sagte Priscilla munter, »möchte sie Rum, und ich bin auf dem Weg, ihr welchen zu kaufen.«

»Rum?«, schrie Lady Shuttleworth voller Abscheu, und Mrs. Morrison zuckte heftig zusammen.

»Ist das schlecht für sie?«, fragte Priscilla überrascht.

»Schlecht!«, schrie Lady Shuttleworth.

»Rum«, sagte Mrs. Morrison, die Augen auf den Boden geheftet, »ist Gift für den Körper und die Seele.«

»Ach, du meine Güte«, sagte Priscilla, deren Gesicht immer länger wurde. »Sie hat doch gesagt, er würde sie trösten.«

»Er wird ihren Körper und ihre Seele vergiften«, wiederholte Mrs. Morrison grimmig.

»Meine Liebe«, sagte Lady Shuttleworth, »unsere Anstrengungen sind sämtlich darauf gerichtet, unsere Leute dazu zu erziehen, nicht zu trinken.«

»Aber sie will nicht trinken«, sagte Priscilla. »Sie will nur dann und wann davon kosten. Ich befürchte, sie stirbt. Soll sie nicht glücklich sterben?«

»Es ist unsere Pflicht«, sagte Mrs. Morrison, »darauf zu achten, dass unsere Gemeindemitglieder nüchtern sterben.«

»Aber ich habe es ihr versprochen«, sagte Priscilla.

»Hat sie … hat sie von alleine danach gefragt?«, fragte Lady Shuttleworth mit sehr besorgter Stimme.

»Ja, und ich habe es ihr versprochen.«

Beide Frauen sahen sehr ernst aus. Mrs. Jones, die

sehr alt war und sicherlich bald sterben würde – nicht aufgrund irgendeiner speziellen Krankheit, sondern durch die bloße Unfähigkeit, weiter zu leben –, war bis dahin ein leuchtendes Beispiel für Symford gewesen, das zeigte, wie alte christliche Damen sterben sollten. Als solches wurde sie ständig von der Pfarrersfrau lobend erwähnt, und Lady Shuttleworth empfand einen ehrlichen Stolz über dieses ordentliche und schickliche Totenbett. Der Pfarrer ging jeden Tag zu Mrs. Jones, saß bei ihr und sagte, er ging erfrischt von ihr. Mrs. Morrison las ihr alle Broschüren vor, die beschrieben, mit welchem Eifer andere gute Menschen sich in einem ähnlichen Fall betrugen. Lady Shuttleworth fuhr nie durch das Dorf, ohne ihr ein nettes Geschenk mitzubringen – Tee oder Obst oder Eier oder auch kleine Gläser mit Marmelade, die besonnen und löffelweise gegessen werden sollte. Sie bezahlte auch eine Frau dafür, dass sie in kurzen Abständen während des Tages kam und ihr Kissen aufschüttelte. Man muss zugeben, dass Freundlichkeit und Aufmerksamkeit und sogar Zuneigung nicht weitergehen konnten. Alle drei wurden mit großzügigen Händen über Mrs. Jones ausgeschüttet, und als Gegenleistung hatte sie niemals unschickliche Gefühle geäußert, und niemals, niemals hatte sie ihren Wohltäterinnen die blasseste Andeutung gemacht, dass das, was sie wirklich am liebsten wollte, Rum war. Das schockierte beide Frauen unbeschreiblich, und es schmerzte Lady Shuttleworth sehr. Mrs. Morrison glaubte in ihrem tiefsten Innern, dass Priscilla der alten Dame diese Idee in den Kopf gesetzt hatte, und begann, sie als eine Art Hexe anzusehen.

»Nehmen wir an«, sagte Priscilla, »wir betrachten es als Medizin.«

»Aber, meine Liebe, es ist keine Medizin«, sagte Lady Shuttleworth.

»Es ist Gift«, wiederholte Mrs. Morrison.

»Wie kann das sein, wenn es ihr so gut tut? Ich muss mein Versprechen halten. Ich will sie um nichts in der Welt enttäuschen. Wenn Sie nur ihre Freude gesehen hätten«, – die beiden Damen zuckten zusammen –, »dann würden Sie zustimmen, dass sie nicht enttäuscht werden darf, das arme, alte, sterbende Ding. O je, es könnte sie umbringen. Ich gehe also davon aus, dass wir es einfach als Medizin betrachten. Ich verschließe die Flasche und gehe zu ihr und gebe ihr persönlich drei oder viermal am Tag ein bisschen davon – ist das nicht ein guter Plan? Das kann ihr doch sicher nicht schaden?«

»Es gibt kein Gesetz, das Sie davon abhalten könnte«, sagte Mrs. Morrison, und Lady Shuttleworth starrte das Mädchen bestürzt an.

»Ich kann es zumindest versuchen«, sagte Priscilla, »und wenn ich feststelle, dass es ihr schadet, werde ich damit aufhören. Aber ich habe es ihr versprochen, und sie erwartet mich jetzt jede Minute. Ich kann mein Versprechen nicht brechen. Sagen Sie mir – ist ›Hahn und Henne‹ das Gasthaus um die Ecke? Sie sagte mir, dass ich am besten dorthin gehe.«

»Aber Sie können nicht selbst zur ›Hahn und Henne‹ gehen und Rum kaufen«, rief Lady Shuttleworth aus, die zu neuer Energie aufgeschreckt wurde, und ihre Stimme war so bestimmt und protestierend, dass die Frau des Pfarrers, die dachte, es sei völlig egal, wohin eine solche junge Frau ging, einen neuen Schock erfuhr.

»Warum nicht?«, erkundigte sich Priscilla.

»Meine Liebe, bevor Sie das tun, werde ich – werde

ich selbst dort hingehen und ihn kaufen«, schrie Lady Shuttleworth.

»Du meine Güte«, dachte Mrs. Morrison, die von dieser Aussage völlig erschüttert war. Hatte Lady Shuttleworth plötzlich völlig den Verstand verloren? Oder akzeptierte sie das Mädchen schon als Frau ihres Sohnes?

Priscilla sah sie einen Augenblick ernst an. »Darf ich nicht dorthin gehen, weil ich ein Mädchen bin?«, fragte sie.

»Ja. Einerseits. Aber ...«, Lady Shuttleworth schloss den Mund.

»Aber was?«

»Oh, nichts.«

»Wenn es gegen die Landessitte ist, dass ein Mädchen dorthin geht, dann werde ich Mr. Morrison schicken«, sagte Priscilla.

»Mr. Morrison schicken?«, stöhnte die Frau des Pfarrers.

»Was, den Pfarrer?«, rief Lady Shuttleworth aus.

»Nein, nein«, sagte Priscilla lächelnd. »Den jungen Mr. Morrison. Ich sehe ihn dort drüben, er befestigt meine Schlingpflanzen. Er ist so freundlich. Er wird sicher gehen. Ich werde ihn fragen.«

Sie nickte zum Abschied, eilte aus dem Garten hinaus und hinüber zu ihrem Cottage, wobei sie in ihrem Wunsch, Mrs. Jones nicht länger in der Spannung zu halten, fast rannte.

Die beiden Frauen waren wie am Boden festgewachsen und beobachteten fasziniert, wie sie mit Robin sprach, der auf der Leiter stand, sahen, wie er zusammenzuckte und seine Nägel fallen ließ, sahen, wie er steif herunterkletterte und wie der verliebte Jüngling nach kurzem Wortaustausch sofort in Richtung von »Hahn und Henne« davoneilte. Das Einzige, was sie von da aus, wo sie standen, nicht sehen konnten, war das Zwinkern in seinen Augen.

»Ich glaube nicht«, murmelte Lady Shuttleworth, »ich glaube nicht, meine Liebe, dass ich noch Lust habe, Mrs. Jones heute zu besuchen. Ich ... ich glaube, ich fahre nach Hause.«

»Das werde ich auch tun«, sagte Mrs. Morrison, die sich auf die Lippen biss, damit sie nicht zitterten. »Ich werde nach Hause gehen und mit dem Pfarrer sprechen.«

XI

Was sie damit meinte, wenn sie sagte, sie würde mit dem Pfarrer sprechen, war, dass sie sich heftig bemühte, Zorn in ihm zu wecken. Doch ein Pfarrer, der wirklich gut ist, lässt sich nicht erzürnen. Der Pfarrer war ein frommer und geduldiger alter Mann, erfahren im Vergeben, im Augenzudrücken, im Warten, im erneuten Versuchen. Er war immer schwer zu erzürnen gewesen, und mit den Jahren betrachtete er die hitzige jüngere Generation mit noch größerem Verständnis, da er die Klarheit und Abgeklärtheit des Alters besaß. Und so wurde es schließlich ganz unmöglich, ihn aufzurühren. Die Anweisung der Heiligen Schrift, du sollst die Sonne nicht über deinen Zorn untergehen lassen, war für ihn ohne Bedeutung, denn er besaß keinen Zorn, über den die Sonne untergehen konnte. Er war eine jener liebenswerten Naturen, die zuerst in allem das Beste sehen und es dann vorziehen, nicht weiterzusehen. Er nahm es als gegeben hin, dass die Menschen im Grunde gut und edel waren, und diese Annahme machte sie tatsächlich besser und edler. Robin zum Beispiel wurde wahrscheinlich durch den ungetrübten Glauben seines Vaters an ihn gerettet. Auch Mrs. Morrison wurde, ohne es zu merken, durch sein Beispiel vor vielen Fallen der Verdrießlichkeit und Leidenschaft bewahrt. Sie war eine Frau, die es mit sich selbst schwer hatte, da sie mit den Flügeln eines Engels zur Welt gekommen war, diese Flügel jedoch festklebten und durch eine Vielzahl kleiner Defekte daran gehindert wurden, sich auszubreiten. Wer weiß schon, wie groß der Einfluss eines freundlichen und unfehlbaren Lebens ist? In ihren stürmischeren Momenten sah seine Frau dieses ständige sich Wegwenden vom Übel, diese Weigerung zu untersuchen und sektieren, eine Position einzunehmen, zu ringen, als reine Schwäche an. Das Übel war da, und wenn man angesichts dessen ruhig blieb, so bedeutete das, den Kopf in den Sand zu stecken. Mit der Blindheit von Ehefrauen, die durch die bloße Nähe des Objekts daran gehindert sind, deutlich zu sehen – dasselbe gilt übrigens auch für Ehemänner –, erkannte sie nicht, dass der Pfarrer die Kerze war, die in einer bösen Welt brannte, dass er die Hefe war, die den Teig zum Gehen brachte. Und wie auch die Hefe durch ihre bloße Anwesenheit etwas bewirkt, einfach durch ihr passives Dasein, und dies auch weiter tun wird, solange es einen Teig gibt, der gehen kann, so beeinflusste der Pfarrer Symford dadurch, dass er einfach dort lebte. Er hatte eine größere Wirkung als seine hart arbeitende Frau und als die unermüdliche Lady Shuttleworth, mehr als jeder Pfarrkreisgehilfe, die Gemeindeschwester oder eine andere mildtätige Person. Wäre ihm sein Einfluss bewusst gewesen, so hätte ihn das sehr überrascht. Es ist eine große Tugend, das eigene Haus auszufegen und die eigenen Lampen zu scheuern, bevor man mit dem Haus und den Lampen des Nachbarn beginnt. Und da sich jeden Tag neuer Staub niedersetzt und Lampen ständiges Scheuern erfordern, wird die wahrhaft saubere Seele kaum jemals eine so perfekte Reinlichkeit erreichen, dass sie das Recht hat, sich dem privaten Staub anderer Menschen zuzuwenden. Und wenn sie das jemals täte, o weh, dann wäre es nicht länger nötig. Die leuchtende, unermüdliche Seele hätte, ohne es zu wissen, die ganze Arbeit schon geleistet, und jedes schwächere Licht wäre bereits gestärkt und angestiftet, genauso zu handeln.

Doch Mrs. Morrison, die einen anderen Blick auf die Dinge hatte, war ständig damit zugange, die ruhigen Gewässer in des Pfarrers Geist aufzuwühlen. Nach der Episode in Mrs. Jones' Garten unternahm sie einen sehr energischen Versuch, ihn so weit zu bringen, Priscilla zu tadeln. Ihre eigene Empörung brach leidenschaftlich hervor. Der Pfarrer war überrascht über ihre Hitze, zumal er selbst so wunderbar kühl war, und obwohl er den Kopf schüttelte über Mrs. Jones und ihren Wunsch nach Rum, so lächelte er auch dennoch. Genauso unvernünftig verhielt er sich in Bezug auf Robin. Im Gegenteil, er sagte, er würde sehr wenig von einem jungen Mann halten, der sich nicht Hals über Kopf leidenschaftlich in ein so hübsches Mädchen verlieben würde.

»Es macht dir also nichts aus, dass das Herz unseres Jungen gebrochen wird?«, fragte seine Frau bitter. Von ihren Plänen mit Netta hatte sie noch nie etwas verlauten lassen.

»Meine Liebe, wenn es gebrochen werden soll, so gibt es keine junge Dame, der ich diese Aufgabe lieber überlassen würde.«

»Es macht dir also nichts aus, wenn er eine Abenteurerin heiratet?«

»Meine Liebe, ich weiß nichts von einer Abenteurerin.«

»Dir gefällt es wohl, dass unsere alten Leute auf dem Totenbett in Versuchung geführt werden zu trinken?«

»Kate, bist du nicht etwas zu bitter?«

»Puh«, sagte seine Frau, während sie mit dem Fuß trommelte.

»Puh, Kate?«, fragte der Pfarrer sanft nach. Es kommt nicht oft vor, dass die Heiligen einen tröstenden Effekt auf ihre Ehefrauen haben.

Es sah tatsächlich so aus, als würde das Mädchen seinen Kopf in Symford durchsetzen, selbst gegenüber Lady Shuttleworth, deren Einstellung vollkommen unverständlich war. Es sollte ihr erlaubt werden, die Gemeinde zu verderben, die immer so gut gewesen war, sie vom rechten Weg abzulenken, sie Pfade verbotenen Genusses hinunterzuführen, sie auf eine Weise auf den Kopf zu stellen, wie es noch nicht einmal der Familie von Dissentern gelungen war, die vor ein paar Jahren so viel Ärger bereitet hatte.

Am Sonntagmorgen, als die Kirchenglocken läuteten, schaute Mrs. Morrison, das Gebetbuch in der Hand, auf ihrem Weg zum Gottesdienst bei Mrs. Jones vorbei und entdeckte die Fünf-Pfund-Note. Die alte Dame saß in ihrem Bett, hatte die Bibel auf ihrem Schoß aufgeschlagen, und darin lag ihre Brille. Wie gewöhnlich bot sie ihrer Besucherin sowohl hinsichtlich ihres Aussehens als auch ihres Betragens ein perfektes Bild, wie es sich für eine leidende Christin ziemte. Nirgendwo war eine Spur von Rum zu sehen, und das einzige Glas in dem Zimmer war mit den harmlosen Rosen gefüllt, die so üppig im Garten von Baker's Farm blühten. Doch trotz dieses ganzen Arrangements konnte Mrs. Morrison nicht umhin, in ihrem Herzen Enttäuschung und Strenge zu verspüren. Die alte Dame blickte etwas furchtsam zu ihr hoch, als sie hereinkam, wie ein kleines Kind, das Angst hat, geschlagen zu werden, oder wie ein schuldbewusster Hund, der, aus den Augen gelassen, keinen Gehorsam leistete.

»Ich bin gekommen, um Ihnen die Bibelstelle für den heutigen Sonntag vorzulesen«, sagte Mrs. Morrison und setzte sich entschlossen neben sie.

»Danke, Madam«, sagte Mrs. Jones ergeben.

»Mein Gebetbuch hat eine so kleine Schrift – geben Sie mir Ihre Bibel.«

Ein ängstlicher Blick zeichnete sich in Mrs. Jones' Augen ab, doch die Bibel wurde den zitternden alten Händen entzogen, und Mrs. Morrison begann, die Seiten umzublättern. Sie hatte noch nicht lange geblättert, als sie auf die Fünf-Pfund-Note stieß. »Was ist denn das?«, fragte sie äußerst überrascht.

Mrs. Jones japste kurz nach Luft und knetete ihre Finger hin und her.

»Eine Fünf-Pfund-Note?«, rief Mrs. Morrison aus und hielt den Geldschein hoch. »Wie kommt die hierher?«

»Sie gehört mir, Madam«, zitterte Mrs. Jones.

»Ihnen? Wollen Sie damit sagen, dass Sie Geld versteckt haben und Lady Shuttleworth trotzdem erlauben, alles für Sie zu bezahlen?«

»Es ist der erste Geldschein, den ich je besaß, Madam«, murmelte die alte Dame schwach, wobei ihre Augen ängstlich wie die eines Tieres jeder Bewegung von Mrs. Morrisons Händen folgten.

»Woher haben Sie ihn?«

»Die junge Dame hat ihn mir gestern gegeben, Madam.«

»Die junge Dame?«, Mrs. Morrisons Stimme wurde sehr laut. »Meinen Sie die Person, die bei den Pearces wohnt?«

Mrs. Jones schluckte und nickte dann schwach.

»Das schickt sich nicht. Es ist sehr falsch. Sehr gefährlich. Sie wissen nicht, wie sie dazu gekommen ist, und ich muss sagen, ich wundere mich über Sie. Es ist wahrscheinlich keine echte Geldnote. Es ist unwahrscheinlich, dass ein so junges Ding in der Lage sein sollte, eine so große Summe wegzugeben …« Und Mrs. Morrison hielt den Geldschein gegen das Licht, drehte ihn hin und her und untersuchte ihn aus jeder Perspektive, von oben und unten, von hinten und vorne, von der Seite, mit einem zusammengekniffenen Auge; doch er weigerte sich, anders auszusehen als eine echte Fünf-Pfund-Note, und so konnte sie nur grimmig wiederholen: »Sehr gefährlich.«

Die alte Dame beobachtete sie besorgt. Ihre schlimmsten Befürchtungen wurden wahr, als die Frau des Pfarrers den Geldschein zusammenfaltete und entschlossen sagte: »Im Moment werde ich dafür Sorge tragen. Sie können nicht hier liegen und so viel bares Geld haben. Stellen Sie sich vor, es würde im Dorf bekannt, dann würde Sie vielleicht jemand ermorden. Es sind schon Menschen für weniger Geld ermordet worden. Ich werde mit dem Pfarrer darüber reden.« Und sie steckte den Geldschein in ihren Geldbeutel, ließ das Schloss zuschnappen und wandte sich wieder der Bibel zu.

Mrs. Jones gab einen kleinen Laut von sich, der irgendwo zwischen einem Stöhnen und einem Schluchzen angesiedelt war. Ihr Kopf sank auf das Kissen zurück, und zwei Tränen rollten die Furchen ihres Gesichts hinunter. In diesem Moment empfand sie das ganze zermalmende Elend, schwach zu sein, und krank und alt – so alt, dass das einzige Recht, das einem blieb, die despotische Fürsorge wohltätiger Damen war, so alt, dass man nur noch eine Art Leierkasten war, den jeder, der Lust auf Erbauung hatte, mit der Erwartung am Griff drehen konnte, dass man Laute der Unsterblichkeit von sich gab. Es ist eine schlimme Sache, sehr alt zu sein. Von allen Unannehmlichkeiten, die uns das Leben im Laufe der Zeit aufdrängt, ist dieses die letzte und die schlimmste – der bittere Bodensatz unten in der Tasse, der Rest von dem, was für viele immer nur Medizin war. Mrs. Jones besaß gerade noch genug Kraft, um sich zu fürchten, sodass sie ganz still blieb, während die Frau des Pfarrers ihr mit wütender, harscher Stimme aus der Bibel vorlas. Doch nachdem sie mit einer abschließenden Ermahnung und der drohenden Versicherung, dass sie bald wiederkommen würde, gegangen war, rollten die Tränen unkontrolliert und jämmerlich über Mrs. Jones' Gesicht. Und es war ein Segen, dass Priscilla es sich ebenfalls in den Kopf gesetzt hatte, auf ihrem Weg zur Kirche bei ihr vorbeizuschauen. Denn hätte sie das nicht getan – wer hätte dann die Tränen dieses armen alten Säuglings von fünfundachtzig Jahren getrocknet? Leider befanden sich Priscillas Vorstellungen von Wohltätigkeiten in einem so rohen Zustand, dass sie, sobald sie die Fakten begriffen hatte, die abgehackt und schluchzend hervorkamen, zum Schrank lief und Mrs. Jones einen Löffel Rum gab, um ihren Körper zu kräftigen. Dann nahm sie ihren Geldbeutel heraus und steckte ihr eine weitere Fünf-Pfund-Note zu, um ihre Seele zu trösten. Dann wischte sie ihr die Tränen ab, streichelte sie und bat sie, sich nichts daraus zu machen. Ich glaube, man nennt ein solches Verhalten blinden Eifer, und es ist eindeutig tadelnswert. Doch die Wirkung war großartig. Als Priscilla zur Kirche ging, trug sie das Bild der erstaunten und erfreuten alten Dame in sich, das sich auf ihrem eigenen Gesicht widerspiegelte. »Verbergen Sie es«, waren ihre letzten Worte an der Tür gewesen, den Finger auf den Lippen, mit einem ausdrucksvollen Nicken in Richtung Pfarrhaus, und mit diesem Rat stellte sie sich ein für alle Mal auf die Gegenseite von Mrs. Morrison und den Anhängern von Zucht und Ordnung. Mrs. Jones hätte sie sicher für einen Engel gehalten, der mit Fünf-Pfund-Noten und einem unerschöpflichen Geldbeutel Wunder wirkte, wäre da nicht der Rum gewesen; selbst in ihrer Begeisterung spürte sie, dass ein echter Engel zu einer wahrhaft harmonischen Kombination mit Rum unfähig gewesen wäre. Doch sie war schon so weit von der Denkweise abgefallen, die die Frau des Pfarrers bei einer Person, die ihrem Ende so nahe war, für angemessen hielt, dass sie sich selbst tapfer sagte, sie bevorzugte Priscilla.

Es war auch der Tag von Priscillas Kinderfest, und obwohl ganz Symford die letzten vierundzwanzig Stunden von nichts anderem geredet hatte, waren die Neuigkeiten Mrs. Morrison noch nicht zu Ohren gekommen. Das lag daran, dass Symford flüsterte, denn man war sicher, dass die Obrigkeit es verurteilen würde, wenn man die Kinder an einem Sonntag zum Vergnügen schickte, und man fürchtete verzweifelt, dass der verbotene Kelch einem von den dürstenden Lippen weggerissen werden würde. Doch die Neuigkeiten kamen schließlich auch Mrs. Morrison zu Ohren, und zwar am Tor der Kirche, als sie hineinging, um zu beten. Sie erfuhr sie von einem Mädchen, das draußen auf seinen Vater wartete und das eigentlich viel zu groß war für ein Kinderfest, das aber dennoch eine Einladung bekommen hatte, da es im richtigen Augenblick sehnsüchtig geschaut hatte.

»Emma«, sagte Mrs. Morrison im Vorbeigehen, »du hast mir das Buch noch nicht zurückgegegeben, das ich dir geliehen habe. Bringe es mir heute Nachmittag vorbei.«

»Bitte, Madam, ich werde es morgen bringen, Madam«, sagte das Mädchen, knickste und wurde rot.

»Nein, Emma, du wirst tun, was ich dir sage. Man kann nie genau genug beim Zurückgeben von Büchern sein. Du hast es unbedacht lange behalten. Du wirst es um vier Uhr ins Pfarrhaus bringen.«

»Bitte, Madam, ich ... ich kann um vier Uhr nicht.«

»Aber bitte schön Emma, was gibt es denn, das dich abhalten könnte?«

»Ich ... ich gehe um vier Uhr zu Baker's Farm, Madam.«

»Zu Baker's Farm? Warum gehst du denn zu Baker's Farm, Emma?«

Und so kam alles heraus.

Die Glocken hörten gerade auf zu läuten, und Mrs. Morrison, die die Orgel spielte, war gezwungen, nach oben zu eilen, ohne dass sie Emma ihre ganze Meinung über jene Menschen mitteilen konnte, die sonntags Feste veranstalteten und besuchten. Doch das Vorspiel, das sie an diesem Tag spielte, drückte den Aufruhr, in dem ihr Geist sich befand, deutlich aus. Tussie Shuttleworth, der sehr empfindsam war, lief es kalt über den Rücken. Er war der Einzige in der Kirche, der ein feines Gehör hatte, und das Stampfen der Pedale sowie das böse Kreischen der Töne, wie man es bisher noch nicht gehört hatte, quälten seine Ohren sehr. Selbst der Blasebalg schien sich zu fürchten, sodass er nur keuchend blies. Der aufgewühlte Tussie, dem die Laute wie Klageschreie auf einem Schlachtfeld schienen, konnte unmöglich erraten, dass sie einfach den Seelenzustand einer gerechten Frau ausdrückten.

Mrs. Morrisons Ärger war völlig angebracht. Fünfundzwanzig lange Jahre war es ihr gewissenhaftes Unterfangen gewesen, aus Symford eine Mustergemeinde zu machen. In Zusammenarbeit mit Lady Shuttleworth, die sehr viel Macht hatte, da alle Cottages ihrem Sohn gehörten und die Menschen, die darin wohnten, seine Arbeiter waren, hatte sie Symford in einem Zustand der Ordnung gehalten, der fast so perfekt war, dass das Dorf zu einem Musterbeispiel für die angrenzenden Gemeinden wurde. Die Kirche war voll, die Sonntagsschule gut besucht, der Sabbat wurde heilig gehalten, die Frauen waren allesamt nüchtern und sparsam, die Männer betrugen sich bis auf die Samstagabende recht zufriedenstellend. Es gab keine Not, nur sehr wenig Krankheit und sehr selten »echte Sünde«. Der Ausdruck »echte Sünde« stammte von Mrs. Morrison selbst – der Himmel bewahre mich davor, dass ich etwas mit einem solchen Ausdruck zu tun habe –, und ich nehme an, sie meinte damit Diebstahl, Mord und andere Abscheulichkeiten, die für den Sünder, wie sie ihrer ehrfürchtigen Bibelklasse oft erzählte, unweigerlich mit dem Galgen enden oder die grauen Haare seiner Eltern in ein trostloses Grab führen würden. »Bitte, Madam, gehen die Eltern auch mit?«, fragte eines Tages ein Mädchen, das atemlos gelauscht hatte. Es war ein sehr wissbegieriges Mädchen, das den Dingen gerne auf den Grund ging.

»Gehen die Eltern mit wohin, Bessie?«

»Mit den Haaren zu den Gräbern, Madam.«

Mrs. Morrison hielt einen Moment inne und fixierte ihren forschenden Blick auf Bessies Gesicht. Dann sagte sie sehr würdevoll: »Die Eltern, Bessie, gehen selbstverständlich gemeinsam mit den Haaren.« Für ein Mädchen, das in nächster Nachbarschaft von Exmoor aufwuchs, klang das wie eine neue Sportart.

In dieses unschuldige, genügsame, gut geleitete Dorf fiel Priscilla plötzlich aus dem Nichts und zog Donnerwolken impulsiver und kindischer Ideen über Wohltätigkeit nach sich, wobei sie in ihren Händen die gefährliche Waffe des Wohlstands hielt. Es ist schwer, tatenlos zuzusehen, wie das eigene Lebenswerk durch eine verantwortungslose Fremde zerstört wird, eine Ausländerin, ein Mädchen, zudem ein junges und hübsches Mädchen. Und wenn man selbst einen unbeugsamen Charakter besitzt, hart und bestimmt ist, ehrgeizig und eitel, dann ist es umso schwerer. Das sind keine Vorwürfe, mit denen ich die Frau des Pfarrers überhäufen will, denn wer hat schließlich das Recht, einem anderen Menschen Vorwürfe zu machen? Und was konnte sie dafür, dass sie so geboren wurde? Wir alle würden gerne, wenn wir es könnten, gut und liebenswert und schön auf die Welt kommen und unser Leben lang so bleiben. Auch sie war eines von Gottes Kindern, und in ihrer Seele saß, verborgen unter der Schale ihrer Schwächen, ihr leuchtender Engel und wartete. Doch in der Zwischenzeit war sie keine Frau, die die Zerstörung ihrer Hoffnungen beobachtete, ohne heftige Anstrengungen zu unternehmen, diese aufzuhalten. Und sobald sie den Pfarrer an diesem Sonntag nach dem Gottesdienst durch ihr Spiel in die Sakristei geleitet hatte, ließ sie die Gemeinde orgellos und eilte hinaus auf den Kirchhof. Da stand sie und wartete auf die Dorfbewohner, um sie über diese so unerhörte Sache auszufragen – und sie musste mit ansehen, wie sie sich in andere Richtungen verstreuten – durch unbenutzte Tore, in Umwegen über den Rasen, auf Besuchen von lange vernachlässigten Gräbern von Verwandten. Sie gingen überall hin, nur den normalen Pfad, an dem die Frau des Pfarrers stand, nahmen sie nicht. Schließlich kam Mrs. Vickerton, die Postmeisterin. Sie war in ein Gespräch mit der Frau des Schankwirts vertieft und sah die Figur am Wegesrand nicht rechtzeitig, um ihr ausweichen zu können. Sonst wäre auch sie sicherlich geflohen, denn obwohl sie bis auf ihren erwachsenen Sohn keine Kinder hatte, fühlte sie sich schuldig: Schließlich war es ihr Sohn, den Priscilla am gestrigen Nachmittag mit einer Liste, die so lang war wie sein Arm, nach Minehead geschickt hatte, um all die Kuchen und die anderen Leckereien für das Fest zu bestellen. »Oh, Mrs. Morrison, ich habe Sie gar nicht gesehen«, rief sie aus, zuckte zusammen und wurde rot. Sie tat immer sehr vornehm und nannte niemanden »Madam«.

Die Frau des Schankwirts verschwand flink zwischen die Gräber.

»Stimmt es, dass die Kinder heute Nachmittag zu Baker's Farm gehen?«, fragte Mrs. Morrison, die sich umdrehte und grimmig neben Mrs. Vickerton herlief.

»Ich hörte so etwas läuten, Mrs. Morrison«, sagte Mrs. Vickerton, ihre Erregung unter vielen abgehackten Lächeln verbergend.

»Alle?«

»Ich habe gehört, dass ziemlich alle dorthin gehen wollen«, sagte Mrs. Vickerton unter einem Husten. »Wunderschönes Wetter, nicht wahr, Mrs. Morrison.«

»Sind sie dort zum Nachmittagstee eingeladen?«

Mrs. Vickerton sah interessiert auf die Wolken und die Baumspitzen. »Ich denke schon, dass es dort Tee geben könnte, Mrs. Morrison«, sagte sie, und der Gedanke an die ellenlange Liste mit Kuchen brachte sie ein weiteres Mal dazu, ihre Hand an den Mund zu heben und zu husten.

»Haben die Eltern den Verstand verloren?«

»Das kann ich nicht sagen … das kann ich Ihnen wirklich nicht sagen, Mrs. Morrison.«

»Haben sie die Gebote vergessen?«

»Oh, ich hoffe nicht, Mrs. Morrison.«

»Und die Lehren des Pfarrers? Und die guten Sitten der ganzen Jahre?«

»Oh, Mrs. Morrison.«

»Ich habe noch nie so etwas Unwürdiges gehört. Unwürdig für die, die das Fest veranstalten, und für alle, die es annehmen. Böse, skandalös und gegen die Heilige Schrift.«

»Wir haben alle gehofft, Sie würden nichts Böses darin sehen, Mrs. Morrison. Es ist ein schöner Tag, und sie werden nur Tee trinken und vielleicht – ein wenig singen, und zu dieser Jahreszeit werden sie nicht oft verwöhnt.«

»Aber das ist unwürdig – es ist überall unwürdig, an einem Sonntag verwöhnt zu werden, doch in einer Gemeinde wie der unsrigen ist es ein Skandal. Ich nehme an, wenn Lady Shuttleworth davon hört, wird sie alle anweisen abzusagen.«

»Abzusagen? Oh, ich hoffe nicht, Mrs. Morrison. Außerdem weiß sie es schon. Sie hat gestern Abend davon erfahren. Und Sir Augustus selbst hat der jungen Dame versprochen, ihr zu helfen.«

»Sir Augustus?«

»Und wir finden es alle sehr freundlich von ihm, und wir finden es auch so freundlich von der jungen

Dame«, sagte Mrs. Vickerton, die all ihren Mut zusammenraffte.

»Sir Augustus?«, wiederholte Mrs. Morrison. Da packte ein furchtbares Vorgefühl ihr Herz. »Hilft sonst noch irgendjemand?«, fragte sie schnell.

»Nur der Onkel der jungen Dame und ...«, Mrs. Vickerton zögerte und sah die Frau des Pfarrers leicht verwirrt an.

»Und wer?«

»Natürlich Mr. Robin.«

XII

Die Vorsehung hat die Angewohnheit, die Ansprüche poetischer Gerechtigkeit häufig zu ignorieren. Gerechterweise hätten alle Kinder von Symford an Priscillas Kuchen ersticken müssen, und wäre das geschehen, so wären die Eltern, die sie an einem Sonntag zum Vergnügen geschickt haben, mit dem zweifellos furchtbaren Besitz erstickter Kinder genug gestraft gewesen. Doch niemand erstickte, und als zu Beginn der nächsten Woche in fast jedem Cottage Bauchschmerzen auftraten, waren sie eine so natürliche Folge der ungewohnten Speisen, die die Kinder gegessen hatten, dass nur Mrs. Morrison darin Waffen der Vorsehung im Dienste der Gerechtigkeit erkennen konnte. Sie erkannte diese jedoch so deutlich, dass sie, wenn in der folgenden Woche eine besorgte Mutter zu ihr kam und nach Rat fragte, jedes Mal ihre Arbeit oder ihre Mahlzeiten ohne ein Murren verließ und mit fast fröhlicher Dienstfertigkeit zu ihrem Schrank mit dem Rizinusöl ging. Ich glaube, selten sind so große Mengen verabreicht und verteilt worden, wie sie sie den leidenden Kindern von Symford verschrieb.

Doch will ich mich nicht länger bei dieser dunklen Seite aufhalten. Das Fest war auf jeden Fall ein großer Erfolg, und Priscilla wurde mit einem Schlag unter den Armen von Symford so beliebt, wie sie es auch in Lothen-Kunitz gewesen war. Es stimmt zwar, dass der Erfolg zum größten Teil mit der immensen Vielfalt der

Leckereien zusammenhing, die sie zum Essen bereitgestellt hatte, denn der Zauberer, das Karussell und die zum Wurf bestimmten Kokosnüsse, die der junge Vickerton ihr mitbringen sollte, waren alle auf den ernsthaften Rat von Tussie weggefallen. Er klärte ihren unschuldigen deutschen Geist darüber auf, dass solche Vergnügungen, die zweifellos an sich und an einem Wochentag bewundernswert waren, in England an einem Sonntag als fehl am Platze galten.

»Warum?«, fragte Priscilla völlig überrascht.

»Weil der heilige Sonntag dann nicht eingehalten wird«, sagte Tussie errötend.

»Wie merkwürdig.«

»Ach, ich weiß es nicht.«

»Wieso«, sagte Priscilla, »in Kun…«, doch sie riss sich gerade noch rechtzeitig zusammen, bevor sie ihm eine ausführliche Beschreibung der vielfältigen Sonntagnachmittage in Kunitz geben konnte.

»Da Sie so lange in London gewohnt haben«, sagte Tussie, »werden Sie bemerkt haben, dass an Sonntagen alles geschlossen ist. Es gibt keine Theater und andere Vergnügungen – und sicherlich kein Kokosnuss-Werfen.«

»Stimmt, ich erinnere mich an keine Kokosnüsse«, überlegte Priscilla, die in ihrer Erinnerung die letzten Sonntage abspulte, die sie in England verbracht hatte.

Tussie versuchte, seine Beeinträchtigung ihrer Pläne wieder gutzumachen, indem er sich, so weit der Anstand es erlaubte, größtmöglich für die Kinder verausgabte. Er ermutigte sie zu singen, er, der jeden hässlichen Ton wie einen Schlag empfand; er überredete sie, Verse zu zitieren, wofür sie kleine Preise bekamen, obwohl Casabianca und Excelsior auf ihn wirkten wie

Ausschlag auf empfindliche Haut; er schickte sie zwischen dem Nachmittagstee und dem Abendessen aufs Feld hinaus und veranstaltete einen Wettlauf, woran er selbst teilnahm, obwohl er sich so leicht erkältete und wusste, dass das mindestens eine Woche im Bett bedeutete. Robin half auch, aber seine Anstrengungen spielten sich nur in unmittelbarer Nähe von Priscilla ab. Seine Mutter war sehr böse auf ihn gewesen, und er wiederum war sehr böse auf seine Mutter, weil sie böse auf ihn war, sodass er mit einem schlechten Geschmack im Mund und mit großem Trotz im Herzen aus dem Pfarrhaus gekommen war. Es war das erste Mal, dass er barsch mit ihr umging, was ihn sehr schockierte. Ein solches Vorkommnis ist im Leben von Eltern und Kindern mit starkem Charakter und gegensätzlichen Bedürfnissen oft schockierend. In seiner Wut fand er sich nicht in der Lage, seine harten Worte in eine sanftere Sprechweise zu kleiden, um ihre Wirkung zu mildern, und schließlich hatte er ihrer bitteren Antwort den Rücken zugekehrt und war zu Baker's Farm geflohen, wo er dankbar feststellte, dass Priscillas Schönheit und sein Interesse für das Geheimnis, das sie umgab, jede andere Erinnerung auswischten.

Priscilla befand sich in der großen Bauernküche und achtete darauf, dass die Kinder genug Tee bekamen. Das war alles, was sie auf ihrem Fest tat, außer dass sie ab und zu herumging und den Kindern kleine Freundlichkeiten sagte. Doch dieses Umhergehen gestaltete sie so perfekt, sie schien so daran gewöhnt, war so gut ausgerüstet mit einem anscheinend unendlichen Vorrat an passenden Bemerkungen, war so freundlich und doch so – was war das Wort? war es vielleicht mechanisch? –, dass Robin sich zum hundertsten Mal über etwas Seltsames wunderte, etwas halb Erinnertes, Ausweichendes, was mit dem Mädchen zusammenhing. Dann war da noch der Onkel, der eindeutig noch nie zuvor auf einem Kinder- oder Schulfest hatte assistieren müssen und der sich offensichtlich sehr unwohl fühlte. Doch er gab sein Bestes: Während Priscilla wie untätig zusah, mühte er sich mit Kuchen, Brot und Butter ab, ungeschickt, angestrengt, mit dem ganzen Eifer und der Besorgnis von jemandem, der gefallen und gehorchen will. Ja, das war es – Robin hatte den Nagel auf den Kopf getroffen. Dieser außergewöhnliche Onkel gehorchte seiner Nichte, und Robin wusste sehr wohl, dass Deutschland das letzte Land in der Welt war, das Männer hervorbrachte, die dies tun. Hatte er nicht eine Cousine, die mit einem deutschen Offizier verheiratet war? Eine ursprünglich fröhliche und lebhafte Cousine, deren Geist, wie sie traurig schrieb, von dem Unkraut der eigenen Meinungen befreit und mit den Ansichten ihrer männlichen angeheirateten Verwandten bepflanzt und eingeebnet worden war. »Dabei bevorzuge ich Unkraut vor Kiesel«, schrieb sie zu Beginn dieses Prozesses, als sie sich noch gegen diese Einebnung wehrte, »denn Unkraut ist zumindest grün.« Doch schon vor langer Zeit hatte sie aufgehört, sich zu beklagen, und hatte sich in jenen Zustand begeben, der denen bleibt, die aufgegeben haben. So ist sie das geworden, was die Menschen als vernünftig preisen und die Götter als langweilig bedauern: Sie war zu müde, sich zu kümmern, zu müde, sich anzustrengen, zu müde zu irgendetwas anderem als schlafen. Und dann war da noch die Zofe des Mädchens. Robin sah sie zum ersten Mal, und während sie Mrs. Pearce dabei half, Tassen voller Schokolade auszuschenken und jede Tasse mit einem Löffel

Schlagsahne aufzufüllen, wie es die Deutschen tun und was den Kindern von Symford ganz allerliebst erschien, ging Robin zu ihr und bot ihr seine Hilfe an.

Annalise sah ihn mit schweren Augen an und schüttelte den Kopf.

»Sie spricht kein Englisch, Sir«, erklärte Mrs. Pearce. »Die hier ist 'ne reine Heidin.«

»Kein Englisch«, wiederholte Annalise traurig, die zumindest so viel gelernt hatte, »kein Englisch, kein Englisch.«

Robin sammelte die Brocken seiner Deutschkenntnisse zusammen und präsentierte sie ihr mit einem Lächeln. Sobald sie ihre eigene Sprache hörte, wurde sie zum Leben erweckt. Sie zerrte ein kleines Notizbuch und einen Bleistift hervor und fragte ihn eifrig, wo sie war.

»Wo Sie sind?«, wiederholte Robin erstaunt.

»Ja, ja. Die Adresse. Diese Adresse. Wie lautet sie? Wo bin ich?«

»Was, das wissen Sie nicht?«

»Sagen Sie es mir … schnell«, flehte Annalise ihn an.

»Aber warum … ich verstehe Sie nicht. Sie müssen doch wissen, dass Sie in England sind?«

»England. Natürlich weiß ich, dass das England ist. Aber das hier … wo sind wir? Wie lautet die Adresse? Damit mich Briefe erreichen können? Schnell … sagen Sie es mir schnell!«

Robin jedoch wollte nicht schnell sein. »Warum hat Ihnen das niemand gesagt?«, fragte er mit einer enormen Neugierde.

»Ach, niemand hat mir etwas gesagt. Ich weiß nichts. Ich werde im Dunkeln gehalten … wie eine Gefangene.« Und Annalise zerrte ihr Taschentuch aus der

Tasche und drückte es gerade rechtzeitig gegen die Augen, um die willigen Tränen davor zu bewahren, in die Schlagsahne zu fallen und sie zu verderben.

»Da fängt sie schon wieder an«, schniefte Mrs. Pearce. »Weinen, weinen, weinen, vom Morgen bis in die Nacht, und nichts ist gut genug für sie. Es ist 'n Segen, dass sie morgen weggeht. So 'nen Anblick habe ich noch nie gesehen.«

»Sagen Sie es mir«, flehte Annalise ihn an, »sagen Sie es mir schnell, bevor meine Herrin ...«

»Ich werde sie für Sie aufschreiben«, sagte Robin und nahm ihr das Notizbuch ab. »Sie wissen ja, dass Sie nächste Woche in ein Cottage umziehen, und ich werde Ihre neue Adresse aufschreiben.« Er schrieb die Adresse groß und deutlich auf und gab sie ihr schnell, denn Mrs. Pearce lauschte auf das Deutsch und beobachtete ihn mit einem Blick, durch den er sich billig vorkam. Er kam sich so billig vor, dass er für den Moment der Versuchung widerstand, Annalise weiter auszufragen, und mit den Händen in den Hosentaschen schlenderte er zur anderen Ecke der Küche, wo Priscilla saß und sich umschaute. »Ich befürchte, das war arg hinterlistig von mir«, dachte er voller Reue, als er einmal mehr in Priscillas süße Nähe geriet, doch er tröstete sich mit der Überlegung, dass ein Mädchen nicht so geheimnisvoll sein sollte, und wenn dieses hier entschieden hatte, es zu sein, so war es gerecht, seine Pläne gelegentlich zu durchkreuzen. Dennoch fühlte er sich weiterhin hinterlistig, und als Tussie, der mit einer Tasse Schokolade in jeder Hand entlangeilte, gegen ihn stieß und etwas Schokolade über seinen Ärmel goss, hatte die plötzliche Wut, mit der er »Verflucht, Tussie« sagte, wenig mit dem heißen Zeug zu tun, das in seine Haut einzog, sondern mit der Überzeugung, dass Tussie, der seit ihrer gemeinsamen Kindheit wegen seiner Schwäche, seines kleinen Wuchses und seines hässlichen Aussehens verachtet wurde, niemals das getan hätte, was er gerade getan hatte, nämlich das, was das Mädchen geheimhalten wollte, aus ihrer Zofe herausgepresst.

»Aber warum ein Geheimnis? Warum? Warum?«, fragte Robin, der von dem Wunsch zerrissen wurde, alles über Priscilla herauszufinden.

»So etwas werde ich öfter veranstalten«, sagte Priscilla, die mit einem zufriedenen Lächeln zu ihm hochsah. »Ich habe noch nie jemanden gesehen, den man so leicht erfreuen kann. Glauben Sie nicht, dass es wundervoll ist, armen Menschen manchmal ein paar glückliche Momente zu schenken?«

»Ganz wundervoll«, sagte Robin, die Augen auf ihr Gesicht geheftet.

»Das ist es, was ich in der Zukunft tun möchte«, sagte sie verträumt, wobei sie ihr Kinn mit ihrer Hand stützte.

»Das wird teuer werden«, bemerkte Robin, denn es gab fast zweihundert Kinder, und Priscilla hatte die seltsamsten Lebensmittel auf den langen Tischen angehäuft, was sich daraus ergeben hatte, dass sie jede Mutter bei der Einladung fragte, was ihr Kind gerne aß. Das ließ sie dann mit gewohnter unschuldiger Großzügigkeit in Minehead bestellen.

»Oh, wir werden selbst so bescheiden leben, dass genug da sein wird und ich alles tun kann, was ich will. Das bescheidene Leben wird ein Segen sein und so erfrischend. Fritzi hasste das ganze Theater und den Luxus genauso sehr wie ich.«

»Tatsächlich?«, fragte Robin und hielt die Luft an.

Das Mädchen hatte offensichtlich seine Vorsicht vergessen. Er hatte bisher nicht gehört, dass sie ihren Onkel einfach Fritzi nannte, und was für ein Theater und was für einen Luxus konnte das Leben eines Deutschlehrers denn gekannt haben?

»Er war es, der mich zuerst lehrte, dass der Körper mehr ist als Fleisch und die Seele mehr als seine Kleidung«, sinnierte Priscilla.

»Tatsächlich?«

»Er zog meine Seele aus den Fleischtöpfen. Ich bin eine Art Israel, das aus Ägypten gekommen ist, aber einem Ägypten, dem es viel zu gut ging.«

»Zu gut? Kann es einem denn zu gut gehen?«

»Mir ging es zu gut. Ich konnte mich vor lauter Luxus nicht bewegen oder etwas sehen oder atmen. Es war, als wäre ich mit einem Federbett zugedeckt.«

»Das würde ich nicht Luxus nennen«, sagte Robin, denn Priscilla sagte nichts, und er fürchtete, sie würde nicht weiterreden. »Das hört sich eher nach Folter an.«

»Das war es schließlich auch. Und Fritzi hat mir geholfen, sie abzuschütteln. Wenn er das nicht getan hätte, so wäre ich allmählich erstickt. Und vielleicht, wenn ich ihn nie gekannt hätte, wäre ich auf genauso anmutige Weise erstickt wie meine Schwestern. Die Armen, bis zum heutigen Tag wissen sie nicht, dass sie tot sind.«

Robin war still. Er traute sich nicht zu sprechen, denn wenn er etwas sagte, so könnte es sie an die Rolle erinnern, die sie spielen sollte. Jetzt hatte er keinen Zweifel, dass sie ein Geheimnis verbarg. Hundert Fragen brannten ihm auf den Lippen. Er hasste sich selbst dafür, dass er so neugierig war, dass er die Situation ausnutzte, in der das Mädchen nicht aufpasste, doch was kann man schon gegen seine angeborenen Fehler tun? Robins Mutter war neugierig, und diese Neugierde lag ihm im Blut. »Sie haben unlängst gesagt«, brach es aus ihm hervor, als er sich nicht länger beherrschen konnte, »dass Sie außer Ihrem Onkel niemanden auf der Welt haben. Sind Ihre Schwestern … sind sie in London?«

»In London?« Priscilla starrte ihn einen Moment vage überrascht an. Dann tauchte Furcht in ihren Augen auf. »Habe ich Ihnen nicht gesagt, dass sie tot sind? Erstickt?«, sagte sie, während sie schnell aufstand, wobei ihr Gesicht jenen finsteren Blick annahm, der Tussies Herz so eisig berührt hatte.

»Aber ich habe das als Gleichnis aufgefasst.«

»Was kann ich dafür, wie Sie es auffassen?«

Und sie verließ ihn augenblicklich und ging von einem Tisch zum anderen, wobei sie die Kinder wieder mit den freundlichen Bemerkungen bedachte, die ihm so seltsam vorkamen.

Er kannte diese Dinge gut. Er hatte Lady Shuttleworth gesehen, die sich unzählige Male so ihren Mietern gegenüber benommen hatte, bei Blumenausstellungen, auf Wohltätigkeitsveranstaltungen, bei allen öffentlichen Anlässen. Doch wie erfahren und alt Lady Shuttleworth auch sein mochte, dieses Mädchen schien noch erfahrener. Hier war eine ausgebildete Künstlerin am Werk, sagte er zu sich selbst, als er sich gegen die Wand lehnte, sein gut aussehendes Gesicht gerötet, seine Augen trotzig, während er sie beobachtete. Diese Mischung aus Geheimnis und Distanz von Miss Neumann-Schultz war genug, jeden gut aussehenden jungen Mann trotzig werden zu lassen. Seltsamerweise war es ihm bis zu diesem Augenblick ganz unmöglich erschienen, mit ihr jene Art des Gesprächs zu führen, das unter den jungen Männern und Mädchen von Symford als Flirten bekannt war. Sehr gerne hätte Robin mit ihr geflirtet, denn dies war eine Kunst, in der er sich besonders hervortat. Und obwohl er sich drei ganze Tage lang aufgeopfert hatte, auf Leitern gestanden, Schlingpflanzen festgenagelt, Rum gekauft und getragen und ihretwegen eine furchtbare Auseinandersetzung mit seiner Mutter gehabt hatte, war er keinen Millimeter an persönlichere und gemütlichere Dinge herangelangt. Miss Neumann-Schultz dankte ihm freundlich und anmutig für seine Mühen – o ja, sie war sehr anmutig, anmutig auf eine Weise, wie Lady Shuttleworth es zu sein pflegte, wenn er für die Ferien nach Hause kam, sie seinen Kopf streichelte und wohl wollende Sätze äußerte –, und nachdem sie sich bedankt hatte, vergaß sie ihn offensichtlich bis zum nächsten Mal, wenn sie etwas von ihm wollte.

»Fritzi«, sagte Priscilla, als sie im Laufe ihres Durchgangs in einem Zimmer auf ihren überforderten Lehrer traf, »ich mache mir furchtbare Sorgen, dass ich einige dumme Dinge gesagt habe.«

Fritzing stellte den Teller mit Kuchen, den er trug, auf eine Kommode und wischte sich die Stirn ab. »Hoheit«, sagte er besorgt, »ich kann Euch nicht beobachten und gleichzeitig das Essen an diese Barbaren verteilen. Wenn Eure Zunge so unbeherrscht ist, dann würde ich Euch vollkommenes Schweigen empfehlen.«

»Ich habe etwas von meinen Schwestern erzählt.«

»Schwestern, Hoheit?«, fragte Fritzing besorgt.

»Ist das schlimm?«

»Schlimm? Ich habe diese Frau Pearce sorgsam darüber in Kenntnis gesetzt, die wiederum sicherlich das ganze Dorf in Kenntnis gesetzt hat, was ich auch beabsichtigte, dass Ihr die einzige Tochter meines Bruders seid. Folglich, Hoheit, habt Ihr keine Schwestern.«

Priscilla machte eine Geste der Verzweiflung. »Wie furchtbar schwierig es ist, nicht ehrlich zu sein«, sagte sie.

»Ja, Hoheit, das ist es. Seit wir dieses Abenteuer begonnen haben, ist die ganze Sippe der Schurken zum Gegenstand meiner ehrlichen Bewunderung geworden. Welch einen Verstand, welche Schnelligkeit, welche Begabung, die so vielseitig eingesetzt werden muss –, welche Geschicklichkeit bei der Täuschung, welch Erfindungsreichtum in der Gefahr, welche Selbstbeherrschung ...«

»Ja, Fritzi, aber was sollen wir tun?«

»Tun, Hoheit? Mit Euren königlichen Schwestern? Ich wünschte bei Gott, ich wäre ein Schurke!«

»Ja, aber was sollen wir tun? Soll ich nicht vielleicht zurückgehen und sagen, dass es nur Halbschwestern sind? Oder Stiefschwestern? Oder Schwägerinnen, sozusagen angeheiratete Schwestern? Würde das nicht helfen?«

»Mit wem habt Ihr darüber gesprochen?«

»Mit Mr. Morrison.«

»Hoheit, erlaubt mir, Euch zu bitten, bei diesem jungen Mann zurückhaltender zu sein als bei allen anderen. Ich glaube, unser junger Freund Caesar Augustus ist die Unschuld selbst, verglichen mit ihm. Seht Euch vor, Hoheit. Verdammt sei das fatale weibliche Anhängsel, die Zunge. Ich habe schon bemerkt, dass er uns beobachtet. Ich habe gesehen, wie er vorhin mit der Zofe Eurer Hoheit gesprochen hat. Mir hat er schon verschiedene Fallen gestellt, denen ich nur knapp entkommen bin, indem ich eine außergewöhnliche Geistesgegenwart und eine Gewandtheit in der Dialektik an den Tag gelegt habe, wie sie eines geborenen Schurken würdig wären.«

»Oh, Fritzi«, sagte die verängstigte Priscilla und legte ihre Hand auf seinen Ärmel, »geht zu ihm, und sagt ihm, ich habe das, was ich gesagt habe, nicht so gemeint.«

Fritzing wischte sich ein weiteres Mal die Stirn ab. »Ich kann einfach nicht begreifen«, sagte er, während er Priscilla besorgt ansah, »was wir an uns haben, das möglicherweise irgendwelche Aufmerksamkeit erwecken könnte.«

»Aber wir haben nichts an uns«, sagte Priscilla mit Überzeugung. »Wir haben uns sehr vorsichtig und klug verhalten. Aber gerade eben … ich weiß auch nicht, warum … habe ich angefangen, laut zu denken.«

»Laut zu denken?«, schrie Fritzing entsetzt auf. »Oh, Hoheit, gestattet mir, Euch zu bitten, das niemals wieder zu tun. Es ist tausendmal besser, überhaupt nicht zu denken. Was war es, das Eure Hoheit laut gedacht hat?«

Mit beschämtem Gesicht erzählte Priscilla es ihm, so gut sie sich erinnern konnte. »Ich werde mich bemühen, es wieder gutzumachen«, sagte der arme Fritzing, der sich erregt durch sein Haar strich.

Priscilla seufzte und stand bedrückt und wie eine reuige Sünderin neben der Kommode, während er hinunter in das Zimmer ging, wo Robin noch an die Wand gelehnt stand.

»Sir«, sagte Fritzing – er nannte Robin nie ›junger Mann‹, wie er es bei Tussie tat –, »meine Nichte hat mir erzählt, Sie seien unfähig, die Wahrheit von einem Gleichnis zu unterscheiden.«

»Was?«, fragte Robin und starrte ihn an.

»Sie sollen nicht annehmen, Sir, dass, wenn meine Nichte ihre Schwestern als tot beschreibt, sie nicht wirklich tot sind.«

»In Ordnung, Sir«, sagte Robin mit einem Zwinkern in den Augen.

»Der einzige Teil der Geschichte, in welcher meine Nichte den Kunstgriff der Allegorie verwendete, ist der Teil, wo sie sagte, sie seien erstickt. Diese jungen Damen, Sir, sind auf ganz gewöhnliche Weise gestorben, in ihren Betten.«

»Federbetten, Sir?«, fragte Robin forsch.

»Sir, ich habe mich nicht nach der Art der Betten erkundigt«, sagte Fritzing streng.

»Ist es nicht recht ungewöhnlich«, fragte Robin, »dass zwei junge Damen in einer Familie gleichzeitig sterben? Waren die jungen Damen sehr kränklich?«

»Sir, sie sind nicht gleichzeitig gestorben, und sie waren auch nicht kränklich. Sie waren vollkommen gesund, bis sie … bis sie anfingen zu sterben.«

»In der Tat«, sagte Robin, dessen Interesse mit der angebrachten Portion Bedauern gemischt war. »Wenigstens«, fügte er höflich nach einer Pause hinzu, während derer er und Fritzing einander sehr intensiv anstarrten, »ist es gestattet, glaube ich, mein Bedauern auszudrücken.«

»Es ist gestattet.« Und mit einer steifen Verbeugung ging Fritzing zu Priscilla zurück, wo er ihr mit einem erleichterten Seufzer mitteilte, dass er die Dinge wieder ins Lot gerückt habe.

»Lieber Fritzi«, sagte Priscilla und sah ihn voller Liebe und Bewunderung an, »wie klug Ihr seid.«

XIII

Es war an dem Dienstag, an dem Tag, als Priscilla und Fritzing Baker's Farm verließen und in Creeper Cottage einzogen, als die launische Göttin, die ihnen über eine Woche erlaubt hatte, sich unter ihren Fittiche zu verbergen, ihrer überdrüssig wurde und sie abschüttelte. Vielleicht war sie verärgert darüber, wie ungeschickt sie sich anstellten; vielleicht dachte sie, sie habe mehr als genug für sie getan; vielleicht war sie eine Epikuräerin der Worte und mochte den Namen des Cottages nicht (denn *Creeper* heißt nicht nur Schlingpflanze, sondern auch Gewürm) – auf jeden Fall schüttelte sie sie ab. Und hätten die beiden Augen gehabt, wären sie nicht mit so zufriedenen Seufzern und einem so glücklichen Gefühl in ihr neues Heim gezogen. Sie hätten nicht geglaubt, dass jetzt endlich die Zeit der wirklichen Heiterkeit und Selbstverwirklichung gekommen war, in harmonischer Verbindung mit der täglichen Übung der Barmherzigkeit. Denn in Priscillas Wohnzimmer saß die graue Pechmarie gemütlich in dem Sessel am Kamin und erwartete sie, während sie ihre elenden Zehen wärmte und furchtbar schielte.

Creeper Cottage, so wird man sich erinnern, bestand aus zwei Cottages, jedes davon mit zwei Zimmern, einem Dachboden und einer Küche, und im Garten hinter den Häusern befanden sich ein Kohlenschuppen, ein Schweinestall und eine Pumpe. Tussies Hilfe war es zu verdanken, dass weitere Möbel in Minehead gekauft wurden. Tussie war selbst dorthin gefahren, nachdem eine sorgfältige Befragung Fritzis ihm klar gemacht hatte, wie wenig bestellt worden war, und hatte, mit Fritzings Erlaubnis, die ganze Sache in die Hände einer Firma in Minehead gelegt. Und so gab es ein Bett für Annalise und Bettwäsche für alle, und die Cottages waren so gut ausgestattet, wie es in der kurzen Zeit nur möglich war. Sie waren so winzig, dass sie, nach Tussies eindringlichen Ermahnungen, an jenem Dienstag um die Mittagszeit herum fertig waren. Tussie selbst hat die Lagerung des Holzes im Kohlenschuppen und das Heizen des Kamins beaufsichtigt, damit seine Herzensdame es warm haben würde. Und so fand die Pechmarie dieses tröstliche Feuer für ihre Zehen vor. Die Pferde von Shuttleworth hatten am Freitag, Samstag und Montag viel zu tun gehabt, da sie zwischen Symford und Minehead hin und her trotten mussten, und die Bediensteten und Bewohner von Shuttleworth, die auch nicht blinder waren als andere Menschen, sahen sehr wohl, dass ihr Augustus sein Herz an diese Dame aus dem Nichts verloren hatte. Was Lady Shuttleworth betraf, so zeigte sie nur ein reuiges Lächeln und streichelte ihrem Tussie schweigend über den Kopf, als er ihr, nachdem sie gemurmelt hatte, dass die Pferde müde seien, vorwarf, jeder müsse tun, was er könne, wenn Fremde in Schwierigkeiten waren.

Priscillas Seite von Creeper Cottage lag an dem Ende, das an den Kirchhof grenzte, und ihr Wohnzimmer besaß ein Gitterfenster, das nach Süden den Dorfweg hinunterblickte und nach Westen direkt auf den Kirchhof hinausging. Das hohe Gras auf dem Kirchhof, der Löwenzahn und die Butterblumen wuchsen direkt unter diesem Fenster an der Wand ihres Hauses, und ein hoher Grabstein verdeckte die Sicht auf die Ulmen und die Kirche. Über diesem Zimmer befand sich, mit demselben romantischen und düsteren Ausblick, ihr Schlafzimmer. Hinter ihrem Wohnzimmer hatte sich die Küche des Schuhmachers befunden, die jetzt jedoch in ein provisorisches Badezimmer umgewandelt worden war. Zwar war bisher noch keine Wasserleitung gelegt, doch die Pumpe befand sich gerade draußen vor der Tür, und niemand dachte, dass es irgendwelche Schwierigkeiten geben würde, die Badewanne jeden Morgen mithilfe der Pumpe und einiger Eimer mit Wasser zu füllen. Über dem Badezimmer lag der Dachboden, der Annalise als Schlafzimmer dienen sollte. Niemand dachte, dass das irgendwelche Schwierigkeiten bereiten würde. In der Tat dachte niemand an irgendetwas. Es war ein einfaches Zimmer, ein typisches Dachboden-Zimmer mit einem Fenster in der schrägen Wand, durch das man gemütlich aus dem Bett die Sterne betrachten konnte. Eine bescheidene Person, eine ernsthafte Seele hätte den Dachboden gemocht, hätte an einem so schlichten und frischen Ort eine gesunde Freude empfunden, berührt vom Wind und der frischen Luft. Sicher hätte auch ein Dichter die dunklen Ecken des Zimmers mit dem Glanz seines eigenen inneren Lichtes überflutet; ein Liebhaber der Natur wiederum hätte schnell die Spinnen entdeckt, die in den Ecken wohnten, und nützliche Stunden auf allen vieren damit verbracht, sie zu beobachten. Aber eine Annalise – was sollte sie mit einem solchen Ort anfangen? Ist es doch so, dass eine Person, die wenig an Kultur und Vorstellungskraft besitzt, umso mehr nach einer äußeren Ausstattung ihres Lebens verlangt. Und so kann die Leere von Annalises Geist an der Tatsache gemessen werden, dass sie von ihrem Leben nicht weniger verlangte als einen großherzoglichen Palast mit gutem Essen und Sofas und Dienern. Das sah sie als Entgelt dafür an, dass sie nicht weinte und nicht die Hände rang.

Doch weder Priscilla noch Fritzing wussten irgendetwas über Annalises Geist, und selbst wenn, so hätten sie es sofort wieder vergessen, da es sie überhaupt nicht interessierte. Auch ich selbst würde mich nicht dabei aufhalten, wäre es nicht so, dass gerade Annalises leerer und kleiner Geist der Grund war für bedeutende Unruhen in Creeper Cottage. Annalise war der Stein, dem die Bauleute keine Aufmerksamkeit schenken oder den sie gar ablehnen, und sie verhielt sich, wie solche Steine es manchmal tun, wenn sie auf die Köpfe der Bauleute herabfallen und sie zerschmettern. Annalise war unfähig, Frieden wertzuschätzen, war jedoch andererseits durchaus fähig, den Frieden anderer Menschen zu zerstören. Dabei wünschte sich Priscilla, dass ihr Cottage so friedlich sein sollte wie ein Tempel, ein heiliger Ort, in dessen ruhigen Wänden sie heilige Jahre damit verbringen würde, Gerechtigkeit walten zu lassen, gütig zu lieben und demütige Wege zu gehen. Zwar hatte sie bisher noch keine nähere Bekanntschaft mit den Unannehmlichkeiten des Cottages geschlossen, aber sie war ohnehin der Meinung, dass Unannehmlichkeiten Dinge waren, über die man lachte und die man irgendwie umging, und dass sie nicht ins Bewusstsein von Menschen drangen, deren Gedanken von der brennenden Sehnsucht beherrscht wurden, ihre Ideale auszuleben. »Man kann an jedem beliebigen Ort glücklich sein«, hatte sie am Montag zu Tussie gesagt, als er seine Sorgen bezüglich ihres zukünftigen Komforts zum Ausdruck brachte. »Absolut jeder Ort reicht aus – ein Zuber, eine Waldschlucht, die Spitze einer Säule –, jeder beliebige Ort, sofern die Seele vom Feuer erleuchtet ist.«

»Natürlich reicht es aus«, rief Tussie aus, bereit, ihr die Füße zu küssen.

»Und sehen Sie nur, wie gemütlich mein Cottage aussieht«, sagte Priscilla. »Man vergleicht es sofort mit Dingen wie Zubern.«

»Ja, ja«, stimmte Tussie ihr zu, »ich sehe ein, dass es für freie Geister ausreicht, um darin zu wohnen. Ich fragte mich nur … ob es dem Körper reicht.«

»Ach, was kümmern mich Körper«, sagte Priscilla leichthin.

Doch Tussie konnte sich nicht dazu bringen, den Körper zu missachten, speziell, was Priscillas betraf. Im Gegenteil, der verliebte junge Mann dachte, es würde schwierig sein, einen so außerordentlich wertvollen und süßen Körper ausreichend zu pflegen. Und jedes Mal, wenn er aus der kargen Nüchternheit von Creeper Cottage nach Hause ging, hasste er die Überflüssigkeiten seines eigenen Hauses mehr und mehr. Er beschuldigte sich selbst immer lauter, dass er einen kleinlichen Geist habe, verweiblicht, verweichlicht und vulgär sei. Er verabscheute sich dafür, in einem solchen Luxus zu leben, während sie, die Teure und Schöne, freudig bereit war, ihre Schönheit in einen Zuber zu packen, wenn es denn sein musste, oder sie dreißig Jahre lang auf einer Säule der Witterung auszusetzen, wenn sie dadurch ihre Seele bei lebendigem Leibe retten konnte. Tussie konnte es in dieser Zeit nicht ertragen, einen dienstfertigen Lakaien zu sehen, ohne dass er etwas Schroffes zu ihm sagte, wenn dieser sich auf ihn stürzte, um ihm beim Ablegen des Mantels zu helfen. Er konnte nicht eine Mahlzeit hinter sich bringen, ohne bittere Vergleiche darüber anzustellen, was sie aßen und was die Armen wohl essen mochten. Er konnte sein großzügiges Treppenhaus nicht hinauf- oder hinuntergehen oder durch die luftigen Korridore schreiten, ohne sie mürrisch zu betrachten. In der Tat riefen die Treppen seinen verächtlichen Zorn in einem ganz besonderen Maße hervor, was daran lag, dass Priscillas Treppen, jene Treppen, die ihre kleinen Füße täglich hinauf- und hinuntersteigen würden, eher einer Leiter ähnelten. Und was Korridore betraf, so besaß sie gar keine. Doch was machte das schon? Priscilla konnte nicht einsehen, dass das etwas ausmachen sollte, wenn Tussie sie darauf aufmerksam machte.

Sowohl Fritzings als auch ihre Eingangstür führten direkt in das Wohnzimmer, ihrer beider Treppen führten direkt aus der Küche in die oberen Zimmer. Sie hatten vorgehabt, eine Tür in die Trennwand unten einbauen zu lassen, doch sie hatten es so eilig, von Baker's Farm wegzukommen, dass dazu keine Zeit war. Deshalb musste Priscilla, wenn sie zu Fritzing gehen wollte, entweder hinaus auf die Straße und wieder hinein durch seine Tür gehen, oder durch ihre Hintertür hinaus- und durch seine hineingehen. Auch würden alle Mahlzeiten, die sie lieber alleine einnehmen wollte, aus der Küche in Fritzings Hälfte entweder hinten durch den Garten oder vorne über die Straße getragen werden müssen.

Jedes Mal, wenn er sich zu einer Mahlzeit hinsetzte, umgeben von eifriger Dienerschaft, umhüllt von Luxus, dachte Tussie gequält daran, wie gemein das alles war. Seine leidgeprüfte Mutter musste sich viele verärgerte und kryptische Bemerkungen anhören, die ihr lieber Junge, der immer so sanft gewesen war, über den Tisch bellte. Und zudem setzte er ein für alle Mal seinen Willen durch und weigerte sich mit einer Bestimmtheit, die sie zum Schweigen brachte, weiterhin irgendwelche Spezialnahrung zu sich zu nehmen. »Es ist absurd«, rief Tussie. »Kein Wunder, dass ich ein solcher Idiot bin. Wer könnte irgendetwas anderes sein, mit einem Magen voller Stärke? Ja, ich glaube, das Zeug hat meine Venen mit Milch anstatt mit ehrlichem Blut gefüllt.«

»Mein Lieber, ich werde es aus dem nächsten Fenster werfen lassen,« sagte Lady Shuttleworth, wobei sie tapfer in das kleine, ärgerliche Gesicht ihres armen Tussie lächelte. »Doch was soll ich dir stattdessen geben? Du weißt, dass du kein Fleisch essen wirst.«

»Gib mir Linsen«, rief Tussie. »Sie sind billig.«

»Billig?«

»Mutter, ich halte es für eine Beleidigung, so viel Geld für den eigenen Körper zu verschwenden. Warum kann man nicht weniger besitzen und den Rest den Armen geben?«

»Aber ich gebe den Rest den Armen, das tue ich doch immer. Wir haben ausreichend viel für uns und auch für die Armen.«

»Dann gib ihnen mehr. Warum«, schnaubte Tussie, »können wir nicht anständig leben? Ist dir noch nicht der Gedanke gekommen, dass wir vulgär sind?«

»Nein, mein Lieber, dieser Gedanke ist mir noch nicht gekommen.«

»Nun, wir sind es aber. Alles, was wir haben, das sich jenseits der nackten Notwendigkeit befindet, lässt uns vulgär werden. Und, Mutter, sicher gibst du zu, dass das kein schöner Zustand ist.«

»Es ist ein furchtbarer Zustand«, sagte seine Mutter, während sie seine Krawatte mit immenser und verzögernder Zärtlichkeit richtete.

»Es ist schwer, nicht vulgär zu sein«, sagte Tussie, »wenn man reich ist. Ist dir noch nicht der Gedanke gekommen, dass dieses lächerlich große Haus und die Massen von Gegenständen darin und das ganze Anwesen und das ganze Geld im Endeffekt dazu führen, dass wir beide aus dem Himmel hinausgedrängt werden?«

»Nein, dieser Gedanke ist mir noch nicht gekommen. Ich nehme an, du denkst zum Beispiel an die Nadelöhre und die Kamele, die durch sie hindurch passen müssen«, sagte seine Mutter, die immer noch seine Krawatte klopfte und streichelte.

»Ja, das ist erschreckend wahr«, meinte Tussie nachdenklich und dachte reuig an die Größe und das Gewicht der Geldsäcke, die ihn in die Hölle hinunterziehen würden. Dann fügte er unvermittelt hinzu: »Kannst du dafür sorgen, dass ich für mein Schlafzimmer ein schmales Eisenbett bekomme?«

»Ein schmales Eisenbett? Aber dort steht doch schon ein Bett, mein Lieber.«

»Dieses große Ding eignet sich nur für eine kranke Frau. Ich werde dort nicht länger schwelgen.«

»Aber, mein Lieber, all deine Vorfahren haben darin geschwelgt, wie du es nennst. Scheint es nicht … nun, schade, die Tradition nicht fortzuführen?«

»Bitte, Mutter, sei lieb und freundlich, und lass mich in Frieden davon Abschied nehmen. Ein Feldbett – das ist es, was ich gerne hätte. Soll ich es bestellen, oder willst du es tun? Und habe ich dir schon erzählt, dass ich Bryce rausgeworfen habe?«

»Bryce? Warum, was hat er getan?«

»Oh, nichts Besonderes, außer, dass er eine Art Puppe oder Baby aus mir gemacht hat. Warum sollte ich in meine Kleider gesteckt und wieder aus ihnen herausgeholt werden, als wäre ich ein Säugling?«

All das war schon schlimm genug, doch der schlimmste Schlag traf Lady Shuttleworth, als Tussie erklärte, er würde nicht volljährig werden. Das fröhliche Gesicht, mit dem seine Mutter es geschafft hatte, seinen anderen Klagen zu lauschen, verlor plötzlich jeden Ausdruck, so sehr sie sich auch bemühte, dies zu verhindern. »Nicht volljährig werden?«, wiederholte sie dumm. »Aber, mein Liebling, du kannst nichts dagegen tun – du musst volljährig werden.«

»Ja, ich weiß, ich kann nichts dagegen tun, dass ich einundzwanzig werde und all das« – hier schwenkte er verächtlich mit den Armen – »erbe, aber ich werde es nicht an die große Glocke hängen.«

»Ich … ich verstehe dich nicht«, stammelte Lady Shuttleworth.

»Es soll kein Aufhebens geben, Mutter.«

»Meinst du damit, dass niemand kommen soll?«

»Absolut niemand, außer den Mietern und dem Volk. Natürlich sollen sie ihren Spaß haben – ich werde darauf achten, dass sie einen schönen Tag haben. Aber unsere eigenen Verwandten und Bekannten will ich nicht sehen.«

»Tussie, sie haben schon alle zugesagt.«

»Dann verschicke Zirkulare.«

»Tussie, du bringst mich in eine äußerst unangenehme Situation.«

»Liebe Mutter, das tut mir sehr Leid. Ich wünschte, ich hätte früher daran gedacht. Aber wirklich, der Gedanke ist mir so zuwider – mir wird ganz schlecht, wenn ich mir vorstelle, dass all diese Menschen kommen, um einen Wurm, wie ich einer bin, zu feiern.«

»Tussie, du bist kein Wurm.«

»Und die Ausgaben und die Verschwendung, um sie zu unterhalten … die Öde, die Langeweile … oh, ich wünschte, ich würde in einem Zuber stecken … einem winzigen Zuber … oder hätte den Mut, wie Lavengro in einer Schlucht zu leben.«

»Es ist völlig unmöglich, die Sache jetzt abzusagen«, unterbrach Lady Shuttleworth ihn höchst irritiert; von Lavengro hatte sie noch nie etwas gehört.

»Doch, es ist möglich. Schreibe und sage es ab.«

»Schreiben? Was könnte ich schreiben? Heute ist Dienstag, und am Freitag kommen alle. Was für eine Entschuldigung kann ich in der letzten Minute vorbringen? Und wie kann ein Geburtstag abgesagt werden? Mein lieber Junge, das kann ich nicht tun.« Und Lady Shuttleworth, die feinfühlige, die fröhliche, die unermüdliche und ewig tapfere Lady Shuttleworth rang die Hände und begann, hilflos zu weinen.

Dieser ungewohnte und erbärmliche Anblick brachte Tussie sofort zum Nachgeben. Einen Augenblick stand er verblüfft da, dann nahm er seine Mutter in die Arme und versprach ihr alles, was sie wollte. Was er außerdem noch sagte und was sie unter Schluchzen antwortete, werde ich nicht verraten. Sie sprachen nie mehr darüber, doch über Jahre hinweg blickten sie beide darauf zurück, auf diesen wertvollen Augenblick, als sie sich mit berstenden Herzen aneinander klammerten, ihre alte Wange an seiner jungen. Es war eine der spürbar süßesten, deutlichsten, schmerzhaftesten, sanftesten Erfahrungen ihres gemeinsamen Lebens.

Man muss zugeben, dass Priscilla viel erreicht hat in

dieser einen Woche, seit sie ihren hohen Stand abgelegt und sich unter die einfachen Leute begeben hat, mit dem Ziel, gut zu sein und Gutes zu tun. Sie hat heftige Zwietracht in eine bis dahin friedliche Gemeinde gebracht, die Hoffnungen einer Mutter vereitelt, war der Grund für einen bitteren Streit zwischen ihr und ihrem Sohn, hat durch ihre geheimnisvolle Aura in dem Sohn eine Neigung zum Schnüffeln geweckt, die ansonsten vielleicht für immer weitergeschlummert hätte, hat das Leben des liebenswürdigen Tussie vollständig aufgerüttelt, indem sie in ihm eine Liebe entfacht hat, die ebenso heftig wie auch zwangsläufig hoffnungslos war, hat seine Mutter besorgt und unglücklich gemacht, und, was vielleicht das größte Ergebnis von allem war – es war ihr tatsächlich gelungen, seine Mutter zum Weinen zu bringen. Denn schließlich war Priscilla die eigentliche Ursache dieser ungewöhnlichen Tränen, wie Lady Shuttleworth sehr wohl wusste. Lady Shuttleworth war die zweite Frau des verstorbenen Sir Augustus, den sie heiratete, als sie jenseits der vierzig und über die Phase des Weinens hinaus war, die bei den sehr Geschäftigen nicht über die Kindheit reicht, hatte ihn kurz nach Tussies Geburt verloren, vergoss reichlich und angemessen Tränen auf seiner Beerdigung und hat seitdem nie mehr geweint. Es war zweifelsohne eine große Errungenschaft dieser jungen Dame aus dem Nichts, Tränen aus Augen herauszupressen, die einundzwanzig Jahre lang trocken gewesen waren. Doch die Liste von dem, was Priscilla angerichtet hat, endete nicht mit diesem Aufruhr unter den Müttern. Hatte sie nicht auch den anständigen Verlauf von Mrs. Jones' Sterben unterbrochen und in ihr wieder ein Bedürfnis nach dem geweckt, was nicht schicklich ist? Hatte sie nicht das ganze Dorf gelehrt, den Sabbat zu brechen? Hatte sie nicht alle Kinder des Dorfes krank oder quengelig gemacht unter der Vortäuschung, sie zu verwöhnen? Am Montag vollbrachte sie eine weitere Tat, die ebenso gut gemeint war und dennoch, wie ich gleich berichten werde, katastrophale Folgen hatte: Sie ging im Dorf von Cottage zu Cottage, freundete sich mit den Müttern der Kinder an und hinterließ, wo immer sie war, kleine Geldgeschenke. Im Fall von Mrs. Jones hatte sie festgestellt, wie außerordentlich wirkungsvoll Geld war. Deshalb sagte sie, bevor sie ihren Rundgang begann, zu Fritzing, er solle ihren Geldbeutel gut füllen. In jedem Cottage wurde ihr klar gemacht, wie sehr man sich verschiedene Dinge wünschte, sodass ihr Geldbeutel leer war, bevor sie das halbe Dorf hinter sich hatte. Deshalb ging sie nach Hause, um Nachschub zu holen. Sie war außerordentlich glücklich an diesem Nachmittag, und das waren auch die von ihr besuchten Mütter. In der Tat war es so, dass sie für den Rest des Tages von nichts anderem redeten, es über ihre Gartenhecken besprachen, einander besuchten, um Vergleiche anzustellen, losliefen, um ihre Ehemänner auf dem Weg nach Hause von der Arbeit abzupassen und ihnen davon zu erzählen. So wurden sie mit einem Schlag einer Kolonie emsiger Bettler sehr ähnlich. Und obwohl Priscilla Mrs. Jones geraten hatte, ihre Fünf-Pfund-Note gut zu verstecken, wusste ganz Symford auch darüber Bescheid, ebenso wie über die Fünf-Pfund-Note, die Mrs. Morrison ihr weggenommen hatte. In Symford gab es kein anderes Thema als Priscilla. Innerhalb einer Woche hatte sie eine ganze Reihe von Störungen erzeugt, die Übeltaten in diesem ordentlichen Dorf begünstigten. Und als sie und Fritzing an dem Dienstag in Creeper

Cottage einzogen, da waren sie im gesamten Bezirk für alle von höchstem Interesse. Die Nachrichten über ihre Reichtümer, ihre Sorglosigkeit und ihre exzentrische Auswahl einer Wohnstatt waren über die Hügel bis nach Minehead gelangt, wo sie der Gegenstand vieler interessanter Kommentare in den örtlichen Zeitungen waren.

Sie zogen etwa zur Zeit des Nachmittagstees in ihr Cottage ein. Priscillas erste Reaktion beim angenehmen Anblick des Kaminfeuers war ein Ausruf der Freude, mit dem sie sich in den bequemen Sessel setzte, um sich aufzuwärmen. Wir wissen, wer schon dort saß: Sie setzte sich der Pechmarie direkt auf den Schoß und wurde von den kalten, dünnen Armen dieser unangenehmen Person festgehalten. Fröstelnd blickte Priscilla zu Fritzing hoch und wollte erstaunt zum Ausdruck bringen, dass das Zimmer wie Eis schien, obwohl es so klein und das Feuer so groß war, als ihre Lippen eisig erstarrten und sie mit leerem Blick an die Wand hinter seinem Kopf starrte. »Seht nur«, flüsterte sie und zeigte erschreckt dorthin. Fritzing drehte sich schnell um, packte eine Reihe billiger kolorierter Porträts von der Wand und warf sie gerade rechtzeitig mit dem Gesicht nach unten unter den Tisch, als Tussie kam, um zu fragen, ob er etwas tun könnte.

Die Porträts waren die Konterfeis aller regierenden Prinzen Deutschlands, die der Vertreter der Möbelfirma aus Minehead als kleine Aufmerksamkeit aufhängen ließ, während Priscilla und Fritzing sich von Baker's Farm verabschiedeten. Priscillas Blick war geradewegs auf das Porträt ihres ehrwürdigen Vaters gefallen, der sie anlächelte. Er war prachtvoll anzusehen in seiner Staatsrobe mit den Orden. Das Bild zeigte außerdem ein Schlachtross und viel Rauch, so als würden ganze Nationen im Hintergrund wüten. Eingerahmt wurde das Bild von einem offensichtlich teuren hochgesteckten Vorhang, und um diese Magnifizenz herum rankten die unbedeutenden Knospen von Priscillas billiger Tapete. Unter den gegebenen Umständen wirkte das Lächeln des Erzherzogs äußerst furchterregend. Fritzing spürte das, ergriff ihn und warf ihn mit verzweifelter Energie unter den Tisch, wo er, wie Priscilla sich mit einem schuldbewussten Schaudern erinnerte, nichts weiter als Wachstuch anlächelte. »Ich glaube nicht, dass ich schlafen kann, wenn ich weiß, dass er … dass er nichts Besseres anlächeln kann als dieses Wachstuch«, flüsterte sie Fritzing mit erschüttertem Gesichtsausdruck zu, als Tussie hereinkam.

»Ich werde dafür sorgen, dass sie alle zurückgeschickt werden«, antwortete Fritzing.

»Was, haben diese Leute etwas Falsches geschickt?«, fragte Tussie besorgt, denn er spürte, dass die gesamte Verantwortung für diese *ménage* auf seinen Schultern lag.

»Oh, nur einige billige Drucke«, sagte Priscilla hastig. »Ich glaube, sie heißen Öldrucke oder so ähnlich.«

»Welch eine Frechheit«, erhitzte sich Tussie.

»Ich glaube, es war nett gemeint, aber ich … ich möchte, dass mein Cottage ganz schlicht ist.«

»Ich werde sie zurückschicken lassen, Sir«, sagte Tussie zu Fritzing, der nervös mit den Händen durch sein Haar strich. Der Anblick seines Herrn, des Großherzogs, der ihn anlächelte und den er sicher niemals mehr anlächeln würde, und das auch noch von den Wänden von Creeper Cottage, hatte ihm einen Schock versetzt.

»Sie sind immer so hilfsbereit, junger Mann«, sagte

er, verbeugte sich geistesabwesend und ging hinaus, um Hut und Schirm abzulegen. Priscilla hatte das ungute Gefühl, als wäre dies ein böses Omen. Sie läutete mit der Klingel, die Tussie vorausschauend auf ihren Tisch hatte stellen lassen, und befahl Annalise, den Tee zubringen.

Als die Klingel ertönte, hatte Annalise ihrerseits auf der Schwelle des Dachbodens gestanden und diesen mit einer Verblüffung angestarrt, die zu groß war, als dass man sie in Worte fassen könnte. Doch vor ihrer Herrin erschien sie mit beherrschtem Gesicht. Sie empfing die Anordnung mit dem gewohnten Respekt und suchte Fritzing, um ihn zu fragen, wo man die Dienerschaft finden könnte. »Ihre Großherzogliche Hoheit wünscht Tee«, verkündete Annalise, als sie in Fritzings Wohnzimmer erschien, wo er stand und in die Rechnung der Möbelfirma vertieft war, die er auf seinem Tisch vorgefunden hatte.

»Dann bringen Sie ihn ihr«, sagte Fritzing ungeduldig, ohne hochzuschauen.

»An wen soll ich die Anordnung weitergeben?«, erkundigte sich Annalise.

»An wen Sie die Anordnung weitergeben sollen?«, wiederholte Fritzing und unterbrach seine Lektüre, um sie anzustarren, wobei er die Rechnung in der einen Hand und sein Taschentuch, mit dem er sich die Stirn abtupfte, in der anderen hielt.

»Wo«, fragte Annalise, »kann ich die Köchin finden?«

»Wo Sie die Köchin finden können?«, wiederholte Fritzing und starrte sie noch angestrengter an. »Dieses Haus ist so riesig, nicht wahr«, sagte er äußerst sarkastisch, »dass die Köchin sich zweifelsohne verlaufen hat.

Haben Sie es vielleicht unterlassen, im Kohlenschuppen nachzusehen?«

»Herr Geheimrat, wo kann ich die Köchin finden?«, fragte Annalise und warf den Kopf zurück.

»Fräulein, haben Sie einen Spiegel in Ihrem Schlafzimmer?«

»Den allerkleinsten, den ich je gesehen habe. Ich kann nur eine Hälfte meines Gesichts gleichzeitig darin sehen.«

»Fräulein, die Hälfte des Gesichts, die Sie in Ihrem Spiegel sehen, ist die Hälfte des Gesichts der Köchin.«

»Ich verstehe Euch nicht«, sagte Annalise.

»Dabei ist es so klar wie das Leuchten nach einem Regen. Sie, mein liebes Kind, sind die Köchin.«

Jetzt war Annalise an der Reihe, ihn anzustarren, und sie stand einen Augenblick da und tat es auch, wobei ihre Gesichtsfarbe von Weiß zu Rot wechselte. Fritzing drehte sich währenddessen von ihr ab, holte einen Bleistift hervor und notierte kleine Zahlen am Rand der Rechnung.

»Herr Geheimrat, ich bin keine Köchin«, sagte sie schließlich, wobei sie ihre Irritation herunterschluckte.

»Was, Sie sind noch da?«, rief er aus und sah sie barsch an. »Sie unnützes Ding, gehen Sie sofort in die Küche. Ist es etwa schicklich, die Prinzessin warten zu lassen?«

»Ich bin keine Köchin«, sagte Annalise trotzig. »Ich wurde nicht als Köchin angestellt, ich war niemals Köchin, und ich werde keine Köchin sein.«

Fritzing warf die Rechnung beiseite, kam ganz nah an Annalise heran und starrte sie an. »Keine Köchin?«, schrie er. »Sie, ein deutsches Mädchen, Tochter Ihrer Eltern, Sie schämen sich nicht, das zu sagen? Sie verbergen Ihr Gesicht nicht, um sich zu schämen? Sie, ein Ding, das so nützlich, so notwendig ist, das so viel Respekt verdient wie eine Köchin, die Sie nicht sind und niemals sein werden. Ich sage Ihnen, was Sie sind – ich habe es Ihnen schon einmal gesagt, und ich wiederhole es –, Sie sind eine Schurkin, mein Fräulein, eine Schurkin, sage ich. Und in diesen Teilen Ihrer niederen Natur, wo Sie keine Schurkin sind – denn ich gebe gerne zu, dass kein Mann und keine Frau durch und durch schlecht ist –, in diesen Teilen, sage ich, wo ihre Schurkerei pausiert, da sind sie eine absolute, ausgesprochene Närrin.«

»Das werde ich mir nicht gefallen lassen«, rief Annalise.

»Werden Sie nicht! Können Sie nicht! Wollen Sie nicht! Sie unfähige Null, scheren Sie sich in die Küche und suchen Sie nach Weisheit zwischen Ihren Töpfen.«

»Ich bin niemandes Sklavin«, schrie Annalise, »ich bin niemandes Gefangene.«

»Man höre! Wer sagt, dass Sie das sind? Habe ich Ihnen nicht die beiden einzigen Dinge gesagt, die Sie sind?«

»Aber ich werde wie eine Gefangene behandelt, wie eine Sklavin«, schluchzte Annalise.

»Sie ungehöriges Weib, wie können Sie es wagen, schwatzend herumzustehen, während Ihre Hoheit auf Tee wartet. An die Arbeit – aber rasch! Oder soll ich Ihnen zeigen, wie es geht?«

»Ihre Großherzogliche Hoheit«, sagte Annalise, ohne sich vom Fleck zu bewegen, »hat mir auch aufgetragen, heute Abend ein Bad für sie vorzubereiten.«

»Nun, und was ist damit?«, schrie Fritzing, der erbost die Rechnung hochhob und wütend die Zahlen addierte.

»Ich sehe keine Wasserhähne.«

»Weib, es gibt keine.«

»Wie kann ich ohne Wasserhähne ein Bad vorbereiten?«

»Oh, welche Unfähigkeit! Ungeschicktheit, verkleidet in Gestalt eines Weibes! Muss denn ich Ihnen die Grundzüge Ihres Gewerbes beibringen? Haben Sie die Pumpe nicht bemerkt? Gehen Sie dort hin und zapfen Sie Wasser ab. Lassen Sie das Wasser in Eimer fließen. Tragen Sie diese Eimer … muss ich noch weiterreden? Wird Sie nicht die Natur selbst lehren, was mit den Eimern zu tun ist?«

Annalise wurde dunkelrot. »Ich werde nicht zu der Pumpe gehen«, sagte sie.

»Was, Sie werden die Anordnungen Ihrer Großherzoglichen Hoheit nicht befolgen?«

»Ich werde nicht zu der Pumpe gehen.«

»Sie weigern sich, das Bad vorzubereiten?«

»Ich werde nicht zu der Pumpe gehen.«

»Sie weigern sich, den Tee zuzubereiten?«

»Ich werde keine Köchin sein.«

»Sie begehen offene Rebellion?«

»Ich werde nicht auf dem Dachboden schlafen.«

»Was!«

»Ich werde das Essen nicht essen.«

»Was!«

»Ich werde die Arbeit nicht ausführen!«

»Was!«

»Ich werde gehen.«

»Gehen?«

»Gehen«, wiederholte Annalise und stampfte mit dem Fuß auf. »Ich fordere meinen Lohn, den erhöhten Lohn, der mir versprochen wurde, und ich werde gehen.«

»Und wohin, Sie Unverschämtheit, an die man kaum glauben kann, werden Sie gehen, in einem Land, dessen Sprache Sie glücklicherweise nicht verstehen?«

Annalise sah in Fritzings wütende Augen mit der Herausforderung von jemandem, der seinen Trumpf auf den Tisch wirft.

»Gehen?«, schrie sie, mit dem Ton eines Menschen, dessen Blut voller Trotz ist, der bisher jedoch klein und still gehalten wurde. »Ich werde zuerst zu diesem jungen Herrn gehen, der meine Sprache spricht, und ich werde ihm alles erzählen, und dann, mit seiner Hilfe, werde ich direkt – aber *direkt*, hört Ihr? …« – und sie stampfte ein weiteres Mal mit dem Fuß auf – »nach Lothen-Kunitz fahren.«

XIV

Schon früh in meiner Erzählung habe ich einen Umstand angemerkt, den die Klugen unter Ihnen sicher von Anfang an bemerkt haben, nämlich dass Annalise Priscilla und Fritzing in der Hand hatte. In der ersten Aufregung hatte sie es nicht bemerkt, aber in diesen kummervollen Tagen voller Enttäuschungen auf Baker's Farm wurde es ihr immer deutlicher. Und seit Sonntag, als sie den lächelnden jungen Herrn kennen gelernt hat, der bereit war, Deutsch mit ihr zu sprechen und ihre Fragen zu beantworten, war sie sich völlig sicher, dass sie ihre Hand nur zu schließen brauchte, und ihre Opfer würden sich in jede beliebige Form pressen lassen. Sie hatte vor, diesen Akt durchzuführen, sobald das Maß voll war. Dieser Moment schien erreicht, als sie Creeper Cottage betrat und ihr klar wurde, was der Dachboden, die Küche und die Pumpe wirklich bedeuteten.

Es ist immer ein Schock, wenn man sich in Gesellschaft eines Wurms befindet, der sich gegen einen wendet, immer ein Schock und eine Überraschung, ein Erlebnis, an das man sich irgendwie nie gewöhnt. Doch wie furchtbar wird es, wenn dieser Wurm einen in der Hand hat, wenn er einem grollt und bereit ist, einen zu zerquetschen. Fritzing überlegte bitter, dass man Annalise besser zu Hause gelassen hätte. Besser? Tausendmal besser. Was hatte sie bisher anderes getan als zu weinen? Und jetzt erschien sie wie ein Vulkan, der Ströme des Verrats über zwei unschuldige Köpfe ergoss. Sie, diese Unbedeutende, die Niedriggeborene, die Hirnlose, sollte tatsächlich fähig sein, die Pläne der edelsten Frau auf Erden zu vereiteln?

Das dachte Fritzing, während er sich die Stirn abwischte. Nachdem Annalise ihm ihren Trotz entgegengeschleudert hatte, war sie zurück in ihr Dachzimmer geeilt. Zwar war ihr Geist zu allem bereit, ihr Körper jedoch zu klein, und so wollte sie es nicht riskieren, in der Nähe eines Mannes zu bleiben, der aussah, als wollte er sie schütteln. Fritzing wischte sich erneut die Stirn ab – und noch einmal, und noch einmal. Er stand da, wo sie ihn stehen gelassen hatte, die Augen auf den Boden geheftet, und war zutiefst unglücklich, den Tränen nahe. Was sollte er tun? Was sollte er seiner Prinzessin sagen? Wie sollte er das Mädchen daran hindern, zurück nach Kunitz zu fahren? Wie sollte er sie daran hindern, auch nur bis zum jungen Morrison zu gehen? Dass sie dem jungen Morrison sagen würde, wer Priscilla wirklich war, war in der Tat eine furchtbare Sache. Das würde ihrem Leben in Symford ein Ende bereiten. Es würde ihrem Leben in England ein Ende bereiten. Der Großherzog würde sie verfolgen, und sie müssten in ein anderes Land fliehen, einen neuen Anfang finden, ein neues Haus suchen, neue Erklärungen geben, neue Täuschungen, Ängste, Lügen – all die Dinge, derer er so müde war. Doch es gab etwas anderes, etwas, das noch schlimmer war und Fritzing dazu brachte, sich die Stirn in extremer Verzweiflung abzuwischen: Annalise hatte das Geld gefordert, das ihr zustand, und Fritzing hatte kein Geld.

Ich befürchte, Fritzing war nicht zum Verschwörer geeignet. Die Natur hatte ihn nicht als Intriganten vorgesehen, als jemanden, der Eltern unangenehme Überraschungen bereitet. Sie hatte ihn nie dafür vorgesehen davonzulaufen. Sie hatte ihn wohl eher dazu vorgesehen, seine Tage damit zu verbringen, in einem hohen Raum mit Wänden in Tempera und Büsten um sich herum mit der Vergangenheit zu kommunizieren. Dass er dazu gezwungen sein sollte zu handeln, zu entscheiden, zu täuschen, sich mit Dienstmädchen herumzuschlagen, mit Geld zu haushalten, seinen langen Körper und sein heftiges Temperament in ein Creeper Cottage zu quetschen, wo nur eine schlecht sitzende Tür ihn von dem Lärm und den Dünsten der Küche trennte, war sicher ein grausamer Trick des Schicksals. Er war auch nicht deshalb weniger grausam, weil er ihn selbst herbeigeführt hat. Dass er gedacht hatte, er könnte wie jeder andere Mann davonlaufen, ist lediglich ein Beweis für die Einzigartigkeit seiner Seele. Ein erfolgreicher Ausreißer ist unter anderem jemand, der sehr viel Geld mitnimmt und der genau weiß, wann er mehr davon bekommen kann, wenn es gebraucht wird. Fritzing hatte gedacht, es sei besser, schnell mit wenig Geld zu entkommen, anstatt zu warten und mit mehr zu fliehen. Er hatte von seinem eigenen Geld alles genommen, was nicht angelegt war, und Priscilla hatte das ihr zugängliche Geld von der Kunitzer Bank abgehoben. Doch nachdem er Priscillas Kleidung eingekauft und Annalise bestochen hatte, blieben in seinen Gamaschen nicht mehr als dreihundert Pfund verborgen. Und was sind dreihundert Pfund für einen Menschen, der Cottages kauft und ausstattet und Fünf-Pfund-Noten unter den Armen verteilt? Die Cottages waren bezahlt. Er hatte darauf bestanden, das sofort zu tun, hauptsächlich, um sein Geschäft mit Mr. Dawson abzuschließen, doch Mr. Dawson hat die beiden Cottages nicht für unter einhundertfünfzig Pfund verkauft, obwohl Tussie gesagt hatte, hundert wären genug. Als Fritzing das Mr. Dawson mitteilte, bewies Mr. Dawson bald, dass Tussie das unmöglich ernst gemeint haben konnte. Und da Fritzing wusste, wie reich Priscilla in Wirklichkeit war und dass er selbst in ganz Deutschland riesige Ersparnisse in sicheren Wertpapieren herumliegen hatte, bezahlte er die Summe, ohne zu streiten, und bemühte sich, Mr. Dawsons verhasster Gegenwart zu entkommen. Dann war die Reise aus Kunitz teuer gewesen; der Aufenthalt auf Baker's Farm war, wie seltsam es auch klingen mag, teuer gewesen; das Trösten von Mrs. Jones war teuer gewesen; die Mütter im Dorf hatten Priscillas Geldbeutel zweimal um zehn Pfund erleichtert; und das Verwöhnen der Kinder von Symford war auch nicht billig gewesen. Nachdem sie dafür bezahlt hatten – denn es stellte sich heraus, dass der Konditor in Minehead wenig Vertrauen zu unbekannten Ausländern hatte und auf sofortiger Bezahlung bestand –, hatte Fritzing noch etwa vierzig Pfund übrig. Das, so hatte er gedacht, würde eine Weile für Essen und Licht und weitere Dinge reichen, zumindest so lange, bis er einen Plan gefasst hatte, wie er an das Geld der Prinzessin und an sein eigenes Geld gehen konnte, ohne zu verraten, wo sie waren. Doch hier auf dem Tisch erwartete ihn die zweite unangenehme Überraschung, seit er sein neues Heim bezogen hat (die erste war das furchtbare Lächeln seines ehemaligen Herrn gewesen): die Rechnung für die Ausstattung der Cottages. Einem Menschen, der nur vierzig Pfund besitzt, wird jede Rechnung riesig erscheinen.

Diese hier umfasste fast zweihundert Pfund, und am Ende der langen Liste von Posten, dessen größte das Badezimmer ohne Wasser war, das zu Annalises Streik geführt hatte, stand die Notiz, dass eine Überweisung erwünscht war. Eine Überweisung! Der arme Fritzing. Er zerknüllte das Papier in seiner Hand und ließ innerlich einige sarkastische Bemerkungen über die Unanständigkeit dieser Menschen los, die nach ihrem Geld schrien, fast bevor der letzte Arbeiter das Haus verlassen hatte, mit Sicherheit jedoch bevor der Farbgeruch verdunstet war. Und sie forderten es trotz des Leumunds und der Unterstützung der Shuttleworths! Er war noch keine Woche in Symford, und er war so beschäftigt und gehetzt gewesen, dass er den Plan, wie er an sein Geld aus Deutschland gelangen konnte, aufgeschoben hatte, bis er eingerichtet sein würde. Er hatte nicht gedacht, dass jemand auf diese Weise sein Geld fordern würde. Auch hatte er nicht gedacht, dass die Prinzessin so viel Geld für die Armen brauchen würde, und natürlich hatte er nicht gedacht, dass es drei Tage nach ihrer Ankunft ein Kinderfest geben würde. Am allerwenigsten hatte er davon geträumt, dass Annalise so bald mehr Schweigegeld fordern würde, und er hatte offensichtlich keine andere Möglichkeit, als darauf einzugehen. Nachdem er eine Weile dagestanden und sich den kalten Schweiß von der Stirn gewischt hatte, sah er ein, dass es das Einzige war, was er tun konnte. Er musste sie bestechen, sie zum Schweigen bringen und nachgeben. Er musste sich von so viel wie möglich von diesen letzten vierzig Pfund trennen, sowie von seinem Stolz, sofern er das konnte, und sich darauf einlassen, den Stiefel dieses Weibsbildes an seinem Kragen zu spüren. Eines Tages, eines Tages, dachte Fritzing und fletschte die Zähne, würde er mit ihr abrechnen; und wenn dieser Tag kam, so würde er, das versprach er sich, mit einem kräftigen Schütteln beginnen. »Wahrhaftig«, überlegte er, »die närrischen Dinge auf der Welt richten die Weisen zugrunde, und die schwachen die Mächtigen.« Und er ging hinaus, stand im Garten unter Annalises Fenster und rief leise nach ihr. »Fräulein«, rief Fritzing so leise wie eine Taube auf Freiersfüßen.

»Aha«, dachte Annalise, die auf ihrem Bett saß und sofort die Veränderung bemerkte. Doch sie rührte sich nicht.

»Fräulein«, rief Fritzing noch einmal, und es war eher ein melodisches Murmeln als ein Rufen.

Annalise rührte sich nicht, aber sie grinste.

»Fräulein, kommen Sie für einen Augenblick herunter«, säuselte Fritzing, dessen Kopf fast das Dachfenster erreichte, so niedrig war Creeper Cottage.

Annalise rührte sich nicht, aber sie stopfte sich ein Taschentuch in den Mund. Das erste Mal, seit sie Calais verlassen hatten, genoss sie ihren Aufenthalt.

»Wenn«, fuhr Fritzing nach einer angespannten Pause fort, »wenn ich gerade etwas heftig gewesen bin – und ich befürchte, ich war etwas voreilig –, dann sollten Sie es einem nicht übel nehmen, der, wie Brutus, an vielen Sorgen krankt. Kommen Sie herunter, Fräulein, und lassen Sie es mich wieder gutmachen.«

Die Klingel der Prinzessin war zu hören. Sofort wirkte die Gewohnheit auf Annalise, wie Fritzings Bitten es nie vermocht hätten. Sie kletterte die Leiter hinunter, ließ ihn unter dem Fenster stehen und präsentierte sich ihrer Herrin mit dem gewohnten Gesichtsausdruck sanftmütigen Respekts.

»Ich sagte Tee«, sagte Priscilla sehr deutlich und sah sie mit leicht erhobenen Augenbrauen an.

Annalise knickste und verschwand.

»Wie furchtbar höflich deutsche Hausmädchen sind«, bemerkte Tussie.

»Inwiefern?«, fragte Priscilla.

»Diese Knickse. Sie sind großartig.«

»Knicksen englische Hausmädchen nicht?«

»Keine, die ich je gesehen habe. Vielleicht vor Königen.«

»Oh«, sagte Priscilla und zuckte zusammen. Sie war noch so nervös durch die unerwartete Begegnung mit ihrem Vater an der Wand von Creeper Cottage, dass sie das Zucken nicht unterdrücken konnte.

»Ich frage mich, was deutsche Hausmädchen tun würden, wenn sie es mit Königen zu tun haben«, sagte Tussie, »da sie sich vor ihren gewöhnlichen Herrinnen schon so verneigen? Vor einer Prinzessin würden sie sicher auf die Knie gehen, nicht wahr?«

»Woher soll ich das wissen?«, erwiderte Priscilla irritiert. Besorgt bemerkte sie, dass sie rot wurde, und sie begann rasch ein Gespräch über Literatur.

Fritzing stand derweil in Wartestellung für Annalise und passte sie ab, als sie ins Badezimmer kam.

»Fräulein«, sagte dieser höchst unglückliche Mensch und versuchte, sein Gesicht zu einem überzeugenden Ausdruck zu verzerren, »Sie können die Prinzessin nicht ohne Tee sitzenlassen.«

»Doch, das kann ich«, sagte Annalise.

Er stopfte seine Hände in die Hosentaschen, damit er Annalise nicht tätlich angriff.

»Bereiten Sie dieses eine Mal Tee zu, Fräulein, und ich werde eine Frau aus der Stadt anstellen, damit sie sich in Zukunft darum kümmert. Und bitte, verlassen Sie nicht die Dienste der Prinzessin, Dienste, die eine so große Ehre für Sie sind, bloß weil ich vielleicht … ein bisschen voreilig war. Ich werde Ihnen zweihundert Mark geben, um Sie für den kleinen, aber dennoch zweifelsohne bestehenden Unterschied in der Lebensweise zu trösten, und ich werde, wie ich schon sagte, eine Frau anstellen, die jeden Tag kommen und kochen wird. Ist das in Ordnung?«

»Nein«, sagte Annalise.

»Nein?«

Annalise stemmte ihre Hände in die Hüften, wiegte sich leicht von einer Seite zur anderen und begann, leise zu singen. Fritzing starrte in stummer Verblüffung auf diese neue Entwicklung in ihrem Verhalten. *»Jedermann macht mir die Cour, c'est l'amour, c'est l'amour«*, sang Annalise, den Kopf auf die Seite gelegt, die Augen an die Decke gerichtet.

»Liebes Kind, haben Ihre Versprechen denn gar keinen Wert? Haben Sie nicht versprochen, den Mund zu halten und das Vertrauen der Prinzessin nicht zu enttäuschen? Hat sie Sie nicht all den anderen vorgezogen und Ihnen die Ehre erwiesen, ihre Geheimnisse zu bewahren? Und nach einer Woche wollen Sie sie einem Fremden enthüllen? Sie wollen nach Kunitz zurückkehren? Stimmt das nicht?«

»C'est l'amour, c'est l'amour«, sang Annalise und wiegte sich hin und her.

»Stimmt das nicht, Fräulein?«, wiederholte Fritzing, der das wütende Bedürfnis unterdrückte, sie zu schlagen.

»Habt Ihr etwas gesagt?«, fragte Annalise, die in ihrem Lied innehielt.

»Ich sage die ganze Zeit über etwas. Ich habe gefragt, ob es stimmt, dass Sie die Geheimnisse Ihrer königlichen Hoheit verraten werden.«

»Ich wurde ausgehungert«, sagte Annalise.

»Sie bekamen dieselben Mahlzeiten wie wir auch.«

»Ich wurde beschimpft.«

»Habe ich nicht ... mein Bedauern darüber ausgedrückt?«

»Ich wurde wie Dreck behandelt.«

»Nun, ich habe mich entschuldigt.«

»Wenn Ihr Euch mir gegenüber so betragen hättet, wie man sich der Zofe einer königlichen Hoheit gegenüber beträgt, dann hätte ich treu meine Rolle ausgeführt und Schweigen bewahrt. Gebt mir jetzt mein Geld, und ich werde gehen.«

»Ich werde Ihnen Ihr Geld geben – ganz bestimmt, liebes Kind. Das ist es, was ich am sehnlichsten zu tun wünsche. Aber nur unter der Bedingung, dass Sie bleiben. Wenn Sie gehen, dann gehen Sie ohne das Geld. Wenn Sie bleiben, dann werde ich bezüglich der Köchin das tun, was ich gesagt habe, und ich werde«, Fritzing hielt inne, »ich werde versuchen, mich zu beherrschen, damit ich Sie nicht voreilig beschimpfe.«

»Zweihundert Mark«, sagte Annalise und starrte an die Decke, »ist gar nichts.«

»Gar nichts?«, schrie Fritzing. »Sie wissen sehr gut, dass es für Sie eine große Summe ist.«

»Es ist gar nichts. Ich fordere tausend.«

»Tausend? Was, fünfzig englische Sovereigns? Nein, dann kann ich mit Ihnen nicht verhandeln«, schrie Fritzing ernsthaft verzweifelt.

Sie begriff, wie ernst es ihm war, und zögerte.

»Dann achthundert«, sagte sie.

»Unmöglich. Und zudem wäre es eine Sünde. Ich werde Ihnen zwanzig geben.«

»Zwanzig? Zwanzig Mark?«, Annalise starrte ihn einen Augenblick lang an und begann dann wieder, sich zu wiegen und zu singen. *»Jedermann macht mir die Cour«*, sang Annalise doppelt überzeugt.

»Nein, nein, nicht Mark – zwanzig Pfund«, sagte Fritzing und unterbrach damit das, was ihm als höchst wahnsinnige Musik erschien. »Vierhundert Mark. So viel, wie viele deutsche Mädchen nur dadurch verdienen, dass sie zwei Jahre hart arbeiten, bekommen Sie dafür, dass Sie nichts anderes tun, als den Mund zu halten.«

Annalise schloss ihre Lippen fest zusammen und schüttelte den Kopf. »Mein Mund kann dafür nicht gehalten werden«, sagte sie und begann wieder, sich zu wiegen und zu summen.

Fritzings Mund hingegen wollte einige unschöne Adjektive bilden, doch er hielt sich zurück. »Mädchen«, sagte er mit der Sanftmut eines Pfarrers in einer Konfirmandenklasse, »erinnern Sie sich nicht daran, dass die Liebe zum Geld die Wurzel allen Übels ist? Ich erkenne Sie nicht wieder. Seit wann sind Sie so geldgierig geworden?«

»Gebt mir achthundert, und ich höre auf.«

»Ich werde Ihnen sechshundert geben«, sagte Fritzing, der für jedes seiner letzten wertvollen Pfunde kämpfte.

»Acht.«

»Sechs.«

»Ich sagte acht«, sagte Annalise, hielt inne und sah ihm mit hochgezogenen Augenbrauen an, wobei sie die Bestimmtheit imitierte, mit der die Prinzessin gerade gesagt hatte: »Ich sagte Tee.«

»Sechs ist eine riesige Summe. Warum, was wollen Sie damit tun?«

»Das ist meine Sache. Vielleicht Essen kaufen«, sagte sie mit einem bösartigen Seitenblick.

»Ich sage Ihnen doch bereits, es wird eine Köchin geben.«

»Eine Köchin«, sagte Annalise und zählte ihre Finger ab, »und eine gute Köchin, denkt daran – nicht eine Köchin wie Mrs. Pearce – eine Köchin, also, keine Beschimpfungen mehr und achthundert Mark. Dann höre ich auf. Ich werde leiden. Ich werde schweigen.«

»Das geht nicht. Ich kann Ihnen nicht achthundert geben.«

»*C'est l'amour, c'est l'amour* ... Die Prinzessin wartet auf ihren Tee. Ich werde ihn dieses eine Mal für sie zubereiten. Ihr seht, ich bin im Grunde meines Herzens ein guter Mensch. Aber ich muss achthundert Mark haben. *C'est l'amo-o-o-o-our.*«

»Ich werde Ihnen siebenhundert geben«, sagte Fritzing, der hastig die Summe überschlug. Siebenhundert war etwas unter fünfunddreißig Pfund. Er würde fünf Pfund für die Haushaltung übrig behalten. Wie lange das reichen würde, das gab er zu, wusste wahrscheinlich nur der Himmel, doch er hoffte, dass, sofern man sparsam war, fünf Pfund mehr als vierzehn Tage reichen würden. Und am Ende der vierzehn Tage würde er sicher eine Möglichkeit gefunden haben, Nachschub aus Deutschland zu bekommen. »Ich werde Ihnen siebenhundert geben. Das ist das Äußerste. Ich kann Ihnen nicht mehr geben, bevor ich nach Hause geschrieben habe, um Geld zu bekommen. Ich habe nur ein bisschen mehr als das hier. Sehen Sie, ich behandle Sie wie eine vernünftige Person – ich habe Ihnen die Wahrheit deutlich vor Augen geführt.«

»Gut«, sagte Annalise und brach abrupt mit ihrer Musik ab. »Ich werde sie jetzt nehmen und Euch garantieren, vierzehn Tage zu schweigen. Am Ende dieser Zeit wird der Herr Geheimrat viel mehr Geld haben und wird mir, falls er meine Dienste und mein Schweigen noch benötigt, die dreihundert geben, die noch zu den tausend fehlen, die ich fordere. Wenn der Herr Geheimrat es vorzieht, dies nicht zu tun, so werde ich in meine Heimat abreisen. Solange die vierzehn Tage andauern, werde ich alles erleiden, was schweigend erlitten werden kann. Ist der Herr Geheimrat einverstanden?«

»Du schamloses Ding!«, schrie Fritzing innerlich auf. »Warte nur, was passiert, wenn ich an der Reihe bin!« Doch laut stimmte er nur zu. »Ist gut, Fräulein«, sagte er. »Bringen Sie der Prinzessin den Tee, und kommen Sie dann in mein Wohnzimmer, dort werde ich Ihnen das Geld geben. Das Feuer brennt in der Küche. Die Zutaten stehen, glaube ich, bereit. Es sollte keine zu schwierige Aufgabe sein.«

»Vielleicht will der Herr Geheimrat mir zeigen, wo sich der Tee und die Milch befinden? Und auch der Zucker und das Brot und die Butter, falls es das gibt?«, schlug Annalise mit leiser, sanfter Stimme vor, während sie vor ihm her in die Küche trippelte.

Was konnte er anderes tun als ihr zu folgen? Sie hatte ihn in der Hand, und während er unglücklich zwischen den Blechbüchsen wühlte, da kam es ihm in den Sinn, dass er diese Kreatur sogar heiraten müsste, falls sie sich das in den Kopf setzte. Und so war er es, der den Kessel hinaus zur Pumpe trug, um ihn zu füllen. Währenddessen hätte ihr Gesichtsausdruck ihre Eltern oder andere Menschen, denen sie möglicherweise nahe stand, zutiefst erfreut, denn er zeigte ein breites, zufriedenes Lächeln. So furchtbar ist es, sich in der Macht einer Annalise zu befinden.

XV

Der erste Abend in Creeper Cottage war unerfreulich. Es gab ein loderndes Kaminfeuer, die Vorhänge waren zugezogen, die Lampe schien rosig durch den roten Lampenschirm, und sobald Priscilla aufstand, staubte ihr Haar die Eichenbalken der Decke ab, so niedrig war das Häuschen. Sehen Sie, der Anschein war völlig zufriedenstellend, es sah genau so aus, wie ein Cottage in einer Herbstnacht aussehen sollte, wenn draußen feuchter Nebel wie ein grauer Vorhang vor den Fensterscheiben hängt. Als Tussie um neun Uhr kam, um ihnen zu helfen, das neue Leben mit Shakespeare einzuweihen, und die Tür öffnete, um aus der Dunkelheit in das rosige, gemütliche kleine Zimmer einzutreten, da spürte er, dass er sich schließlich doch nicht um die Bequemlichkeit dieses himmlischen Wesens sorgen musste. Nie war ihm ein Ort gemütlicher vorgekommen. Es kam ihm nicht in den Sinn, dass eine Lampe mit einem roten Lampenschirm und ein loderndes Kaminfeuers jedes Zimmer gemütlich erscheinen lassen, solange beide weiterhin leuchten, und er schaute mit einem ehrlichen, freudvollen Lächeln zu Priscilla hoch – ich befürchte, er musste zu ihr hochschauen, wenn sie beide standen. »Es sieht *prima* aus«, sagte er von ganzem Herzen.

Seine Freude sollte augenblicklich gelöscht werden. Priscilla lächelte zwar, doch war es ein zurückhaltendes Lächeln, was seine empfindliche Natur sofort spürte.

Sie war allein, und es gab kein Anzeichen ihres Onkels oder der Vorbereitung einer Shakespeare-Lektüre.

»Stimmt irgendetwas nicht?«, fragte Tussie, dessen Gesicht sich sofort in besorgte Falten legte.

Priscilla sah ihn an und lächelte wieder, doch dieses Mal war das Lächeln echt, sowohl in ihren Augen als auch auf ihren Lippen, und es tanzte im Duett mit dem flackernden Kaminfeuer. »Es ist schon seltsam«, sagte sie. »Das ist mir noch nie zuvor passiert. Was glauben Sie? Ich habe Hunger.«

»Hunger?«

»Hunger.«

Tussie starrte sie an, bewegungslos, da er in die Widrigkeiten seines Wollschals verhakt war.

»Wirklichen Hunger. *Furchtbaren* Hunger. Ich bin so hungrig, dass ich Shakespeare hasse.«

»Aber ...«

»Ich weiß. Sie werden fragen, warum ich dann nicht esse. Es scheint so einfach. Aber Sie haben keine Ahnung, wie schwierig es in Wirklichkeit ist. Ich befürchte, mein Onkel und ich müssen noch sehr viel lernen. Wir haben vergessen, eine Köchin anzustellen.«

»Eine Köchin? Aber ich dachte ... ich dachte, Ihr knicksendes Hausmädchen würde kochen?«

»Das dachte ich auch und er ebenfalls. Aber dem ist nicht so.«

Priscilla errötete, denn seit Tussie nach dem Nachmittagstee gegangen war, hatte sie betrübliche Überraschungen erlebt, die sie zuerst verärgerten und dann zusammenschrecken ließen. Fritzing hatte nicht vor ihr verbergen können, dass Annalise rebellierte und sich weigerte zu kochen, und Priscilla hatte ihrem ersten Impuls nicht nachgeben können, sie zu entlassen. Als ihr das bewusst wurde, zuckte sie zusammen. Ihr war richtiggehend schlecht bei dem Gedanken, der ihr übrigens zum ersten Mal kam, dass sie sich in der Gewalt einer Bediensteten befand.

»Wollen Sie damit sagen«, sagte Tussie mit einer Stimme, die vor lauter Verärgerung ganz hohl klang, »dass Sie nicht diniert haben?«

»Diniert? In einem Cottage? Nun, natürlich habe ich nicht diniert. Wir werden nie dinieren, zumindest abends nicht. Doch das Tragische daran ist, dass ich überhaupt kein Essen bekommen habe. Wir haben gar nicht daran gedacht, bis wir hungrig wurden. Annalise hat als Erste damit angefangen. Sie wurde etwa um sechs Uhr hungrig und sagte etwas zu Fritz ... zu meinem Onkel darüber, aber er war zu dem Zeitpunkt noch nicht hungrig und fertigte sie kurz ab. Jetzt ist er selbst hungrig, und er ist ausgegangen, um herauszufinden, ob er eine Köchin auftreiben kann. Es ist zu dumm. Wir haben nichts im Haus. Annalise hat das Brot gegessen und alles, was sie gefunden hat. Sie ist jetzt oben und weint.« Priscillas Gesicht zuckte, als sie in Tussies besorgtes Gesicht sah, und sie begann zu lachen.

Er griff nach seinem Hut. »Ich gehe los und besorge Ihnen etwas«, sagte er und stürzte zur Tür,

»Ich kann mir nicht vorstellen, was. Um diese Zeit. Das einzige Geschäft schließt um sieben.«

»Ich werde sie dazu bringen, es zu öffnen.«

»Sie gehen um neun zu Bett.«

»Ich werde sie aus dem Bett holen, selbst wenn ich die ganze Nacht Steine gegen ihr Fenster werfen muss.«

»Gehen Sie nicht ohne Ihren Mantel – Sie werden sich furchtbar erkälten.«

Er steckte seinen Arm durch die Tür, um den Mantel

zu nehmen, und verschwand im Nebel. In seiner Erregung zog er den Mantel nicht an, sondern trug ihn über dem Arm. Sein Schal blieb in Priscillas Wohnzimmer liegen, auf dem Stuhl, wo er ihn hingeworfen hatte. Er trug Abendkleidung, und sein Hals kratzte schon von der Erkältung, die er bekommen sollte und die er sich, wie erwartet, geholt hatte, als er am Sonntag mit den Kindern Wettrennen gemacht hatte.

Priscilla ging zurück zu ihrem Sessel am Kamin und dachte ganz fest an Dinge wie Brot. Sie hatte diesen Hungerzustand natürlich nicht deshalb erreicht, weil sie nur eine Mahlzeit ausgelassen hatte, vielmehr hatte sie den ganzen Tag nichts gegessen. Sie verabscheute das Frühstück auf Baker's Farm zu sehr, als dass sie es auch nur anschauen konnte, das Mittagessen auf Baker's Farm hatte sie verpasst, weil sie gerade in ihr Cottage einzog, und zum Nachmittagstee war sie durch die unerwartete Erscheinung ihres Vaters an der Wand zu erregt gewesen, als dass sie sich um das Brot und die Butter gekümmert hätte, die Annalise ihr hingestellt hatte. Jetzt befand sie sich in dem Zustand, in dem man zittert und friert. Etwa um halb acht hatte sie Annalise aufgetragen, ihr das Brot zu bringen, das vom Tee übrig geblieben war, doch Annalise hatte es aufgegessen. Um halb neun hatte sie Annalise aufgetragen, ihr den Zucker zu bringen, denn sie hatte irgendwo gelesen, dass der Genuss von ausreichend Zucker sogar in dem Hungrigsten das Bedürfnis nach anderem Essen erstickt, aber Annalise, die auch den Zucker gegessen hatte, sagte, der Herr Geheimrat müsse ihn wohl gegessen haben. Auf jeden Fall war kein Zucker da, und ebenso wenig war der Herr Geheimrat da, um sich zu verteidigen. Seit halb acht war er unterwegs, um eine Köchin aufzutreiben. Dabei war er von dem Gedanken erfüllt, dass, wenn er nur eine Köchin finden würde, ihr das Essen auf so natürliche Weise folgen würde wie Blumen auf einen Regen folgen. Priscilla, die in ihrem Sessel darunter litt, dass er so lange fortblieb, sah ganz klar, dass keine Köchin ihnen helfen konnte. Was nützt eine Köchin im Haus, wenn es nichts zum Kochen gibt? Wenn Fritzing doch nur bald mit vielen Laiben Brot zurückkehren würde! Die Tür stand ein Stück offen und jemandes Knöchel klopften. Sie dachte, es war Tussie, schnell und klug wie immer, und mit einer willkommenheißenden Stimme sagte sie ihm, er solle hereinkommen, woraufhin Robin Morrison sehr forsch eintrat, höchst erfreut durch diesen warmen Empfang. »Nun, das ist schön«, sagte Robin strahlend.

Priscilla rührte sich nicht und bot ihm ihre Hand nicht an. Da er auf dem Kaminvorleger stand, steckte er seine eigene zum Aufwärmen in den Feuerschein, wobei er Priscilla mit leuchtenden, mutigen Augen anblicke. Er dachte, dass sie noch nie so schön ausgesehen hatte. Ihr Blick war außergewöhnlich vieldeutig und geheimnisvoll, dachte er, als er für einen Moment auf seinem Gesicht ruhte, und noch nie hatte sie die Wimpern gesenkt, wie sie es jetzt tat, als ihr Blick auf den seinen traf. Wir wissen, dass sie sehr hungrig war und überhaupt keine Kraft mehr hatte. Nicht nur ihre Wimpern senkten sich, sondern auch ihr Kopf, und ihre Arme hingen hilflos herab, wie welke weiße Blumen, je ein Arm auf einer Lehne des Sessels.

»Ich bin gekommen, um Mr. Neumann-Schultz zu fragen, ob ich irgendetwas für Sie tun kann«, sagte Robin.

»Tatsächlich? Er wohnt nebenan.«

»Ich weiß. Ich habe zuerst dort geklopft, aber er hat nicht aufgemacht, und so dachte ich, dass er hier sein muss.«

Priscilla sagte nichts. Zu jedem anderen Zeitpunkt hätte sie Robin abgewiesen und wäre ihn losgeworden. Jetzt saß sie einfach da und ließ sich hängen.

»Ist er ausgegangen?«

»Ja.«

Ihre Stimme war sehr leise, kaum mehr als ein Flüstern. Diejenigen, die die Schwäche des Hungers in einem solchen Stadium kennen, werden auch das Pathos kennen, das sich in die Stimme des Leidenden schleicht, wenn er unwillentlich zum Sprechen gebracht wird. Sie wird klagend und melodisch vor Sehnsucht, der Sehnsucht nach Essen. Doch wenn Sie diesen Zustand nicht kennen, wenn Sie selbst gerade vom Abendessen aufgestanden sind, wenn Sie halb verliebt sind und wollen, dass die andere Person ganz verliebt ist, wenn Sie voller Vertrauen in Ihre eigene Faszination sind, dann laufen Sie Gefahr, den gleichen Fehler zu begehen wie Robin, der die Art von Priscillas Sehnsucht falsch einschätzte. Tussie an Robins Platz hätte die Offensichtlichkeit seiner Sinne angezweifelt, doch Tussie war nun mal sehr bescheiden. Robin zweifelte gar nichts an. Er sah, er hörte, und er erschauderte. Doch tief unter seinem Schauder, der echt genug war, um ihn in den Haarspitzen erröten zu lassen, verbarg sich der flüchtige, verächtliche Gedanke: »Sie sind doch alle gleich.«

Priscilla schloss die Augen. Sie lauschte auf den ersten Laut von Tussies oder Fritzings Schritten, den frohen Laut, der die Ankunft von Nahrung ankündigte, und sie wünschte, Robin würde gehen. Er war zwar manchmal freundlich und gefällig, aber im Großen und

Ganzen war er ein Ärgernis. Es war sehr schade, dass es so viele Menschen auf der Welt gab, die ein Ärgernis waren, ohne es zu wissen. Jemand sollte sie darauf hinweisen, zum Beispiel ihre Mütter oder andere nützliche Personen dieser Art. Sie beschloss vage, dass sie Robin, wenn sie ihn das nächste Mal traf und ausreichend gestärkt war, ein paar Dinge sagen würde, von denen er einige Zeit brauchen würde, um sich zu erholen.

»Fühlen Sie sich ... nicht wohl?«, fragte Robin nach einem Schweigen, währenddessen er seine Augen nicht von den ihren abwandte, die allerdings geschlossen waren. Selbst für ihn klang seine eigene Stimme tiefer, intensiver als gewöhnlich.

»O ja«, murmelte Priscilla mit einem kleinen Seufzer.

»Sind Sie ... glücklich?«

Glücklich? Konnte jemand, der ohne Mittagessen, ohne Abendessen, ohne Frühstück geblieben ist, glücklich sein, wunderte sich Priscilla. Doch die Frage erschien ihr komisch, und auch die leicht zitternde Stimme, in der sie gestellt wurde, erschien ihr komisch, sodass sie für einen Moment die Augen öffnete und mit einem amüsierten Lächeln zu Robin hochsah – einem Lächeln, das, wie sie nicht ahnte, durch den Hunger schmachtend und furchtsam erschien. »Ja«, sagte Priscilla mit dieser seltsamen, pathetischen Stimme. »Ich ... ich glaube ja.« Und nach einem kurzen Blick auf ihn schlossen sich ihre erschöpften Lider aufs Neue.

Das Nächste, was geschah, war, dass Robin zitternd ihre Hand küsste. Das ließ sie vollkommen gelassen geschehen. Jede deutsche Frau ist daran gewöhnt, dass man ihr die Hand küsst. Die Hand wird geküsst, wenn man sich trifft, sie wird geküsst, wenn man sich verabschiedet, sie wird eine Vielzahl von Malen zwischendurch geküsst; sie hält die Hand automatisch hoch, wenn sie einen männlichen Bekannten trifft, niemals überrascht von dieser Zeremonie. Das Einzige, was sie überrascht, ist, wenn ihre Hand nicht geküsst wird. Priscilla dachte einfach, Robin wollte sich verabschieden. »Welch ein Segen«, sagte sie zu sich selbst und blickte für einen Moment durch ihre Wimpern auf ihn. Doch Robin war ans Händeküssen nicht gewohnt und sah diese Dinge in einem anderen Licht. Er nahm wahr, dass sie keinen Versuch machte, ihm ihre Hand zu entziehen, er hörte sie etwas Unverständliches murmeln, was einfach Auf Wiedersehen bedeutete. Und so steuerte er geradezu auf sein Verderben zu. Der glücklose junge Mann beugte sich über sie und küsste ihr Haar.

Priscilla öffnete ihre Augen sehr plötzlich und sehr weit. Ich weiß nicht, welche Dummheit er als Nächstes begangen hätte oder welche Dummheiten ihm auf der Zunge lagen oder welche Bedeutung er sich anschickte, in ihrem Blick zu lesen – doch eine Sekunde später wurde er für immer von den schwindeligen Höhen seiner Illusionen auf die Erde zurückgebracht, denn Priscilla gab ihm eine Ohrfeige.

Ich berichte das nur mit Bedauern. Es ist immer lieblicher, wenn eine Frau keine Ohrfeige gibt. Es ist ein zänkischer, spontaner Akt, mittelalterlich, ja, geradezu barbarisch, und diese Ohrfeige war in der Tat sehr heftig, außerordentlich heftig sogar für eine so kleine Hand und für ein so hungriges junges Mädchen. Doch wir wissen, dass sie schon zweimal nahe dran war, eine Ohrfeige zu geben, sodass die aufgestaute Kraft der Ohrfeigen, denen der Polizist und die Mutter im Zug entgangen waren, sich wohl in der einen Ohrfeige sammelte, die Robin abbekam. Auf jeden Fall war sie sehr wirkungsvoll. Er gab einen Laut von sich – ich glaube, es war ein Laut der Überraschung, denn so einem jungen Mann macht der Schmerz sicherlich nichts aus –, und er legte die Hand schnell auf sein Gesicht. Priscilla sprang genauso schnell aus ihrem Sessel auf und klingelte wütend mit der kleinen Handglocke, die Augen auf ihn gerichtet, das Gesicht sehr erregt. Annalise musste die Leiter heruntergerutscht sein, denn sie schienen kaum einen Moment von Angesicht zu Angesicht dagestanden haben, die Augen auf einer Höhe, er knallrot, sie weiß, beide tödlich still, als die Zofe schon im Zimmer stand.

»Diese Person hat mich beleidigt«, sagte Priscilla, die sich zu ihr drehte und auf Robin zeigte. »Er wird nie wieder hierher kommen. Wehe, Sie vergessen das«, fügte sie hinzu und blickte stirnrunzelnd auf das Mädchen, denn sie erinnerte sich daran, dass die beiden sich angeregt auf dem Kinderfest unterhalten hatten.

»Ich habe niemals …«, fing Robin an.

»Werden Sie wohl gehen?«

Annalise öffnete ihm die Tür. Er ging hinaus, und sie schloss die Tür hinter ihm. Dann ging sie noch einmal ruhig durch das Zimmer und schaute aus den Augenwinkeln auf die Prinzessin, die ihr keine Aufmerksamkeit schenkte, sondern regungslos am Tisch stand und starr vor sich hin blickte, die Lippen zusammengepresst, das Gesicht versteinert und weiß vor Wut. Als sie im Badezimmer war, begann Annalise zu rennen. Sie rannte aus der Hintertür hinaus, durch Fritzings Hintertür wieder hinein, durch seine Vordertür auf die Straße und holte Robin ein, als er in die Straße einbog, die zum Pfarrhaus führte. »Was haben Sie getan?«, fragte sie ihn atemlos auf Deutsch.

»Getan?« Robin warf den Kopf zurück und lachte ganz laut.

»Psst«, sagte Annalise und blickte ängstlich über ihre Schulter.

»Getan?«, fragte Robin und unterdrückte ein bitteres Lachen. »Was glauben Sie, habe ich getan? Ich habe das getan, was jeder Mann an meiner Stelle getan hätte – ermutigt, fast gebeten, es zu tun. Ich habe die junge Dame geküsst, liebes Fräulein, und sie hat so getan, als hätte es ihr nicht gefallen. Ist das nicht das, was ein vernünftiges Mädchen absurd nennen würde?«

Doch Annalise zuckte ernsthaft erschreckt zurück vor der Hand, die ihr hingehalten wurde. »Was?«, schrie sie. »Was?«

»Was? Was?«, äffte Robin sie nach. »Was denn? Sind Sie denn so prüde in Deutschland? Selbst Sie tun so, Sie kleine Heuchlerin?«

»Oh«, schrie Annalise hysterisch und schob ihn mit beiden Händen von sich weg, »was haben Sie getan? Elender Junge, was haben Sie getan?«

»Ich glaube, Sie sind alle verrückt geworden«, sagte Robin böse. »Sie können mich nicht davon überzeugen, dass man sich in Deutschland nicht küsst.«

»O doch, das tut man … das tut man«, rief Annalise händeringend. »Aber weder hier noch irgendwo sonst … in England, oder irgendwo auf der Welt … küssen Pfarrerssöhne … Pfarrerssöhne …« Sie schien um Luft zu kämpfen, und höchst erregt knetete sie ihre Schürze in der Hand nach innen und nach außen, während Robin sie voller Erstaunen anstarrte. »Weder hier noch irgendwo sonst … küssen … küssen … Pfarrerssöhne königliche Prinzessinnen.«

Jetzt war Robin an der Reihe, »Was?«, zu sagen.

XVI

Am nächsten Morgen fuhr er nach Cambridge. Das Semester hatte noch nicht begonnen, aber er fuhr trotzdem. Seine ganze Forschheit hatte ihn verlassen, und wenn noch etwas von einem fröhlichen Vogel an ihm war, so war es ein Vogel in der Mauser. Sein Vater war etwas erstaunt, begrüßte jedoch das offensichtliche Bedürfnis nach einsamen Studien. Seine Mutter war höchst erstaunt und versuchte beharrlich, die wahren Gründe für seine Abreise herauszufinden. Mit dem durchdringendem Blick einer Mutter – der Blick, vor dem man kaum etwas verbergen konnte – sah sie, dass etwas geschehen war und dass dieses Etwas ernüchternd und unangenehm war. Sie konnte sich nicht vorstellen, was es war, denn sie wusste nicht, dass er am vorherigen Abend in Creeper Cottage gewesen war, und den ganzen Nachmittag und beim Abendessen hatte er sich wie immer verhalten und geredet. Jetzt redete er gar nicht mehr, und sein Verhalten begrenzte sich auf das hastige Packen von Reisetaschen. Mit der Absicht, ihn auszufragen, rief sie ihn vor seiner Abreise ins Arbeitszimmer und schloss die Tür.

»Ich muss gehen, Mutter«, sagte er und holte seine Uhr hervor. Er hatte sie seit dem Frühstück sorgfältig gemieden, obwohl sie ihm viele Fallen gestellt hatte.

»Robin, ich möchte dir sagen, dass ich dich großartig finde.«

»Großartig? Warum im Himmel? Vor ein oder zwei Tagen hast du etwas ganz anderes gesagt.«

»Jetzt tut es mir Leid, was ich am Sonntag gesagt habe.«

»Ich glaube nicht, dass eine Mutter sich jemals entschuldigen sollte«, sagte Robin düster.

»Auch nicht, wenn ihr etwas Leid tut?«

»Sie sollte es einfach nicht sagen.«

»Nun, mein Lieber, lass uns Freunde sein. Geh nicht im Ärger von mir fort. Ich halte es dir so zugute, dass du abreist. Du bist doch mein lieber Junge.« Sie legte ihre Hände auf seine Schultern.

Er holte seine Uhr wieder hervor. »Ich glaube, ich muss jetzt wirklich gehen.«

»Glaub ja nicht, eine Mutter sieht nicht und versteht nicht.«

»Oh, ich glaube gar nichts. Auf Wiedersehen, Mutter.«

»Ich finde es ganz großartig von dir, dass du abreist, dass du den Versuchungen den Rücken kehrst und dich von den Verlockungen dieses erbärmlichen Mädchens abwendest.«

»Verlockungen?«

»Mein lieber Robin«, sie streichelte seine Wange, die zufällig dieselbe Wange war, die Priscilla geschlagen hatte, »mein lieber Robin soll sich nicht opfern. Ich bin ehrgeizig, was dich anbetrifft, mein Liebling. Es hätte mein Herz gebrochen, wenn du ein Nichts geheiratet hättest ... oder vielleicht noch Schlimmeres als ein Nichts.«

Robin, der sie mit einem unbeschreiblichen Gesichtsausdruck anstarrte, nahm ihre Hände von seinen Schultern. »Sieh mal, Mutter«, sagte er – wobei ihn das Bedürfnis erfasste, hysterisch zu lachen –, »es gibt nichts auf der Welt, das so amüsant ist, wie wenn Menschen glauben, weise über Dinge zu reden, von denen sie auch nicht die leiseste Ahnung haben. Sie scheinen ihre Weisheit proportional zu ihrer Ignoranz zu empfinden. Ich nehme an, du findest, dass das eine komische Rede für mich ist. Ich kann dir sagen, dass ich sie nicht halb so komisch finde wie deine Rede. Auf Wiedersehen. Ich werde meinen Zug verpassen, wenn du mich weiter aufhältst, und dann werde ich wieder diesen ... wie hast du es noch genannt? ach ja ... diesen Verlockungen ausgeliefert sein. Verlockungen!« Er brach in lautes Gelächter aus. »Auf Wiedersehen, Mutter.«

Sie starrte ihn unverständig an. Er streifte eilig ihre Stirn mit seinem Schnurrbart und eilte zur Tür, das Gesicht durch ein seltsames Lächeln verzerrt. »Ich will dir etwas sagen«, sagte er, während er seinen Kopf noch einmal hineinsteckte, »es gibt nur eine Sache, die ich gerne sagen würde.«

Sie ging ihm eifrig einen Schritt entgegen. »Sag es, mein Liebling – sag alles, was dir auf dem Herzen liegt.«

»Oh, es ist nicht viel ... es ist nur, Gott helfe unserem armen Tuss.« Und das war das Letzte, was sie von ihm sah. Sie hörte ihn noch auf dem Korridor kichern; doch lange, bevor seine Kutsche Ullerton erreicht hatte, hörte er damit auf und war wieder in Mauser-Stimmung.

An dem Tag regnete es in Somersetshire. Es war ein stetiger, hoffnungsloser Regen, der viele Blätter auf den Bäumen vor ihrer Zeit tränkte und das Jahr plötzlich recht alt aussehen ließ. Durch die Fenster von Creeper Cottage konnte man sehen, wie das Wasser in Bächlein den Hügel hinunter in das verlassene Dorf floss, und man sah die Nebelschwaden über dem danebenliegenden Heideland. Der tropfende Grabstein, der Priscillas Fenster verdeckte, wurde immer dunkler und schwärzer, je mehr der Tag seinen Lauf nahm. Die Kaminfeuer im Cottage brannten schlecht, da das Holz nass geworden war. Das Wachstuch und die Tapeten sahen bei dem grauen Tageslicht sehr ungemütlich aus. Unter den beiden Türen drang der Regen ein und hinterließ Pfützen, die niemand aufwischte.

Priscilla war sehr spät aufgestanden, nachdem sie die Nacht damit verbracht hatte, in die Dunkelheit zu starren. Dann hatte sie nach Fritzing geschickt und ihm erzählt, was Robin getan hatte. Das Entsetzen dieses unglücklichen Menschen kann man sich leicht vorstellen. Priscilla war schon zu Bett gegangen, als er am Vorabend nach Hause kam, völlig geheilt von ihrem Hunger, nur von dem Wunsch beseelt, allein mit ihrem Zorn zu sein. Fritzing hatte im Wohnzimmer niemanden außer Tussie vorgefunden, der eine riesige Keksdose in den Armen hielt und einen so tragischen Ausdruck im Gesicht hatte, dass Fritzing dachte, etwas Furchtbares sei geschehen. Tussie war freudig zurückgekehrt, mit Keksen und Sardinen beladen, wo er Priscilla neben dem Tisch stehend antraf, mit starrem Gesicht und glänzenden Augen. Sie würdigte die Kekse kaum eines Blickes, sagte kein einziges Wort. Ihr Blick ruhte einen Augenblick auf ihm, ganz so, als würde sie ihn nicht sehen, und dann ging sie ins Nebenzimmer und nach oben in ihr Bett. Er wusste, dass sie ins Bett ging, denn in Creeper Cottage konnte man alles hören.

Als Fritzing ein paar Minuten später ohne die Köchin, die er zu finden gehofft hatte, zurückkam, war er froh über Tussies Sardinen und Kekse (es waren Ingwerkekse). Tussie sah ihm zu, wie er sie aß, unaufmerksam und in Kombination, und fragte sich trotz seines Unglücks, wie Ingwerkekse und Sardinen wohl zusammen schmeckten. Dann, nach einem späten Frühstück am Mittwochmorgen, hatte Priscilla nach Fritzing geschickt und ihm erzählt, was Robin getan hatte. Diesen geplagten Menschen, der ohnehin schon voller Ängste und Sorgen war, hatte dieser Schlag vollends erschüttert. »Ich habe das Duell immer zutiefst verachtet«, sagte er schließlich, als er in der Lage war, etwas zu sagen, »doch jetzt werde ich ohne Zweifel kämpfen.«

»Kämpfen? Ihr? Fritzi, ich habe es Euch nur erzählt, weil ich … mich hier so schutzlos fühle, und Ihr müsst ihn davon abhalten, wenn er je wieder versucht, hierher zu kommen. Aber Ihr werdet Euch nicht duellieren. Was, zuerst soll er mich beleidigen und dann meinen Fritzi verletzen oder töten? Außerdem duelliert man sich in England nicht.«

»Das wird man sehen. Ich werde jetzt zu ihm nach Hause gehen und ihn eine halbe Stunde lang anhaltend beleidigen. Am Ende dieser Zeit wird er wahrscheinlich selbst auf ein Duell erpicht sein. Wir könnten nach Frankreich fahren …«

»O Fritzi, tut das nicht. Geht nicht zu ihm … lasst ihn in Ruhe … niemand darf jemals erfahren …«

»Ich werde jetzt zu ihm gehen und ihn beleidigen«, wiederholte Fritzing mit einer Starrköpfigkeit, die sie zum Schweigen brachte.

Eine Minute später sah sie, wie er unter seinem Schirm an ihrem Fenster vorbeiging und unachtsam durch alle Pfützen stampfte. Kampf und Zerstörung war ihm ins Gesicht geschrieben.

Robin war jedoch schon in Ullerton, als Fritzing im

Pfarrhaus ankam. Er schob das Dienstmädchen beiseite, als es ihm mitteilte, dass der junge Herr abgereist war, und beharrte darauf, den Vater des jungen Manns zu sprechen. Er schob auch Mrs. Morrison beiseite, als sie versuchte, den Pfarrer zu vertreten, und schließlich gelang es ihm durch seine starre Beharrlichkeit, zu dem guten Mann vorzudringen. Erst als der Pfarrer persönlich ihm sagte, dass Robin abgefahren sei, glaubte er es. »Der Bösewicht ist geflohen«, berichtete er Priscilla, als er zurückkehrte, den Körper durchnässt, im Geiste jedoch unbeirrt. »Eure Züchtigung, Hoheit, war sehr wirksam.«

»Wenn er abgereist ist, dann sollten wir keinen weiteren Gedanken an ihn verschwenden.«

»Ganz im Gegenteil, Hoheit, ich werde mich jetzt nach Cambridge aufmachen. Wenn mir kein faires Duell mit ihm erlaubt ist und ich keine Chance bekomme, ihn ehrenwert aus einer Welt zu entfernen, die genug von ihm hat, dann würde ich ihm gerne meinerseits eine Ohrfeige versetzen.«

Doch Priscilla hielt ihn an beiden Armen fest. »Aber nein, Fritzi«, rief sie, »er könnte Euch entfernen, und nicht Ihr ihn – und das aus einer Welt, die lange nicht genug von Euch hat. Fritzi, Ihr dürft mich jetzt nicht alleine lassen. Ich lasse Euch nicht gehen. Ich wünschte, ich hätte es Euch nie erzählt. Lasst uns nie wieder darüber reden. Ich verabscheue es so. Ich ... ich kann es nicht ertragen.« Und sie sah ihm ins Gesicht, wobei es schien, als hätte sie Tränen in den Augen.

Natürlich blieb Fritzing. Wie konnte er sie auch nur für eine Stunde allein lassen, selbst um eine Köchin zu suchen, wenn solche furchtbaren Dinge geschahen? Er war gebückt durch die Last seiner Verantwortung. Er ging in sein Wohnzimmer und verbrachte den Morgen damit, zwischen der Tür zur Straße und der Tür zur Küche auf und ab zu gehen – anderthalb Schritte in eine Richtung, anderthalb Schritte zurück –, und tat das, was alle Sünder früher oder später taten. Er zerbrach sich den Kopf darüber, wie er sich aus den Komplikationen des Daseins befreien konnte. Ab und zu überfiel ihn aufs Neue die ganze Furchtbarkeit dessen, was seiner Prinzessin geschehen war, seiner behüteten Prinzessin, der Unnahbaren, und er stöhnte laut auf.

In der Küche saß währenddessen das Küchenmädchen von Shuttleworth, eine höchst fähige junge Person. Sie hörte das Stöhnen und fragte sich, was wohl als Nächstes kommen würde. Tussie hatte sie hierher geschickt, mit furchtbaren Drohungen, was für ein Zeugnis sie bekommen würde, falls sie sich weigerte. Sie hatte sofort gekündigt, aber dennoch hatte er sie gezwungen, dorthin zu fahren. Früh am Morgen wurde sie in einem Einspänner zu Creeper Cottage gefahren, von einem Kutscher, der angestrengte Witze auf ihre Kosten machte. Sie konnte sehr gut kochen, fast so gut wie die hoch angesehene Köchin von Shuttleworth, aber sie konnte nur kochen, wenn es etwas gab, das man kochen konnte. Was sie jedoch in Creeper Cottage vorfand, war der Rest der Ingwerkekse und der Sardinen. Nun, ich will mich nicht länger damit aufhalten. Priscilla hat irgendwie ihr Frühstück bekommen, da das Mädchen, nachdem es vergeblich versucht hatte, Funken der Hilfsbereitschaft bei Annalise zu entfachen, ins Geschäft ging und das Notwendigste bestellte. Dann wusch sie das Geschirr ab, während Annalise hinein- und hinausspazierte, mit dem, wie es schien, wichtigen Vorhaben, ihre Nase zu rümpfen. Dann setzte sie sich und wartete darauf, was als Nächstes geschehen würde. Lange Zeit hatte sie angenommen, dass jemand nach ihr schicken würde, um mit ihr über das Mittagessen zu reden. Doch nichts geschah. Das Mädchen hörte das endlose Hin- und Hergehen im Nebenzimmer, das ab und zu von einem Stöhnen durchsetzt war. Der Regen am Küchenfenster prasselte genauso unaufhörlich nieder wie die Schritte, die hin und her gingen, und das Stöhnen griff ihre Nerven sehr an. Schließlich beschloss sie, dass kein Mensch, der so stöhnte, jemals ein Mittagessen bestellen würde und dass sie besser zu der jungen Dame gehen sollte. Und so ging sie hinaus und klopfte an Priscillas Tür. Priscilla saß in ihrem Sessel am Kamin und war in unangenehme Gedanken versunken. Sie sah das Küchenmädchen einen Augenblick lang vage an und schickte es wieder fort. »Ich bin beschäftigt«, erklärte Priscilla, die Hände im Schoß gefaltet.

»Bitte, Miss, was möchten Sie zum Mittagessen?«

»Wer sind Sie?«

»Ich bin … ich bin das Küchenmädchen auf dem Gut, Miss. Lady Shuttleworths Küchenmädchen. Sir Augustus hat mir aufgetragen, heute für Sie zu kochen.«

»Dann tun Sie das bitte.«

»Ja, Miss. Was möchten Sie zum Mittagessen?«

»Nichts.«

»Ja, Miss. Und der Herr … möchte er auch nichts?«

»Er wird es Ihnen sicher sagen, wenn er etwas möchte.«

»Ja, Miss. Es wäre besser, das rechtzeitig zu tun, Miss. Es gibt nichts im … ahm … Haus, und ich nehme an, ich müsste etwas einkaufen.«

»Dann tun Sie das bitte.«

»Ja, Miss. Vielleicht könnten Sie mir sagen, was der Herr mag, sodass ich losgehen kann, um es zu kaufen.«

»Aber ich weiß nicht, was er mag. Und würden Sie nicht nass werden? Schicken Sie doch jemanden.«

»Ja, Miss. Wen?«

Priscilla starrte sie einen Augenblick an. »Ach ja ...«, sagte sie, »das habe ich vergessen. Ich befürchte, es ist niemand da. Ich glaube, Sie sollten am besten meinen Onkel fragen, was er möchte, und könnten Sie dann vielleicht ... es tut mir sehr Leid, dass Sie bei so schlechtem Wetter hinausgehen müssen ... aber wenn es Ihnen nichts ausmacht, würden Sie dann losgehen und einkaufen?«

»Ja, Miss.«

Das Mädchen ging hinaus, und Priscilla begann zum ersten Mal, die Möglichkeit zu bedenken, dass sie in naher Zukunft jeden Tag ihres Lebens über drei Mahlzeiten pro Tag nachdenken und diese bestellen musste. Und es waren nicht nur die drei Mahlzeiten. Verschwommen nahm sie auch noch wahr, dass es eine Vielzahl anderer langweiliger Dinge geben würde, an die sie denken und die sie bestellen müsste – ihre Wäsche, zum Beispiel, musste gewaschen werden, doch wie stellte man das an? Und würden Fritzings Knöpfe nicht irgendwann abfallen, sodass man sie wieder annähen müsste? Seine Socken könnte man, wenn sie Löcher bekamen, aus dem Fenster werfen, und man würde neue kaufen, doch selbst Priscilla sah ein, dass man nicht einen ganzen Mantel aus dem Fenster werfen konnte, weil die Knöpfe abgefallen sind. Man müsste also für Fritzing nähen und stopfen, und Annalise würde sicherlich nicht diejenige sein, die das tat. War das einfache Leben zugleich auch ein schmutziges Leben?

Sah es nur von außen und aus der Ferne so einfach aus? War es, aus der Nähe betrachtet, einfach harte Arbeit? Eine Furcht befiel sie, dass ihre Seele, ihre kostbare Seele, um deretwillen sie alles gewagt hatte, durch Unkraut genauso erstickt werden würde wie in Kunitz, anstatt ihre Flügel im Licht eines glorreichen, leuchtenden Lebens auszubreiten.

In der Zwischenzeit hatte sich das Küchenmädchen der Shuttleworths, das nicht bei jedem Schritt von der Sorge um seine Seele behindert wurde, auf den Weg zu Fritzing gemacht, wie man es ihm aufgetragen hatte, und ihn gefragt, was es ihm zu essen kochen sollte. Kein Mann hat es gerne, wenn man ihn beim Stöhnen unterbricht. Da Fritzing nicht hungrig war und erschüttert war, dass eine völlig fremde Person in seinem Zimmer erschien und ihm intime Fragen stellte, stürzte er sich wütend auf sie. »Frau, was habe ich mit dir zu tun?«, schrie er, hielt in seinem Gang inne und konfrontierte sie mit einer überraschenden Energie. »Schickt es sich, auf diese Weise einen Mann zu belästigen? Hast du keinen Anstand? Keinen Respekt für die Privatheit der anderen? Geh, ich befehle es dir – geh, geh!« Und er machte die gleiche Bewegung mit seinen Händen, die man macht, wenn man Hühner oder andere Tiere davonjagt.

Das war zu viel für das Küchenmädchen der Shuttleworths. Die Pflichten, so überlegte sie, lagen ganz auf der Seite von Creeper Cottage, und sie zog sich erstaunt und verärgert in die Küche zurück, setzte ihren Hut auf, zog den Regenmantel an und verließ Creeper Cottage sofort, unbeirrt durch den Regen und die Folgen, und ging die drei Kilometer bis nach Symford Hall. Was mit dem Mädchen geschehen wäre, hätte Tussie es entdeckt, kann ich nicht sagen, aber es wäre sicherlich sehr schlimm gewesen. Sie wurde jedoch dadurch gerettet, dass er mit einer heftigen Halsentzündung ans Bett gekettet war. Dort lag er hilflos, schwitzend, frierend und zitternd, wobei die Qualen seines Körpers durch die Gedanken an Priscilla hundertfach verstärkt wurden. Warum, fragte Tussie sich immer wieder, hatte sie am gestrigen Abend so seltsam ausgesehen? Warum war sie hungrig zu Bett gegangen? Was tat sie heute? Kümmerte das Küchenmädchen sich ordentlich um sie? Blieb sie bei diesem furchtbaren Wetter warm und trocken? Hatte sie die erste Nacht in ihrem kleinen Zimmer gut geschlafen? Der arme Tussie. Es ist sehr schmerzlich, jemanden zu sehr zu lieben, schmerzlich, überflüssig, lähmend. Das Universum gerät dabei aus der Achse; die ganze Welt sinkt auf den Stand des Begehrens; größere und schönere Gefühle werden ausgeschlossen, und man wickelt sich selbst in das dicke Kleid der Selbstsucht, außerhalb dessen alle guten, sanften, bescheidenen, alltäglichen Zuneigungen und Freundschaften, die wohl tuenden, gewöhnlichen Lieben, die wertvollen Gefühle des Nehmens und Gebens zurückgelassen werden, zu zittern beginnen und erkalten. Tussies Mutter saß draußen, und ihr war in der Tat sehr kalt. Ihr Herz zog sich zusammen. Sie, die ordentlichste aller Frauen, kümmerte sich nicht das Geringste darum, dass ihr Haushalt rebellierte, dass ihre Köchin, die praktisch ihr ganzes Leben bei ihr gewesen war, ging, weil Tussie, bevor er auf das Küchenmädchen zurückgreifen musste, ihr befohlen hatte, sich zu Creeper Cottage zu begeben und dort auf unbestimmte Zeit zu bleiben; ihr Küchenmädchen, das ebenfalls eine wertvolle Kraft war, hatte sie verlassen; Bryce, Tussies

Kammerdiener, der immer so gut für ihn sorgte und so geschickt mit seinen Krankheiten umging, war vor lauter Empörung darüber, dass Tussie ihn wegschickte, ganz gegangen – all diese Dinge waren jetzt unwichtig. Auch war es unwichtig, dass die Festlichkeiten zur Volljährigkeit durch Tussies Krankheit völlig durcheinander gebracht waren, dass man allen Gästen telegraphieren musste, um sie auszuladen, dass das ganze Dorf enttäuscht sein würde, dass all ihre Pläne und Vorbereitungen verschwendet waren. Als der erste Tag und die erste Nacht seiner Krankheit sich langsam dahinschleppten, nahm sie nichts anderes wahr als einen großen Schmerz und Sehnsucht nach ihrem kranken Jungen, eine schmerzliche Sehnsucht danach, das zu tun, was, wie sie wusste, für immer unmöglich war – sie sehnte sich danach, ihn so fest zu umarmen, so vorsichtig, so sanft, dass nichts, nichts Böses und nichts Schmerzliches, durch diese liebende Umarmung dringen konnte und ihn jemals wieder verletzen würde.

»Warum passen Sie nicht besser auf Ihren einzigen Sohn auf?«, fragte der Arzt finster, nachdem er Tussie, der sich inzwischen in einem sehr erbärmlichen Zustand befand, an diesem Abend untersucht hatte.

Lady Shuttleworth starrte ihn an, die Augen weit aufgerissen und sprachlos.

»Sie wissen doch, dass es absurd ist, es so weit kommen zu lassen. Ich habe Sie oft genug gewarnt. Man darf ihm nicht erlauben, seine Kräfte zu verschleudern wie andere junge Männer. Er hat keine Kraft, auf die er zurückgreifen kann. Ich gehe davon aus, dass Sie persönlich verantwortlich für seine Krankheit sind. Warum lassen Sie ihn zu dieser Jahreszeit abends aus dem Haus gehen? Warum lassen Sie es zu, dass er sich überanstrengt? Ich nehme an«, sagte der Arzt, der Tussie zur Welt gebracht hatte und ebenso brutal wie klug war, wobei er im Moment auch noch höchst verärgert war, »ich nehme an, Sie wollen ihn verlieren, eh?«

Wie konnte sie ihm erklären, was sie genau wusste, dass die eine Person, die für Tussies Krankheit verantwortlich war, Priscilla war? Deshalb starrte sie ihn nur an, die Augen weit aufgerissen und sprachlos. Es brach ihr fast das Herz.

XVII

Etwa um drei Uhr an diesem Nachmittag erkannte Priscilla ganz deutlich das, was sie am Morgen nur dumpf geahnt hatte: Sie musste sich anstrengen, wenn endlich Frieden in Creeper Cottage einkehren sollte. Sie strengte sich nicht gerne an, zumindest nicht in diese Richtung. Sie würde gerne ausgehen und den Armen helfen, mit ihnen reden, sie aufmuntern, sogar ihre Babys füttern und den Brei umrühren. Doch bis zu diesem Moment war sie sich nicht über ihre eigenen Bedürfnisse klar geworden, wie aufdringlich und lästig sie sein konnten. Es war der Hunger, der sie sehend werden ließ. Das erste Mal, als sie hungrig war, hatte sie es komisch gefunden. Jetzt, wo es wieder passierte, war sie sowohl überrascht als auch ungehalten. »Kann denn dieser dumme Körper niemals Ruhe geben?«, dachte sie ungehalten, als das erste Zwicken sie unbarmherzig aus ihren Träumereien am Kamin riss. Sie erinnerte sich an das kalte Zittern der vorigen Nacht und spürte, dass dieser Zustand sicherlich bald wieder eintreten würde, wenn sie nicht sofort etwas dagegen unternahm. Sie klingelte nach Annalise. »Sagen Sie der Köchin, ich möchte doch zu Mittag essen«, sagte sie.

»Die Köchin ist gegangen«, sagte Annalise, deren Augen noch heftiger geschwollen waren als je zuvor.

»Wohin gegangen?«

»Weggegangen. Für immer gegangen.«

»Aber warum?«, fragte Priscilla erschreckt.

»Der Herr Geheimrat hat sie beleidigt. Ich habe gehört, wie er es tat. Keine anständige Frau kann einen solchen Ton zulassen. Sie ist sofort gegangen. Es hat heute kein Mittagessen gegeben. Ich befürchte, es wird k-k-kein Ab-b-b-endessen geben.« Annalise ließ ein lautes Schluchzen ertönen und bedeckte ihr Gesicht mit ihrer Schürze.

Da sah Priscilla, dass es an ihr lag, ihr Leben ins Rollen zu bringen, wenn es überhaupt irgendwie funktionieren sollte. Fritzing war offensichtlich nicht besonders beliebt unter den niederen Klassen. Die Vorstellung, dass sie überhaupt irgendetwas ins Rollen bringen sollte, war schon erstaunlich genug, doch sie hielt nicht inne, um sich darüber zu wundern. »Annalise«, sagte sie, stand schnell auf und schüttelte sich kurz, »holen Sie meinen Hut und meinen Mantel. Ich gehe aus.«

Annalise ließ ihre Schürze tief genug fallen, um auf die Überschwemmung vor der Tür hinzuweisen. »Aber doch nicht bei diesem Wetter«, stammelte sie, beunruhigt von der Vorstellung von Kleidern, die von Matsch bedeckt waren und viel Trocknen und Bürsten erforderten.

»Holen Sie meine Sachen«, sagte Priscilla.

»Eure Großherzogliche Hoheit wird völlig durchnässt sein.«

»Holen Sie meine Sachen«, sagte Priscilla. »Und weinen Sie nicht so viel. Weinen ist eine schreckliche Zeitverschwendung.«

Annalise zog sich zurück, und Priscilla ging hinüber zu Fritzing. Es war das erste Mal, dass sie zu ihm ging. Er saß an seinem Tisch, den Kopf in die Hände gestützt, und starrte auf die Rechnung des Ausstatters. Er zuckte zusammen, als er sah, dass sie unerwartet durch die Küche zu ihm kam, und versteckte die Rechnung schnell in der Schublade.

»Fritzi, habt Ihr heute etwas zu essen bekommen?«

»Sicherlich. Ich habe ausgezeichnet gefrühstückt.«

»Seitdem nichts?«

»Ich hatte bisher kein Bedürfnis danach.«

»Wisst Ihr, dass die Köchin, die Lady Shuttleworth uns geschickt hat, wieder gegangen ist?«

»Was, dieses Weib, die hier hereingestürzt ist, war Lady Shuttleworths Köchin?«

»Ja. Und Ihr habt sie so erschreckt, dass sie wieder nach Hause gelaufen ist.«

»Hoheit, sie überschritt die Grenzen meiner Geduld.«

»Lieber Fritzi, ich frage mich oft, wo genau die Grenzen Eurer Geduld sind. Was mich betrifft, so scheinen sie unendlich weit gesteckt zu sein, sodass es mir nie gelungen ist, sie zu erreichen. Doch jeder andere scheint diese Grenzen schnell zu erreichen – nun, und irgendjemand muss kochen. Ihr habt mir gesagt, dass Annalise nicht kochen wird. Vielleicht kann sie einfach nicht kochen. Auf jeden Fall kann ich es ihr nicht befehlen, da es einfach furchtbar wäre, wenn sie sich weigern würde, meine Anweisungen auszuführen, ohne dass ich sie entlassen kann. Aber irgendjemand muss kochen, und ich werde losgehen, um jemanden zu holen. Pst« – sie hob ihre Hand, als er seinen Mund öffnete, um etwas zu sagen –, »ich weiß, dass es regnet. Ich weiß, dass ich nass werde. Lasst uns keine Zeit verschwenden, indem Ihr protestiert. Ich gehe.«

Fritzing wurde von schlechtem Gewissen geplagt. »Hoheit«, sagte er, »Ihr müsst mir verzeihen, dass ich Euch unwillentlich diesen Ärger bereitet habe. Hätte ich Zeit gehabt zu überlegen, wäre ich nicht so heftig geworden. Doch die Frau drang hier ein, ohne dass ich wusste, wer sie war. Hätte ich voraussehen können, dass Ihr selbst in den Regen gehen würdet, um einen Ersatz zu finden, so hätte ich mir eher die Zunge abgeschnitten, als sie zu beleidigen. Erlaubt mir, eine neue Köchin zu finden.«

»Nein, Ihr nicht – Ihr habt kein Glück mit Köchinnen«, sagte Priscilla lächelnd. »Ich gehe. Warum fühle ich mich schon viel fröhlicher – schon allein dadurch, dass ich von diesem Sessel aufgestanden bin, geht es mir besser.«

»Wart Ihr vorher nicht fröhlich?«, erkundigte Fritzing sich besorgt.

»Nicht sehr«, gab Priscilla zu. »Aber Ihr wart es ja auch nicht. Glaubt ja nicht, ich hätte nicht gesehen, wie Ihr den Kopf in die Hände gestützt hattet, als ich hereinkam. Fröhliche Menschen stützen nicht den Kopf in die Hände. Nun, Fritzi, ich weiß, warum Ihr Euch sorgt – wegen dieser absurden Angelegenheit von gestern Abend. Ich habe aufgehört, darüber nachzudenken. Ich werde wieder sehr glücklich sein, und das solltet Ihr auch sein. Wir werden doch nicht zulassen, dass ein verrückter junger Mann uns das Leben versauert, nicht wahr?«

Er verbeugte sich und küsste ihr die Hand. »Erlaubt mir wenigstens, Euch zu begleiten«, bat er. »Ich kann es nicht ertragen …«

Doch sie schüttelte den Kopf, und als sie gleich darauf durch den Regen marschierte, Fritzings Schirm in der Hand – sie hatten noch keinen Schirm gekauft, um den zu ersetzen, der auf der Reise kaputtgegangen war –, und dabei jede Minute schlammiger und schmutziger wurde, da spürte sie, dass sie jetzt in der Tat zu den grundlegendsten Dingen heruntergekommen war. Sie war geradewegs aus den Wolken zu dem Ort hinuntergeklettert, wo das Leben ungeschönt und unbequem ist, wo die Notwendigkeit einen dazu zwingt, all die Dinge zu tun, die man nicht mag, wo die ganze Welt hungrig und matschig und nass erscheint. Es war eine außerordentliche Erfahrung für sie, mit triefend nassen Schuhen durch den Schlamm zu waten, ohne Aussicht auf eine Mahlzeit und mit einem Herzen, das darauf bestand zu sinken, trotz ihrer Versuche, sich selbst davon zu überzeugen, dass die Situation komisch war. Sie fand sie ganz und gar nicht komisch. Jemand anderes mochte sie komisch finden – zum Beispiel der Großherzog, könnte er sie jetzt beobachten (sagen wir aus einem gotischen Fenster, während er selbst trocken, satt und versorgt war), da sie so natürlich und unvermeidlich mit den Waffen gestraft wurde, die die Vorsehung nie rosten lässt. Es sind jene Waffen, die Eltern und Erziehern so viel persönliche Züchtigung ersparen könnten, ließen sie nur zu, dass die Dinge ihren Lauf nehmen und die prompten Folgen eintreten, die die Handlungen der Ungestümen nach sich ziehen. Wäre dies eine Predigt und gäbe es eine Gemeinde, die nicht fortgehen kann, so würde ich mich gerne ausführlicher darüber auslassen, wie diese Folgen mit gleicher Wut die Gerechten und die Ungerechten treffen; wie man nur eine kleine Dummheit begehen muss, eine ganz kleine Dummheit, zu der einen die Umstände zu zwingen scheinen, und schon folgen die Konsequenzen, sicher und schonungslos. Man wird mit einer Gründlichkeit getroffen, dass man für Jahre im Voraus gelähmt ist. Motive zählen nichts, Umstände zählen nichts; selbst wenn die Motive die allerbesten waren, wenn die Umstände eine andere Handlung unmöglich machten, zählt all das nicht im Geringsten – es muss und wird einen treffen. Doch dies ist keine Predigt, und ich habe keine Gemeinde vor mir. Und warum soll ich Ihnen etwas predigen, wo Sie diese Passage ohnehin schon längst überschlagen haben?

Es tröstete Priscilla, dass fast das ganze Dorf für sie kochen oder, wie die Frauen es nannten, »für sie schaffen« wollte. Die Kochkünste der Frauen waren sehr begrenzt, und sie schlugen ihr vor, das damit auszugleichen, dass sie auf andere Weise für sie sorgen würden – sie könnten schrubben, fegen, Fensterputzen, waschen –, sie würden alles für sie tun. Würden Sie auch Knöpfe an die Kleider ihres Onkels nähen?, fragte Priscilla besorgt. Sie waren bereit, ganz Fritzing mit Knöpfen vollzunähen, wenn es ihn glücklich machte. Dieser Eifer war sehr erfreulich, doch er war auch peinlich. Die sehr alten und die sehr jungen Frauen waren die Einzigen, die ihre Dienste nicht anboten. Einige der Mädchen fielen weg, da sie zu schmächtig waren, einige der Mütter, weil ihre Babys zu klein waren, einige der Ehefrauen, weil ihre Männer zu fordernd waren, doch als Priscilla die Namen zählte, die sie notiert hatte, da stellte sie fest, dass es fünfundzwanzig waren. Einen Augenblick lang verlor sie die Fassung, doch dann passte sie sich der Situation an und löste die Schwierigkeit auf, wie ihr schien, sehr geschickte Weise. Da sie unmöglich fünfundzwanzig Frauen enttäuschen konnte, richtete sie es so ein, dass sie sich abwechseln sollten. Jeden Tag würde eine kommen, bis alle dagewesen waren, und dann würde man wieder mit der Ersten beginnen. Es schien ein genialer Plan zu sein. Das Leben in

Creeper Cottage versprach sehr abwechslungsreich zu werden. Priscilla versammelte alle Frauen im Dorfladen, um diesen Plan zu besprechen. Sie fragte, ob zehn Schilling am Tag und Essen genug sein würde. Sie stellte die Frage zögernd, denn sie fürchtete, dass sie ihnen ein unmöglich bescheidenes Angebot machte. Sie war sehr erleichtert über den Schrei der Zustimmung. Doch darauf folgte ein Geraune der verheirateten Frauen, die, nachdem sie Zeit hatten zu überlegen, feststellten, es sei ungerecht, die unerfahrenen jungen Mädchen genauso zu entlohnen wie sie selbst. Doch Priscilla stellte sich taub bei diesem Geraune. »Die Mädchen können vielleicht«, sagte sie, während sie die Hand hob, um Ruhe herzustellen, »nicht so viel an einem Tag schaffen wie Sie, aber sie werden genauso müde sein, wenn der Abend kommt. Ich werde ihnen ganz sicher den gleichen Lohn zahlen.« Sie ließ Lose ziehen, um festzulegen, wer beginnen würde, und nahm die Siegerin sogleich mit nach Hause. Auch sie sollte, obwohl der Tag schon weit fortgeschritten war, ihre zehn Schilling bekommen. »Was, haben Sie Ihr Neues Testament vergessen?«, rief Priscilla, als das Geraune bei dieser Ankündigung von neuem losging. »Erinnern Sie sich nicht an das Volk, das zur elften Stunde kam, um im Weinberg zu arbeiten, und das genau dasselbe bekam wie alle anderen? Warum sollte ich die Gleichnisse der Bibel verbessern?« Und Priscilla strahlte eine Aura und eine Autorität aus, die die Frauen von Symford zu jeder Zustimmung bewegen konnte. Die vierundzwanzig gingen ihre eigenen Wege. Die Fünfundzwanzigste lief nach Hause, um eine saubere Schürze anzuziehen, und kam rechtzeitig zum Geschäft zurück, um die Eier und die Butter und das Brot zu tragen, das Priscilla gekauft hatte. »Ich habe vergessen, Geld mitzunehmen«, sagte Priscilla, als die Postmeisterin, die den Dorfladen führte, ihr sagte, wie viel es machte. »Ist das schlimm?«

»Oh, nicht der Rede wert, Miss Neumann-Schultz«, war die angenehme Antwort dieser vornehmen und vertrauensseligen Dame, und sie schlug vor, dass Priscilla noch eine empfehlenswerte Lammkeule mitnehmen sollte, die sie an diesem Tag zum Verkauf hatte. Priscilla erschauderte bei dem Anblick und beschloss, nie wieder Lammkeule zu essen. Auch der Schinken, der an der Theke aufgehäuft war, flößte ihr Ekel ein. Einzig die Eier sahen in ungekochtem Zustand genauso anständig aus wie im gekochten, sodass sie beschloss, dass sie und Fritzing in Zukunft von Eiern leben würden. Sie brach ein Stück von der Kruste des Brotes ab, das Mrs. Vickerton einpackte. Priscilla zwang sich dabei, sorglos und unbeteiligt zu scheinen.

»Das Brot ist sehr gut«, sagte Mrs. Vickerton, die das Paket zusammenpackte.

»Wo im Himmel bekommen Sie so gutes Brot?«, fragte Priscilla enthusiastisch. »Der Mann muss ein Genie sein.«

»Der Bote bringt es jeden Tag«, sagte Mrs. Vickerton, erfreut und gerührt durch so viel Lob. »Es kommt von einem Bäcker aus Minehead.«

»Wenn je ein Mensch einen Orden verdient hat, so ist er es.«

»Eine Order? Damit Sie das Brot regelmäßig bekommen, Miss Neumann-Schultz?«

»Nein, nein – nicht Order, sondern Orden. Die Sorte, die man sich an die Brust klemmt«, sagte Priscilla.

»Hm«, lächelte Mrs. Vickerton unbestimmt, da sie Priscilla nicht folgen konnte. Sie war so vornehm, dass sie eine Unmenge von Hauchlauten von sich gab. Priscilla überreichte das Paket ihrer atemlosen neuen Hilfe und eilte zurück zu Creeper Cottage.

Diese Hilfe oder das Putzmädchen – man konnte sie keinesfalls als Putzfrau bezeichnen, denn dazu war sie eindeutig noch viel zu jung – war jene Emma, die die Pfarrersfrau gezwungen hatte, ihr von Priscillas Kinderfest zu berichten und die die Bücher nicht pünktlich zurückgab. Ich will nicht so weit gehen und behaupten, dass die unpünktliche Rückgabe von Büchern eine Sünde ist, obwohl ich tief unten in meiner Seele denke, dass dem so ist, doch auf jeden Fall ist es ein Symptom moralischer Schwäche. Emma war ein gutes Mädchen, solange man sie in Ruhe ließ. Sie konnte gerade gehen, solange keine Steine im Weg lagen und niemand da war, um sie zur Seite zu ziehen. Wenn es Steine gab, dann stolperte sie sofort; wenn jemand sie zog, dann ging sie sofort mit. Sie war schwach, liebenswert und voller guter Absichten. Sie hatte einen verwitweten, unangenehmen Vater, der sie samstagabends manchmal schlug, und sonntagmorgens, wenn die Dämpfe von »Hahn und Henne« ihn noch umnebelten, bewarf er sie ab und an mit Gegenständen, bevor sie in die Kirche ging. Ein verwitweter Vater ist in Emmas sozialen Kreisen jemand, mit dem man besser nicht zusammenlebt. Der Pfarrer tat sein Bestes, um sie zu trösten. Mrs. Morrison redete von den Geboten und davon, dass man Vater und Mutter ehren musste, und je weniger es zu ehren gab, desto größer sei die Ehre. Emma war so liebenswert, dass es ihr tatsächlich gelang, ihren Vater an sechs von den sieben Tagen der Woche zu ehren. Zugleich konnte sie nichts gegen die Vorstellung tun, wie nett es doch wäre, irgendwohin zu gehen, wo er nicht war. Sie waren sehr arm, fast die ärmste Familie im Dorf, und die Vorstellung, zehn Schilling zu besitzen, die ihr ganz allein gehörten, war geradezu Schwindel erregend. Sie hatte einen Liebsten, dem sie durch eine jüngere Schwester Kunde davon zukommen ließ, welch ein Glück ihr widerfahren war. Sie bat ihn darum, an diesem Abend zu Creeper Cottage zu kommen, um ihr zu helfen, den wertvollen Lohn sicher nach Hause zu tragen. Um neun Uhr, als ihre Arbeit getan war, stand sie mit rotem Kopf und lächelnd vor Priscilla und fragte schüchtern nach ihrem Lohn.

Priscilla war ganz allein im Wohnzimmer und las. Sie verwies sie, wie es ihre Gewohnheit war, an Fritzing, doch Fritzing war ausgegangen, um ein bisschen Luft zu schnappen, da es aufgehört hatte zu regnen. Als das Mädchen ihr dies berichtete, bat Priscilla sie, am Morgen wiederzukommen und das Geld zu holen.

Emmas Gesicht fiel bei dieser Aussicht so schmerzlich zusammen – stand doch ihr John genau in diesem Augenblick erwartungsvoll an der Ecke –, dass Priscilla lächelte und aufstand, um zu sehen, ob sie das Geld selbst finden würde. In der ersten Schublade, die sie in Fritzings Wohnzimmer öffnete, lag ein Notizbuch, und darin lag Fritzings letzte Fünf-Pfund-Note. Ansonsten enthielt es nur noch die Rechnung vom Ausstatter. Diese schob sie beiseite, ohne darauf zu schauen, denn was bedeutete schon eine Rechnung? Rechnungen hatten Priscilla bisher nie etwas bedeutet. Sie schob sie also beiseite und suchte nach Kleingeld, doch sie fand keins.

»Vielleicht kannst du das wechseln?«, fragte sie und hielt den Geldschein hoch.

»Der Laden ist jetzt zu, Miss«, sagte Emma und starrte mit runden Augen auf diese riesige Summe.

»Nun, dann nimm dies und bring mir morgen früh das Wechselgeld.«

Emma nahm es mit zitternden Fingern – sie hatte in ihrem ganzen Leben noch nie so viel Geld angefasst – und rannte in die Dunkelheit, wo John auf sie wartete. Symford sah keinen von ihnen je wieder. Priscilla bekam ihr Wechselgeld niemals zu sehen, und Emma lief geradewegs in ihr Verderben. Priscilla ging zurück zu ihrem Sessel am Kamin und hatte das deutliche und angenehme Gefühl, das Mädchen glücklich gemacht zu haben. »Wie einfach es ist, Menschen glücklich zu machen«, dachte Priscilla zufrieden mit dem süßesten Lächeln auf ihrem entzückenden Mund.

XVIII

Das Pech verfolgte Priscilla auf Schritt und Tritt. Nicht für eine einzige Stunde wandte die Pechmarie ihre Aufmerksamkeit von ihr ab, nachdem sie Creeper Cottage betreten hatte. Der Ort war von ihrer dicken und bösen Atmosphäre durchzogen. So konnte Fritzing nicht einmal ausgehen, um Luft zu schnappen, ohne dass seine Abwesenheit weitreichende Konsequenzen hatte, während er weg war. Natürlich trug die Pechmarie die Schuld daran, dass gerade das eine Mädchen in Symford, das sich leicht in Versuchung führen ließ, das Los zog, das ihr die Fünf-Pfund-Note in die Hand gab. Wäre sie einen Tag später ins Cottage gekommen oder hätte es nur eine halbe Stunde länger geregnet, sodass Fritzing zu Hause geblieben wäre, dann wäre sie zweifelsohne noch immer in Symford und könnte ihre schwache Tugend bei ihrem Vater unter Beweis stellen oder bei ihrem John, der inzwischen wahrscheinlich ihr ganz eigener John war. Doch so, wie es geschah, war sie eine Diebin, eine verlorene Seele, ein auf ewig vor die segensreichen Tore verbanntes Geschöpf.

So wie Priscilla sind wir alle den Umständen ausgeliefert. So war ganz Symford Priscilla ausgeliefert. Fritzing wusste nichts von seinem Verlust. Er hatte Priscilla kein Wort von seinen Geldschwierigkeiten gesagt, da er vorhatte, jede Wolke so lange und so vollständig wie möglich aus ihrem Leben fernzuhalten. Zudem war es müßig, mit jemandem über solche Dinge zu reden, der ihm weder mit Ratschlägen noch mit Vorschlägen helfen konnte. Er hatte das Geld in seine Schublade gelegt, und der Gedanke, dass es unverändert und sicher dort lag, tröstete ihn ein wenig in seinen schlaflosen Nächten.

Am Donnerstag Morgen geschah nichts Besonderes, außer dass die Zweite der fünfundzwanzig andauernd Geschirr zerbrach. Priscilla, die Fritzing beim Einräumen der Bücher half, die er aus London bestellt hatte, bemerkte beim fünften Krachen, das so heftig war, dass Creeper Cottage von oben bis unten erzitterte, man sollte besser mehr Geschirr kaufen.

»Ja«, sagte Fritzing und warf ihr einen schnellen, fast schuldbewussten Blick zu.

Er empfand seinen mangelnden Rückhalt, mehr Geld aus Deutschland zu bekommen, ganz deutlich, doch klammerte er sich an die Hoffnung, dass ein paar weitere schlaflose Nächte seinen Verstand klar werden lassen und ihm einen Ausweg zeigen würden. Und in der Zwischenzeit hatte er immer noch die Fünf-Pfund-Note in seiner Schublade.

»Außerdem, Fritzi, werde ich bald neue Kleider brauchen«, fuhr Priscilla fort, während sie die Bücher abstaubte, die er ihr reichte.

»Kleider, Hoheit?«, wiederholte Fritzing und richtete sich auf, um sie anzustarren.

»Diese Sachen, die Ihr für mich in Gerstein gekauft habt … sie sind entzückend, sie sind originell, aber es sind keine Kleider. Ich werde sie immer behalten. Ich werde sie in einen Glaskasten zur Aufbewahrung legen und sie immer bei mir haben, wenn wir wieder glücklich sind.«

»Wieder glücklich, Hoheit?«

»Wieder eingerichtet sind, meine ich«, korrigierte Priscilla sich schnell.

Sie staubte eine Weile lang die Bücher ab, ohne etwas zu sagen, und stellte sie zurück ins Regal. »Ich sollte besser nach Paris schreiben«, sagte sie plötzlich.

Fritzing zuckte zusammen. »Paris, Hoheit?«

»Sie haben meine Maße. Dieses Kleid wird nicht mehr viel aushalten. Es ist das einzige Kleid, das ich habe, und ich trage es ununterbrochen. Es hat ihm sehr geschadet, dass es gestern so durch und durch nass wurde. Ihr seht solche Dinge nicht, doch wenn Ihr sie sehen würdet, würdet Ihr sicher einen furchtbaren Schock bekommen.«

»Hoheit, wenn Ihr nach Paris schreibt, dann müsst Ihr Euren eigenen Namen angeben, was natürlich unmöglich ist. Man wird nichts an eine unbekannte Kundin namens Neumann-Schultz nach England schicken.«

»Oh, wir würden doch aber das Geld mit der Bestellung schicken. Das ist doch ganz einfach, nicht wahr?«

»Ganz einfach«, sagte Fritzing mit einer seltsam erschütterten Stimme, und sofort fügte er etwas abrupt hinzu: »Dürfte ich Eure Großherzogliche Hoheit darum bitten, meinen Aischylos, eine sehr wertvolle Ausgabe, nicht mit dem Kopf nach unten ins Regal zu stellen? Ein solcher Umgang mit Büchern kann häufig bei Hausmädchen und ähnlichen Ignorantinnen beobachtet werden. Ihr jedoch, Hoheit, seid, soweit ich weiß, von mir belehrt worden, dass die Vermächtnisse der großen Geister der Vergangenheit auf andere und ehrfurchtsvollere Weise behandelt werden müssen.«

»Entschuldigung«, sagte Priscilla und drehte den Aischylos sofort um. In einem langen und sehr bitteren

Vortrag über die verschiedenen Weisen, wie Menschen ohne intellektuelles Bewusstsein Bücher misshandeln, konnte Fritzing einen Teil seines Aufruhrs loswerden und Priscillas Aufmerksamkeit für eine Weile auf Fragen richten, die weniger mit Komplikationen behaftet waren als Kleider aus Paris.

Um halb drei saßen sie immer noch über den Eiern, dem Brot und der Butter, die Priscilla dreimal am Tag bestellte und die Fritzing ohne zu murren gehorsam aß, als die Kutsche der Shuttleworths vor dem Cottage hielt und Lady Shuttleworth ausstieg. Fritzing, der ein höflicher Mann war, eilte los, um sie zu begrüßen, schob den Butler beiseite und bot ihr seinen Arm an. Sie sah ihn unkonzentriert an und fragte, ob seine Nichte zu Hause war.

»Selbstverständlich«, sagte Fritzing und führte sie in Priscillas Wohnzimmer. »Soll ich mich erkundigen, ob sie Sie empfangen will?«

»Ja bitte«, sagte Lady Shuttleworth, ohne Verwunderung zu zeigen angesichts der seltsamen Formulierung seiner Frage. »Tussie geht es nicht gut«, sagte sie in dem Moment, als Priscilla erschien. Sie hatte ihre Augen auf Priscillas Gesicht geheftet, doch es schien, als würde sie Priscilla kaum sehen, sondern durch sie hindurchschauen, während sie eine Nachricht sprach, die sie auswendig gelernt hatte.

»Tatsächlich? Oh, das tut mir Leid«, sagte Priscilla.

»Er hat sich letzten Sonntag bei Ihrem Fest erkältet. Er hätte bei den Wettläufen mit den Jungen nicht mitmachen dürfen. Er kann … nicht viel … aushalten.«

Priscilla sah sie fragend an. Das Gesicht der alten Dame war beherrscht und ruhig, doch in ihren letzten Worten hatte etwas Seltsames mitgeklungen.

»Warum tut er es dann?«, fragte Priscilla etwas beunruhigt.

»Ah ja, meine Liebe – warum? Diese Frage sollten Sie beantworten, nicht wahr?«

»Ich?«

»Am Dienstagabend«, fuhr Lady Shuttleworth fort, »war er schon krank, als er von zu Hause fortfuhr, um hierher zu kommen. Er musste kommen. Für einen zarten Jungen war es eine furchtbare Nacht, um hinauszugehen. Und wenn ich ihn richtig verstanden habe, ist er nicht hier geblieben. Er ging hinaus, um nach Ladenschlusszeit etwas zu kaufen, und er stand lange draußen, um die Leute aufzuwecken.«

»Ja«, sagte Priscilla und fühlte sich schuldig, »Ich – das war meine Schuld. Er ging meinetwegen hinaus.«

»Ja, meine Liebe. Seitdem ist er krank. Ich bin gekommen, um Sie darum zu bitten, mit mir zu fahren und zu sehen, ob … ob Sie ihn nicht überzeugen können, dass Sie glücklich sind. Er scheint, sehr … besorgt zu sein.«

»Besorgt?«

»Er scheint Angst zu haben, dass Sie nicht glücklich sind. Wissen Sie«, fügte sie mit einem leichten, zitternden Lächeln hinzu, »Tussie ist sehr freundlich. Er ist sehr selbstlos. Er nimmt die Lasten aller Menschen auf sich. Er scheint besessen von der Idee, dass Ihr Leben hier unerträglich unbequem ist, und es bereitet ihm furchtbare Sorgen, dass er nicht selbst kommen kann, um zu sehen, ob alles in Ordnung ist. Ich glaube, wenn er Sie sehen würde und Sie fröhlich wären und … lächelten, meine Liebe, dann würde es ihm helfen, es zu schaffen.«

»Es zu schaffen?«, wiederholte Priscilla. »Ist er so krank?«

Lady Shuttleworth sah sie an und sagte nichts.

»Natürlich komme ich mit«, sagte Priscilla und klingelte heftig.

»Aber Sie dürfen nicht unglücklich aussehen«, sagte Lady Shuttleworth und legte ihre Hand auf den Arm des Mädchens. »Das würde die Sache noch zehnmal schlimmer machen. Sie müssen versprechen, so fröhlich wie möglich zu sein.«

»Ja, ja ... ich werde fröhlich sein«, versprach Priscilla, während ihr das Herz schwer wie Blei wurde bei dem Gedanken, dass sie die Ursache für die Leiden des armen Tussie war. Aber war sie das wirklich?, fragte sie sich während der Fahrt. Was hatte sie getan, außer Hilfe anzunehmen, die ihr eifrig angeboten wurde? Das war doch sehr unschuldig von ihr, oder nicht? Genau das hatte sie schon ihr ganzes Leben lang getan, und die Menschen waren immer höchst erfreut gewesen, wenn sie ihnen gestattete, freundlich zu ihr zu sein, und sicherlich sind sie nicht gleich darauf krank geworden. Sollte man niemals jemanden etwas für sich tun lassen, falls dieser Jemand nasse Füße und nasse Sachen bekommen sollte, sodass sie dann die Verantwortlichkeit für seine Erkältungen tragen müsste? Es tat ihr sehr Leid, dass Tussie krank war, furchtbar Leid. Er war so freundlich und gut, dass es unmöglich war, ihn nicht zu mögen. Sie mochte ihn. Sie mochte ihn genauso sehr wie die meisten jungen Männer und mehr als viele andere. »Ich befürchte, Sie sind sehr unglücklich«, sagte sie plötzlich zu Lady Shuttleworth, erschüttert durch den Ausdruck auf ihrem Gesicht, während sie sich still in ihre Ecke zurücklehnte.

»Ich fühle mich am Ende meiner Weisheit«, sagte Lady Shuttleworth. »Zum Beispiel frage ich mich, ob ich nicht gerade einen großen Fehler begehe.«

»Was tun Sie denn gerade?«

»Ich bringe Sie zu Tussie.«

»Oh, aber ich verspreche Ihnen, dass ich fröhlich sein werde. Ich werde ihm sagen, wie gut es uns geht. Er wird mir ansehen, dass man gut für mich sorgt.«

»Aber trotz allem fürchte ich, dass er vielleicht … vielleicht …«

»Aber man wird sich wunderbar um uns kümmern. Das wird selbst er sehen. Denken Sie nur … ich habe fünfundzwanzig Köchinnen angestellt.«

»Fünfundzwanzig Köchinnen?«, wiederholte Lady Shuttleworth und starrte sie trotz ihrer Sorgen an. »Aber ist nicht mein Küchenmädchen …?«

»Oh, sie hat uns fast sofort wieder verlassen. Sie konnte meinen Onkel nicht ertragen. Er ist am Anfang nur schwer zu ertragen. Man muss ihn recht lange kennen, bevor man anfangen kann, ihn zu mögen. Und ich glaube nicht, dass Küchenmädchen so weit kommen.«

»Aber, meine Liebe, fünfundzwanzig Köchinnen?«

Und Priscilla erklärte, wie und warum sie zu so vielen Köchinnen gekommen war. Und obwohl Lady Shuttleworth, die sich an die Ordnung erinnerte, die bis dahin in dem Dorf geherrscht hatte, und an die niedrigen Löhne, unwillkürlich dachte, dass dieses Mädchen in der Tat eine außergewöhnliche Begabung im Unheilstiften an den Tag legte, wurde ihre trostlose Seele dennoch von einer schwachen Heiterkeit befallen, während sie Priscilla zuhörte.

Tussie saß aufrecht im Bett, hatte eine Vielzahl von Kissen hinter sich und konnte nur mit Mühe atmen, als seine Mutter, ohne Hut oder sonstige Anzeichen, dass sie das Haus verlassen hatte, hereinkam und sagte, Miss Neumann-Schultz sei unten.

»Unten? Hier? In diesem Haus?«, keuchte Tussie, die Augen vor Wunder und Freude ganz rund.

»Ja. Sie … ist vorbeigekommen. Möchtest du, dass sie nach oben kommt, sodass sie dich sehen kann?«

»O Mutter!«

Lady Shuttleworth eilte hinaus. Wie soll ich das nur ertragen, dachte sie, während sie leicht stolperte, als könnte sie nicht gut sehen. Sie ging die Treppe hinunter, und in ihren Ohren dröhnte das »O Mutter!«.

Tussies Temperatur, die ohnehin schon hoch war, stieg in den wenigen Minuten des Wartens sprunghaft an. Er gab der Krankenschwester fiebrige Anweisungen darüber, wie ein gemütlicher Sessel genau an den richtigen Platz gestellt werden sollte, dass seine Kissen geglättet und seine Medizinflaschen verborgen werden sollten, und er war sehr besorgt, dass das Flanellhemd, das er tragen musste, wenn er krank war, und das seine Mutter »Nightingale« nannte (nach Florence Nightingale), und das das blaueste Flanellhemd war, das man je gesehen hatte, ordentlich über seiner schmalen Brust lag.

Die Krankenschwester sah sehr missbilligend aus. Sie mochte es nicht, wenn ihre Patienten glücklich waren. Vielleicht hatte sie Recht. Ich glaube, es ist immer besser, sich vorsichtig und sorgfältig zu verhalten, mit seinen Kräften zu haushalten, furchtbar umsichtig und langweilig zu sein. Wie Gift sollte man das vermeiden, was der Dichter als das wahre Leben in den großen Stunden bezeichnet. Die wirklich Umsichtigen erleben nie große Stunden. Man sollte ihnen aus dem Weg gehen, wenn man ein angenehmes Leben haben will. Ich habe gehört, dass man dafür mit einem längeren Leben belohnt wird, also sozusagen ein paar mehr von diesen

Jahren hat, die sich um das Ende drängen, während man von (meist unwilligen) Mitmenschen gefüttert und getragen und gewaschen wird. Wer will eine Flamme sein, die von demselben Windstoß ausgeblasen wird, der sie am loderndsten entfacht hat? Wenn man keine Flamme ist, dann kann man natürlich nicht ausgeblasen werden. Windstöße erschüttern einen dann nicht. Stürme gehen an einem vorbei, ohne einen zu berühren. Und wenn man dazu noch den Vorteil hat, selbstgefällig und dickhäutig zu sein, dann wird man leben, bis man neunzig ist, ohne jemals von einem einzigen Lufthauch bewegt zu werden.

Priscilla kam hoch und hatte so fest vor, fröhlich zu sein, dass sie schon zu lächeln begann, bevor sie überhaupt an der Tür ankam. »Ich bin gekommen, um Ihnen zu sagen, wie wunderbar es uns im Cottage geht«, sagte sie und nahm Tussies schmale, heiße Hand, wobei die Hülle ihres Lächelns erhalten blieb, das Innere jedoch verloren ging, so mitleiderregend und seltsam sah er aus.

»Wirklich? Wirklich?«, keuchte Tussie, legte seine andere heiße Hand über ihre und verbrannte alle Kälte, die darin gelegen hatte.

Die Krankenschwester sah noch missbilligender aus. Sie hatte nichts davon gehört, dass Sir Augustus eine Verlobte hatte, und selbst wenn dem so war, so war jetzt nicht die Zeit zum Turteln. Auch sie hatte die Stimme bemerkt, in der er »O Mutter!«, sagte, und an seinen Augen sah sie, dass seine Temperatur gestiegen war. Wer war diese schäbige junge Dame? Sie war sicher, dass niemand, der so schäbig aussah, seine Verlobte sein konnte, woraus sie nur den Schluss ziehen konnte, dass Lady Shuttleworth verrückt geworden war.

»Schwester, ich werde eine Weile hierbleiben«, sagte Lady Shuttleworth. »Ich werde Sie rufen, wenn ich Sie brauche.«

»Ich glaube, Madam, Sir Augustus sollte nicht ...«, begann die Schwester.

»Nein, nein, er wird nicht. Gehen Sie, und machen Sie ein Nickerchen, Schwester.«

Und die Schwester musste gehen. Die Leute gingen in der Regel, wenn Lady Shuttleworth sie wegschickte.

»Setzen Sie sich ... nein ... bleiben Sie einen Augenblick so stehen«, sagte Tussie, dessen Atem stoßweise hervorkam, »es sei denn, Sie sind müde? Sind Sie zu Fuß gekommen?«

»Ich befürchte, Sie sind sehr krank«, sagte Priscilla, ihre Hand in seiner und mit einem Gesichtsausdruck, den sie beim besten Willen nicht zum Lächeln bringen konnte.

»Oh, ich werde bald wieder gesund sein. Wie gut von Ihnen, dass Sie gekommen sind. Sind Sie seither auch nicht mehr hungrig gewesen?«

»Nein, nein«, sagte Priscilla und streichelte seine Hände mit ihrer freien Hand, wobei sie ihm tröstende Klapse gab, wie man es bei einem kranken Kind macht.

»Wirklich nicht? Ich habe seitdem ständig daran gedacht. Mir ist Ihr Gesicht seit jenem Abend nicht mehr aus dem Kopf gegangen. Was war geschehen? Während ich weg war ... was ist da geschehen?«

»Nichts ... nichts ist geschehen«, sagte Priscilla hastig. »Ich war müde. Ich war launisch. Das kommt manchmal bei mir vor, wissen Sie. Ich werde sehr schnell wütend. Dann bin ich gerne alleine, bis es mir Leid tut.«

»Aber was hat Sie wütend gemacht? Habe ich ...?«

»Nein, niemals. Sie waren niemals anders als gut und freundlich. Sie sind unser Schutzengel, seit wir hierher gekommen sind.«

Tussie lachte schrill und wurde sofort von einem Hustenanfall erfasst. Lady Shuttleworth stand am Fußende seines Bettes und machte ein Gesicht, aus dem auf ewig alles Glück entwichen zu sein schien. Priscilla fühlte sich immer elender, gefangen, verpflichtet, hier stehen zu bleiben. Sie streichelte geistesabwesend seine Hand, unfähig, etwas anderes zu tun.

»Ein netter Schutzengel«, keuchte Tussie verächtlich, als er wieder sprechen konnte. »Sehen Sie mich nur an, gefesselt an dieses Bett für Gott weiß wie lange, unfähig, auch nur eine Sache für Sie zu tun.«

»Aber es gibt nichts zu tun. Es geht uns sehr gut. Wirklich. Glauben Sie mir.«

»Geht es Ihnen nur gut, oder sind Sie auch glücklich?«

»Oh, wir sind *sehr* glücklich«, sagte Priscilla mit allem Nachdruck, den sie ihrer Stimme verleihen konnte. Und wieder versuchte sie, wenn auch ohne Erfolg, ihren Mund zu einem Lächeln zu biegen.

»Wenn Sie glücklich sind, warum sehen Sie dann so unglücklich aus?«

Er starrte in ihr Gesicht, und seine Augen waren von einem durchdringenden Leuchten, das die Schwester erschreckt hätte. Tussie hatte alle Schüchternheit verloren. Menschen, die 39 Grad Fieber haben, sind niemals schüchtern

»Unglücklich?«, wiederholte Priscilla. Sie versuchte zu lächeln und sah Lady Shuttleworth hilflos an. Sie schaute wieder hinunter zu Tussie und stammelte: »Weil Sie so krank sind und weil es meine Schuld ist.«

Zu ihrem Entsetzen, ihrem grenzenlosen Ärger über sich selbst rollten zwei Tränen, zwei große, unübersehbare Tränen, über ihr Gesicht und fielen auf Tussies und ihre verschränkte Hände.

Tussie kämpfte, um gerade zu sitzen. »Sieh nur, Mutter, sieh nur …«, schrie er keuchend, »meine Schöne … meine Liebe und Wunderbare … mein Liebling … sie weint … ich habe sie zum Weinen gebracht … erzähl mir nie wieder, dass ich nicht grausam bin … sieh nur, sieh, was ich getan habe!«

»Oh …«, murmelte Priscilla höchst bekümmert und verwundert. War der Arme im Fieberwahn? Sie versuchte, ihre Hände zu lösen.

Doch Tussie ließ sie nicht los. Er hielt sie mit festem Griff in seinen beiden Händen, die heiß wie Eisen waren. Er schob sich näher an sie heran und bedeckte sie mit wilden Küssen.

Lady Shuttleworth war entsetzt. »Tussie«, sagte sie mit sehr beherrschter Stimme, »du musst Miss Neumann-Schultz loslassen. Du musst jetzt wieder ruhig sein. Lass sie los, Liebling. Vielleicht … vielleicht kommt sie noch einmal.«

»Oh, Mutter, lass mich in Ruhe«, schrie Tussie, der quer über seinen Kissen lag, das Gesicht auf Priscillas Händen. »Was weißt du schon davon? Sie ist mein Liebling … sie ist meine Frau … Traum meines Geistes … Stern meiner Seele …«

»Niemals!«, schrie Lady Shuttleworth und kam auf das Kopfende zugelaufen, so schnell ihre alten Knochen es erlaubten.

»Ja, ja, komm her, wenn du willst, Mutter … komm näher … hör zu, wenn ich ihr sage, wie sehr ich sie liebe. Mir ist es egal, wer es hört. Warum auch nicht?

Wenn ich nicht krank wäre, wäre es mir nicht egal. Meine Lippen wären versiegelt … sie wären auf ewig versiegelt gewesen. Oh, welch ein Segen, dass ich krank bin, welch ein Segen, dass ich krank bin … Ich kann alles, alles sagen …«

»Tussie, sag es nicht«, flehte seine Mutter. »Je weniger du jetzt sagst, desto dankbarer wirst du später sein. Lass sie gehen.«

»Hört nur!«, schrie Tussie, der das Küssen von Priscillas Händen unterbrochen hatte, um sie anzusehen und mit einer Art mitleidiger Verwunderung anzulächeln. »Dich gehen lassen? Lässt man sein Leben gehen? Seine Hoffnung auf Erlösung? Seine kurze, wertvolle Minute des perfekten Glücks? Wenn ich wieder gesund bin, werde ich so langweilig und dumm sein wie immer, wieder der schüchterne Narr, unfähig zu sprechen … «

»Aber das ist doch ein seliger Zustand …«, stammelte die arme Priscilla.

»Dich zu lieben? Dich zu lieben?«

»Nein, nein … nicht sprechen zu können. Es ist immer am besten …«

»Das ist es nicht. Es ist am besten, ehrlich zu sich selbst zu sein, ehrlich zu zeigen, was man fühlt, so wie ich jetzt bin … wie ich jetzt bin …« Und er begann wieder damit, ihre Hände zu küssen.

»Tussie, das ist nicht Ehrlichkeit«, sagte Lady Shuttleworth, »das ist das Fieber.«

»Hört nur! Wurde jemals ein Mann wie ich unterbrochen, während er ein Mädchen fragte, ob es ihn heiraten wolle?«

»Tussie!«, schrie Lady Shuttleworth.

»Ethel, willst du mich heiraten? Weil ich dich so

liebe? Das ist ein absurder Grund ... der großartigste, absurdeste Grund, aber ich weiß von keinem anderen, warum du es tun solltest ...«

Priscilla war so erschüttert und betroffen wie nie zuvor, erschüttert vor Mitleid, betroffen vor Gewissensbissen. Sie schaute bestürzt auf ihn hinunter, während er ihre Hände mit einer verzweifelten, überwältigenden Liebe küsste. Was sollte sie tun? Lady Shuttleworth versuchte, sie fortzuziehen. Was sollte sie tun? Tussie war überwältigt vor Liebe, sie war überwältigt vor Mitleid.

»Ethel ... Ethel ...«, keuchte Tussie, küsste ihre Hände, sah zu ihr hoch, küsste sie wieder.

Vom Mitleid erschüttert beugte sie ihren Kopf zu seinem hinunter und legte ihre Wange für einen Moment auf das absurde Flanellhemd, zärtlich und entschuldigend.

»Ethel ... Ethel«, keuchte Tussie, »willst du mich heiraten?«

»Lieber Tussie«, flüsterte sie mit zitternder Stimme, »ich verspreche dir, dass ich dir eine Antwort geben werde, wenn du wieder gesund bist. Noch nicht. Nicht jetzt. Werde wieder gesund, und wenn du dann noch eine Antwort willst, dann werde ich dir eine geben, das verspreche ich. Nun musst du mich gehen lassen.«

»Ethel«, flehte Tussie und sah sie mit wilden, flehenden Augen an, »gibst du mir einen Kuss? Nur einen ... um mir zu helfen zu leben ...«

Und in ihrem Bedürfnis, ihn zu trösten, beugte sie sich noch einmal hinunter und küsste ihn leicht, fast zimperlich auf die Stirn.

Er ließ ihre Hände los und legte sich in einem Augenblick vollkommenen Glücks zurück auf seine Kissen.

Er schloss die Augen und bewegte sich nicht, während sie leise aus dem Zimmer schlich.

»Was haben Sie getan?«, fragte Lady Shuttleworth zitternd, als sie sicher im Korridor waren und die Tür hinter sich geschlossen hatten.

»Ich kann nicht denken ... ich kann nicht denken«, stöhnte Priscilla und rang die Hände. Dann, an das Geländer gelehnt, begann sie in aller Öffentlichkeit bitterlich zu weinen.

XIX

Priscilla fuhr wie im Traum nach Hause. Bisher hatten all ihre Bewerber sich ihr nach der Etikette genähert, das heißt furchtsam und durch die Vermittlung des Großherzogs, und, wie wir wissen, sind sie ihr nie sehr nahe gekommen. Doch hier war jemand, der in gesundem Zustand ausreichend furchtsam war und unter Umständen, die die meisten Menschen sanft werden lassen, geradezu wagemutig wurde. Gekleidet in ein Nachthemd aus blauem Flanell hatte er ihr einen Heiratsantrag gemacht, und Priscilla spürte, dass seine lebenslange Entsagung ein solches Ende nehmen musste. »Er muss eine große Seele haben«, sagte sie sich wieder und wieder auf ihrer Fahrt nach Hause, »eine große, große Seele.« Und es nützte wenig, dass sie die Tränen wegwischte, da immer wieder neue folgten.

Ihr tat das Herz weh, was Tussie und seine Mutter betraf. Was hatte sie getan? Sie spürte, dass sie falsch gehandelt hatte, doch wie? Durch bloßes Existieren? Und dagegen konnte sie doch sicherlich nichts tun. Sie hatte zwei freundliche Herzen zutiefst unglücklich gemacht – das eine war jetzt unglücklich, und das andere wusste noch nicht, wie unglücklich es sein würde. Sie hätte es wissen müssen, sie hätte daran denken müssen, sie hätte es voraussehen müssen. Von allen Menschen auf der Welt müsste gerade sie mit jungen Männern besondere Vorsicht walten lassen, die dachten, sie sei eine von ihnen. Schmerz und Reue bemächtigten sich ihrer

Seele. Sie wusste zwar, dass sie nichts dagegen tun konnte zu existieren, doch sie wusste auch, weit hinten in einer selten untersuchten Ecke ihres Gehirns, einer Ecke, die sie nicht durch sorgsame Kritik beleuchten wollte, dass sie nicht in Symford existieren sollte. Der Grund, dass es zu diesen seltsamen und herzzerreißenden Szenen mit jungen Männern kam, lag darin, dass sie hier war, jenseits ihrer eigentlichen Sphäre, an einem Ort, an dem sie nichts zu suchen hatte. Fritzing würde ihre roten Augen bemerken und fragen, was geschehen war, und innerhalb von zwei Tagen wäre es die zweite Geschichte von einem jungen Mann, der unabsichtlich in sein Verderben geraten war. Würde Fritzing böse sein? Sie konnte es vorher nie mit Sicherheit sagen. Würde er nur daran denken, dass sie eine Prinzessin war, es als Beleidigung ansehen und sich mit Tussie prügeln wollen? Die Vorstellung, dass der arme Tussie schwach und fiebrig und in Flanell gewickelt in seinem Bett lag und blutrünstige Rachemeldungen von Fritzing empfing, brachte sie umso mehr zum Weinen. Einen Augenblick lang spürte sie, dass Fritzing eine wirkliche Plage war. Er belastete sie durch seine gigantischen Anstrengungen, alle Belastungen von ihr fern zu halten. Er belastete sie mit seinen aufgeblasenen Vorstellungen davon, wie unbelastet sie sein sollte. Er war bewundernswert, selbstlos, ergeben, doch sie spürte, dass man auch zu bewundernswert, zu selbstlos, zu ergeben sein konnte. Mit einem Wort – Priscilla befand sich in einem Zustand des Aufruhrs, und der einzige Lichtstrahl, den sie irgendwo sah – und niemals hatte es einen wässrigeren Lichtstrahl gegeben – lag darin, dass Tussie, zumindest im Augenblick, zufrieden war. Die Einstellung seiner Mutter hingegen war betrüblich und unangenehm. Es hatte keine weiteren »Meine Liebe« oder freundliche Gesten gegeben. Sie hatte mit eisiger Stille beobachtet, wie Priscilla weinte, hatte sie in eisiger Stille nach unten begleitet und schließlich mit einer deutlich eisigen Stimme gesagt: »Das ist alles sehr grausam.«

Priscilla war überwältigt davon, wie schwierig das Leben war. Sie spürte, dass die Welt ihr zu nahe war, viel zu nahe. Sie schickte die Kutsche von Shuttleworth am Dorfeingang weg und ging zu Mrs. Jones, um ein Weilchen bei ihr zu sitzen. So würden ihre Augen nicht mehr ganz so gerötet sein, wenn sie Fritzing entgegentrat. Und Mrs. Jones war so froh, sie zu sehen, so voll des Lobes über ihre selbstlose Güte vorbeizukommen, dass Priscilla ein weiteres Mal gezwungen war, über sich selbst und ihre Taten beschämt zu sein.

»Ich bin nicht selbstlos, und ich bin nicht gut«, sagte sie, während sie die Bettdecke der alten Dame glattstrich.

Mrs. Jones kicherte schwach. »Sie liebe Schöne«, war ihr einziger Kommentar.

»Ich finde nicht, dass ich schön bin, und ich weiß, dass ich nicht lieb bin«, sagte Priscilla recht gequält.

»Dann eben nicht, Liebes«, murmelte Mrs. Jones besänftigend.

Priscilla sah, dass es keinen Sinn hatte, darüber zu streiten. Sie hob die Bibel hoch, die immer neben dem Bett lag, und begann, laut vorzulesen. Sie las und las, bis sie beide beruhigt waren – Mrs. Jones war offensichtlich tief eingeschlafen, und sie selbst fühlte sich ruhiger. Sie hielt inne und saß eine Weile nur da, beobachtete die alte Dame, die offene Bibel auf ihrem Schoß, die Seele mit ruhigen Worten und Tröstungen angefüllt, und fragte sich, wie es wohl war, dem Tod so nahe zu sein. Es musste doch wunderbar sein, dachte Priscilla, so ruhig in diesem sonnigen Raum für immer einzuschlafen, ohne einen Laut, der den Frieden störte, außer dem Ticken der Uhr, die die letzten Minuten abzählte, und draußen die gelegentlichen Schritte eines Fußgängers, der noch den Angelegenheiten des Lebens nacheilte. Wunderbar, mit allem abgeschlossen zu haben, alles hinter sich zu haben, erledigt, erlebt, ertragen. Die unruhigen Freuden ebenso wie das Leid, alles war vorbei, die Schmerzen und das stechende Glück. Alles hatte man erlebt, und jetzt kamen der Abend und der Schlaf. In den paar Tagen, die Priscilla die alte Dame kannte, hatte diese sich deutlich dem Tod genähert. Wie sie da auf dem Kissen lag, so klein und leicht, dass sie es kaum niederdrückte, sah sie aus, als ob sie ihm in der Tat sehr nahe war. Und wie gütig der Tod war, dass er die Spuren von dem verwischt hat, was einst eine schäbige Existenz gewesen sein muss. Die Jahre haben die gewöhnlichen rauen Freuden und selbstsüchtigen Hoffnungen unsichtbar gemacht, und der Tod rückte das, was allein den Geist betraf, am Ende in den Vordergrund. Über dem Kamin hing eine vergrößerte Photographie von Mrs. Jones und ihrem Mann, die an ihrem silbernen Hochzeitstag aufgenommen worden war; darauf musste sie etwa fünfundvierzig Jahre alt gewesen sein. Wie gütig der Tod war, dachte Priscilla, die von dem Bild auf die Figur im Bett schaute. Sie seufzte ein wenig und stand auf. Das Leben lag vor ihr, eine endlose Leiter, von der sie jede einzelne steile Sprosse erklimmen musste, bei jedem Wetter würde sie steigen müssen. Dabei würde sie noch mehr einstecken müssen, mit jeder Sprosse würde sie weitere Blasen bekommen … Wehmütig betrachtete sie die Gestalt in dem Bett und seufzte ein wenig. Dann schlich sie hinaus und schloss leise die Tür.

In Gedanken versunken ging sie nach Hause. Als sie den Hügel zu ihrem Cottage hochstieg, tauchte Fritzing plötzlich davor auf. Er machte Verrenkungen, die so seltsam und kompliziert aussahen, als übte er einen Tanz auf der Türschwelle. Priscilla ging schneller und starrte ihn erstaunt an. Die Verrenkungen waren ungewöhnlich, sein Gesicht war blass, sein Haar zu einer Art wütenden Strubbelkopf aufgestellt.

»Warum, was um alles in der Welt …«, begann die verblüffte Priscilla, sobald sie nah genug herangekommen war.

»Hoheit, ich bin ausgeraubt worden«, schrie Fritzing, und ganz Symford konnte ihn hören, falls es zuhörte.

»Ausgeraubt?«, wiederholte Priscilla. »Was hat man denn geraubt?«

»Mein ganzes Geld, Hoheit. Alles, was ich … was wir … zum Leben hatten.«

»Unsinn, Fritzi«, sagte Priscilla, doch wurde sie etwas blasser. »Lasst uns nicht hier draußen herumstehen«, fügte sie hinzu. Sie schob ihn hinein und schloss die Tür zur Straße.

Er hätte die Tür offen gelassen und seinen Kummer wie durch eine Trompete hinausgeblasen, ohne an irgendetwas als sein eigenes Unglück zu denken. Er riss die Schublade seines Schreibtisches auf. »In dieser Schublade … in dem Notizbuch, das Ihr hier in dieser Schublade seht … in diesem Notizbuch, das jetzt leer ist, habe ich das Geld gelassen. Gestern war es noch da. Missgeburten von draußen haben uns besucht. Oder, was vielleicht noch schlimmer ist, Missgeburten von drinnen. Eine Missgeburt, von der ich glaube, dass sie zu allem fähig ist … Annalise …«

»Fritzi, ich habe die Fünf-Pfund-Note gestern dort herausgenommen, falls sie es ist, die Ihr vermisst.«

»Ihr, Hoheit?«

»Um das Mädchen zu bezahlen, das hier gearbeitet hat. Ihr wart nicht hier. Ich konnte nichts Kleineres finden.«

»Gott sei Dank! Gott sei Dank!«, schrie Fritzing vor lauter Freude auf Deutsch. »Oh, Hoheit, wenn Ihr mir das vorher gesagt hättet, dann hättet Ihr mir einen großen Kummer erspart. Habt Ihr das Wechselgeld?«

»Hat sie es denn nicht gebracht?«

»Gebracht, Hoheit?«

»Ich habe ihr das Geld gestern Abend gegeben, damit sie es wechselt. Sie sollte den Rest heute Morgen vorbeibringen. Hat sie das nicht getan?«

Fritzing starrte sie entsetzt an. Dann verschwand er in der Küche. Nach einer Sekunde war er wieder da. »Sie ist nicht hier gewesen«, sagte er mit einer Stimme, die wieder voller Qualen war.

»Vielleicht hat sie es vergessen.«

»Hoheit, wie konntet Ihr …«

»Jetzt werdet Ihr mich ausschelten.«

»Nein, nein … Aber wie ist es möglich, dass Ihr Vertrauen zeigen konntet angesichts …«

»Fritzi, Ihr werdet mich doch schelten, und dabei bin ich so müde. Was ist noch gestohlen worden? Ihr sagtet, Euer ganzes Geld …«

Er griff nach seinem Hut. »Sonst nichts, Hoheit, sonst nichts. Ich werde losgehen und das Mädchen ausfindig machen.« Er zog den Hut tief ins Gesicht, wie er es in Augenblicken höchster Erregung immer tat.

»Welch ein Aufstand«, dachte Priscilla erschöpft. Laut sagte sie: »Das Mädchen, das heute hier ist, wird Euch sagen, wo sie wohnt. Sie hat es natürlich vergessen, oder hat es noch nicht geschafft, das Geld zu wechseln.« Und sie ließ ihn stehen und ging in ihr Cottage hinüber.

Ja, Fritzi war wirklich eine Plage. Warum macht er solch einen Aufstand und verlor so große Worte wegen fünf Pfund? Wenn das Mädchen das Geld verloren hatte und zu ängstlich war, um zu kommen und es ihr zu sagen, dann machte das auch nichts; auf jeden Fall lohnte es sich nicht, deshalb aus der Ruhe gebracht zu werden. Wie dumm, so aufgeregt zu sein und zu behaupten, man habe ihm alles gestohlen. Sie fürchtete, dass Fritzings Geist, dieser große, aufgeklärte Geist, dessen Atem und Gelassenheit sie voller Bewunderung angestarrt hatte, seit sie denken konnte, dass dieser Geist auf Ausmaße zusammenschrumpfte, die bald genau den Ausmaßen von Creeper Cottage entsprechen würden. Sie ging entmutigt und müde nach oben, fiel in ganzer Länge auf ihr Sofa und trug Annalise auf, ihr das Gesicht zu waschen.

»Eure Großherzogliche Hoheit hat geweint«, sagte Annalise und ging mit dem Schwamm in alle Ecken hinein und wieder hinaus. Angesichts der Tatsache, dass sie diese Handlung erst in den letzten zehn Tagen gelernt hatte, war sie erstaunlich geschickt.

Priscilla öffnete die Augen, um sie ernsthaft verwundert anzusehen, denn noch nie zuvor hatte Annalise es gewagt, ungefragt etwas zu sagen. Annalise, die die

Augen wusch, zwang Priscilla dazu, sie wieder zu schließen.

Daraufhin öffnete Priscilla den Mund, um ihr zu sagen, was sie von ihr dachte. Sofort hinderte Annalises flinker Schwamm sie daran.

»Eure Großherzogliche Hoheit«, sagte Annalise, die Priscillas Mund mit einer Gründlichkeit und mit einer so großen Menge von Wasser wusch, dass man meinen könnte, er sei seit Monaten nicht gewaschen worden, »hat mir erst gestern gesagt, dass Weinen eine furchtbare, *schreckliche* Zeitverschwendung ist. Da Eure Großherzogliche Hoheit das weiß und dennoch selbst weint, ist leicht zu sehen, dass es einen Grund gibt, der das Weinen unvermeidbar macht.«

»Werden Sie …«, begann Priscilla, um augenblicklich durch den Schwamm unterbrochen zu werden.

»Eure Großherzogliche Hoheit ist unglücklich. Das ist kein Wunder. Traut einer ergebenen Dienerin, einer Dienerin, deren Lebensblut Eurer Großherzoglichen Hoheit zu Diensten steht, und sagt ihr, ob es nicht stimmt, dass der Herr Geheimrat Euch weg von Eurem Heim und von Eurem Großherzoglichen Herrn Papa gelockt hat?«

»Werden Sie …«

Wieder fiel der Schwamm über sie her.

»Mein Herz blutet … in der Tat, es blutet … wenn ich nur an die Qualen denke, die der Herr Papa erleidet, seine Ängste, seine Sorgen. Das ist ein Bild, das ich mir nicht in Ruhe ansehen kann. Tag und Nacht – denn nachts liege ich schlaflos in meinem Bett – frage ich mich, wie es denn sein kann, worin der Zauber liegt, den der Herr Geheimrat über Eure Großherzogliche …«

»Werden Sie …«

Wieder fiel der Schwamm über sie her, doch dieses Mal griff Priscilla nach Annalises Hand, hielt sie eine Armlänge weit weg und setzte sich hoch. »Sind Sie verrückt geworden?«, fragte sie und blickte Annalise an, als sähe sie sie zum ersten Mal.

Annalise ließ den Schwamm fallen und faltete die Hände. »Ich bin nicht verrückt«, sagte sie, »nur sehr, sehr ergeben.«

»Nein. Verrückt. Geben Sie mir ein Handtuch.«

Priscilla war so wütend, dass sie es nicht wagte, mehr zu sagen. Hätte sie auch nur einen Bruchteil dessen gesagt, was sie gerne sagen würde, dann wäre es aus gewesen zwischen ihr und Annalise. Also trocknete sie schweigend ihr Gesicht ab und weigerte sich, es von Annalise anrühren zu lassen. »Sie können gehen«, sagte sie und blickte zur Tür. Ihr Gesicht war blass durch den unterdrückten Zorn, aber es war auch, das muss man zugeben, sehr sauber. Als sie alleine war, ließ sie sich ein zweites Mal auf das Sofa fallen und vergrub ihren Kopf in dem Kissen. Wie konnte Annalise es wagen? Wie konnte sie es wagen? Wie konnte sie es wagen?, fragte Priscilla sich immer wieder voller Wut. Warum hatte sie das nicht vorher bedacht, nicht gewusst, dass sie in der Macht jeder Bediensteten sein würde, die sie mitnahm? Sicher waren dem, was das Mädchen tun oder sagen konnte, keine Grenzen gesetzt, absolut keine? Wie sollte sie sie um sich herum ertragen? Den Anblick und die Stimme dieses unverschämten Wesens ertragen? Sie vergrub ihr Gesicht ganz tief im Kissen und versuchte vergeblich, die Welt und Annalise in seinen Federn zu ersticken. Doch selbst in diesen fand sie keinen Frieden, denn plötzlich erklang großer Lärm von schlagenden Türen und schreitenden Beinen durch die Dumpfheit des Kissens zu ihr, und sie hörte Fritzings Stimme sehr laut neben sich – alle Töne in Creeper Cottage waren laut und nahe –, der Annalise befahl, Ihre Großherzogliche Hoheit darum zu bitten herunterzukommen.

»Das werde ich nicht tun«, dachte Priscilla und vergrub ihren Kopf noch tiefer. »Diese arme Emma wird den Geldschein verloren haben, und er wird einen Aufstand machen. Ich werde nicht hinuntergehen.«

Da hörte sie auch schon Annalises Klopfen an der Tür. Priscilla antwortete nicht. Annalise klopfte noch einmal. Priscilla antwortete nicht, drehte sich aber um und setzte ein Gesicht auf, das den Anschein machte, als würde sie schlafen.

Annalise klopfte ein drittes Mal. »Der Herr Geheimrat möchte mit Eurer Großherzoglichen Hoheit sprechen«, rief sie durch die Tür, und nach einer Pause öffnete sie sie und schaute hinein. »Ihre Großherzogliche Hoheit schläft«, informierte sie Fritzing die Treppe hinunter, wobei ihre Nase um die Gradzahl in die Luft gestreckt war, die sie immer annahm, wenn sie mit Fritzing sprach

»Dann wecken Sie sie auf! Wecken Sie sie auf!«, schrie Fritzing.

»Ist vielleicht tatsächlich etwas passiert?«, dachte Annalise fröhlich, als sie mit leuchtenden Augen willig zu Priscillas Tür zurückeilte. Alles, alles war besser als dieses Leben, das sie jetzt führte, dachte sie.

Priscilla hörte Fritzings Befehl und setzte sich sofort, überrascht über eine so unerhörte Gleichgültigkeit gegenüber ihrem Wohlergehen. Ihr Herz begann, schneller zu schlagen. Heftige Furcht bemächtigte sich ihrer, dass Kunitz ihnen auf den Fersen war. Sie sprang hoch und rannte hinaus.

Fritzing stand unten an der Treppe.

»Kommt herunter, Hoheit«, sagte er, »ich muss sofort mit Euch reden.«

»Was ist los?«, fragte Priscilla und lief die steilen kleinen Treppen so schnell hinunter, wie sie es ohne zu stolpern vermochte.

»Dieses furchtbare Englisch«, dachte Annalise, für die die Angewohnheit der Prinzessin und Fritzing, untereinander Englisch zu sprechen, eine ständige Quelle der Verärgerung und Enttäuschung war.

Fritzing ging vor Priscilla in ihr Wohnzimmer, und als sie ihm gefolgt war, schloss er die Tür hinter ihr. Dann stützte er sich mit den Händen auf dem Tisch ab, um sich zu beruhigen, und blickte sie mit zuckendem Gesicht an. Priscilla sah ihn entsetzt an. Befand sich der Großherzog in der Nähe? Verweilte er vielleicht genau zwischen den Gräbern, die vor ihrem Fenster lagen? »Was ist los?«, fragte sie schwach.

»Hoheit, die fünf Pfund sind für immer verschwunden.«

»Also wirklich, Fritzi, Ihr benehmt Euch geradezu absurd wegen dieser elenden fünf Pfund«, rief Priscilla aufbrausend.

»Aber das war alles, was wir hatten.«

»Alles, was wir ...«

»Hoheit, es war wortwörtlich unser letzter Penny.«

»Ich ... ich verstehe nicht.«

Er erklärte es ihr. Mit Papier und Bleistift, mit den Rechnungen und seinen eigenen Kalkulationen erklärte er es ihr. Seine Hände zitterten, doch er hielt Stück für Stück durch, erklärte ihr genau, was sie von dem Augenblick an, als sie Kunitz verließen, ausgegeben haben. Sie waren so sehr in die Ecke gedrängt, so eng eingezwängt, dass jeder Versuch, diesen Zustand zu verbergen und den Anschein zu vermitteln, als wäre dem nicht so, ihm dumm vorkamen. Er sah jetzt ein, dass seine Taktik immer eine Dummheit gewesen war und dass er ihr von Anfang an genauen Einblick in diesen wichtigen Punkt hätte geben müssen, dann wäre nichts geschehen. »Ihr habt das Pech, Hoheit, einen Narren als Beschützer für dieses Abenteuer gewählt zu haben«, sagte er verbittert und schob die Papiere von sich, als könnte er ihren Anblick nicht ertragen.

Priscilla war sprachlos. Zum ersten Mal war sie mit einigen schonungslosen Aspekten des Lebens direkt konfrontiert. Zum ersten Mal befand sie sich von Angesicht zu Angesicht mit der Unerbittlichkeit, der Härte, der Unbarmherzigkeit all dessen, was mit Geld zu tun hat, sobald man keines hat. Es schien ihr unvorstellbar, dass sie, die allen anderen gegenüber so großzügig gewesen war, die so froh war, geben zu dürfen, die Geld, wenn sie daran dachte, falls sie überhaupt daran dachte, als etwas ansah, was man weitergab, als etwas, das anrüchig war, wenn man es nicht weitergab, das aber, sobald man es weitergab, auf ewig seltsam verherrlicht und mächtig wurde – es schien ihr also unvorstellbar, dass sie selbst Geld benötigte und dass ihr kein einziger Mensch einfiel, der ihr etwas geben würde. Dabei brauchte sie selbst so wenig, musste sie doch nur diese ein oder zwei Wochen überbrücken, bis sie ihr Geld von zu Hause bekamen. Doch selbst das bisschen, das reine Nichts, verglichen mit dem, was sie im Dorf verteilt hatte, war so unerreichbar, als wäre es ein ganzes Vermögen. »Können wir … können wir uns nicht Geld leihen?«, fragte sie schließlich.

»Ja, Hoheit, das können wir, und das müssen wir. Ich werde heute Abend zu Symford Hall gehen und etwas von Augustus leihen.«

»Nein«, sagte Priscilla so plötzlich und so energisch, dass Fritzing zusammenzuckte.

»Nein, Hoheit?«, wiederholte er erstaunt. »Warum, er ist genau der Richtige. Genau gesagt, ist er unsere einzige Hoffnung. Er muss und er wird uns helfen.«

»Nein«, wiederholte Priscilla noch energischer.

»Bitte, Hoheit«, sagte Fritzing und zuckte mit den Schultern, »wenn das weibliche Launen sind – die ich nicht richtig verstehe und sicher niemals verstehen werde –, darf man diesen Launen dann gestatten, uns selbst in gefährlichen Krisen zu leiten? Uns zu einem sicheren Schiffbruch zu führen, Hoheit? Es gibt in diesem Fall drei Alternativen. Erlaubt mir, sie Euch zu nennen. Entweder müssen wir nach Kunitz zurückkehren …«

»Oh«, Priscilla erschauderte und zuckte zusammen, als hätte man sie geschlagen.

»Oder wir werden nach einer kurzen Periode des Hungerns und anderer heftiger Unannehmlichkeiten wegen Schulden ins Gefängnis geworfen …«

»Oh?« Priscilla erschauderte bei dieser Vorstellung vor Entsetzen.

»Oder ich leihe mir Geld von Augustus.«

»Nein«, sagte Priscilla genauso energisch wie zuvor.

»Augustus ist wohlhabend. Augustus ist bereit dazu. Hoheit, ich würde meine Seele verwetten, dass er uns Geld leiht.«

»Ihr werdet nichts von ihm leihen«, sagte Priscilla. »Er … er ist zu krank.«

»Nun denn, Hoheit«, sagte Fritzing mit einer Geste tiefster Verbitterung, »da man es nicht zulassen kann, dass Ihr ins Gefängnis geworfen werdet, bleibt nichts außer Kunitz. Wir werden zurückkehren wie die Hunde in der Bibel …«

»Warum leihen wir uns nichts vom Pfarrer?«, unterbrach Priscilla ihn. »Er wäre doch sicher froh, jemandem zu helfen, der sich in Schwierigkeiten befindet?«

»Vom Pfarrer? Was, von dem Vater des jungen Mannes, der Eure Großherzogliche Hoheit beleidigt hat und den ich im ersten Augenblick, wenn ich etwas Ruhe habe, im Duell töten will? Hoheit, es gibt eine Ehrlosigkeit, die so tief liegt, dass selbst ein verzweifelter Mann sich nicht so weit herablassen kann.«

Priscilla grub mit der Bleistiftspitze Löcher in das Tischtuch. »Ich kann nicht begreifen«, sagte sie, »warum Ihr Annalise das ganze Geld gegeben habt. So *viel.*«

»Aber, Hoheit, sie weigerte sich, Eurer Großherzoglichen Hoheit den Tee zuzubereiten.«

»Oh, Fritzi!« Priscilla sah zu ihm hoch, schüttelte den Kopf und lächelte trotz all ihrer Sorgen. Hatte man je so viel Liebe und Narrheit in einem weisen alten Mann vereint gesehen? Hat man überhaupt jemals von solch einem teuren Tee gehört?

»Ich gebe zu, ich habe zugelassen, dass der augenblickliche, der vergehende Moment bei dieser Gelegenheit die Zukunft aus meinem Sichtfeld verdrängte.«

»Bei dieser Gelegenheit? Oh, Fritzi. Und was ist mit all den anderen Gelegenheiten? Als Ihr mir alles gabt, worum ich Euch bat – für die armen Leute, für mein

Fest. Ihr müsst Qualen ausgestanden haben. Und das ganz allein. Oh, Fritzi. Das war lieb von Euch … außerordentlich, wunderbar lieb. Doch Ihr hättet von Anfang an anders mit mir umgehen müssen … Ihr hättet mich so behandeln müssen, wie man eine echte Nichte behandelt …«

»Hoheit«, schrie Fritzing und sprang auf, »das hier ist Zeitverschwendung. Unsere Angelegenheit ist dringend. Geld muss besorgt werden. Ihr müsst mir erlauben, in dieser Angelegenheit zu urteilen, egal, wie schlecht ich mich bisher bewährt habe. Ich werde mich sofort auf den Weg nach Symford Hall machen und von Augustus ein Darlehen besorgen.«

Priscilla stieß ihren Stuhl zurück und stand ebenfalls auf. »Mein lieber Fritzi, bitte lasst diesen unglücklichen jungen Mann in dieser Angelegenheit außer Acht«, sagte sie errötend. »Wie könnt Ihr einen Menschen, der krank im Bett liegt, mit solchen Dingen belasten?«

»Seine Mutter liegt nicht krank im Bett und kann uns genauso gut helfen. Ich gehe auf jeden Fall dorthin.«

»Ihr werdet nicht dorthin fahren. Ich werde es nicht zulassen, dass Ihr seine Mutter fragt. Ich … ich verbiete Euch, irgendetwas dieser Art zu tun. Oh, Fritzi«, fügte sie verzweifelt hinzu, denn er hatte den Hut und den Stock ergriffen, die er hingeworfen hatte, als er hereinkam, und kümmerte sich offensichtlich nicht im Geringsten um ihre Befehle – »oh, Fritzi, Ihr könnt Tussie nicht um Geld bitten. Es würde ihn umbringen, wenn er wüsste, dass wir uns in Schwierigkeiten befinden.«

»Ihn umbringen, Hoheit? Warum sollte es ihn umbringen?«, schrie Fritzing, gereizt durch so viel Sanftheit.

»Es würde ihn nicht nur umbringen ... es wäre außerdem auch zu furchtbar«, sagte Priscilla höchst bekümmert. »Nun, er hat mich heute Nachmittag gefragt – ich wollte es Euch eigentlich nicht sagen, aber Ihr zwingt mich dazu – er fragte mich gerade heute Nachmittag, ob ich ihn heiraten will, und das Furchtbare daran ist, dass ich glaube, er denkt ... er hofft ... dass ich es tun werde.«

XX

Der einzige Mensch, der in dieser Nacht in Creeper Cottage schlief, war Annalise. Priscilla verbrachte die Nacht damit, in ihrem Schlafzimmer auf und ab zu gehen, und Fritzing verbrachte sie im anderen Teil des Hauses damit, in seinem Schlafzimmer auf und ab zu gehen. Sie hörten sich gegenseitig; es war ein melancholisches Geräusch. Einmal wurde Priscilla von einem Lachanfall erfasst – der nicht sehr heiter war, aber dennoch ein Gelächter –, und musste sich aufs Bett werfen und ihr Gesicht im Kissen vergraben, damit Fritzing diesen grauenvollen Laut nicht hörte. Dies geschah, nachdem ihre Schritte stetig mehrere Runden im Gleichschritt gegangen waren und die Kirchturmuhr gerade drei Uhr geschlagen hatte. Sie hatten Kunitz nicht verlassen, um die ganze Nacht in ihren Zimmern auf und ab zu laufen. Der Gedanke daran, wie sie sich das Leben in Creeper Cottage vorgestellt und woran sie niemals gezweifelt hatten – die friedlichen Nächte, in denen sie einen gesunden Schlaf haben würden, die Tage, die mit fruchtbarer Arbeit angefüllt sein würden, die Abende mit den Dichtern kamen ihr in den Sinn – ließen dieses gequälte Auf- und Abgehen plötzlich in einem sehr komischen Licht erscheinen. Sie lachte in ihr Kissen hinein, bis ihr die Tränen hinunterliefen, und die Anstrengungen, die sie unternehmen musste, um die Laute zu unterdrücken, sodass Fritzing sie nicht hören konnte, brachten sie nur noch mehr zum Lachen.

Es war eine stürmische Nacht, und der Wind seufzte vor dem Cottage, zerrte an den Fensterflügeln und schwoll bisweilen zu einem unheimlich wirkenden Heulen an. Während Priscilla lachte, wurde das Haus von einem so starken Windstoß erschüttert, dass sie unwillkürlich den Kopf hob, um zu lauschen. Der Lärm ließ nach, und ihr Kopf fiel wieder auf ihre Arme, doch das Lachen war ihr vergangen. Sie lag würdevoll da, lauschte auf das Knirschen aus Fritzings Zimmer, und dachte an das, was geschehen war und an die Tage, die noch kommen würden, bis ihre Seele kalt wurde. War sie etwa wie eine giftige Pflanze, die eine schädliche Wirkung auf all jene ausübte, die mit ihr in Berührung kamen? Fritzing, Tussie, diese arme Emma –, oh, die Sache mit Emma konnte nicht wahr sein. Sie musste das Geld verloren haben und sammelte jetzt ihren ganzen Mut, um herzukommen und es ihr zu sagen, oder sie hat es einfach noch nicht geschafft, das Geld zu wechseln. Fritzing war voreilig zu dem Schluss gekommen, dass sie damit davongelaufen ist, weil man sie zu Hause den ganzen Tag nicht gesehen hatte. Priscilla warf sich unruhig hin und her. Es war nicht der Verlust der fünf Pfund, der sie beunruhigte, obwohl dieser Verlust totale Armut bedeutete; es war der Gedanke, dass, wenn Emma wirklich davongelaufen war, sie das Mädchen mit ihrer sorglosen Dummheit in den Untergang getrieben hatte. Und dann noch Tussie. Wie furchtbar das alles war. Um drei Uhr morgens, mit dem heulenden Wind, der lauter und leiser wurde, und dem Zimmer, das in die pechschwarze Dunkelheit einer mondlosen Oktobernacht getaucht war, erschien die Komplikation mit Tussie ihr gigantisch, von entsetzlichen Ausmaßen, und drohte sie zu ersticken, den ganzen Frühling und die ganze Jugend in ihr zu erdrücken. Wenn Tussie wieder genas, dann würde sie ihm das Herz brechen, wenn Tussie sterben würde, dann wäre das ihre Schuld. Niemand außer ihr war verantwortlich für seine Krankheit, ihr eigenes egoistisches, hassenswertes Ich. Ja, sie war eine giftige Pflanze, eine unheilvolle, fatale Sache, ungeeignet für große Vorhaben, ungeeignet für ein edles Leben, zu dumm, um erfolgreich von den Wegen abzuweichen, die andere Menschen für sie festgelegt hatten, auf boshafte Weise sorglos, schändlich kurzsichtig. Sie verdarb und ruinierte alles, was sie berührte. Priscilla wand sich bei diesem Gedanken. Niemand erkennt gerne, dass er eine giftige Pflanze ist. Schon die Vorstellung, eine schlichte Pflanze zu sein, beleidigt die Eigenliebe, aber eine Pflanze zu sein und zudem noch giftig – das ist eine sehr hoffnungslose Sache. Priscilla verbrachte eine furchtbare Nacht. Es war die schlimmste Nacht, an die sie sich erinnern konnte.

Und dann noch dieser schreckliche Abend – entgegen ihren Erwartungen hatte Fritzing kein Bedürfnis gezeigt, sich mit Tussie zu duellieren. Er war nicht so unvernünftig, wie sie angenommen hatte, und zudem war er zu erschüttert von der ständig zunehmenden Last und der Anzahl seiner Verantwortungen, um irgendetwas hinsichtlich dieses unglücklichen Jungen zu unternehmen, außer Mitleid mit ihm zu haben. Mehr als einmal an dem Abend sah er Priscilla in stummer Verwunderung darüber an, wie viel Ärger eine junge Frau bereiten konnte. Wie notwendig, dachte er, und wie weise doch die Idee war, die er in seiner Unwissenheit zu verspotten pflegte – eine ältliche Frau wie die Disthal dazu einzusetzen, damit sie die Handlungen aller Priscillas dieser Welt kontrollierte und ihre Schritte bewachte. Er hasste die Disthal und alle Frauen wie sie, Frauen mit massigen Körpern und winzigen Gehirnen, mit Körpern, die zur Formlosigkeit verwöhnt und Gehirnen, die zum Verschwinden vernachlässigt wurden. Doch je edler und schlichter und großzügiger ein Mädchen war, desto mehr brauchte es eine solche Mischung aus Fleischlichkeit und Verschlagenheit, die es ständig begleitete. Es schien absurd und falsch, und dennoch war es wohl so. Lange verharrte er in solch niedergeschlagenen Grübeleien, wobei seine kämpferische Art ihn für den Moment vollkommen verlassen hatte, so düster war sein Geist angesichts der Schatten der Zukunft.

Sie hatten sich den Lohn – welch ein entsetzlicher Moment das war! – für die heutige Köchin von Annalise geliehen. Was das Essen betraf, so hatten sie beschlossen, die Rechnung im Laden weiter anwachsen zu lassen. Aber jeden Tag musste eine neue Köchin bezahlt werden, und jeden Tag würden sie sich den Lohn von Annalise leihen müssen. Annalise gestaltete den Akt des Verleihens ganz großartig und vermittelte den Anschein, dass sie gerne und freudig gab. Alles, was sie forderte, war die Unterschrift der Prinzessin auf einem Vermerk, den sie selbst aufgesetzt hatte und worin diese ihr versprach, das Geld in doppelter Höhe innerhalb von drei Monaten zurückzuzahlen. Priscilla las den Vermerk, errötete bis in die Haarspitzen, unterschrieb und schickte sie aus dem Zimmer. Annalise, die anfing, sich zu amüsieren, ging singend nach oben. Im Wohnzimmer brach Priscilla den Stift, mit dem sie unterschrieben hatte, in kleine Stücke und warf sie ins Feuer. Es war eine nutzlose Geste, aber schließlich war sie eine leicht erregbare junge Dame. Annalise setzte sich in ihrem Dachzimmer hin und schrieb einen Brief, der nach erhabenen Gefühlen roch, an die Gräfin Disthal in Kunitz, worin sie ihr mitteilte, sie könne nicht länger Schweigen bewahren angesichts der Sorge des königlichen Vaters und sei willig, die Adresse der Prinzessin Priscilla bekannt zu geben und das Bluten eines edlen Herzens zu stillen, sofern der Großherzog ihr oder für sie an ihre Eltern die Summe von zwanzigtausend Mark zahlen würde. Gern würde sie diesen Dienst, der zugleich ihre Pflicht war, auch umsonst leisten, doch müsse sie an ihre Zukunft und an ihren invaliden Vater denken. Für die Zwischenzeit gab sie das Postamt von Symford als Adresse an, wobei sie der Gräfin versicherte, dass dieses sich mindestens achtzig Kilometer von dem gegenwärtigen Versteck der Prinzessin befand. Die vollständige Adresse würde sie schicken, sobald ihre Forderungen erfüllt waren. Dann, voller Stolz darüber, wie klug sie war, brachte sie den Brief selbst zum Briefkasten.

An diesem Abend sang sie in der Küche, sie sang im Badezimmer, sie sang in ihrem Dachzimmer und auf den Stufen zum Dachzimmer. Was sie sang, beharrlich ein übers andere Mal und ganz besonders laut vor Fritzings Tür, war ein deutsches Lied darüber, wie schön es am Abend ist, wenn die Glocken verkünden, dass des Tages Arbeit getan ist, und der Refrain des Lieds war ein Ding-Dong, das zweimal wiederholt wurde. Priscilla läutete, da sie den Gesang nicht ertragen konnte, doch Annalise hielt dieses Läuten für unschön und reagierte erst beim dritten Mal darauf.

»Singen Sie nicht«, sagte Priscilla, als Annalise erschien.

»Eure Großherzogliche Hoheit ist dagegen?«

Priscilla errötete. »Ich werde Ihnen keine Gründe dafür angeben«, sagte sie mit eisiger Stimme. »Singen Sie nicht.«

»Dabei ist es ein Zeichen für ein leichtes Herz. Eurer Großherzoglichen Hoheit gefiel es nicht, mich weinen zu sehen – umso mehr sollte es ihr gefallen, mich frohlocken zu hören.«

»Sie können gehen.«

»Mein Herz ist heute Abend leicht, weil ich Eurer Großherzoglichen Hoheit zu Diensten sein kann, ihr meine Ergebenheit zeigen und von Nutzen sein kann.«

»Seien Sie von Nutzen, indem Sie still sind.«

Annalise knickste und zog sich zurück. Den Rest des Abends verbrachte sie damit, in unregelmäßigen und sofort unterbrochenen Gesang auszubrechen, den sie nach ein paar Takten mit einem Husten des Sich-Erinnerns und der Entschuldigung abbrach. Wenn dies geschah, sahen Fritzing und Priscilla einander mit ernsten und nachdenklichen Blicken an; sie wussten, dass sie sich völlig in Annalises Gewalt befanden.

In dieser Nacht schrieb Fritzing an seinen Freund in London, der für ihn die Zimmer auf Baker's Farm gemietet hatte, und bat ihn darum, ihm für eine Woche fünfzig Pfund zu leihen, noch besser dreihundert (damit könnte er die Rechnung des Ausstatters bezahlen), aber wenn beides nicht ging, dann würden es auch fünf Pfund tun. Der Freund, ein Deutschlehrer, hätte genauso wenig leicht dreihundert wie auch fünf Pfund leihen können, denn er war so arm, dass er selbst eher als Objekt für ein Darlehen geeignet war. Doch lange bevor sein Brief, der in langen Worten sein Bedauern erklärte (denn er war ein zuverlässiger Freund), Fritzing erreichte, waren diesem geplagten Mann, dem schon so viel zugestoßen war, noch viel mehr Dinge widerfahren, die dazu führten, dass er sowohl seinen Freund als auch seine Bitte vergaß.

So also waren der Donnerstag Nachmittag und Abend vergangen. Am Freitag Morgen, abgespannt durch die schlaflose Nacht, hatten Priscilla und Fritzing vor, zum Moor hochzulaufen, dort Weite und Frische zu suchen, sich von dem feuchten Wind anblasen zu lassen und für ein Weilchen die erdrückende Enge und die Verwirrungen von Creeper Cottage zu vergessen, als Mrs. Morrison hereinspazierte. Sie öffnete zuerst die Tür, und dann, als sie halb drinnen war, klopfte sie mit ihren Knöcheln, denn ansonsten gab es nichts, mit dem man an Priscillas schlichte Tür klopfen konnte.

Priscilla stand am Kamin, war zum Ausgehen gekleidet und wartete auf Fritzing. Sie starrte die Erscheinung mit großer und unverhohlener Verblüffung an. Was für einen Grund, fragte Priscillas Blick deutlicher als alle Worte, was für einen Grund konnten Menschen haben, auf solche Art in die Cottages anderer Menschen hineinzuspazieren? Sie stand ganz still da und untersuchte Mrs. Morrison mit dem fragenden Gesichtsausdruck, den sie in ihren Tagen in Kunitz so wirkungsvoll fand, wenn sie mit einer Person konfrontiert wurde, die vergessen hatte, wo genau der ihr zustehende Platz war. Doch Mrs. Morrison wusste nichts von Kunitz, und der Blick verlor ohne seinen beeindruckenden Hintergrund die Hälfte seiner Kraft. Zudem war die Dame nicht jemand, der so nebensächliche Dinge wie Blicke bemerkte. Um sie auf den ihr zustehenden Platz zurückzuweisen, müsste man einen Vorschlaghammer einsetzen. Sie kam herein, ohne es für nötig zu halten, dass man sie hereinbat, deutete etwas an, das vielleicht ein Gruß sein sollte und das Priscilla nicht zur Kenntnis nahm, und hatte das Gesicht von jemandem, der wütend war.

»Wie anstrengend für den Pfarrer«, dachte Priscilla, »eine Frau zu haben, die schon um zehn Uhr morgens wütend ist.«

»Ich komme im Interesse von …«, begann Mrs. Morrison, deren Stimme genauso wütend war wie ihr Gesicht.

»Ich bin dabei auszugehen«, sagte Priscilla.

»… von Religion und Moral.«

»Unterscheiden die beiden sich?«, fragte Priscilla und zog ihre Handschuhe hoch.

»Sie können sich vorstellen, dass mich nichts dazu bringen würde, Sie zu besuchen, als das ernsthafteste Pflichtbewusstsein, das ich meiner Stellung in der Gemeinde schuldig bin.«

»Warum sollte ich mir das vorstellen?«

»So eine Unverfrorenheit habe ich natürlich erwartet.«

»Ich befürchte, Sie sind gekommen, um grob zu sein.«

»Nichts, was Sie sagen, kann mich davon abschrecken, meine Pflicht zu tun.«

»Würden Sie das dann bitte tun und zum Abschluss bringen?«

»Die Pflichten einer Pfarrersfrau sind häufig sehr unangenehm.«

»Sie haben wahrscheinlich eine völlig falsche Vorstellung davon, was Ihre Pflichten wirklich sind.«

»Das ist eine ganz neue Erfahrung, dass ein Mädchen Ihres Alters mir so etwas sagt.«

»Ich sage es Ihnen nicht. Ich schlage es nur vor.«

»Ich war auf Grobheiten vorbereitet.«
»Warum sind Sie dann gekommen?«
»Wie lange werden Sie in dieser Gemeinde bleiben?«
»Sie erwarten doch nicht, dass ich darauf antworte?«
»Sie sind noch keine vierzehn Tage hier, und in der Zeit haben Sie mehr Schaden angerichtet als die meisten Menschen in einem ganzen Leben.«
»Ich fürchte, Sie übertreiben.«
»Sie haben das Trinken hier eingeführt.«
»Ich habe einer sterbenden alten Frau das gegeben, was sie sich am meisten wünschte.«
»Sie haben den Menschen beigebracht, den Sabbat zu brechen.«
»Ich habe eine Menge kleiner Kinder sehr glücklich gemacht.«
»Sie haben die Gewohnheit der Sparsamkeit ruiniert, die wir fünfundzwanzig Jahre lang so mühsam gelehrt und ermutigt haben.«
»Ich habe den Armen geholfen, als sie mich darum baten.«
»Und was ich jetzt wissen will, ist, was aus der kleinen Hancock geworden ist?«
»Wer, bitte, ist die kleine Hancock?«
»Diese unglückliche Kreatur, die am Mittwoch hier für Sie gearbeitet hat.«
Priscillas Gesicht veränderte sich. »Emma?«, fragte sie.
»Emma. Um diese Zeit vor zwei Tagen war sie genauso gut wie jedes andere Mädchen im Dorf. Sie war gut, gehorsam und ehrlich. Was ist sie jetzt, und wo ist sie?«
»Ist sie … ist sie nicht zu Hause?«
»Sie ist nie nach Hause gekommen.«

»Das heißt, sie hat das Geld verloren?«

»Verloren? Sie hat es gestohlen. Sehen Sie nicht, dass Sie aus einem ehrlichen Mädchen absichtlich eine Diebin gemacht haben?«

Priscilla starrte die rächende Pfarrersfrau bestürzt an. Es stimmte also, sie hatte die fatale Gabe, alles, was sie berührte, zu verderben.

»Und schlimmer als das – sie haben ein gutes Mädchen ruiniert. Er wird sie jetzt niemals heiraten.«

»Er?«

»Wissen Sie, dass die Person, mit der sie verlobt ist, mit ihr fortgegangen ist?«

»Ich weiß gar nichts.«

»Sie sind von hier nach Ullerton zu Fuß gegangen und dann nach London gefahren. Emmas Vater kam gestern zu uns, nachdem Ihr Onkel bei ihm gewesen war, um Nachforschungen anzustellen. Alles ist so klar wie der helle Tag. Bis Ihr Onkel es ihm gesagt hat, wusste er gar nichts von dem Geld, und er war zu … es ging ihm an dem Tag nicht gut, sodass er nicht bemerkte, dass Emma nicht nach Hause gekommen war. Der Besuch Ihres Onkels hat ihn nüchtern werden lassen. Wir haben der Polizei telegraphiert. Ihre Spuren führen nach London. Das ist alles. Außer«, und sie starrte Priscilla mit dem ganzen Zorn eines Propheten an, dessen Anklagen sich bewahrheitet haben, »außer, dass ein weiteres Leben ruiniert ist.«

»Es tut mir so Leid … so sehr, sehr Leid«, sagte Priscilla so ehrlich, ja, so unterwürfig, dass ihre Augen sich mit Tränen füllten. »Ich sehe jetzt, wie gedankenlos ich gehandelt habe.«

»Gedankenlos!«

»Es war unverzeihlich gedankenlos.«

»Gedankenlos!«, schrie Mrs. Morrison noch einmal.

»Wenn Sie wollen, so war es auf kriminelle Weise gedankenlos.«

»Gedankenlos!«, schrie Mrs. Morrison ein drittes Mal.

»Aber es war nicht mehr als Gedankenlosigkeit. Ich würde alles geben, um es wieder gutzumachen. Ich bin wirklich zutiefst betrübt. Aber ist es nicht ein bisschen hart, mich dafür verantwortlich zu machen?«

Mrs. Morrison starrte sie an, als sähe sie ein seltsames, neues Ungeheuer. »Wie erstaunlich egoistisch Sie sind«, sagte sie schließlich fast ehrfürchtig.

»Egoistisch?«, stammelte Priscilla, die sich zu fragen begann, was sie denn nicht war.

»Angesichts solch völligen Ruins, solch eines vollkommenen Scheiterns denken Sie, dass man hart mit Ihnen umgeht. Sie! Oh, hier sind Sie mit sicherer Haut, frei von bitteren Sorgen und Versuchungen, mit denen die Armen zu kämpfen haben, mit so viel freier Zeit, dass Sie nur Schaden anrichten, mit mehr Geld, als dass Sie wüssten, was Sie damit tun sollen« – hier presste Priscilla ihre Hände zusammen – »beschützt, frei von jedem Kummer« – Priscilla öffnete den Mund, schloss ihn aber gleich wieder – »und da ist diese unglückliche Emma, ohne Hoffnung, gebrandmarkt, durch Ihre Schuld für immer verstoßen, – nur Ihretwegen, und Sie denken nur an sich selbst und reden davon, wie hart es für Sie ist.«

Priscilla sah Mrs. Morrison an, öffnete abermals den Mund, um etwas zu sagen, schloss ihn, öffnete ihn wieder und bemerkte sehr lahm, dass nur das Herz allein seine eigene Bitterkeit kennt.

»Puh«, sagte Mrs. Morrison, sehr erzürnt darüber,

dass man ausgerechnet ihr mit der Bibel, ihrem eigenen Spezialgebiet, konterte. »Ich wüsste gerne, welche Bitterkeit Ihr Herz kennt, es sei denn, es ist die Bitterkeit eines schlechten Gewissens. Ich bin heute hierher gekommen« – sie erhob ihre Stimme zu einer Warnung – »um Ihnen eine Chance zu geben. Um Sie zum Nachdenken zu bewegen und Ihnen den Pfad zu weisen, den Sie gehen. Sie sind jung, und es ist meine Pflicht, einen jungen Menschen nicht ohne ein warnendes Wort auf Abwege geraten zu lassen. Sie haben viel Böses in unser Dorf gebracht – wobei ich mir nicht vorstellen kann, warum Sie, eine Fremde, es darauf angelegt haben sollten, uns alle unglücklich zu machen. Scheinheilig versuchen Sie so zu tun, als sei das, was einfache Menschen das Böse nennen, in Wirklichkeit gut. Doch Ihre letzte Tat, Emma Hancock zu einer Diebin und Schlimmerem zu machen, können noch nicht einmal Sie verteidigen. Sie haben viel auf dem Gewissen – viel, viel mehr, als ich auf meinem haben wollte. Wie bösartig es war, Mrs. Jones das ganze Geld zu geben. Sehen Sie denn nicht, dass Sie Menschen, die wissen, wie schutzlos sie ist, dazu verführen, sie zu bestehlen? Sie vielleicht sogar zu ermorden? Davor habe ich sie bewahrt – sehen Sie, mit mir haben Sie nicht gerechnet. Befolgen Sie meinen Rat – verlassen Sie Symford, und gehen Sie dahin zurück, wo Sie hergekommen sind« – Priscilla zuckte zusammen – »und besorgen Sie sich eine Aufgabe, die Sie den ganzen Tag beschäftigt. Wenn nicht, dann erwartet Sie eine elende, vielleicht sogar ehrlose Zukunft. Glauben Sie ja nicht« – an dieser Stelle wurde ihre Stimme sehr laut – »glauben Sie ja nicht, dass wir hier Narren sind und nicht bemerkt haben, wie Sie versucht haben, die jungen Männer zu verführen« – Priscilla zuckte wieder zusammen – »natürlich in der Hoffnung, dass einer von ihnen Sie heiraten wird. Doch glücklicherweise sind Ihre Absichten zunichte gemacht worden, im einen Fall durch die Vorsehung, die Ihr eines Opfer mit Fieber ins Bett gebracht hat, und in dem anderen, dass Sie den jungen Mann, mit dem Sie es zu tun hatten, falsch eingeschätzt haben.«

Mrs. Morrison hielt inne, um Atem zu holen. Diesen letzte Teil ihrer Rede hatte sie mit zunehmender Wut gehalten. Priscilla stand da und sah sie an, wobei ihre Augenbrauen fast auf einer Höhe mit ihren Augen waren.

»Mein Sohn ist viel zu standhaft und gewissenhaft, und zudem ist er nur an erstklassige Gesellschaft gewöhnt, um sich zu etwas so Vulgärem zu erniedrigen …«

»Wie ich es bin?«, erkundigte sich Priscilla.

»Wie zu einer Liebesaffäre mit dem erstbesten Mädchen, das ihm über den Weg läuft.«

»Meinen Sie mich?«

»Er hat Ihre Absichten erkannt, hat darüber gelacht und ist ruhig zu seinen Studien nach Cambridge zurückgekehrt.«

»Nachdem ich ihm eine Ohrfeige gegeben habe.«

»Was?«

»Nachdem ich ihm eine Ohrfeige gegeben habe.«

»Sie?«

»Ich habe ihn geohrfeigt. Deshalb ist er weggefahren. Er ist nicht ruhig gefahren. Nicht wegen seiner Studien.«

»Wie können Sie es wagen … oh, das ist zu furchtbar … und Sie stehen hier und sagen es mir ins Gesicht?«

»Ich befürchte, ich muss es Ihnen sagen. Der Ton

Ihrer Bemerkungen erfordert es. So wie das Benehmen Ihres Sohnes es erforderte, dass ich ihn ohrfeigte. Und das habe ich auch getan.«

»Von allen schamlosen ...«

»Ich befürchte, Sie werden wie er – ganz und gar unmöglich.«

»Zuerst verführen Sie ihn, und dann ... oh, wie schändlich das ist!«

»Sind Sie mit dem fertig, weshalb sie hierher gekommen sind?«

»Sie sind die unverschämteste ...«

»Still. Seien Sie vorsichtig. Stellen Sie sich vor, mein Onkel würde Sie hören. Wenn Sie fertig sind, würden Sie dann bitte gehen?«

»Gehen? Ich werde nicht gehen, bis ich nicht fertig bin. Ich werde den Pfarrer wegen Robin zu Ihnen schicken ... so ein Verhalten ist so ... so niederträchtig, dass ich nicht ... nicht ... nicht ...«

»Es tut mir Leid, wenn es Sie verärgert hat.«

»Mich verärgert hat? Sie sind die ...«

»Wirklich, ich glaube, wir sind fertig, nicht wahr?«, sagte Priscilla schnell, denn sie hatte furchtbare Angst, dass Fritzing hineinkommen und hören würde, dass man sie beleidigte.

»Wenn man sich vorstellt, dass Sie es gewagt haben ... sich vorzustellen, dass mein ... mein edler Junge ...«

»Er war nicht sehr edel. Mütter kennen ihre Söhne nie richtig, glaube ich.«

»Schamloses Mädchen!«, schrie Mrs. Morrison so laut, so völlig außer sich, dass Priscilla hastig läutete, denn sie war sicher, dass Fritzing sie hörte und zu ihrer Rettung eilen würde, und sie hatte gelernt, von allen Dingen Fritzings Rettungsversuche am allermeisten zu fürchten. »Öffnen Sie der Dame die Tür«, sagte sie zu Annalise, die erstaunlich prompt erschien. Und da Mrs. Morrison noch da stand und sich weigerte, Annalise oder die Tür zu sehen, beendete Priscilla das Gespräch, indem sie selbst hinausging. Mit großer Würde ging sie ins Badezimmer.

XXI

Jetzt bin ich bei dem Teil meiner Geschichte angekommen, den ich lieber nicht schreiben würde. Könnte ich meiner Neigung nachgehen, so würde ich immer, wenn man mich alleine ließe, in der Sonne sitzen und von Dingen wie Krokussen erzählen. Ich würde nichts berühren, das weniger frisch und sauber ist als Krokusse. Ihre bezaubernde Munterkeit, ihr entzückender Duft, den nur wenige Auserwählte genießen dürfen, ihr transparenter Schimmer – ich denke dabei an die weiße und die purpurfarbene Sorte –, ihre freundliche Art, die Sehnsucht der Herzen nach Frühling baldmöglichst zu stillen. Wie angenehm es ist, mit einem Freund in der Sonne zu sitzen, einem Freund, der wie ich selbst gern von grünen Feldern schwatzt und mit dem ich über blumige Dinge reden kann. Doch Priscillas Geschichte hat Besitz von mir ergriffen, denn als ich sie zum ersten Mal hörte, erschien sie mir so lehrreich, dass ich mich verpflichtet fühlte, sie von Anfang bis Ende zum Nutzen und zur Warnung aller Menschen – Prinzessinnen und anderer – zu erzählen, die denken, dass sie ihr Glück finden, wenn sie weit vom Wege abweichen, und die nicht sehen, dass es direkt vor ihrer Nase liegt. Sie sehen das Glück nicht, weil es so nahe ist. Es ist so nahe, dass die Gefahr besteht, draufzutreten oder es beiseite zu werfen. Und es ist schüchtern und wartet darauf, dass man es aufhebt. Priscilla ist, wie wir wissen, sehr weit vom Wege abgekommen bei der Suche nach ihrem

Glück, und da ich es auf mich genommen habe, ihre Geschichte zu erzählen, darf ich jetzt nicht einfach einen Teil davon unterschlagen, auch wenn ich es gerne täte. Außerdem ist dieser Teil wesentlich für die Katastrophe.

Also, zu jener Zeit wohnte in Minehead ein Mörder. Man hatte ihn bisher noch nicht entdeckt, und er war kein Mörder von Berufs wegen, denn eigentlich war er Maurer. Doch in seinem Herzen war er ein Mörder, und das ist genauso schlimm. Er hatte eine vielseitige Laufbahn hinter sich, auf deren Einzelheiten ich nicht eingehen will. Vor drei oder vier Jahren war er in den Westen Englands gekommen, um sich dort einzurichten, weil diese Gegend so weit weg von all den anderen Orten war, in denen er vorher gelebt hatte. Er fand Arbeit in Minehead, ließ sich dort nieder, heiratete und war mit jenem Boten befreundet, der täglich Brot und andere Pakete zum Dorfladen in Symford brachte. Zu der Zeit befand er sich in Geldschwierigkeiten, denn der Gesundheitszustand seiner Frau, die er sehr liebte, war äußerst kostspielig. Die Berichte von Priscillas Großzügigkeit und Reichtum waren, wie ich schon sagte, vor einiger Zeit nach Minehead gelangt und hatten sich sogar den Weg in die örtlichen Zeitungen gebahnt. Der Bote war der Hauptinformant dafür, denn er sah Mrs. Vickerton jeden Tag, und sie war eine Frau, die gerne redete. Doch auch die Angestellten der Shuttleworths, die oft im Zusammenhang mit verschiedenen Aufträgen nach Minehead kamen, bestätigten alles, was er sagte, und fügten Weiteres hinzu. Sie schmückten die Geschichten mit dem aus, was für sie am interessantesten war, nämlich den unverwechselbaren Anzeichen, die ihr Augustus zeigte, die junge

Frau heiraten zu wollen. Das interessierte den Mörder nicht. Sir Augustus und die Dame, die er zu heiraten beabsichtigte, waren völlig jenseits seines Umfeldes, sie waren zu gut beschützt und zu mächtig. Worüber er gerne etwas hörte, war das Geld, das Priscilla unter den Bewohnern der Cottages verteilte, wie viel jede Frau bekommen hatte, ob es ausgegeben wurde oder nicht, ob es einen Mann gab oder erwachsene Kinder. Und am allerliebsten hörte er von dem Geld, das Mrs. Jones bekommen hatte. Das ganze Dorf und demzufolge auch Mrs. Vickerton und der Bote wussten davon, kannten sogar den genauen Ort unter dem Polster, wo es aufbewahrt wurde, wussten, dass es dort vor den Plünderungen der Pfarrersfrau versteckt wurde und dass die Pfarrersfrau Priscillas erstes Geschenk weggenommen hatte. Der Bote wusste auch, wie alt Mrs. Jones war, wie schwach sie war und wie nahe sie dem Tode stand. Er bemerkte, dass eine solche Summe von wenig Nutzen für eine alte Frau war, die sicherlich in den nächsten Tagen sterben würde, und dass es genauso gut nicht ihr gehören könnte, da es ja nicht verwendet wurde. Der Mörder, dessen Ruf in Minehead so makellos war, dass keine einzige Fliege jemals gewagt hätte, daran zu rühren, sagte freundlich, es sei zweifellos allein der Besitz des Geldes, der sie aufmunterte, und dass man den Alten ihre kleinen Freuden nicht neiden sollte. An demselben Abend ging er zu Fuß nach Symford, und als er gegen ein Uhr dort ankam, ermordete er Mrs. Jones. Ich werde nicht auf die Einzelheiten eingehen. Ich glaube, es war ganz einfach. Um sechs Uhr morgens war er mit den fünf Pfund in der Tasche wieder zu Hause, und an dem Tag bekam seine Frau Fleisch zum Mittagessen.

Das ist alles, was ich über den Mörder sagen werde, außer, dass man ihn nie entdeckt hat; und nichts wird mich dazu bringen, mich weitschweifig über den Mord auszulassen. Doch was ist mit der Wirkung, die er auf Priscilla hatte? Nun, der Mord entzog ihr den letzten Boden unter den Füßen.

Am Tag zuvor, nach Mrs. Morrisons Besuch, war sie schon ausreichend unglücklich gewesen. Den größten Teil des Spazierganges ging sie sehr schnellen Schrittes, wie besessene Geister es tun, als sie mit Fritzing kilometerweit über das öde und windige Moor lief, war abwechselnd reuig und rebellisch, einen Moment bereit zuzugeben, dass sie eine elendige Sünderin war, im nächsten ungehalten gegen Mrs. Morrisons Anklagen und die ihres eigenen Gewissens. Dabei war ihre Seele durch die Winde ihrer Zweifel zwar stark angeschlagen und gebeugt, hielt sich aber dennoch aufrecht, war trotzig, schützte sich noch, so weit es möglich war, hinter dem gesunden Menschenverstand, dass alles, was geschehen war, einfach Pech war. Sie liefen an diesem Tag kilometerweit, oft schweigend, manchmal in ein ungestümes Gespräch vertieft – ein Gespräch, das ungestüm wurde durch die abrupten Wechsel von Priscillas Launen gegen den eisernen Hintergrund von Fritzings beständigerer Verzweiflung. Als sie zurückkamen, waren sie müde, hungrig, ihre Kleider waren vom Schlamm bespritzt, ihre Geister waren dem Licht nicht näher als vor ihrem Spaziergang. Priscilla war, wie ich schon sagte, unglücklich genug, doch was war dieser Zustand, verglichen mit dem, was noch folgte? In ihrer Unwissenheit hielt sie es für den schlimmsten und qualvollsten Tag, den sie je erlebt hatte; und als sie zu Bett ging, suchte sie eben darin, dass er so schlimm war, Trost, indem sie sich sagte, dass der Tag vorbei war und niemals wiederkommen würde. Das könnte nicht sein. Doch das Leben ist reich an Überraschungen, und am Samstag Morgen erwachte Symford schaudernd angesichts des Mordes an Mrs. Jones.

Niemand, der noch am Leben war, konnte sich daran erinnern, dass so etwas je in diesem Teil von Somersetshire geschehen war, und obwohl Symford erschauderte, war es auch stolz und erfreut. Das gemischte Gefühl aus Abscheu, Freude und Stolz war sehr aufregend. Symford fühlte sich sogleich zu einem Status von zwiespältigem Ruf in der Grafschaft erhoben – sein Name würde in aller Munde sein, die Zeitungen, vielleicht sogar die Londoner Zeitungen, würden darüber schreiben. Zu allen Zeiten, trotz der Sorge und Leitung, die Symford vonseiten der Kirche und des Landadels erhalten hatte, bereitete der Bericht eines Mordes der Stadt mehr Freude als jede andere Art der Unterhaltung. Und hier hatten sie jetzt einen Mord, der nicht aus zweiter Hand kam, der nicht durch das ernüchternde Medium des Drucks und der Bilder zu ihnen gelangte, sondern der in ihrer Mitte stattfand, vor ihren Augen, vor ihren Türen. Mrs. Jones gewann einen seltsamen Zuwachs an Achtung. Das allgemeine Gefühl war, dass es eine Ehre war, sie gekannt zu haben. Niemand arbeitete an dem Tag. Die Schule lag verlassen da. Essen wurden nicht zubereitet. Kleinkinder schrien unbeachtet. Ganz Symford versammelte sich in Gruppen vor Mrs. Jones' Cottage, und als der Tag verging und die Nachrichten sich verbreiteten, kamen Besucher aus den Nachbardörfern, aus Minehead und aus Ullerton. Sie hatten Butterbrote dabei und ließen den Menschenauflauf noch weiter anwachsen.

Priscilla sah diese Gruppen von ihren Fenstern aus. Das verhängnisvolle Cottage befand sich am Fuße des Hügels und war von ihrem Schlafzimmer und von ihrem Wohnzimmer aus gut sichtbar. Nur, wenn sie im Badezimmer säße, könnte sie ihm entfliehen. Als Annalise ihr am frühen Morgen zusammen mit dem heißen Wasser atemlos und bleich auch die Neuigkeiten überbrachte, da weigerte sie sich, sie zu glauben. Annalise konnte kein Englisch und musste eine furchtbare, falsche Geschichte aufgeschnappt haben. Die alte Dame war zweifelsohne tot, doch war sie ruhig im Schlaf gestorben, wie man es erwarten konnte. Doch was war dieser ganze Unsinn über den Mord? Dennoch setzte sie sich in ihrem Bett auf, und ihr wurde ganz kalt, als sie Annalise ansah, denn Annalise war sehr blass. Und dann, zum Schluss, musste sie es glauben. Annalise hatte es sich von Anfang bis Ende mithilfe von Zeichen von der Putzhilfe erzählen lassen. In den wenigen blutrünstigen Minuten hatte sie mehr Englisch gelernt als in der ganzen Zeit, die sie in England verbracht hatte. Die Putzhilfe hatte ihre Darstellung damit begonnen, dass sie ihren Finger langsam von einem Ohr zum anderen über die Kehle zog, und Annalise wiederholte die Handlung, damit Priscilla sie besser verstehen würde. Priscilla konnte sich später nicht daran erinnern, wie sie an diesem Tag aufstand und sich anzog. Wenigstens einmal während dieses Prozesses stolperte sie zurück zu ihrem Bett und lag da, das Gesicht in den Armen verborgen, geschüttelt von einem verzweifelten Weinkrampf. Diese verhängnisvolle Wohltätigkeit, diese verhängnisvollen Fünf-Pfund-Noten. Annalise, von Panik gepackt, dass sie, die so viele davon besaß, das nächste Opfer sein würde, stieß die Geschichte von dem fehlenden Geld, von dem eindeutigen Motiv für den Mord mit emphatischer Überzeugung als nackte Wahrheit hervor, die Priscilla mit jedem Wort mitten ins Herz traf.

»Sie sagen, die alte Frau muss geschrien haben … muss wach geworden sein, oder der Mann hätte das Geld genommen, ohne …«

»Bitte nicht … oh, bitte, gehen Sie …«, stöhnte Priscilla.

An diesem Tag ging sie nicht hinunter. Jedes Mal, wenn Annalise versuchte hineinzukommen, schickte sie sie weg. Wenn sie vom Essen sprach, wurde Priscilla schlecht. Einmal begann sie, in ihrem Zimmer auf und ab zu gehen, doch der Anblick dieser emsigen schwarzen Menschenmenge auf der Straße, der Polizisten und anderer wichtig und offiziell aussehender Personen, die ständig in das Cottage hinein- und wieder hinausgingen, jagte sie zurück ins Bett mit seinem beschützenden, welterstickenden Kissen. Das Leben war ihr über den Kopf gewachsen und riss sie mit sich in hoffnungslose schwarze Löcher. Sie sah ein, dass sie Unrecht hatte. Sie gab vollkommen auf. Jedes Wort, das Mrs. Morrison – eine furchtbare Frau, die, wie furchtbar sie auch sein mochte, dennoch tausendmal besser war als sie selbst –, jedes Wort, das sie gesagt hatte, jedes einzelne dieser bitteren Worte, über die sie sich am gestrigen Morgen so entrüstet hatte, war richtig und gerechtfertigt. An diesem Tag riss Priscilla die letzten Fetzen der Selbstzufriedenheit aus ihrer Seele heraus. Sie saß da und starrte diese Reste mit entsetzten Augen an, nahm sie als etwas wahr, das zutiefst abstoßend war, gefährlich, vernichtend. Was sollte aus ihr werden und was aus dem armen Fritzing, den sie mit sich in das ganz Elend herabgezogen hatte? Gegen ein Uhr hörte sie unten Mrs. Morrisons Stimme, offensichtlich im Zwiegespräch mit Fritzing. Zu diesem Zeitpunkt weinte sie gerade wieder. Es waren bittere, brennende Tränen, jene glühendheißen Tränen, die auf das Erwachen nach zerstörten Illusionen folgen, die heiß und vernichtend auf die Bruchstücke von dem fallen, was einst ein ruhmreiches Ideal gewesen war. Sie war so tief gefallen, so gedemütigt, so unsicher ihrer selbst, dass sie spürte, es würde ihr Frieden bringen, wenn sie zu Mrs. Morrison hinunterginge und ihre ganze Bosheit zugäbe, ihr sagte, sie sei im Unrecht gewesen, sie um Verzeihung für ihre Grobheiten, um Mitleid, um Hilfe, um Rat bäte. Sie brauchte eine freundliche ältere Frau – oh, sie brauchte eine freundliche ältere Frau, die eine kühle, weise Hand ausstreckte und ihr den Weg wies. Doch dann müsste sie alles gestehen, was sie getan hatte, und wie würde Mrs. Morrison oder jede andere anständige Frau ihre Flucht aus dem Haus ihres Vaters ansehen? Würden sie sich nicht schaudernd abwenden von dem, was sie selbst jetzt als abscheulichen Egoismus und Undankbarkeit ansah? Die Auseinandersetzung, die unten stattfand, wuchs hitzig an. Zum Schluss wurde sie so hitzig, dass Priscilla selbst durch ihr Kissen das flammende Ende hören konnte.

»Mann, ich sage Ihnen, dass Ihre Nichte mit allen Vorhaben und Absichten eine Mörderin ist, eine doppelte Mörderin«, schrie Mrs. Morrison. »Nicht nur muss sie sich für den Mord an der Frau verantworten, sondern auch für die zugrunde gerichtete Seele eines Mörders.«

Woraufhin ein lauter Ruf von »Hinweg! Hinweg!« und ein Schlagen der Straßentür zu hören war.

Im Anschluss daran hörte Priscilla eine Zeit lang ein fiebriges Hin und Her in ihrem Wohnzimmer und Geräusche, die nach zahlreichen und unterdrückten Verfluchungen klangen. Dann, als die Abstände dazwischen größer geworden waren, kamen vorsichtige Schritte die Treppe hoch, Schritte, die so vorsichtig waren, so absichtsvoll nicht stören wollten, dass die Stufen noch lauter quietschten und schnauften als gewöhnlich. Oben angekommen, machten die Schritte vor der Tür Halt. Priscilla, die ihr Schluchzen unterdrückte, konnte hören, wie Fritzing dort stand und dagegen ankämpfte, zu laut zu atmen. Er stand da und lauschte eine Weile, die ihr wie eine Ewigkeit vorkam. Sie begann fast zu schreien, als die Minuten vergingen und sie wusste, dass er noch immer da stand, bewegungslos, lauschend. Nach einer langen Zeit ging er mit derselben besorgten Vorsicht, keinen Lärm zu machen, wieder davon. Mit einer Bewegung, die die Kapitulation vor dem Kummer bezeichnete, drehte sie sich um und weinte sich ganz krank.

Bis zum Abend lag sie ganz alleine da, dann kamen die Schritte wieder nach oben, diesmal begleitet von einem Klirren von Porzellan und Besteck. Priscilla saß am Fenster und sah auf den Kirchhof hinaus. Sie starrte in die Dunkelheit mit ihren schaukelnden Zweigen und ein paar blassen Sternen. Als sie hörte, dass er wieder besorgt vor ihrer Tür lauschte, stand sie auf und öffnete sie.

Fritzing hielt einen Teller mit Essen in einer Hand und ein Glas Milch in der anderen. Sein Gesichtsausdruck glich auf absurde Weise dem einer Mutter, die sich um ihr krankes Kind sorgt. »Mein liebes Kind … mein liebes Kind«, stammelte er auf Deutsch, als Priscilla herauskam. Sie war so voller Gram, so erschüttert, so anders, als er sie und ihre Stimmungen je erlebt hat. Ihre Augen waren rot, ihre Augenlider schwer von Tränen, ihr Gesicht verknittert und schmaler als gewöhnlich, ihre Mundwinkel hingen mitleiderregend nach unten, ja selbst ihr Haar, das sie aus der Stirn geschoben hatte, sah traurig aus und fiel in lebloser Masse über ihren Hals und ihre Ohren. »Mein liebes Kind«, stammelte der arme Fritzing, und seine Hand zitterte so sehr, dass er etwas von der Milch verschüttete.

Priscilla lehnte sich gegen den Türpfosten. Ihr war übel und ihr schwindelte. »Wie furchtbar das ist«, murmelte sie und sah ihn behutsam und sorgenvoll an.

»Nein, nein … alles wird wieder gut werden«, sagte Fritzing, der versuchte, munter zu sein. »Trinkt etwas Milch, Hoheit.«

»Oh, ich bin so gemein.«

»Gemein?«

Fritzing stellte schnell den Teller und das Glas auf den Fußboden, griff nach Priscillas kraftlos herunterhängender Hand und küsste sie. »Ihr seid die edelste Frau auf der ganzen Welt«, sagte er.

»Oh«, sagte Priscilla, wandte ihren Kopf ab und schloss die Augen angesichts solch leerer Phrasen.

»Hoheit, das stimmt. Ich schwöre es Euch. Aber Ihr seid auch ein Kind, und so seid Ihr bereit, beim ersten Rückschlag zu glauben, dass Ihr nie wieder glücklich sein könnt. Wer weiß«, sagte Fritzing, der große Erleichterung über seine prophetischen Gaben zur Schau stellte, während sein Herz ihm schwer wie Blei war, »wer weiß, vielleicht befindet Ihr Euch gerade jetzt an der Schwelle zum Glück?«

»Oh«, murmelte Priscilla, die zu niedergeschlagen

war, als dass sie etwas anderes tun konnte als den Kopf hängen lassen.

»Es klingt wie eine leere Phrase, wenn ich Euch daran erinnere, dass auf die finsterste Stunde die Morgendämmerung folgt. Dennoch ist es ein bekanntes Naturphänomen.«

Priscilla lehnte ihren Kopf gegen den Türpfosten. Sie stand reglos da, ihre Arme hingen leblos an den Seiten herab, die Augen waren geschlossen, der Mund leicht geöffnet. Sie war das perfekte Bild von jemandem, der aufgegeben hat.

»Trinkt etwas Milch, Hoheit. Versucht es wenigstens.«

Sie beachtete ihn gar nicht.

»Um Himmels willen, Hoheit, geht diese kleinen Missgeschicke nicht in so tragischer Stimmung an. Ihr habt nichts falsch gemacht. Ich weiß, dass Ihr Euch Vorwürfe macht. Es ist verrückt, das zu tun. Ich, der ich Euch so häufig gescholten habe, der ich meinen Zungenschlag nie zurückgehalten habe, wenn ich in den vergangenen Jahren einen guten Anlass dafür gesehen habe, ihn anzuwenden, ich sage Euch jetzt mit derselben zuverlässigen Aufrichtigkeit, dass Eure Taten in diesem Dorf und die Motive, die diese bewirkt haben, in jedem einzelnen Fall von makelloser Ehrwürdigkeit waren.«

Sie beachtete ihn gar nicht.

Er beugte sich hinunter und hob das Glas hoch. »Trinkt etwas Milch, Hoheit. Ein paar Schluck oder auch nur ein Schluck wird Euch helfen, Euren verwirrten Geist genesen zu lassen. Ich kann nicht verstehen«, fuhr er halb verzweifelt, halb erbost fort, »welche Gründe Ihr überhaupt dafür haben könnt, dass Ihr Euch weigert, etwas Milch zu trinken. Ist es doch ein Meisterstück, das auf leichteste Weise vollbracht werden kann.«

Sie regte sich nicht.

»Könnt Ihr Euch vielleicht vorstellen, dass ein ausgehungerter und schlecht behandelter Körper die wertvollste Gabe der Götter beherbergen kann, nämlich einen klaren, gesunden Verstand?«

Sie regte sich nicht.

Er sah sie einen Augenblick lang schweigend an, dann stellte er das Glas wieder ab. »Das ist alles meine Schuld«, sagte er langsam. »Die ganze Verantwortung für Euer Unglück liegt auf meinen Schultern, und ich gestehe offen, dass die Last so schmerzlich ist, dass ich nicht weiß, wie ich sie tragen soll.«

Er hielt inne, doch sie beachtete ihn gar nicht.

»Hoheit, ich habe Euch immer geliebt.«

Sie beachtete ihn nicht.

»Und die Besonderheit der Liebe liegt, wie ich oft beobachtet habe, darin, dass man die Seele des Objekts, das man liebt, verstümmelt und tötet.«

Sie hätte genauso gut eingeschlafen sein können.

»Hoheit, ich habe Euch in eine bedauernswerte Lage gebracht. Ich bin alt, und Ihr seid jung. Ich bin erfahren, Ihr unerfahren. Ich bin bedacht, Ihr impulsiv. Ich bin ein Mann, Ihr eine Frau. Anstatt Euch zurückzuhalten, Euch zu leiten, Euch vor Euch selbst zu schützen, habe ich abscheulich gehandelt und habe Euch mit einer Sehnsucht nach Freiheit angestachelt, die unter den gegebenen Umständen schlecht ist, und habe so einen Ball ins Rollen gebracht, von dem ich hätte wissen müssen, dass man ihn dann nicht mehr zum Halten bringen kann. Ich habe Gedanken in Euren Kopf eingepflanzt, die ohne mich nie dort hineingelangt wären, und Euch zu einem Unternehmen angestachelt, bei dem Euer ganzes Lebensglück notwendig Schiffbruch erleiden musste.«

Sie bewegte sich ein wenig und gab einen leichten Seufzer des Protests von sich.

»Das ist furchtbar für mich – es ist eine erdrückende, tödliche Last. Ganz zu schweigen davon, dass ich Eure Seele verstümmelt, Eure Vernunft benebelt, die süße Kraft und das schöne Gleichgewicht von dem beeinträchtigt habe, was ich einst als heiteren, ausgeglichenen Geist kannte.«

Sie hob ihren Kopf ein wenig und sah ihn an. »Was?«, sagte sie. »Glaubt Ihr … glaubt Ihr, dass ich verrückt werde?«

»Das halte ich für sehr wahrscheinlich, Hoheit«, sagte Fritzing mit Überzeugung.

Ein aufgeschreckter Ausdruck kroch in ihre Augen.

»Eine solch morbide Selbstbeobachtung«, fuhr er fort, »gefolgt von Stunden des Weinens und des Fastens, wird, wenn man ihr lange genug nachgibt, sicherlich dieses Resultat nach sich ziehen. Ein Mensch, der eine ausreichend lange Zeit fastet, trennt sich beständig Stück für Stück von wertvollen Teilen seines Verstandes.«

Sie streckte ihm die Hand hin.

Er missverstand die Geste, verneigte sich und küsste sie.

»Nein«, sagte Priscilla, »ich will die Milch.«

Er gab ihr die Milch, wobei er sie mit all der Dankbarkeit und der Erleichterung einer Mutter beobachtete, deren krankes Kind Anzeichen von Besserung zeigt. Als Priscilla fertig war, reichte sie ihm das Glas. »Fritzi«, sagte sie und sah ihn mit Augen an, die jetzt weit geöffnet und voller besorgter Fragen waren, »dann dürfen wir uns keine Vorwürfe machen, sofern uns dies gelingt …«

»Sicherlich nicht, Hoheit … das ist völlig nutzlos.«

»Ich werde versuchen, das zu glauben, was Ihr über mich sagt, wenn Ihr mir versprecht, das zu glauben, was ich über Euch sage.«

»Hoheit, ich werde alles glauben, wenn Ihr nur vernünftig sein wollt.«

»Ihr seid alles für mich – das ist es, was ich sagen möchte. Immer, seit ich denken kann.«

»Und Ihr, Hoheit? Was seid Ihr nicht für mich?«

»Und es gibt nichts, absolut nichts, wofür Ihr Euch tadeln könnt.«

»Hoheit …«

»Ihr seid zu gut, zu selbstlos gewesen, und ich habe Euch mit mir in die Tiefe gezogen.«

»Hoheit …«

»Nun, wir wollen nicht von vorne beginnen. Aber sagt mir eins – und sagt mir die Wahrheit – oh, Fritzi, sagt mir die Wahrheit, wenn Euch Eure Seele etwas wert ist – seht Ihr irgendwo auch nur ein bisschen Licht in unserer Zukunft? Seht Ihr irgendwo auch nur ein bisschen, ein kleines bisschen Hoffnung?«

Er nahm ihre Hand wieder und küsste sie. Dann hob er den Kopf und sah sie sehr feierlich an. »Nein, Hoheit«, sagte er mit der Überzeugungskraft von einem, der sich seiner Sache ganz sicher ist, »bei meiner unsterblichen Seele: Ich sehe keine Spur eines Lichtschimmers.«

XXII

Man kann sich vorstellen, wie Priscilla am nächsten Morgen die Treppe herunterkam. Es war ein goldener, ruhiger Sonntagmorgen, doch Priscilla hatte bleischwere Lider und eine bleischwere Seele. Ihre schäbigen Kleider erschienen wie ein Symbol ihrer erschöpften Energie, ihr Gesicht war das Gesicht von jemandem, der keinen Frieden mehr kennt, ihre Augen die Augen von jemandem, der mit der Zukunft hadert und ständig fragt: »Was passiert als Nächstes?« und mit einem »O nein, bitte nicht das« vor der unverblümten Antwort zurückschreckt.

Draußen vor der Tür zeigte sich die Natur von ihrer mildesten, wohltätigsten Seite. Sie scherte sich offensichtlich nicht im Geringsten um die erbärmlichen Tragödien des täglichen Lebens. Die Hügel waren in sanftes Licht gebadet. Das Sonnenlicht lag warm auf den Cottages. In den Gärten summten hoffnungsvolle Bienen, die sich betrügen ließen und an den Sommer glaubten, während sie um die blassen malven- und purpurfarbenen Asternreste schwirrten. Das Gras des Kirchhofs funkelte unter dem zauberhaften Schleier des Altweibersommers. Sperlinge zirpten. Rotkehlchen pfiffen. Und der Mensch gab dem Bild den letzten Schliff, indem er die Kirchenglocken melodisch zum Gebet läuten ließ.

Zweifelsohne war es ein segensreicher Tag, vorausgesetzt, man konnte jemanden finden, der sich segnen lassen würde. Möge die Leserin sich dann diese äußerliche Heiterkeit vorstellen, diese göttliche Stille, diese helle und lichtüberflutete Welt, sowie das innere muffige Gemäuer von Creeper Cottage, wo Priscilla zum Frühstück herunterkam, voller Verzweiflung in den Augen und im Herzen.

Sie frühstückten spät, so spät, dass Mrs. Morrisons Orgelspiel und der Gesang des Dorfchors sie begleitete, beides durch die dazwischen liegenden Kirchenmauern und den Friedhof so wundersam bereinigt und verschönt. Die Tür ihres Cottages stand weit offen, denn die Straße war leer. Jedermann war in der Kirche. Der Gottesdienst war, wie Mrs. Morrison hinterher bemerkte, ungewöhnlich gut besucht. Das Orgelsolo, das sie an dem Tag spielte, waren die Trauermärsche, und der Pfarrer wählte den Text »Herr, wer ist es?« für eine erschütternde Predigt.

Er ging davon aus, dass eines seiner Gemeindemitglieder Mrs. Jones' Mörder sein müsste. Es war ein schmerzlicher Gedanke, doch man musste ihm ins Auge blicken. Er hatte so lange jenseits von Klatsch und Tratsch gelebt, war der sich ständig wetzenden Zunge der Gerüchte gegenüber so taub gewesen, dass er vergessen hatte, wie weit selbst kleine Fetzen weitergetragen werden können. Und so kam es ihm gar nicht in den Sinn, dass die Kunde von Mrs. Jones' Kissen als ihr Geldversteck über das Dorf hinausgelangt sein könnte. Das Ereignis hatte ihn so erschüttert, wie sich jemand erschüttern lässt, der es schon lange aufgegeben hat, sich erschüttern zu lassen. Er hatte zwei furchtbare Tage mit Mrs. Morrison hinter sich, die in dem Augenblick begannen, als sie mit den Neuigkeiten nach Hause kam, dass man ihren Sohn geohrfeigt hatte. Da ich nichts weiter davon berichtet habe, werden Sie sicher geahnt haben, dass der Pfarrer sich weigerte, Priscilla zu besuchen und zu schelten. Er hatte Erklärungen für sie gefunden. Er war so vollständig, auf so nervtötende Weise störrisch gewesen, wie die sehr guten Menschen es zuweilen sind. Dann geschah der Mord an Mrs. Jones. Er war sehr erschüttert, weigerte sich aber immer noch, Priscilla im Zusammenhang damit aufzusuchen, und rümpfte die Nase über die Vorstellung, Priscilla könne für das Verbrechen verantwortlich sein – sofern ein alternder Heiliger mit gewöhnlich ernstem Auftreten überhaupt die Nase rümpfen kann. Er sagte, sie trage keine Verantwortung. Als seine Frau mit der ganzen Emphase, die temperamentvollen Menschen eigen ist, sagte, dass er es sich selbst, seiner Gemeinde und seinem Land schuldig sei, zu ihr zu gehen und sie anzuklagen, erwiderte er, dass er niemandem irgendetwas schuldete außer der gegenseitigen Liebe. Man konnte mit dem Pfarrer einfach nichts anfangen. Aber dennoch waren Szenen solcher Art nicht schadlos an ihm vorübergegangen, sodass er bis an seine Grenzen getrieben war, als er an jenem Tag die Kanzel bestieg und die Frage: »Wer ist es?« so beharrlich und flehend wiederholte, mit so suchenden Blicken die Reihen entlangging, dass die Gemeindemitglieder mit den Füßen scharrten, sich unwohl fühlten und einander verstohlen und mit zunehmendem Misstrauen und Abneigung ansahen. Während der Pfarrer sich immer stärker erwärmte und immer beharrlicher wurde, bemerkte er mindestens ein Dutzend Gesichter, die äußerst schuldbewusst aussahen. Die Schuld kroch wie eine Kröte aus dem privaten Morast, der sich am Grunde jeder Seele versteckt, und wanderte von einem Gesicht zum nächsten. Unter den Anwesenden war auch ein junger Mann, dessen Schuldbewusstsein so sichtbar zunahm, der so viele offensichtlich schuldige Schweißperlen auf der Stirn hatte und Augen, die so schuldbewusst aus ihren Höhlen starrten, dass der Pfarrer nur durch eine heftige Anstrengung an sich halten konnte, nicht auf ihn zu zeigen und hier und jetzt auszurufen: »Du bist der Schuldige!«

In der Zwischenzeit hatte der wahre Mörder eine Kutsche gemietet und unternahm mit seiner Frau eine fröhliche Landpartie.

Priscilla kam nur zum Frühstück herunter, um Fritzi zu beruhigen. Wäre sie allein gewesen, so hätte sie am liebsten niemals wieder gefrühstückt. Sie trank sogar mehr Milch, um ihm einen Gefallen zu tun, doch konnte keine Milch der Welt die tiefe Dunkelheit ihrer Seele beseitigen. Als er sah, wie sie hinter dem Krug den Kopf hängen ließ und auf nichts Bestimmtes starrte, sprang er auf, nahm ein Buch aus dem Regal und begann, ohne weitere Umstände laut daraus vorzulesen. »Das ist besser, Hoheit«, erklärte er kurz, als er sie über seine Brillengläser ansah, »als zuzulassen, dass Ihr Euch Eurer Schwermut ergebt.«

Priscilla wandte ihm ihre verschwommenen Augen zu. »Was kann ich gegen die Schwermut machen?«

»Ja, ja, das kann schon sein. Aber niemand sollte zum Frühstück schon schwermütig sein. Als Folge davon kann der ganze Tag zum Verderben verdammt sein.«

»Er ist sowieso schon verdorben«, sagte Priscilla und ließ den Kopf hängen.

»Hoheit, hört nur zu.«

Und mit einem Stück Brot und Butter in der einen Hand, von dem er ab und an eilige Bissen nahm, mit der anderen, die an den entsprechenden Stellen wild gestikulierte, las Fritzing ihr Teile aus den *Persern* des Aischylos vor, zunächst auf Griechisch, um sein eigenes Ohr zu verwöhnen, und dann übersetzte er es für ihre Erbauung ins Englische. Wenigstens Fritzing hatte sich nach dem ersten Vers erhoben und segelte auf goldenen Meeren davon, weit weg und glorreich, zu Orten, wo die Worte schön und die Taten heroisch waren, zu wunderschönen und tapferen Orten, die bewundernswert und ganz anders waren als Creeper Cottage. Er rollte die Sätze hervor, drehte sie auf der Zunge hin und her, kostete sie und war unwillig, sie gehen zu lassen. Sie saß da, sah ihn an und fragte sich, wie er auch nur für einen Moment die Wirklichkeit und die Gegenwart vergessen konnte.

»Xerxes ging weiter, Xerxes ging unter, Xerxes zerstörte alle Dinge auf dem Meeresgrund …«, deklamierte Fritzing.

»Er scheint uns ganz ähnlich gewesen zu sein«, murmelte Priscilla.

»Oh, Darius, der Unversehrte, der Beschützer! Keine Frau hat je betrauert seine Heldentaten …«

»Was für ein netter Mann«, seufzte Priscilla. »Oh, Darius!«

»Hoheit, wenn Ihr mich unterbrecht, wie kann ich da lesen? Dabei ist es eine wunderschöne Passage!«

»Aber wir brauchen dringendst einen Darius!«, stöhnte Priscilla.

»Die Schiffe fahren weiter, jene graugesichtigen Schiffe, die einander gleichen wie ein Vogel dem anderen, jene Schiffe und alles, was sie bei sich tragen, gehen unter durch die Taten der Griechen. Der König, so sagt man, entflieht, wenn auch knapp, in die thrakischen

Ebenen und auf die mühevollen Wege, hinter sich lassend seine Erstlingswerke – unbegrab'ne Seemänner an den Ufern von Salamis. Klagt auch ihr, zwingt euch selbst zur Trauer, lasst den Himmel erzittern, heult wie Hunde in tiefem Schrecken, werfen doch die furchtbaren Gewässer sie gegeneinander, und die stimmlosen Kinder der Reinen zerreißen sie in viele Stücke. Das Haus hat keinen Herrn …«

»Fritzi, ich wünschte, Ihr würdet aufhören«, bat Priscilla ihn. »Das ist genauso trübsinnig wie alles, woran ich denken kann.«

»Aber, Hoheit, der Unterschied liegt darin, dass es zugleich schön ist, während der Trübsinn, der uns gegenwärtig umgibt, einfach nur Schmutz ist. ›Die stimmlosen Kinder der Reinen …‹ – wie gefällt Euch das hinsichtlich seiner Schönheit?«

»Ich weiß noch nicht einmal, was es bedeutet«, seufzte Priscilla.

»Hoheit, das ist eine höchst poetische Anspielung auf Fische!«

»Das ist mir egal«, sagte Priscilla.

»Hoheit, ist es möglich, dass die Fäulnis der vergänglichen und äußeren Umstände in das eingedrungen ist und sich auf dem niedergelassen hat, was immer von erhabener Unzugänglichkeit sein sollte, nämlich Eurer Seele?«

»Die Fische sind mir egal«, wiederholte Priscilla lustlos. Dann schob sie mit einer plötzlichen Bewegung ihren Stuhl weg und sprang auf. »Oh«, rief sie und schlug die Hände zusammen, »erzählt mir nicht von Fischen, wenn ich keinen Zentimeter … oh, keinen einzigen Zentimeter in die Zukunft sehen kann!«

Fritzing sah sie an, den Finger auf die Seite seines

Buches geheftet. Er befand sich noch halb in der Tiefe der klassischen Meere mit den geschlagenen und zerrissenen Schiffern. Wie viel lieber wäre er auch dort geblieben, hätte noch eine Weile Aischylos gelesen und auch Priscilla für einen kurzen Moment aus der gequälten Gegenwart in diese heitere, feuchte Zuflucht entführt. Wie viel lieber hätte er wenigstens einen Vormittag lang die Notwendigkeit vergessen, diese Langeweile, dazu gezwungen zu sein, den Dingen ins Auge zu sehen, darüber zu sprechen, Entscheidungen zu treffen. Außerdem, was konnte er entscheiden? Der unglückliche Fritzing wusste es einfach nicht. Ebenso wenig wie Priscilla. In Symford zu bleiben schien unmöglich zu sein, doch es zu verlassen, schien noch unmöglicher. Und Priscilla spürte, dass sie eher sterben würde, bevor sie entehrt nach Kunitz zurückkehren würde, um sich ihrem Vater zu Füßen zu werfen, die sie aller Wahrscheinlichkeit nach sofort wegschubsen würden. Doch wie konnte sie in Symford bleiben, umgeben von wütenden Nachbarn, Tür an Tür mit Tussie, mit Robin, der für die Ferien zurückkommen würde, mit Mrs. Morrison, die sie hasste, mit Lady Shuttleworth, die sie hasste, mit Emmas Vater, der sie hasste, mit dem Blut von Mrs. Jones an ihren Händen? Wie konnte man an einem solch verfluchten Ort friedlich leben? Doch wie konnten sie fortgehen? Selbst wenn sie fähig wären, sich ausreichend zusammenzureißen, um neue Pläne zu schmieden, konnten sie nicht fortgehen, denn sie waren verschuldet.

»Fritzi«, rief Priscilla mit mehr Leidenschaft, als sie je zuvor in ihre Stimme gelegt hatte, »das Leben ist zu viel für mich!« Und mit einer Geste, als wollten ihre Arme alles wegfegen, es davon abhalten, sich ihrer zu bemächtigen, sie zu ersticken, lief sie auf die Straße hinaus, um in ihr eigenes Zimmer zu gelangen und allein zu sein. Aus Furcht, er würde ihr folgen und ihr alles erklären und sie trösten wollen, zog sie die Tür hinter sich zu. Sie ließ ihn mit seinem Aischylos zurück, in den der Glückliche sich nach einem seufzenden Seitenblick auf Priscilla sofort wieder vertiefte. Priscilla hingegen rannte blind, Hals über Kopf, so wie jemand rennt, der von einem Schwarm tödlicher Insekten umgeben und begleitet ist, die er vergebens hinter sich zu lassen versucht. Und so rannte sie geradewegs in jemanden hinein, der aus der entgegengesetzten Richtung kam, rannte voller Wucht, wurde fast umgestoßen und blickte ungeduldig und mit schmerzverzerrtem Gesicht hoch. Dabei sah sie aus, als würde von ihr erwartet, dass sie alle Leiden dieser Welt trug. Dann öffneten sich ihre Lippen in grenzenlosem Erstaunen, denn der Mensch, gegen den sie gelaufen war, war der Prinz – jener Prinz, der sich von dem Rest dadurch unterschied, dass er das übersprudelnde Temperament des Großherzogs durch den einfachen Ausdruck »Blödsinn« zum Schweigen gebracht hatte und der so ernsthaft vorhatte, sie zu heiraten.

XXIII

Hallo«, sagte der Prinz, der bewundernswert gut Englisch sprach.

Priscilla konnte ihn nur anstarren.

Instinktiv wollte der Prinz den Ausruf wiederholen, von dem er meinte, dass er seine Gefühle ganz genau wiedergab, denn ihr Aussehen – Kleidung, Gesichtsausdruck, alles – erstaunte ihn, doch er zweifelte daran, dass eine Wiederholung sich lohnen würde. »Wohnt Ihr hier?«, fragte er stattdessen.

»Ja«, sagte Priscilla.

»Darf ich hereinkommen?«

»Ja«, sagte Priscilla.

Er folgte ihr in ihr Wohnzimmer. Er sah sie kritisch an, als sie langsam vor ihm ging, er sah sie von Kopf bis Fuß kritisch an, sah jeden Zentimeter des schäbigen Sergestoffes, den kleinen Kopf mit dem schlecht frisierten Haar, den kleinen Absatz, der sich in einem losgerissenen Stück Kleiderborte verfing, den kleinen Schuh mit seiner Schleife aus ausgefranstem Band, und er lächelte breit unter seinem Schnurrbart. Doch als sie sich umdrehte, sah er völlig ernst aus.

»Ich nehme an«, sagte der Prinz, der seine Hände in die Taschen steckte und sich mit dem Anschein fröhlichen Interesses im Zimmer umsah, »das ist das, was man ein gemütliches kleines Häuschen nennt.«

Priscilla stand stumm da. Sie fühlte sich, als hätte man sie unerwartet aus dem Schlaf gerissen. Trotz der schweren Zeit, die sie durchgemacht hatte, trotz der Schatten unter den Augen, trotz der herabhängenden Mundwinkel und trotz, auch das muss gesagt werden, der krassen ländlichen Manier, in der Annalise ihr das Haar frisiert hatte, erschien ihr Gesicht dem Prinzen so wunderschön, so absolut als das Gesicht seiner tiefsten, besten Sehnsüchte, mit seiner Offenheit, dem anmutigen Teint und der hübschen Form. Zudem erstrahlte darin eine süße und edle Natur und war so deutlich der Ausdruck einer schönen Seele, dass der Prinz, nachdem er einen Blick auf das Zimmer geworfen hatte, seine Augen nicht von ihm abwenden konnte.

Ein oder zwei Minuten stand sie still da. Sie versuchte, ihre Gedanken zu sammeln und das Gefühl abzuschütteln, dass sie aus einem Traum aufwachte und ins Leben zurückgerufen wurde. Es war kein Traum, sagte sie sich immer wieder – leider war es kein Traum, sondern Wirklichkeit. Und dieser Mann fiel plötzlich aus einer anderen Welt hier herein, er war der Traum oder zumindest Bestandteil des Traumes, gegen den sie vor vierzehn Tagen rebelliert hatte und vor dem sie geflohen war.

Dann sah sie ihn an, und sie wusste, dass das Unsinn war. Niemals war jemand weniger ein Traum gewesen als der Prinz, der klar und deutlich Wirklichkeit war. Und er war einer der ihren, war aus ihrer eigenen Welt. Er und sie waren einander ebenbürtig. Sie konnten klar und offen miteinander reden, ungeschmückt und unbehindert von Rücksichtnahme auf der einen Seite und Freundlichkeit auf der anderen, die zu Übertreibungen neigte, da sie ständig fürchten musste, herablassend zu erscheinen. Es war ein höchst erholsames Gefühl, nach einer Ewigkeit – denn so erschien es Priscilla – endlich wieder jemandem gegenüber zu stehen, der ihr ebenbürtig war. In den wenigen Minuten, die sie still dastanden und einander anblickten, kam eine große Ruhe auf und legte sich über ihre Seele, obwohl sie sich ernsthafte Mühe gab, dies zu verhindern. Denn es gab ganz und gar keinen Anlass, sich ruhig zu fühlen, dachte sie, als sie dagegen ankämpfte. Gab es nicht eher einen Grund, sich unendlich zu schämen? Warum war er gekommen? Ausgerechnet er, den sie auf skandalöse Weise hatte sitzenlassen, beleidigt hatte, vor dem sie weggelaufen war. Sah dieser Mann so gepflegt aus, weil sie Fritzing so lange angesehen hatte? Oder sah er im Vergleich zu Tussie so gesund aus? Oder im Vergleich zu Robin so bescheiden? Schien sein Blick so freundlich, weil die Augen der anderen – von Mrs. Morrison, von Lady Shuttleworth – in letzter Zeit so böse waren, wenn sie sie angesehen hatten? Nein, sie konnte sich daran erinnern, dass sie ihr auch damals freundlich erschienen waren, als sie ihn zum ersten Mal in Kunitz sah, ja, es war ihr sogar aufgefallen. Eine matte Röte kroch ihr ins Gesicht, als sie sich an den Tag erinnerte und an das, was darauf folgte. »Es ist nicht sehr gemütlich«, sagte sie schließlich, wobei sie versuchte, durch eine sorgfältig gewählte abweisende Stimme all die seltsamen Gefühle zu verbergen, die sie empfand. »Wenn es regnet, bilden sich Pfützen an der Tür. Die Tür, wie Ihr seht, führt direkt auf die Straße hinaus.«

»Ich verstehe«, sagte der Prinz.

Sie schwiegen beide.

»Ich glaube nicht, dass Ihr das wirklich tut«, sagte Priscilla voller seltsamer Gefühle.

»Meine liebe Cousine?«

»Ich frage mich, ob Ihr gekommen seid, um mich auszulachen?«

»Sehe ich so aus?«

»Ich nehme an, Ihr denkt … weil Ihr es selbst nicht durchgemacht habt … dass es … dass es ziemlich albern ist.«

»Meine liebe Cousine«, protestierte der Prinz.

Ihre Lippen zitterten. Sie hatte viel durchgemacht, und die letzten beiden Tage hatte sie nichts als Milch zu sich genommen.

»Wischt Ihr die Pfützen auf, oder macht das der alte Fritzing?«

»Seht Ihr, Ihr seid doch gekommen, um mich auszulachen.«

»Ich hoffe, Ihr glaubt mir, dass dem nicht so ist. Soll ich lieber trübsinnig sein?«

»Woher wisst Ihr, dass Fritzing hier ist?«

»Aber das weiß doch jeder.«

»Jeder?« Es folgte eine erstaunte Pause. »Woher wisst Ihr, dass wir hier sind … hier in Creeper Cottage?«

»Es heißt Creeper Cottage? Ich wusste nicht, dass es einen Namen hat. Gibt es hier denn so viel Ungeziefer?«

»Woher wusstet Ihr, dass wir in Symford sind?«

»Aber das weiß doch jeder.«

Priscilla sagte nichts. Wieder fühlte sie sich, als würde man sie aus einem Traum aufwecken.

»Ich habe eine ganze Reihe interessanter Leute kennen gelernt, seit ich Euch zum letzten Mal gesehen habe«, sagte er. »Zumindest fand ich sie interessant, weil sie Euch kennen.«

»Mich kennen?«

»Euch und diesen alten Hundes… diesen wunderbaren Fritzing. In Kunitz gibt es zum Beispiel einen äußerst freundlichen Polizisten …«

»Oh«, sagte Priscilla, die zusammenzuckte und rot wurde. Sie konnte nicht an diesen Polizisten denken, ohne die Fäuste zu ballen.

»Er und ich sind enge Freunde geworden. Und dann gibt es da noch eine hoch intelligente Person, eine wirklich sehr hilfreiche, gefällige Person, die mit Euch von Dover nach Ullerton gefahren ist.«

»Mit uns.«

»Auch die Unterhaltung mit dem Stallknecht im Ullerton Arms fand ich von höchstem Interesse.«

»Aber was …«

»Und letzte Nacht habe ich auf Baker's Farm übernachtet und einen sehr angenehmen Abend mit Mrs. Pearce verbracht.«

»Aber warum …«

»Sie ist eine sehr gesprächige Frau. Ihr Schwachpunkt ist, würde ich sagen, ihr Quark.«

»Ich frage mich, warum Ihr so redet … und so sarkastisch seid.«

»Über den Quark? Fandet Ihr nicht, dass er schlecht ist?«

»Glaubt Ihr, dass es sich lohnt … Jemanden zu treten, der ohnehin schon am Boden liegt? Und so tief unten am Boden? So vollständig am Boden?«

»Treten? Ich versichere Euch von ganzem Herzen, dass das Allerletzte, was ich zu tun wünsche, ist, Euch zu treten.«

»Warum tut Ihr es dann?«

»Ich tue es nicht. Wisst Ihr, warum ich hier bin?«

»Steht mein Vater vor der Tür?«

»Niemand steht vor der Tür. Ich habe Euren Vater

zum Schweigen verurteilt. Ich bin ganz alleine gekommen. Und wisst Ihr, warum?«

»Nein«, sagte Priscilla kurz angebunden und trotzig. Bevor er etwas sagen konnte, fügte sie hinzu: »Ich kann es mir nicht vorstellen.« Und dem fügte sie hinzu, wieder, bevor er etwas sagen konnte: »Es sei denn, weil es so viel Spaß macht, eine schutzlose Beute in die Enge zu treiben.«

»Das ist eine sehr malerische Antwort«, sagte der Prinz, der aussah, als sei er zutiefst getroffen.

Priscilla errötete. Gegen ihren Willen fühlte sie sich durch jedes Wort, das sie sagten, ungezwungener, weit weg von Selbstquälerei und niedrigen Ängsten, näher an diesem gesunden Geisteszustand, in dem Trotz stärker ist als Sanftmut und der sie in letzter Zeit verlassen hatte. Die bloße Anwesenheit des Prinzen schien die Dinge ins Lot zu rücken und ihre Selbstachtung wiederherzustellen. Der Mann hatte zweifelsohne etwas Normales an sich, etwas Alltägliches und Beruhigendes, etwas Zuverlässiges und Gesundes. Das erste Lächeln seit ich weiß nicht wann kam hervor und munterte ihre Mundwinkel auf. »Ich befürchte, ich bin hochtrabend geworden, seit … seit …«

»Seit Ihr davongelaufen seid?«

Sie nickte. »Wisst Ihr, Fritzing redet immer sehr malerisch. Ich glaube, das steckt an. Aber er ist wunderbar«, fügte sie schnell hinzu, »ganz wunderbar, was seine Geduld und seine Güte anbetrifft.«

»Oh, jeder weiß, dass er wunderbar ist. Wo ist denn dieser großartige Mann?«

»Nebenan. Möchtet Ihr ihn sehen?«

»Himmel, nein. Ihr habt mir noch nicht gesagt, was Ihr denkt, weshalb ich gekommen bin.«

»Das habe ich Euch gesagt. Ich sagte, ich könne es mir nicht vorstellen.«

»Es hat einen ganz heiligen, einen wirklich schönen Grund. Ratet.«

»Ich kann nicht raten.«

»Oh, versucht es doch.«

Zu ihrem größten Widerwillen spürte Priscilla, dass sie errötete. »Ich nehme an, um die Kargheit des Landes zu erkunden«, sagte sie streng.

»Jetzt seid Ihr wieder malerisch. Ihr müsst in letzter Zeit eine Unmenge gelesen haben. Natürlich habt Ihr das getan, mit diesem alten Fossil, das Ihr bei Euch habt. Nein, meine Liebe, ich bin einfach deshalb gekommen, um zu sehen, ob Ihr glücklich seid.«

Sie sah ihn an, und die Röte in ihrem Gesicht ließ langsam nach.

»Einfach, um mich zu überzeugen, dass Ihr glücklich seid.«

Da ihre Augen sich mit Tränen füllten, hielt sie es für nützlicher, sie auf die Tischdecke zu heften. Sie heftete sie auf die Tischdecke, und der goldene Flaum von Wimpern, den er aus gutem Grunde für wunderschön hielt, lag in langen, dunklen Bögen auf ihrem ernsten Gesicht. »Das ist außerordentlich nett von Euch … falls es wahr ist«, sagte sie.

»Natürlich ist es wahr. Und wenn Ihr glücklich seid, wenn Ihr mir sagt, dass Ihr glücklich seid und ich es glauben kann, dann verneige ich mich vor Euch und verlasse Euch, liebe Cousine, und werde die mir verbliebenen Energien darauf verwenden, Euren Vater weiterhin zum Schweigen zu bringen. Ich verspreche Euch, dass er Euch dann auf ewig in Ruhe lassen wird. Habe ich ihn bisher nicht gut im Griff?«

Sie erhob ihre Augen zu den seinen. »Wart Ihr das, der ihn so ruhig gehalten hat?«

»Ja, das war ich, meine Liebe. Ihr habt keine Vorstellung davon, was er alles unternehmen wollte. Das erforderte eine ganz schön starke Hand, und eine lockere dazu, das kann ich Euch sagen. Aber ich war entschlossen, Euch Euren Willen zu lassen. Diese Frau Disthal ...«

Priscilla zuckte zusammen.

»Ihr mögt sie nicht?«, erkundigte sich der Prinz mitfühlend.

»Nein.«

»Das habe ich befürchtet. Das ist der Teil, den ich nicht so gut in Griff bekommen habe. Sie ist in London.«

Priscilla zuckte erneut zusammen. »Ich dachte ... ich dachte, sie ist bettlägerig.«

»Das war sie auch, aber sie ist wieder aufgestanden. Eure ... Eure Abreise hat sie genesen lassen.«

»Sagtet Ihr mir nicht, dass niemand vor der Tür steht?«

»Aber, Ihr werdet doch nicht sagen wollen, dass London vor der Tür liegt? Ich werde sie nicht näher an Euch herankommen lassen. Sie wartet dort ganz still.«

»Worauf wartet sie?«, fragte Priscilla schnell.

»Nun, sie ist doch Eure Hofdame, oder, wie es auf Englisch heißt, *lady in waiting*. Deshalb ist es doch ganz natürlich, dass sie auf Euch wartet, oder?«

»Nein«, sagte Priscilla und runzelte die Stirn.

»Ihr solltet nicht die Stirn runzeln. Sie musste mitkommen. Sie hat einige Eurer Zofen mitgebracht und eine Menge« – er schielte auf das blaue Serge-Kleid und legte die Hand an seinen Schnurrbart – »eine Menge Kleider.«

»Kleider?« Priscillas Gesicht nahm Farbe an. Sie konnte in dem Augenblick nichts dagegen tun, ebenso wie ein verhungernder Mensch nichts dagegen tun kann, ungeduldig auszusehen, wenn man einen Teller mit Essen vor ihn stellt. »Oh«, sagte sie. »Ich hoffe, es sind die richtigen, die, die ich aus Paris erwartete?«

»Das halte ich für sehr wahrscheinlich. Es scheinen eine ganze Menge zu sein. Ich habe noch nie so viele Kartons für eine kleine Cousine gesehen.«

Priscilla machte eine plötzliche Bewegung mit ihren Händen. »Ihr könnt Euch nicht vorstellen«, sagte sie, »wie sehr ich dieses Kleides überdrüssig bin.«

»Doch, das kann ich«, sagte der Prinz.

»Ich trage es jeden Tag.«

»Das müsst Ihr wohl.«

»Jeden einzelnen Tag, seit ich … ich …«

»Seit Ihr vor mir davongelaufen seid.«

Sie errötete. »Ich bin nicht vor Euch davongelaufen. Zumindest nicht direkt. Ihr wart nur der letzte Tropfen, der das Fass zum Überlaufen brachte.«

»So etwas ist ein Mann gerne.«

»Ich bin davongelaufen, weil … oh, es ist eine lange Geschichte und dazu noch, befürchte ich, eine sehr dumme.«

Ein Leuchten kam in die Augen des Prinzen. Er ging einen Schritt auf sie zu, überlegte es sich jedoch gleich wieder und ging ihn wieder zurück. »Vielleicht«, sagte er freundlich, »war nur der Anfang dumm, und Ihr werdet Euch mit der Zeit hier einrichten und Creeper Cottage richtig mögen.«

Sie sah ihn erschreckt an.

»Seht Ihr, meine Liebe, das war wirklich etwas Unglaubliches, was Ihr getan habt. Ihr müsst die Nase gründlich vollgehabt haben von den Dingen in Kunitz. Ich kann das gut verstehen. Man konnte nicht von Euch erwarten, dass ich Euch gleich gefiel. Und wenn ich diese Frau Disthal immer auf den Fersen hätte, wo immer ich hingehe, dann würde ich mich erschießen. Was Ihr getan habt, ist in der Tat viel tapferer, als sich zu erschießen. Doch die Frage ist: Gefällt es Euch so gut, wie Ihr es erwartet habt?«

Priscilla warf ihm einen kurzen Blick zu und sagte nichts.

»Wenn nicht, dann ist die Disthal da und wartet auf Euch mit all den entzückenden Kleidern, und alles, was Ihr tun müsst, ist, diese anziehen und nach Hause fahren.«

»Aber ich kann nicht nach Hause fahren. Wie könnte ich das? Ich bin in Ungnade gefallen. Mein Vater würde mich niemals wieder aufnehmen.«

»Oh, darum würde ich mich kümmern. Ich glaube, er wäre nicht böse, wenn Ihr meine Anweisungen genau befolgt. Andererseits, wenn es Euch hier gefällt und Ihr hierbleiben wollt, dann ist dazu nichts weiter zu sagen. Ich werde mich verabschieden und verspreche Euch, dass man Euch in Ruhe lässt. Dann könnt Ihr ganz und gar auf Eure eigene Weise glücklich werden.«

Priscilla sagte nichts.

»Ihr seht nicht ... glücklich aus«, sagte er und betrachtete aufmerksam ihr Gesicht.

Sie sagte nichts.

»Ihr seid sehr dünn geworden. Wie habt Ihr das in so kurzer Zeit fertiggebracht?«

»Wir haben alles ziemlich durcheinander gebracht«,

sagte sie mit einem verschämten Lächeln. »An den Tagen, an denen ich hungrig war, gab es nichts zu essen, und dann, als es etwas gab, war ich nicht hungrig.«

Der Prinz sah verwirrt aus. »Hat dieser alte Schuft … ich meine, hat dieser wunderbare Fritzing nicht genug Geld mitgenommen?«

»Er dachte, es sei genug, aber es reichte nicht.«

»Habt Ihr alles ausgegeben?«

»Wir haben Schulden.«

Wieder verdeckte er seinen Schnurrbart mit einer Hand. »Nun, ich werde mich natürlich darum kümmern«, sagte er ernst. »Und wenn das erledigt ist, seid Ihr sicher, dass es Euch gefallen wird, hier zu bleiben?«

Sie nahm all ihren Mut zusammen und blickte ihm für einen Augenblick gerade ins Gesicht. »Nein«, sagte sie.

»Nein?«

»Nein.«

Es trat eine weitere Pause ein. Er stand auf dem Kaminvorleger, sie auf der anderen Seite des Tisches. Doch das Zimmer war so klein, dass er sie, wenn er seine Hand ausgestreckt hätte, berühren könnte. Ein seltsamer Ausdruck lag in seinen Augen, als er sie ansah, ein Ausdruck, der deutlich im Widerspruch stand zu seiner ruhigen und mitfühlenden Rede. Es war der tief besorgte Ausdruck eines Mannes, der weiß, dass sein ganzes Glück auf der Waagschale liegt. Sie sah ihn nicht, denn sie zog es vor, auf das Tischtuch zu schauen.

»Furchtbare Dinge sind hier passiert«, sagte sie mit leiser Stimme.

»Welcher Art?«

»Entsetzlicher Art. Furchtbarer Art.«

»Erzählt mir davon.«

»Das könnte ich nicht ertragen.«

»Aber ich glaube, ich weiß davon.«

Sie sah ihn erstaunt an.

»Mrs. Pearce …«

»Sie hat Euch davon erzählt?«

»Was sie wusste, das hat sie mir erzählt. Aber vielleicht gibt es etwas, wovon sie nichts weiß.«

Priscilla erinnerte sich an Robin und errötete.

»Ja, auch davon hat sie mir erzählt«, sagte der Prinz und nickte.

»Wovon?« Priscilla zuckte zusammen.

»Von dem Gutsherrn, der die Absicht hat, Euch zu heiraten.«

»Oh«, sagte Priscilla.

»Es wird ihn hart treffen, nicht wahr? Ist Euch nicht in den Sinn gekommen, dass Miss Maria-Theresia Ethel Neumann-Schultz recht häufig in solche Situationen geraten wird?«

»Ich befürchte, Ihr seid doch nur hierher gekommen, um Euch über mich lustig zu machen«, sagte Priscilla mit zitternden Lippen.

»Ich schwöre, ich bin nur hier, um zu schauen, ob Ihr glücklich seid.«

»Nun, dann schaut.« Sie warf ihren Kopf voller Trotz zurück und sah ihn an, während ihre Augen sich mit Tränen füllten, und obwohl sie überfluteten und mitleiderregend eine nach der anderen herunterfiel, zuckte sie nicht, sondern sah ihn weiterhin an.

»Ich schaue«, sagte der Prinz ruhig. »Und ich bin überzeugt. Ich werde Euch in dem Fall natürlich vorschlagen, diesen Ort zu verlassen.«

»Das möchte ich auch.«

»Und Euch in die Hände der Disthal zu begeben.«

Priscilla zuckte zusammen.
»Nur vorübergehend. Ganz vorübergehend. Und ihr zu gestatten, Euch zurück nach Kunitz zu bringen.«
Priscilla zuckte wieder zusammen.
»Nur vorübergehend«, sagte der Prinz.
»Aber mein Vater würde niemals …«
»Doch, meine Liebe, er wird. Er wird überglücklich sein, Euch zu sehen. Er wird hocherfreut sein.«
»Hocherfreut?«
»Ich versichere Euch, das wird er. Ihr müsst nur das tun, was ich Euch sage.«
»Werdet Ihr … auch kommen?«
»Wenn Ihr mich lasst.«
»Aber dann … aber dann …«
»Dann was, meine Liebe?«
Sie sah ihn an, und ihr Gesicht verwandelte sich langsam von Weiß zu Rot und von Rot wieder zu Weiß. Fritzings Worte kamen ihr in den Sinn – »Wenn Ihr ihn heiratet, dann werdet Ihr unweigerlich auf ewig verloren sein«, und ihre Seele schrie auf, dass das Unsinn war. Warum sollte sie auf ewig verloren sein? Was für Spinnweben waren das, Spinnweben eines alten Hirns, das sich vor allem mit Schatten befasste, mit staubigen Dingen, die sich bei der ersten Berührung durch den kräftigen Besen der Natur wegfegen lassen? In der Tat hielt sie es für viel wahrscheinlicher, dass sie auf ewig sicher sein würde. Doch sie schämte sich für sich selbst, schämte sich für alles, was sie getan hatte, schämte sich für die unwürdige Art, mit der sie diesen Mann behandelt hatte, war furchtbar desillusioniert, ihrer selbst furchtbar überdrüssig, und sie stand da und wechselte von einer Farbe zur anderen, mit hängendem Kopf, erniedrigt, bußfertig. Jeder Funke von Würde, die ihr an-

erzogen worden war, hatte sie verlassen, und sie war einfach jemand, der sich sehr dumm benommen hatte und dem es sehr Leid tat.

Der Prinz hielt ihr seine Hand hin.

Sie tat so, als sähe sie sie nicht.

Der Prinz kam um den Tisch herum. »Wisst Ihr«, sagte er, »dass unsere Verlobung noch nicht aufgelöst wurde?«

Sie unterdrückte den Impuls zurückzuweichen, denn sie wollte sich dazu nicht erniedrigen. »Hat sie denn jemals stattgefunden?«, fragte sie, unfähig, ihre Stimme dazu zu bringen, lauter als ein Flüstern zu tönen.

»Praktisch ja.«

Es herrschte wiederum Stille.

»Aber dann ...«, begann Priscilla, denn die Stille schien mehr als zu pochen, war unerträglich ausdrucksvoller als jede Rede.

»Ja?«, ermutigte der Prinz sie und kam sehr nah an sie heran.

Sie drehte langsam den Kopf. »Aber dann ...«, sagte Priscilla noch einmal, und ihr Gesicht brach in ein Lächeln aus, das halb berührt, halb verschmitzt und im ganzen entzückend war.

»Das glaube ich auch«, sagte der Prinz und verschloss ihren Mund mit einem Kuss.

»Und jetzt«, sagte der Prinz eine Weile später, »lasst uns zu dem alten Sünder Fritzing gehen.«

Priscilla zögerte, unwillig, dem Herzen, das so viele Schläge ertragen hatte, noch einen letzten zu versetzen. »Er wird furchtbar schockiert sein«, sagte sie.

Doch der Prinz erklärte, es ginge nicht anders, und Hand in Hand gingen sie auf die Straße hinaus. Sie öffneten Fritzings Tür und standen vor ihm.

Er war noch immer in seinen Aischylos vertieft, hatte da gesessen und sich in die Taten der Toten und Vergangenen vertieft, des schon lange toten Xerxes, des lange toten Darius, in jene Fische, die stumm, aber gefräßig waren und schon genauso lange tot waren wie die zerrissenen Seemänner. Er war also in diese verschiedenen Leichen vertieft, während nebenan, auf der anderen Seite, nur wenige Zentimeter durch Putz und Tapete getrennt, die lebendige Gegenwart pulsierte und glühte. All das geschah so dicht neben ihm, dass es sein Herz hätte entflammen müssen oder ihn selbst erlodern lassen. Die Gegenwart pochte gegen die leuchtenden Schranken der Zukunft und erweckte so eine ganze Reihe von kleinen, rothaarigen Seelen zum Leben, die bis dahin geschlafen hatten, Seelen mit goldenen Wimpern, Seelen, die ungeduldig darauf waren, zu kommen und Prinzen und Prinzessinnen von … fast hätte ich den Namen der mächtigen Nation verraten. Ein Schatten fiel über sein Buch, und als er aufsah, sah er die beiden, die Hand in Hand vor ihm standen.

Priscilla hielt den Atem an: Welch bleiche Pein würde ihm ins Gesicht schießen, sobald er die Situation erfasste? Urteilen Sie selbst, wie erstaunt sie war, wie sie zögerte, sich zu entscheiden, ob sie erfreut oder verärgert sein sollte, ob sie lachen oder weinen sollte, als er, nachdem er die Situation erfasst hatte, auf die Füße sprang und im Ton einer zutiefst grenzenlosen, zutiefst unermesslichen Erleichterung drei Mal, während er umherlief: »Gott sei Dank!«, rief.

Schluss

Das war also das Ende der vierzehn Tage der Prinzessin Priscilla – je nachdem, von welcher Warte man es betrachtete, war es ein rühmliches oder unrühmliches Ende. Ich werde Ihnen nicht verraten, was ich selbst darüber denke, ob es besser ist, einen Prinzen zu heiraten, mit der Zeit Königin zu werden, einer großen Nation vorzustehen, überladen zu sein mit Ehre, Reichtum, Macht und Pracht bis zu dem Tag, wenn der Tod mit seinen ruhigen, gleichgültigen Fingern einem alles nimmt und einen schließlich der sanften Schlichtheit eines Totenhemdes überlässt, oder ob arbeitsame Pfade, strenge Widerstände, tapfer ertragene Schicksalsschläge, Kämpfe, die Zentimeter um Zentimeter geführt werden, ein Ideal, dem man anhängt, selbst wenn man, während man ihm anhängt, erschlagen wird, nicht eher die Rolle ist, die derjenige wählt, dessen Seele im Sternenkleid dasitzt. Auf jeden Fall lachte die Göttin, jene Göttin, die Priscilla im Stich gelassen hatte, als sie vom Ende des Abenteuers hörte. Ihre unangenehme Schwester, die nun nichts mehr in Creeper Cottage zu tun hatte, sammelte ihre Lumpen zusammen und grinste auch, als sie es verließ. Zumindest hatten ihre Klauen während ihres Aufenthalts viel zartes Fleisch zerkratzt, und obwohl der Prinz ihre Taten unterbrochen und sie für den Moment zur Handlungslosigkeit gezwungen hatte, war sie nicht unzufrieden mit dem, was sie erreicht hatte.

Wie man sich leicht vorstellen kann, machte Priscilla keine Abschiedsbesuche. Sie verschwand ebenso plötzlich aus Symford, wie sie dort aufgetaucht war, und als Mrs. Morrison am Montag Nachmittag nach Creeper Cottage kam, um ein weiteres Mal ihr Gewissen zu erleichtern, fand sie dort nur einen freundlichen Herrn vor, einen Fremden von honigsüßem Betragen, der dabei war, Schecks auszuschreiben. Sie führte ein zehn Minuten langes Gespräch mit ihm und ging sehr traurig und weise nach Hause. Tatsächlich war es so, dass sie, ein echter Snob, Tyrannin der Demütigen, ergebene Speichelleckerin an den Höfen der Großen, sich von dem Tag an sehr veränderte. Selbst ihr Haar spürte das und ging ungehemmt in Grau über. Sie legte keinen Wert mehr darauf, an den Nachmittagen eine pinkfarbene Tüllschleife umzubinden, was ein Zeichen der Schicklichkeit sein mochte oder auch nicht. Sie hörte auf anzunehmen, dass sie hübsch war. Als die Berichte über Priscillas Hochzeit die Zeitungen füllten, wurde sie so krank, dass sie das Bett hüten und gepflegt werden musste. Zur sanften Verwunderung des Pfarrers zögerte sie manchmal, bevor sie eine Meinung äußerte. Zumindest einmal sagte sie von sich aus, dass sie sich geirrt hatte. Und obwohl sie niemals jemandem von der Unterhaltung erzählte, die sie mit dem scheckschreibenden Herrn geführt hatte, begriff Robin, als er zu Weihnachten nach Hause kam und sie ansah, sofort, dass sie Bescheid wusste.

Was Lady Shuttleworth betrifft, so bekam sie einen Brief von Priscilla, einen sehr langen Brief, dem ein kurzer Brief an Tussie beigefügt war, den seine Mutter ihm geben sollte, wenn und wann sie es für angebracht hielte. Lady Shuttleworth war nicht überrascht von dem, was sie las. Sie hatte es von dem Moment an geahnt, als Priscilla an jenem Tag aufstand, an dem sie sie auf Baker's Farm besuchte, und sie damit entließ. Bis zu ihrer Heirat mit dem verstorbenen Sir Augustus war sie Hofdame bei einer der englischen Prinzessinnen gewesen, und in solchen Dingen irrte sie sich nie. Sie kannte diese Art nur zu gut. Doch sie vergab Priscilla niemals. Wie hätte sie ihr auch vergeben können? War denn der Tag, an dem Tussie volljährig wurde, dieser furchtbare Tag, als er dem Tod am nächsten war, ein Tag, den eine Mutter jemals vergessen konnte? Er war zu rücksichtslos, zu grausam gewesen. Wir wissen, dass sie die freundlichste Person war, doch was Priscilla betraf, empfand sie nur unverdünnte Galle.

Und Tussie – nun, man kann kein Omelett machen, ohne Eier zu zerbrechen, und Tussie war in diesem Fall das Ei. Es war eine schmerzliche Rolle, die er spielte. Er empfand einen süßen Schmerz und versuchte vergeblich, sich damit zu trösten, dass es Priscillas Omelett war. Dieser Trost erwies sich als leer, und lange Zeit durchlebte er alle Qualen, die den Empfindsamen bekannt sind. Doch er kam darüber hinweg. So ist das bei den Menschen. Sie kommen über alles hinweg, wenn man ihnen Zeit lässt, und da er jung war, hatte er massig davon. Er überlebte es, wie man jede Trauer und jede Freude überlebt, und als er nach einer Reihe von Jahren, die er lustlos mit einem weichen Filzhut und einem unpassenden Kragen herumlief, in der Blüte seiner Jahre heiratete, da fuhr er auf seiner Hochzeitsreise in Priscillas Hauptstadt. Als sie hörte, dass er da war, lud sie beide ein und empfing sie sehr freundlich.

Was Annalise betrifft, so bekam sie ihre zwanzigtausend Mark niemals. Im Gegenteil, der rachsüchtige

Großherzog sorgte dafür, dass sie wegen Erpressung angeklagt wurde, und sie wäre zweifelsohne im Gefängnis verschmachtet, wäre Priscilla nicht eingeschritten, die sie zu ihren Eltern zurückschickte. Wie Mrs. Morrison so ist auch sie gezähmt. Sie streckt ihre Nase nicht mehr so hoch in die Luft. Sie singt nicht mehr. Tatsächlich war es so, dass ihr Gesang in dem Moment aufhörte, als sie durch einen Ritz in der Küchentür die breiten Schultern des Prinzen wahrnahm, die Fritzings Wohnzimmer ausfüllten. Von dem Augenblick an fiel Annalise von einem Anfall von Respekt und Ehrfurcht in den nächsten. Sie war fortan von einem atemlosen Gehorsam, sanft bis zum Verschwinden. Doch Priscilla konnte nicht ganz vergessen, was sie ihr angetan hatte, um ihr Leid zuzufügen. Der Prinz, der an alles gedacht hatte, zauberte plötzlich aus einer Ecke von Baker's Farm Priscillas oberste Zofe hervor, die dort ebenfalls die Nacht verbracht hatte und die Annalise ersetzte. Deren weiteres bitteres Schicksal sah so aus, dass sie in Creeper Cottage zurückgelassen wurde, in Gewahrsam des Herrn mit dem Scheckbuch – der, wie das Schicksal es so will, sehr spezielle Essenswünsche hatte und nichts Tröstenderes zuließ als getrocknetes Obst und Nüsse –, bis er Zeit haben würde, sie zu verpacken und nach Hause zu schicken.

Was Emma betrifft, so wurde sie von dem Polizeibeamten ausfindig gemacht, der mit den Flüchtlingen nach Somersetshire gereist und dem Prinzen schon so sehr von Nutzen gewesen war. Priscilla, von dem verzweifelten Wunsch gepackt, alles wieder gutzumachen, sofern es in ihrer Macht lag, nahm sie in ihren eigenen Haushalt auf, achtete persönlich auf sie und sorgte dafür, dass nichts von dem, was sie getan hatte, je bekannt wurde unter der Menge der müßigen Schwätzer. Ich glaube, es endete damit, dass sie Emma an einen Lakaien verheiratete, an einen dieser großartigen Menschen mit weißen Seidenstrümpfen, die Annalise so teuer waren. In der Tat bin ich nicht sicher, ob es nicht gerade der Lakai war, den Annalise am liebsten gehabt hatte und den sie vorhatte, selbst zu heiraten. Zumindest in dieser Geschichte soll den Ansprüchen der poetischen Gerechtigkeit streng Genüge getan werden, und schließlich hatte Annalise über Emma in höchstem Maße die Nase gerümpft.

Was die Gräfin Disthal betrifft, so heiratete sie den Arzt, was ihr von da an für immer Leid tat, doch ihre Betrübnis war nichts im Vergleich zu seiner.

Was Fritzing betrifft, so ist er Hofbibliothekar in der Bibliothek des Vaters des Prinzen, eines Hofs, der viel glänzender und einer Bibliothek, die sehr viel schlechter ist als die, vor der er in Kunitz geflohen war. Er bleibt viel in seinen Räumen und kommuniziert fast ausschließlich mit den Toten. Er findet nur die Toten allein wahrhaft zufriedenstellend. Priscilla liebt ihn noch immer und wird ihn immer lieben, aber sie ist sehr beschäftigt und hat wenig Zeit zum Denken. Sie lässt ihn nicht ihre Kinder unterrichten, stattdessen spielt er mit ihnen und wird zusehends älter und geduldiger.

Und jetzt, da ich meine Geschichte beendet habe, kann ich nichts Weiteres tun als daneben stehen und Priscilla und ihren Mann betrachten, wie sie sich Hand in Hand immer weiter von mir entfernen. Sie steigen einen Pfad hinauf, von dem ich annehme, dass es der Pfad des Ruhms ist, denn er ist golden und rosig, glänzend und voller Versprechungen. Bei näherer Betrachtung erweist er sich als ihre Zukunft. Zumindest aus der Ferne scheint er zu leuchten. Selbst ich, die ich in ihre Seele geschaut habe und deren Hunger gekannt habe, bin ein wenig geblendet. Doch man soll nicht denken, dass jemand, der so lange wie ich ehrlich gewesen ist, zum Schluss leicht ins Lügen verfällt und so tut, als wäre Priscilla ununterbrochen zufrieden und glücklich bis ans Ende ihrer Tage. Sie war es nicht. Doch wer ist das schon?

DIANA

Das anspruchsvolle Programm

Elizabeth von Arnim

Mit viel Charme, feinem Humor und frischer Lebendigkeit schildert Elizabeth von Arnim die Gesellschaft ihrer Zeit.

62/178

Verzauberter April
62/173

Elizabeth und ihr Garten
62/178

Priscilla auf Reisen
62/221